U0437905

弢園尺牘新編

上

【清】王韜 著
陳玉蘭 輯校

上海古籍出版社

國家社會科學基金重大招標項目
“晚清維新變法先驅王韜著作整理與研究”
（16ZDA182）

國家社會科學基金年度項目“王韜詩歌整理與研究”
（KYZ04Y16127）

王韬像

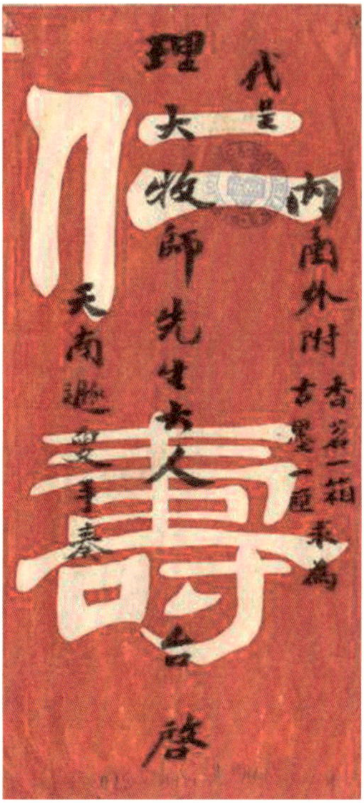

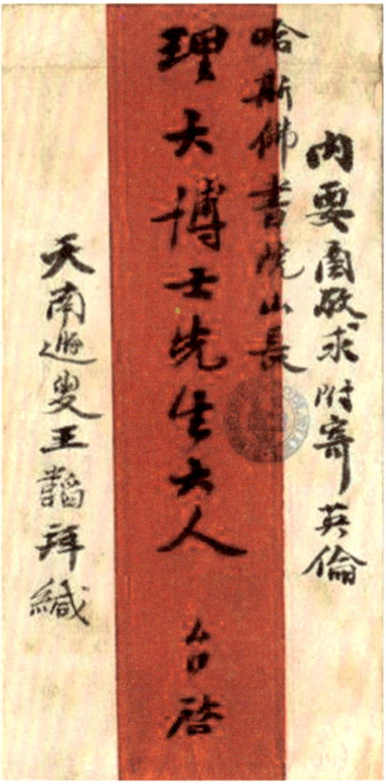

英國牛津大學圖書館藏王韜致理雅各函封

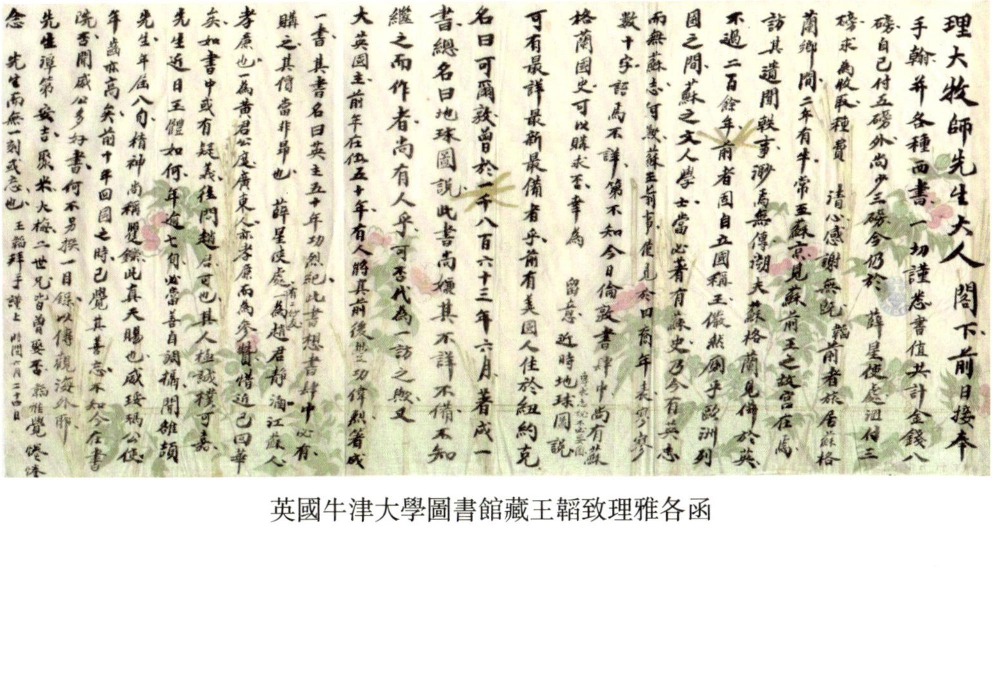
理大牧師先生大人閣下前日接奉
手翰并各種西書一切謹悉書值共計金錢八
磅自己付五磅外尚少三磅今仍於薛星使處迴付三
磅求為收取種費清心感謝無既韜前者旅居蘇格
蘭鄉間二年有半常至蘇京見蘇前王之故宮在焉
訪其遺聞軼事渺焉無傳溯夫蘇格蘭見併於英
不過二百餘年前者固自立國稱王儼然列乎歐洲列
國之間蘇之文人學士當必著有蘇史乃今有英志
而無蘇志有數蘇王前事僅見於口碑年表寥寥
數十字語焉不詳第不知今日倫敦書肆中尚有蘇
格蘭國史可以購求否幸為留意近時地球圖說
可有最詳最新最備者乎前有美國人住於紐約克
名曰可爾致曾於一千八百六十三年六月著成一
書總名曰地球圖說此書尚嫌其不詳不備不知
繼之而作者尚有人乎可否代為一訪之歟又
大英國主前年在位五十年有人將其前後五十年功偉烈著成
一書其書名曰英主五十年功烈紀此書想書肆中必有
購之其價當非昂也薛星使處一為趙君靜涵江蘇人
孝廉也一為黃君公度廣東人亦孝廉而為參贊惜近已回華
矣如書中或有疑義往問趙君可也其人極誠樸可嘉
先生近日玉體如何年逾七旬必當善自調攝聞雅頌
先生年屆八旬精神尚稱矍鑠此真天賜也威妥瑪公使
年齒亦高矣前十年回國之時已覺其耄志不知今在書
院否聞威公多好書何不另撰一目錄以傳觀海外耶
先生譯第安吉聚米大梅二世兄皆曾娶否韜雅覺惓惓
念先生而無一刻或忘也王韜拜手謹上 時閏六月二十四日

英國牛津大學圖書館藏王韜致理雅各函

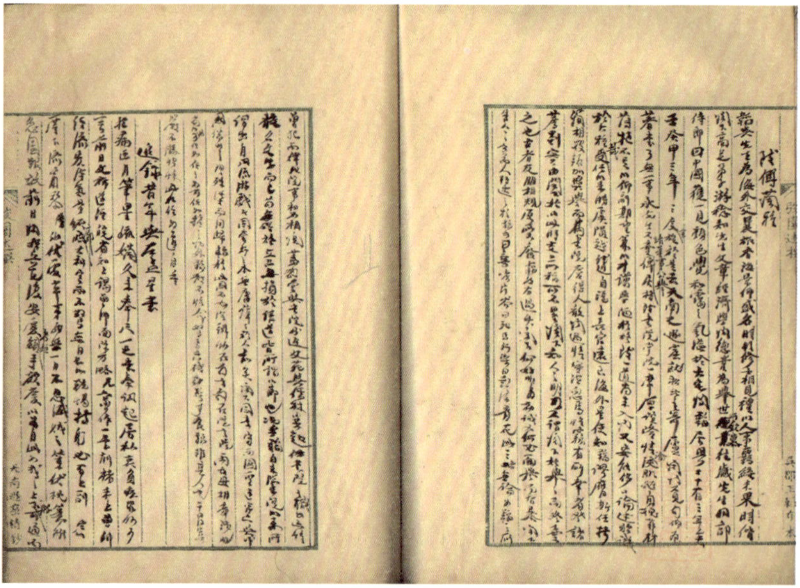

上海圖書館藏王韜致傅蘭雅、左樞函

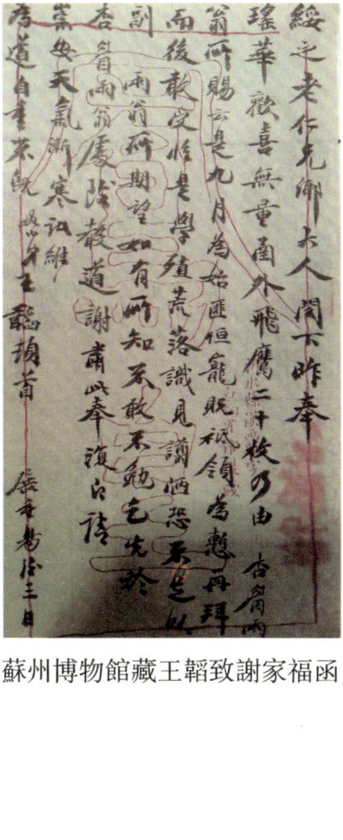

蘇州博物館藏王韜致謝家福函

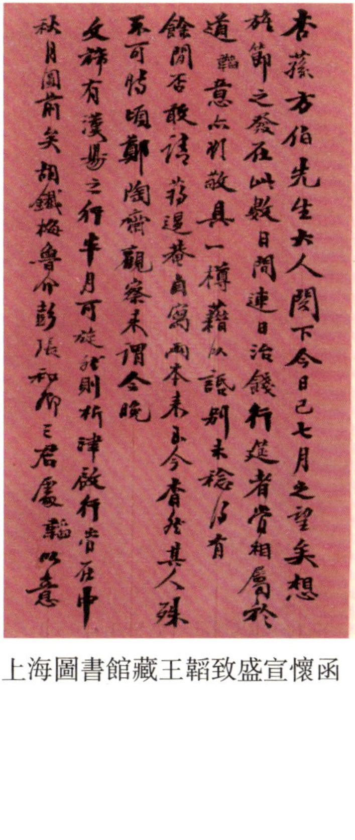

上海圖書館藏王韜致盛宣懷函

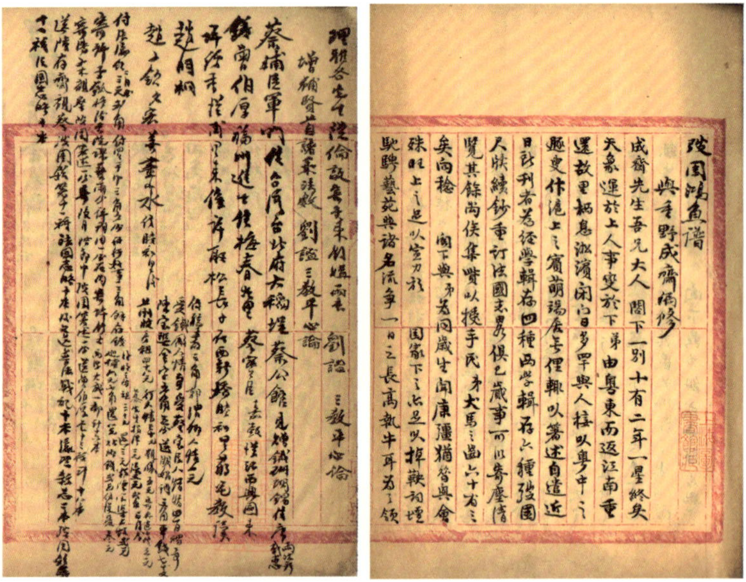

上海圖書館藏《弢園鴻魚譜》

前　言

王韜（1828—1897）是晚清維新變法的先驅，是中國社會發展古今交匯、中西碰撞之際，既深受正統教育又極具開放眼光的知識分子。在王韜傳世的大量著作中，最具影響力的是他以時評政論爲特色的《弢園文録外編》，但其中的政治思想、改良主張，其實也同時（或許還更早地）反映在他大量的與人往還的尺牘中，甚至可以説其尺牘中反映的是他經過後期提純的思想體系的原初樣態，並且顯得更爲豐富、具體而生动。“山川阻跡，惟憑尺素遥通；風雨懷人，端藉寸箋代訊”，尺牘，是研究王韜生平經歷、人際往還、心靈驛動、思想軌跡的第一手資料。

對尺牘一體，王韜向來極爲重視，在其自刊尺牘集的自序中，他開篇即謂“尺牘一道，少即留意”。對自己“數十年來世途之所酬酢，交流之所往來，投縞獻紵，剖鯉傳鴻，贈答回環”所撰的尺牘，王韜通常注意留下底稿，於生前屢加彙集刊版，並且一直没有放棄不斷增廣續刊的計劃。光緒戊子（1888），王韜曾序王虎榜所輯《分類尺牘備覽》，更是高度肯定尺牘的功能和價值，認爲尺牘“洵肺腑之能語，誠喉舌之是司”，“統朝野士商而不可廢”。認爲哪怕漁樵駔儈，憑尺素寸箋，亦可議論朝堂、高談理學，發爲心聲，所作“要非紙上空談，畢竟言之有物”，不可視爲等閑。可見在王韜筆下，尺牘並非一般的風雅酬應文字，而可以是偉詞鞺鞳，承載沉甸甸的思想的。作爲一種文體，王韜提出了尺牘該有的審美標準：以“典雅爲工”，須“情文並重”。

正因爲對尺牘抱持這樣一種認識高度，用心結撰的王韜尺牘因而具有特定時代下的歷史文獻價值、學術思想價值、文學審美價值，从而在王韜生前和身後，風行一時，影響不小。撰主屢自編刊、幾番增校暫且不論，在王韜去世數十年後，中華書局1938年曾從其手自編刊的尺牘集中選取161函，彙爲《王弢園尺牘》，以之與王陽明、歸震川、侯朝宗、錢牧齋、方望溪、尤西堂、吴穀人、姚姬傳尺牘並列，號稱“明清十大家尺牘”，加以斷句出版。此後，又於1959年選取弢園尺牘136函，加以鉛印直排，斷句出版。弢園尺牘，被當作了這一文體寫作的楷式和範本而加以推廣，其思想性和文學性之受後人重視，由此可見一斑。但毋庸諱言，兩書選篇皆出自王韜已刊尺牘，且兩書相加，去其複重，王韜尺牘經中華書局標點出版者234函，與王韜手自編刊的《弢園尺牘》及其《續鈔》總數328函比，約爲三分之二强，數量仍屬有限。而王韜尺牘更有大量散佚於其已刊尺牘集之外者，未得整理者關注。王韜尺牘是一座未經深入挖掘的富礦，爲了方便讀者一覽全貌俾便採擇，裒集王韜存世尺牘並加以全面的校理出版，極有必要。

本次王韜尺牘整理所做的工作有二，一是擇取王韜生前已刊尺牘之完足本，據爲底本，再廣羅其他版本及本人日記、筆記、詩文集等相關著述，加以讎校標點，不作主觀删汰，最大程度保持文本原貌，繁體横排付印。二是從檔案資料及相關文獻中廣泛蒐集王韜尺牘之不見於刊本者，彙爲一編，加以校點，妥爲編排，以爲補遺。

一、王韜已刊尺牘的整理

王韜生前手自編刊有《弢園尺牘》及其《續鈔》，前者有八卷本、十二卷本之不同，後者爲六卷。王韜《天南遁叟著述總目》另著録有“《弢園尺牘三鈔》六卷，二本，價三角”，《弢園著述總目》之“未刊書目”中又列有“《弢園尺牘續鈔》八卷”，然皆未之見。這或許是因爲王韜晚年釀貲刻書，“尺牘三鈔”擬有續刊計劃，預作廣告，而最終力有未逮而未能遂願之故。

（一）底本選擇

王韜自編之《弢園尺牘》生前曾有過四次刊版。首刊於光緒二年（1876），僅八卷 148 函，香港中華印務總局活字版排印。然印成後“不逮三年，求者日多，幾無以應”，於是於光緒庚辰（1880）由香港中華印務總局增訂重刊，廣爲十二卷，總 224 函，比八卷本增 76 函。因此版刊於香港天南遯窟，且校對欠精，文字訛誤時有，故王韜返滬後，又於光緒十三年（1887）付上海重文書局重校三印。第四次刊行於光緒十九年癸巳（1893），在滬北淞隱廬。此版有該年夏六月合肥龔心銘景張序，謂：“家君觀察蘇松，余隨侍衙齋，承先生高軒枉過，時得以商榷文字。家君以先生述撰大半未授手民，助梨棗貲，促其問世，余乃得盡讀先生所著。”則此番重刊，得龔氏之助。其時龔氏助刊的，當還有王韜其他著作，尺牘爲其一耳。此版除龔氏序外，卷首另有王韜光緒二年（1876）初刊八卷本原序，光緒六年庚辰（1880）香港天南遁窟重刊十二卷本自序，以及茶磨山人汪芑光緒丁亥

(1887) 第三版十二卷本序。汪序謂該年王韜"薄游西湖，道出吴門，留數日"，兩人始得獲交。王韜"暇出尺牘十二卷，重付手民，屬爲校勘。"此即王韜自撰《弢園著述總目》所謂汪荼磨手校大文書局刊本。王韜曾謂此第三次刊印本"行密字小，似非精品。暇當細加校勘，删其贅累，重付剞劂氏。"

可見王韜對其《弢園尺牘》的前三次刊本都不甚滿意。既然是不斷地細加校訂，自然是後出轉精，且十二卷本較之光緒二年(1876) 天南遯窟初刊活字八卷本（即香港中華印務總局的八卷本），篇目也有不少增益，所以我們本次整理就以最後出的 1893 年滬北淞隱廬第四次刊本（通行的有影印《清代詩文集彙編》本）爲底本，以見收於沈雲龍主編《近代中國史料叢刊續編》第 100 輯的初刊八卷影印本、光緒六年庚辰 (1880) 重刻本、光緒十三年丁亥 (1887) 荼磨山人校勘本爲校本，重點參考王韜尺牘稿、日記稿等第一手資料，加以校核整理。此番整理在書末附有《弢園尺牘》上述四種版本篇目對照表，該表以 1893 年版十二卷本爲依據，詳細列明各卷篇目，其他版本則只注明篇目增删情況及篇名文字差異之處，篇目相同並無異文的則不注）。從該附表可直觀地見出王韜手自編刊的《弢園尺牘》四種版本内容互有多寡，文字時有差異，總體而言，後出轉精。但四種刊本同屬王韜尺牘自選集。

同樣由王韜自編自刊的還有《弢園尺牘續鈔》，光緒十五年己丑 (1889) 由滬北淞隱廬活字排印。《續鈔》所收尺牘"始辛巳 (1881)，迄戊子 (1888)，歷年八，爲卷六"，共有尺牘 104 函。此本《清代詩文集彙編》亦影印收入，筆者據此點校整理。

(二) 校本採用

對王韜已刊尺牘的整理，參校本中最值得關注的是刊本之外的手稿本，這是王韜尺牘刊行所據的底稿，其存世情況及在整理中被採擇的情況有必要作重點説明。

就筆者目力所及，《弢園尺牘》刊印時所據底本部分保存於日本關西大學增田涉文庫，名《蘅花館尺牘》。這是據王韜尺牘原稿過録的謄清稿本，並在付印前作過修訂，爲修改稿，三卷，另有未編卷的零篇。全稿小楷端整，點畫不苟。卷首鈐有“增田涉文庫”印，版心印“弢園述撰”，魚尾處印“天南遁窟精鈔”“吴郡王韜存本”。卷一凡 60 函，署“長洲王韜仲弢甫”；卷二凡 15 函，未署名；卷三原署“吴郡王韜紫詮”，又抹去，有尺牘 14 函。又第三卷之後另有《與方觀察》《與懶雲上人》《與黄捷三副將》三函，僅籠統題《蘅花館尺牘》，未標卷次，亦未署名，後有空白頁，似未鈔完。

從上述版心、魚尾之標記和署名情況看，該稿本當謄鈔於王韜南遁香港時期。因爲王韜 1862 年流亡香港後，爲了“韜跡潛形”，纔改名韜，字子潛（紫詮），號仲弢，又號天南遁叟。以《蘅花館尺牘》爲《弢園尺牘》的初名，也隱約透露出此乃王韜早期的尺牘之彙編。因爲此命意或與王韜初戀“某女士”有關。“某女士”名菊華，號蘅閣内史，早逝。王韜給髪妻取號夢蘅，給繼妻取號懷蘅，自號蘅花、蘅花館主，皆寓追念悼惜之意。

該稿鈔本有尺牘總 97 函，其中前 93 函見於刊本《弢園尺牘》之前五卷，皆撰於南遁香港（1862 年 10 月）之前；另有第 94 函《與醒逋》（閉置一室中）屬之刊本卷六，撰於因上書太平天國事發而避禍於英國理事館第 135 日時（1862 年 10 月）；另有《與方觀察》（薄游穗石得挹清徽）《與懶雲上人》（浪跡穗垣賞音寥闃）《與黄捷三副將》（薄遊穗石旬又五日）3 函，屬之刊本卷八，則爲南遁後游廣州（穗垣）所作。而王韜游穗在 1873 年，與前一函《與醒逋》（閉置一室中）寫作時間有十餘年之隔，這也是此數函未編入卷的原因，由此也可判斷該稿鈔本謄清的時間亦大約在此際，統加校訂當在此後不久。

總體而言，《弢園尺牘》初刊本凡八卷 128 函，而該三卷 97 函清稿本雖分卷情況與已刊本有較大出入，且分卷及編次先後也與刊本完全不成對應關係，但其篇目已居有刊本篇目的五分之四强，可謂構成了刊本之主體，因而顯得極爲重要。

之所以認爲該稿鈔本爲刊本所據之底本，基於下述理由：

1. 該稿本謄録自王韜尺牘原手稿，真實性毋庸置疑。一方面，從稿本紙張看，用的是王韜獨有的專用稿紙；從字跡看，部分篇目也是王韜親筆。更重要的是在内容方面，亦有充分例證證明真實可靠。僅舉一例：稿本所收寫於不同階段的尺牘，但凡需要對受信人自稱本名時，尺牘集從前往後，用了三個不同的名字：賓、瀚、韜。比如，清稿本卷一總第 19 函《呈嚴馭濤中翰師》，行文中有五處用到撰主本名時，原底稿皆用“賓”；卷一總第 43 函《與楊莘圃》（讀足下手畢感甚）有“賓之所學，不過經史諸子”，“殘編斷簡，賓且未能遍閲”等句。以上兩函分别撰於 1845/1848 年，是王韜在家鄉甫里坐館爲塾師時。再如稿本卷一總第 50 函《與楊三醒逋》（别來二月），有“紅蓼花開，碧梧葉落，翰如不歸，足下可來”；第 60 函《與錢蓮谿茂才》（一昨江樓對酌），有“瀚悼亡新賦，玉骨未寒，何忍遽言此哉!”句；總第 62 函《寄曹醴卿上舍》（小桃開後），有“瀚也幽恨茫茫，百端交集”句，三函分别撰於 1850/1852/1852 年，皆自稱“瀚”；而撰於 1873 年的第 97 函《與黄捷三副將》（薄遊穗石），則自稱“韜”了，如“韜亦非與之有一面之雅”，“韜前日所擬上馮子立都轉書”等。這些自稱的變化，完全符合王韜的履歷，以此可知稿本内容完全根據手稿原本樣貌。因爲王韜原名利賓，字仲衡，號蘭卿，又號嬾今；1849 年至滬入職墨海書館後，改名翰，字子九，號蘭卿；1863 年流亡香港後，方改名韜。當然，凡底稿中原來稱“賓”稱“瀚”之處，後來皆塗去，改爲“韜”，與刊本同。這是清稿本付刊時統一體例的結果。當然，在王韜寫於前兩個階段（甫里讀書、墨海傭書）的尺牘稿裏，也偶爾可見他自稱“韜”名的情況，如稿本卷一總第 24 函《與王紫簾茂才》（一昨過高齋），大約撰於 1849 年，卻有以“韜”自稱的“韜屏棄帖括，壹志讀書”句，這大概是因爲這些早年寫的尺牘謄鈔時間實際上已是南遁香港、韜光養晦之際，故對早年的稱名，不自覺地也有隨手改動的情況。

2. 此稿鈔本文字有較多增刪潤色痕迹，天頭處也有些篇目選汰記號及文字增刪説明，已多爲初刊本所採納。如卷三總第 85 函《與醒逋》（辱惠手書），文字有頗多改易，將改易後文字與刊本比勘，可以發現與刊本同；且此函天頭處有標記曰：“添入《與賈雲階明經》《奉顧滌庵師》”，而所及此兩函雖不見於此《蘅花館尺牘》中，卻已見收於《弢園尺牘》刊本中。又如稿鈔本卷二總第 65 函《與曹竹安茂才》（話别十閱月），函末天頭處標“此六行不要”，則所指六行文字的確已不見於刊本中。再如許多標題，稿本多有塗改，改後標題與刊本同，這也大概是爲了付刊而將寫於不同年份的尺牘統一標題體例的結果。由此可知該稿鈔本雖然不全，卻是刊本所據底本的主體組成部分，《弢園尺牘》初刊八卷本係在此稿基礎上潤色、增益、重加編次而成。

正因爲清稿本的特殊地位，整理中筆者將該《蘅花館尺牘》列爲重要參校本之一，故將其目次也一並列入“附録一”中，以與刊本目次形成對照，方便研究者利用。

然而改定後的稿本與刊本仍然存在不少文字差異之處，説明筆者所見也並非唯一的、更非最後的謄清改定本。這些異文在整理中如何採擇取捨，讓人頗費躊躕。王韜在給日本友人重野成齋的信中曾説："我輩文字，生前當自删定。丁敬禮云：'後世誰復相知定我文者！'此言最爲沈痛。"（《弢園尺牘續鈔》卷二）這種"沉痛"，或許有擔憂世無知音，文字被人誤讀改易的成分在吧！《弢園尺牘》及《續編》在王韜生前曾再三而四地由本人或托友人校訂印行，其中每版文字都經作者寓目，一次次校訂，日趨完善，第四版尤其得王韜本人認可。這最後的定稿雖然有修飾潤色的成分，不盡合特定時空下尺牘寫作的原生態，但畢竟那是王韜希望最後展示給讀者的樣貌，理應得到更多的尊重。爲了尊重作者的意願，有些無關緊要的異文，筆者以爲没必要再循常例，給出繁瑣的注釋，更没必要仍以稿本爲底本，回改刊行本中的異文。

正因爲在整理中更多地尊重最後刊行本，稿本的作用似乎未能完全彰顯，故在此不嫌詞費，對稿本和刊本中的異文情況和取捨情由，作一些舉例説明。

1. 對有些很明顯屬於刊本訛誤的文字，在整理中筆者直接據稿本徑改，如卷一《與夢蘅内史》有"朝來彤雲如幕，山容不開，殆天工欲飛六出梅花矣"一句，"彤雲"，刊本作"形雲"，據稿本改爲"彤雲"，意指下雪前密布的濃雲，因"六出梅花"正指雪花。而對有些明顯是稿本錯誤的文字，筆者直接沿用刊本，不作注釋説明，如卷一《與楊莘圃》有"辱來書，教以懺除綺語、杜絶面朋"，"面朋"指非真誠相交之友，稿本作"匪朋"，則不知所云了，故忽略。

2. 有的文字原底稿與初刊本同，後經塗改，然並未被初刊本採用，故忽略。如卷一總第 7 函《與楊絶幻》末尾，原底稿有"靦爾縷陳"一句，與初刊本同，改易爲"靦縷莫罄"，則不同了；再如卷一總第 14 函《與醒逋》（梅花落矣），原稿有"齊竽濫廁，漢瓦易鳴"一句，與初刊本同，後改定爲"瑟竽濫廁，瓦釜易鳴”，則與刊本異了。對此，筆者尊重原底稿和刊本，忽略改易文字，不出注。

3. 有的底稿文字與刊本有異，若刊本明顯妥於底本，則徑用刊本，不出注。如底稿卷一總第 13 函《覆醒逋》（手書遠賁），其中有句曰：“閒齋挑燭，翻關漢卿談鬼之篇；古硯研朱，校晉于寶搜神之記”，後一句刊本（包括八卷本、十二卷本）作“校干令升搜神之記”。稿本以“干寶”爲“于寶”，顯然手誤；以“關漢卿”對“晉于寶”自然不工，然而這樣的訛誤在校訂中未經標出糾正，整理中也沒有再出校訂文字的必要。緊接以上數句之後，原稿有“束五傳以不觀，擁萬書而難遍”，與刊本同，而稿本中則用了兩句前後互倒的標識，無甚意義，且也未被刊本採用，故忽略修改稿中的改動。

4. 刊本文字對原稿多有潤飾，如卷一總第 44 函《與友人（契闊以來）》中，有段文字刊本如下：

> 滬瀆據江南之一隅，南控閩粵，北臨淮漢，近接江浙，遠達瀋遼，帶長江以爲險，襟大海以爲固，居然一重鎮也。彼自議款通商以來，實逼處此，保毋有覬覦之心，所以安靖無虞者，亦待時而動耳。吴淞一帶，船艦相連，首尾交接，大小約數十艘，而此外又有兵舶，託爲保衛商旅計，包藏禍心，非伊朝夕，足下其巢幕之燕乎？近又聞整舟砲，利器械，嚴戒備，欲以截遏海運之北上，隱然若一敵國。雖事即潛消，而勢已可慮。

這段文字稿本則顯得簡略許多：

> 滬瀆據江南之一隅，控閩粵而臨淮徐，襟大海以爲固，

實逼處此，保毋有覬覦之心。之所以安靖無虞者，亦待時而動耳。吴淞一帶，船艦相連，首尾交接，約有數百艘，帶甲可數千，包藏禍心，非伊朝夕，足下其巢幕之燕乎？近又聞修砲礮，利器械，嚴戒備，駸駸乎有虎視之勢焉。

以上比較可以直觀見出王韜尺牘刊行本“失真”的情況，這既有彌縫史實的成分，也見文字潤色的功夫。

5. 刊本有時也對原稿文字進行删削，有的塗乙使字跡漫漶，難以辨認；對仍可辨識者，在此録出以作補足。如上文已及的卷二總第 65 函《與曹竹安茂才》（話别十閱月），函末天頭處標“此六行不要”，刊本中不見此六行，現補録於下：

至於巫臣爲桑中之期，本所不可，且其害有三：小港必以舟通，彼姝必以夜出，或起篙工之疑，致爲匪人所劫，此一害也；未離虎穴，遽爲狼吞，桎梏横受，鞶帶旋褫，此二害也；掌珠已亡，必興巨波，藏嬌不密，遂來驚讖，此三害也。有三害而無一利，即愚者知其難爲，況乎鴆媒已洩，魚書又阻，奇事皆知，芳蹤易躡，雖有崑崙健奴、黄衫俠客，能善其始，不能善其終矣。

這段被删去的文字關乎王韜早年的一段情事：與其友人孫正齋之女孫韻卿即紅蕤閣女史私相授受，在紅蕤已有婚約的情況下，請曹竹安設法成全，考慮私奔之事。這對王韜其人的研究，自然是别具價值的軼事。

以上是筆者經眼的王韜存世尺牘稿概況和在已刊尺牘整理中的利用情況。

（三）和刻本的比勘

除關西大學增田涉文庫所藏清稿本《蘅花館尺牘》外，東京圖書館也藏有大谷孝藏訓點本王韜《弢園尺牘鈔》。此本明治十六年（1883）十二月刊行，首列王韜光緒二年所撰《弢園尺牘》原《序》，《序》後有編刊者文字説明，曰："原本分爲八卷，今鈔録爲三卷。"所謂"三卷"，其實篇目極爲有限。就筆者經見卷一而言（另兩卷未見），僅鈔撮《代上蘇撫李宫保書》（閣下經略江左）、《上丁中丞書》（今天下之大要）、《與周弢甫徵君書》（聞足下將入都應詔）三函，在王韜自刊本中分屬卷七、卷八、卷四。此《鈔》刊板文字有不少訛誤，所謂訓點，亦多破句，有失雅馴，不足比勘參校。從卷一篇目看，所選皆有關大清時政或世事之可資日人參詳者，編纂宗旨耐人尋味，而王韜尺牘的時代、社會、歷史價值，亦由此可見一斑。

總之，對王韜已刊尺牘，本次整理，以王韜手自編刊的終版足本爲底本，以初刊本、清稿本爲校本，細加點校，擇善而從，仍名《弢園尺牘》及《弢園尺牘續鈔》，以存其舊。

二、王韜未刊尺牘輯佚與整理

據王韜《弢園尺牘續鈔自序》，《續鈔》印行後，很快，尺牘之新增者"又如束笱"，若能"得喜事小胥，隨録隨編"，其數量定當"兩牛腰所不能載"，惜以"嵇生性懶"而未果三次結集。故自1889年直至王韜去世（1897），其所撰尺牘都未加編印，因而都在當輯佚之列。再加上王韜已刊尺牘原也只是選本，只是"得之字簏中捐棄所餘"，並非完璧；而王韜生平交游廣泛、經歷特殊、思想複雜、一生困頓，自加選篇時顧忌難免，編纂中裁汰、删節、修飾多有，其尺牘散佚、失真的自然不少，校勘、輯佚工作，非下力氣不辦。

(一)《弢園鴻魚譜》

王韜早年尺牘散佚不知凡幾。其《弢園尺牘自序》開篇即謂："尺牘一道，少即留意，當弱冠時，曾搜集所遺友朋書爲《鴻魚譜》。"雖然王韜少年所作的部分函札當已入選《弢園尺牘》中，然從《弢園尺牘》所收少作的數量看，當非全部。惜乎王韜弱冠所集之《鴻魚譜》之原本筆者不曾獲見，亦向未見人提及。所幸今從上海圖書館覓得王韜《弢園鴻魚譜》謄清稿本一種，中有尺牘 65 函，多寫於光緒庚寅年（1890）前後，可見王韜"鴻魚譜"之編集，自少壯至老邁，一以貫之，數量當是頗爲可觀的。

因爲此稿本《弢園鴻魚譜》於王韜晚年思想研究極爲重要，而向未爲人關注，故在此不嫌詞費，將整理情況作一著重説明。

上海圖書館藏稿本《弢園鴻魚譜》，封面題"弢園鴻魚譜"簽，内鈐"上海市歷史文獻圖書館藏"章，有書信凡 65 通。扉頁題"墮地倏忽六十有二，素性所耽惟有書史"，據此可知此集爲王韜 1889 年 62 歲以後寄郵師友親朋書信之彙鈔。王韜自編《天南遁叟著述總目》著録有"《弢園尺牘三鈔》六卷，二本，價三角"一目，因此稿《鴻魚譜》與《弢園尺牘續鈔》所收在撰寫時間上相賡續，且亦爲作者親手所鈔録，故疑此稿或爲《弢園尺牘三鈔》之未能付刊的底稿本，與從其他文獻中零星輯録的王韜尺牘有所不同，故作爲《弢園尺牘補遺》的第一種，接排於《弢園尺牘續鈔》之後。原稿第六函《與胡芸楣運憲（自陸韻樵貳尹税駕津門）》簡末署"庚寅（1990）四月杪"，自此函至《致趙静涵孝廉（久未通尺一之書）》止，凡 41 函，均光緒庚寅年

(1990）年所撰，大致以時間先後排列。《致蔡毅若觀察（獻歲發春）》《與李子木觀察（兩奉華翰歡喜無量）》《與陳宇山軍門（揖別以來兩更裘葛）》三函則撰於癸巳（1893）正月，此後各函，雖不署撰作年份，然至《與鄭玉軒京卿書（自違懿範彈指兩年）》止，大體皆癸巳年所撰。此後七函，或係補録前作，如《與日本寺田望南（一別八九年矣）》，撰於光緒辛卯即1891年；又如《與龔星使書（六月六日連肅雙緘）》，撰於1892年，大體不出王韜晚年尺牘範疇。

該稿本卷首分上下兩欄，列收信人姓氏名號，並標注書札鈔録時收受人存殁情况，部分函件甚至列明委託寄遞人姓名及郵寄地址。爲保留原貌，兹移録於下：

黎蒓齋　　　　胡芸楣（注：託陸静口去津之便面交）
重野成齋　　　岸田吟香
岡鹿門　　　　陳哲甫
孫君異（天頭處有批注：死矣，投海而亡。下注：以上日本書信俱託黄夢畹帶去。）
　　　　　　　胡芸楣（注：託胡芸臺寄）
龔仰蘧　　　　陸存齋（注：託蔡二源寄）
張少蓮　　　　姚念嘉（注：託陳口廷寄去錢江）
魏槃仲（注：其人已死，回滬十年迄未一面）
李小池（注：寄口聞彼新閔司税所屬務委員，五月廿二日寄上海比部）
唐景星　　　　唐芝田（注：託唐傑臣寄）
蔡二源　　　　姚子梁（注：託馮瞻雲易青寄去柏林）
廖蜀樵（注：託田嵩嶽寄）
謝綏之（注：寄蘇州桃花塢謝宅，五月廿二日）

蔡毅若　　　裴佰謙

劉芝田（注：五月廿二日送去，有書，每種各三部）

　　　　　　田嵩岳

劉兼三（注：作循湖者，漢陽人）　劉彝（志彝）

彭禹廷（注：曾隨張口野爲美國嘉釐符尼亞州副領事）

此名單首行天頭處有批注云："此半葉中死者已四人矣"，"四人"當指孫君異（1855—1891），魏槃仲（1834—1893），唐景星（1832—1892），劉芝田（1827—1892）。名單所列人物大都有王韜與之往還的書信，但與《鴻魚譜》中收信人也並非完全對應關係，集中並未見王韜與李小池、唐景星、劉兼三、劉彝、彭於廷諸人書札，而許多收件人，如曾根孝雲、水越耕南、馬眉叔、朱孝方、王雁臣、趙竹君、陳藹廷、羅少耕等，則未見於此名單中。雖然列名有嫌隨意，但其中透露的人際網絡關係和人物生平行跡，也不乏參考價值，故照録於上。

卷末附有書目若干，分五類。其一或爲王韜部分收藏目録，如《尺牘一種彙存》《花雨樓叢書目》《讀畫齋叢書零本》《粵雅堂叢書正編目録》等。蓋此時王韜正醵貲刻書，刻成十數種後，原以爲會被追捧争購的圖書却少人問津，層疊堆積，以致原本意欲續刻的各書資貲無以爲繼，故而整理藏書，有售書以助梨棗之想，亦有以書换書之舉，並且發明了衆籌認股以助刻書之貲之法。因該《鴻魚譜》中尺牘於著書、刻書、售書、以書易書多有涉及，所附諸種書目與尺牘内容或有相關，故整理中原本可以作爲基礎性背景資料，一仍其舊，予以保留。然就書目本身來看，所列各種書目零星、隨意，不成系統，既非幾種叢書之完整總目，更反映不了王韜藏書之全貌，且在尺牘中插入書目於體例而言也顯得突兀。基於這種考慮，此番王韜尺牘整理中，對上述幾種書目略而不録。王韜另有《弢園藏書目》，整理者在編纂《王韜全集》時會加以收録，可以參看。其二爲《紀行各記目録》，彙録當時紀行類著作目録，計有《東游筆記》《使西紀程》《使東述略》《曾侯日記》《扶桑游記》《乘槎日記》《四述奇書》《使琉球記》《丁亥入都紀程》《南行日記》《滇行日録》《征緬紀聞》《征緬紀略》《蜀徼紀聞》《商絡行程》《雪鴻再録》《使楚叢談》《臺懷隨筆》《西陵趕程録》《西征日記》等 20 種，大都出自他人之筆，自敘謂“意將紀行各種，無論已刻未刻，彙成一編，以供大觀”。可見此目反映了作爲出版家的王韜的有關紀行類文學的一個編纂出版計劃，而實際上此計劃並未完全付諸實施。其三爲《著〈易〉擬購書目》，爲王韜擬購書目，是否果然已購，不得而知，故整理中也略去。（王韜撰有《周易集釋》，稿本當存於美國紐約公共圖書館，然多次委人尋訪，未能獲見；如果訪獲複製並加整理，當以此目附録於書後，或可有助於相關研究。）其四爲《申報館所購書》，則非王韜藏書，顯而易見，因而從略。其五，書末另附“張香帥所擬輯《洋務叢書》分十有二門”、“盛杏蓀觀察所擬撰《懷柔圖略》”，皆爲著作綱目。《洋務輯要》由王韜應張之洞（號香濤）之邀主持編撰，分疆域、軍制、刑律、税則、學校、國用、官制、商務、工作、邦交、教派、禮儀十二門；《懷柔圖略》則盛宣懷（號杏蓀）命撰，盛氏所擬類目分皇輿、聖謨、國計、邊防、籌防、紀實、載記、譚瀛八門。《洋務輯要》在《鴻魚譜》所録尺牘中屢屢言及，且編有成書；《懷柔圖略》在王韜與盛宣懷札中凡兩見，其中一札王韜對盛氏所擬八目曾提出不同意見，而《懷柔圖略》成書則未之見。

《弢園鴻魚譜》卷末還附有書信往還者名單，列明姓名字號，凡五十餘人，其中多有超出卷首名單之外者，也有不少超出該《弢園鴻魚譜》中尺牘收受人之外者；在所列名單中，又用黑筆圈出"甲午年（1894）正月作書與諸友"名單，凡 32 人。兹將卷末名單之能辨認者照録於下，其中"甲午年正月作書與諸友"姓氏名號，照原稿仍用〇號標出：

蔡輔臣　名其華　　〇朱季芳　名鑑
姚子樑　名文棟　　〇聶仲芳　名緝槼，理海關道
葉心儂　名慶頤
〇劉光珊　名炳照，象山縣南鄉子人，乙酉、戊子兩中副車
〇盛杏蓀　名宣懷　　費毓卿　名金殷
〇威妥瑪　前任駐中國公使，現改　＊龔景張　名心銘
〇殷芝露　名之輅，住金陵
〇盛旭人　名康　　陳倬雲　名漢章
〇劉康侯　名麒祥　　〇張和卿　名鼐
周玉珊　名馥　　李子木　名正榮
〇龔仰蘧　名照瑗
〇理雅各　名雅各，英國儒士，爲哈斯佛書院山長，曾譯中國五經四書
王雁臣　名寅，又名賓　〇吴鯨波　名世鏞
蔡寶臣　名嘉穀　　張經甫　名焕綸
〇余易齋　名思詒　　〇馮明珊　名普熙
〇黄公度　名遵憲　　〇胡芸楣　名燏芬
胡芸臺　名家楨　　〇陳宇山　名基湘
〇蔡和甫　名鈞　　〇姚念嘉　名嶽望
〇黎蒓齋　名庶昌　　〇温藎臣　名秉忠
〇志仲魯　名鈞　　〇謝綏之　名家福
田嵩嶽　名均　　〇岸吟香　名國華

○寺田望南　名宏　　　　潘偉如　名蔚
○傅懋元　名雲龍　　　○顧少逸　名厚焜
　伍秩庸　名廷芳
○王興善　名昌言，甫里人，住甪直總管橋東
○馮心常　名天泰　　　○許壬瓠　名起
○楊味青　名宗福　　　○張星甫　名運衡

經查對原稿，王韜用○號標示甲午年（1894）正月所寄 32 函，該《弢園鴻魚譜》稿本未見收録，可見王韜晚年尺牘寫作頻次之高、數量之多，《天南遁叟著述總目》著録有“《弢園鴻魚譜》八卷”，此本《弢園鴻魚譜》不分卷，所録僅一斑而遠非全豹。

（二）其他散見王韜尺牘稿補遺

除了像《弢園鴻魚譜》這樣的未刊尺牘稿輯集外，保存王韜尺牘稿較多較集中的還有南京太平天國歷史博物館所藏吴煦（1809—1872）檔案、香港中文大學及上海圖書館所藏盛宣懷（1844—1916）檔案、蘇州博物館所藏謝家福（1847—1897）檔案。吴煦檔案中有王韜所上稟 13 函，盛檔中有王韜致盛宣懷函稿 96 通（其中 73 通見於香港中文大學所藏盛檔，已影印出版；23 通見於上海圖書館所藏盛檔），謝氏檔案中有王韜致謝家福函稿 23 通。另外，日本、英國的一些收藏機構也保存了一些王韜尺牘。這些尺牘，對於中國近代史研究，尤其是太平天國歷史研究、戊戌變法研究、洋務運動研究、中西文化交流研究等等，都至關重要。

本次整理在資料蒐集過程中，對王韜尺牘零星佚稿也續有發現，編入本集的另有王韜致楊引傳（1824—1889）函 1 通、致丁

日昌（1823—1882）1通、致耿蒼齡（1828—1888）1通、致薛福成（1838—1894）4通、致趙鳳昌（1856—1938）2通、致李盛鐸（1859—1934）4通、致汪康年（1860—1911）2通、致理雅各（1815—1897）函稿5通、致增田貢（1825—1899）4通、致岡千仞（1833—1914）13通、致宫島誠一郎（1838—1911）1通、致楠木正隆（1838—1902）1通、致傅蘭雅（1839—1928）1通，另外又輯得王韜日記所存尺牘之不爲《弢園尺牘》所收者15通，以及争議紛紜的《蘇福省儒士黄畹上逢天義劉肇均稟》，以上合計凡251通，合爲《弢園尺牘補遺》。

雖然此"補遺"數量已堪稱不少，但佚篇仍然補不勝補。比如陳振國在1937年出版的《逸經》第33期，發表有《"長毛狀元"王韜》一文，其中言及曾在楊引傳之孫（陳氏友人楊清標之父）的一隻舊書篋裏，"翻出十幾封王韜寄給楊醒逋的信札原稿"，並説這些信札"大致爲旅歐時的通訊"。而在《弢園尺牘》中，王韜旅歐期間寫給楊引傳的信札完全闕如，而筆者所補，也僅有因爲比較簡短而被陳氏抽出送《逸經》製印的那一函，若果如陳氏所言王韜旅歐期間寄送楊引傳的信函有"十幾封"之多，則遺佚情況可想而知。而《逸經》所附王韜致楊引傳函稿，開篇即曰："醒補先生有道：韜月作家書，亦必作一書與先生。"可見王韜旅歐期間給楊引傳的書信數量的確不少，筆者補遺，些微而已，要補遺珠之憾，只能有待他日。

所録補遺尺牘大體先按受主繫類，次依受主身份先國内、後國外爲序，再據受主與撰主往還先後編排。同一受主的篇目則依原始文獻次序或撰作時間先後排列。對王韜尺牘的這些佚篇，大體都據原稿本或稿本影印本整理，少部分難以見到原稿本而已有今人整理成果的篇目，比如王韜與吴煦稟、王韜與薛福成札等，則採用今人整理成果，加以注明。

本書卷末附録有《弢園尺牘》四種不同刊本及存世清稿本的篇目對照表，並對《弢園尺牘》及其《續鈔》中各函的收受人和撰作年份略加稽核，列表以示，以供讀者參考。

在王韜散佚尺牘資料蒐集過程中，筆者曾得上海圖書館、蘇州博物館、日本關西大學增田涉文庫、英國牛津大學圖書館的大力支持；得到復旦大學圖書館吴格教授，國家圖書館田曉春博士，上海圖書館楊敏女士、孟駿先生，上海師範大學人文與傳播學院徐茂明教授，浙江師範大學人文學院陳年福教授、慈波教授，浙江工業大學人文學院潘德寶博士，浙江師範大學圖書館孫巧雲博士、陳健先生，以及研究生劉茹、谷曉微、陳含笑、郭少辰、姚文潔等的幫助；同時也採用了鄭海麟、劉雨珍、吴嶺嵐及太平天國歷史博物館等單位不少專家學者的相關整理成果，在此一並深表感謝。尤其感謝上海古籍出版社奚彤雲副總編、劉賽主任對本書出版的支持，感謝責任編輯祝伊湄博士辛勤而卓越的付出。由於本人水平與聞見都很有限，在王韜尺牘整理與補遺工作中，錯訛及遺漏定當不免，尚祈讀者見宥並指正。

陳玉蘭

2019 年 8 月 10 日

於浙江師範大學江南文化研究中心

目　録

弢園尺牘

弢園尺牘續鈔

弢園尺牘補遺

凡　例

一、本書廣搜已刊、未刊，公、私收藏之王韜尺牘，加以彙編，力求其全。

二、本書以王韜自編、自刊、自鈔尺牘爲基礎，以其成集成册者，如《弢園尺牘》《弢園尺牘續鈔》《弢園鴻魚譜》爲主幹，其序跋及篇目卷次皆一仍其舊，以存原貌。

三、其補遺篇目，則以人爲綱，先國内，後國外，按撰作時間或收受人年輩先後，次第編排。同一收受人的尺牘彙於一處，按撰著時間先後排列；時間無可考者，則依原始文獻排列次序，不以臆斷。

四、全書繁體橫排，使用規範新式標點。原稿已分段落者，一般不作變更；篇幅較長的尺牘，據内容酌情分段，以便閱讀。

五、除人名、字號、地名、書名等專用名詞需保留異體字外，其餘均改爲規範繁體字。通假字、古今字一般保留原樣。

六、稿本中空缺待補、空白未完、蟲蛀殘缺或漫漶難辨之處，無法校補者，約略可計字數者以“□”標識，不能計字數者，則以“……”表示。

七、尺牘凡可考知寫作時間者，皆加注明。原尺牘稿篇末所署干支紀年月日，皆在“（　）”中標出對應之公元紀年月日。

八、各本異同文字，皆以脚注形式出校記説明。

九、原稿明顯訛誤文字及避諱字，徑改，不出校記。疑似訛誤之字，以“（　）”括出改字；原稿之脱漏、殘缺和漫漶難辨文字，若據上下文補足，或據他本校補，以“［　］”標明；原稿有衍字處，則以“〖　〗”括出。

十、原稿中爲示禮敬而抬頭另起的文字，根據行文意脈，接續編排，不作换行處理。

十一、稿本之單、雙行旁注及夾注，改爲單行小號字隨文注。原稿中天頭處時有補寫、批注文字，整理時或據行文之意，納入相關段落；不便插入正文者，則以脚注標出。

十二、尺牘中相關人名，書末附有人物小傳和人名索引，不另外注釋；如需特别説明，以脚注標出。

十三、名人檔案中所存王韜尺牘稿，往往存有函封，整理中函封文字照録，以存其舊。

十四、王韜尺牘稿每與雜纂、筆記相間，凡與尺牘内容及人物往還關係密切者，如戚友師長之姓名字號、生卒年月、通信地址，以及友朋贈書購書刻書目録和相關賬目等，都依原貌附録；無關者則不録。

弢園尺牘

序

紫詮先生負經濟奇才，嫻於海外掌故。其於鬼蜮情形，有若禹鼎鑄奸、温犀燃怪、燭照龜卜而數計焉。生平著述等身，而尤長於言事。使以如是之才得見之於措施，必有實效可觀。乃論者徒惜先生以空文自見，垂老悲來，終不能見用於世。豈天生是才，竟使之湮没無聞，同於樗櫟棄材耶？是則不可解矣。

余則謂天之生才，未嘗不爲才惜。達而在上，當時被其澤；窮而在下，後世慕其風。故立德、立功、立言，謂之三不朽。德與言皆操之在己。德之小者，化乎一鄉；大者，淑乎天下。言之足傳於遠者，可千百年。功則非用之於朝廷不能乘時有爲。夫人生天地間，既已抱負瓌材異能，亦當自惜其才而善用其才，不得以未遇之故，悲愁侘傺、抑鬱無聊，而自促其生，如賈生之投書汨羅，觸事傷懷，卒以憂殞。今先生窮竄遐裔，遠游異域，處乎人所難堪之境，而先生於一室中作全地球觀，視大小九州如掌上螺紋，馳思荒邈，慨慕黄虞，雖在繩樞甕牖之中，讀書懷古，聲出金石，旅粵二十三年如一日。逮乎臨老歸來，寄居淞北，處氛濁之塲，不損淡泊之志。杜門却掃，惟以著述自娱。年將中壽，而猶昕夕手一編不輟，絶不以世事關心。自來隨遇而安、知足不辱，未有如先生者也。

日前家君觀察蘇松，余隨侍衙齋，承先生高軒枉過，時得以商榷文字。家君以先生述撰大半未授手民，助梨棗貲，促其問世。余乃得盡讀先生所著，不禁掩卷而歎曰：此用世才也！今雖不用，而所言已半見諸施行。先生所言在三四十年前，而至今日多有驗者。當世以先生爲知幾，蓋明燭於事先，斯能言應於事後也。余不敏，自謂知先生者深，故以一言附於先生著作之後。若以弁諸集端，則吾豈敢。

光緒癸巳夏六月中澣，合肥龔心銘景張甫序。

自　序

尺牘一道，少即留意。當弱冠時，曾搜集所遺友朋書爲《鴻魚譜》。嘗自謂昔戴宏正有《金蘭簿》，示不敢濫交；余亦有《鴻魚譜》，示不敢忘舊。命名不同，而命意則同也。

古人曾言尺牘以長爲貴，而近時袁隨園亦云：尺牘者，古文之緒餘。雖不足存，而或可聊備一格。蓋以尺牘雖小品，而如漢之陳遵與人尺牘，主皆藏弆以爲榮。陳琳、阮瑀摛藻揚華，翩翩以記室稱。唐代文人其相推譽，必曰雅善尺牘。然則尺牘亦甚重矣！

況乎人違兩地，書抵萬金，往來遺問間，即尺幅而性情見焉。夫棣華刪於詩，縞紵録於傳，古聖人之所以敦氣誼、警浮薄爲何如哉！降至後世，簡札相投，無不託楮毫以達意、藉縑素以寫心。李陵答蘇武之篇、子長報少卿之作，鄒陽在獄中備陳胸臆，子厚斥徼外善述牢愁，感喟纏綿，均足千古。韜也固萬不敢擬此，而生平交游顯顯在目，每一相思，展卷如晤，則又何忍棄捐。猶憶少居家衖，廢帖括而弗事，闊達迂疏，每不爲人所喜。及旅滬上，落落無可語者。浮海至粵，杜門日多。顧苟辱知交，則金石可泐，而精誠無渝。其中與人書多談時務，或遂謬以經濟相許，每期出而用世，甚且以不見知於世爲惜。嗚呼！余雖非忘世者流，而亦不樂爲世所用，麋鹿野性，自幼已然。其不能遠城市、逃山谷者，爲飢所驅，迫於衣食計也。使有二頃田、五畝園、萬卷書，即當閉户謝客，長與世絶，而毋至於敝精勞神，與悠悠行路之人相周旋揖讓也。此固素志之不可誣也。

二十餘年來，敝簏中所遺略爲釐訂，分作八卷，所餘尚俟續刊。排印既竟，漫題其端。

光緒二年歲次丙子九月中旬，王韜紫詮甫自序於天南遯窟。

重刻弢園尺牘自序

嗚呼！余羈旅天南，遯跡於荒陬異域中者，蓋幾二十年矣。自壯而老，自老而衰，日益頹唐，分甘廢棄，獨居岑寂，意想俱窮。每入秋即病咳，輒不能寐。長夜無聊，隱几危坐，默念數十年來，世途之所酬酢、交游之所往來，投縞獻紵、剖鯉傳鴻，贈答迴環，顯顯如在目前。而或其人一别萬里，無相見期；或才不偶命，年不待時，已化異物；或仕隱分途，升沈異趣，然皆無一日不往復於余之胸中也。

余與人書，輒直抒胸臆，不假修飾，不善作謙詞，亦不喜爲諛語。少即好縱横辨論，留心當世之務。每及時事，往往憤懣鬱勃，必盡傾吐而後快，甚至於太息泣下，輒亦不自知其所以然。方今言路宏開，禁網疏闊，故言之無所忌諱，知我罪我，亦弗計也。

竊慨友道之淩夷久矣！暌隔山川，闊别寒暑，朋面久曠，素心未逢，惟藉此尺幅以寫性情、達紆軫，乃猶靳之，未免流於薄矣。夫我人之所以通問訊、致殷勤者，原以狀景物之悲愉，述境遇之甘苦，記湖山之閱歷，窮風月之感懷，以拳拳寄其思慕之情。故問餐加飯，不妨疊付諸郵筒；嗟歎長言，不妨輒至於永幅。古人有别僅一月，而書已如束筍者，豈若市井闤闠之子，以計較錙銖乃爲要語哉！

况余老矣，惟此二三朋好，時通筆札，以當面談。已擇其尤者，裝潢成帙，每值風雨之辰、花月之夜，瀹茗焚香，展讀一過，恍若與之晤對於一堂。

惟是人之常情，往往繫戀於少時，不獨釣遊之地、誦讀之鄉，輒爲低徊而不能去諸懷也；即其平生總角之交、研席之友，亦時時入於夢寐而弗忘。雖其學問未逮乎時流、意趣少殊乎素詣，而終不以彼易此。余之離里門也，在道光己酉九月，時余年二十有二，迄今已三十餘年。雖里中之人未必念余，并或未必知余，而余於里之人固未嘗無一日不往復於胸中也。

居粤中將二十年，粤中之土著者、宦游者，無不樂與余交。近者文酒讌集，遠者書問纏綿，每每推挹勗勉之甚至。其間有勢力者，輒爲余感慨歎惜，時欲拂拭而拔擢之，使之見用於世。是粤之人愛我也深矣，待我也亦厚矣。况言乎安土樂天，固宜無入而不自得也。粤之山水，有西樵之幽勝，有羅浮之詭異，而西樵相距尤邇，扁舟泝洄，信宿可至。是則雖在異鄉，而友朋之歡、山水之樂，亦無殊於故土焉已。

古之君子，視天下無殊於一鄉，視一鄉無殊於一家。今余惟故土之是懷、舊交之足戀；感愴身世，悲憫天人，慨歎欷歔，時時見之於詩歌簡牘間，毋乃非達觀素養而有愧於古之人也哉！顧余思之，而終不以彼易此者，狐死枕丘首，仁也。余惟俟乎命，以聽之天而已。

光緒六年，歲在庚辰，仲冬之月十有一日，弢園老民王韜序於香海天南遯窟。

敘

耳遯叟名十餘年矣。今春叟薄游西湖，道出吴門，留數日，余獲一接笑言。比來海上握手，恨相見晚，羯鼓傳觴，鵾絃顧曲，諧噱間作，形迹都忘。憶舊有句云："前身本是偓佺侶，一笑墮地驚重逢。"儼爲此日詠也。

暇出尺牘十二卷，重付手民，屬爲校勘。讀之，中多蒿目時事、抵掌論兵之作，如萬斛源泉，坌涌紙上，大言炎炎，足令小儒咋舌。即此一斑，可窺見叟生平志趨學識，如賈長沙之痛哭流涕、陳同甫之推倒豪傑，誠天下有心人哉！顧有知之者，卒未有果能用之者，徒使困風塵、更患難，抑鬱聊浪，不得已而攖身於醇酒婦人，以銷磨光氣。讀書五十年，乘桴數萬里，僅僅以杜門著述，坐老其才，良可慨已。校既畢，拉雜書此，用誌傾倒。昔王伯厚評文山策云："忠肝出金石，古誼若龜鑑。"余謂叟文亦然。

丁亥十月，茶磨山人汪芑頓首拜序。

弢園尺牘卷一

甫里逸民王韜无晦著

答顧滌盦明經師

再拜手書，愛我勵我。吾師少以詩名，老而弗倦。千秋之業，已有所托。箋繒忽投，眉飛色悪。儗古之作，選體爲宗，擷以騷豔，緣情守禮，無非寄托嬋娟，自明厥志。昨宵雨横風顛，竟逐春婆去矣。秋士何心，輒爲黯然。劣有詩篇，要不足以挽東皇之駕也。寸陰可惜，古賢所以運甓習勤。聆吾師言，如讀張茂先《勵志》諸詩，幸更進而教其不逮。

答滌盦師

積雨初霽，林烟欲消。小牕曉坐，鳥聲甚樂。伻來相召，即當趨侍。夜來月皎於水，酒濃似春，阮孚蠟屐又爲先生一折齒也。

與王紫籛茂才

風雨黯然，春光去矣。登盤櫻筍，景物已非。昨擬携屐相過，因顧師見招不果。顧師特設留春筵，爲東皇挽駕。翦燈牕底，情話宵分，吾黨風流，於斯復見。足下喜閲稗史，必多異書，賜觀幸甚。荆州亦易借，不敢作陸劍南語也。

饋酒與嚴憶蓀

足下有劉伶之癖，而余無一甀相饋，未免寡情。刻得梨花春二甕，獨享爲愧，聊以分惠。名花放後，燕子來時，引杯小酌，亦足見故人雅意。近購説部數種，頗長噩聞。足下如有異書，不妨交易觀也。

與楊醒逋茂才

轉瞬經兩年，聚首纔數日耳。足下遠館横江，孤邨荒舍，誰可與語！春寒多雨，名花遲開。對此寂寥，百不足遣。大著已呈顧師披覽，韜今歲詩卷還乞删定。古人相問難以裨文學，亦即此意，幸毋忽。

簡陳生

連日病酒，兼復小雨，未能折齒一過，輒自愧也。清恙小劇，時厪鄙衷，治之之法，潤肺爲宜。蔗漿杏酪，亦能解渴。足下可寡思澹慮，趺坐一榻，茗碗藥鐺，以消長日。朝諷《楞嚴》、

《法華》一二卷，懺除煩苛，文字因緣，且暫捐棄。稍痊，不妨散步，聊抒鬱結，亦養生之一道也。

與楊絶幻

蒔魚種竹、飼鶴修琴，騷人逸士事耳，非吾人所宜留意。然禽魚草木，三百篇往往以之托興，以寓其羈愁不得志之思。蓋人苟絶俗静觀，未有不超然於塵物之表而自適其趣者。

邇來炎熇如蒸，赤日當空，若張火傘。此時揮六角扇、拂玉麈尾，猶汗出不止。因展卷，閲去冬消寒雜課詩，冀其若服清凉散。乃冥誦二三頁，迄無效，而熱益甚。强坐移時，聽桔槔聲聒耳，轉思此輩亦人耳，而炙膚皸足，終歲作苦無休輟，以彼絜吾，亦有間矣。泉明高卧北窗，自謂羲皇上人，非此意耶？往見謝太傅綃衣白粥，心竊慕其恬淡，由今思之，亦圍棊之故智耳。若朝縷冰脯、夕謀雪藕，吴中士習，大抵皆然，此又不足取也。時值晴夜，月色當窗，照几榻如水，則又覺胸襟曠遠、萬象皆空，恍與嚴師益友晤對，足以移易神志。

足下僻處荒齋，讀書之樂，當不讓歐陽永叔；而冲虚脱略，或又過之。款襟既遼，覼爾縷陳，如有妙悟，可同我參之。

與沈鐵珊

吴淞蓬轉，闊别至今。荏苒歲年，路殊人絶。昔尤榮吕安千里命駕，傳爲美譚。韜與足下，同學日久，而半水盈盈，莫能覿止。豈詠唐棣者之未嘗思耶？抑承歡庭右之不能一刻離耶？悶絶悶絶！夫足下齎糧從家大人時，青燈共讀，晨夕得聚首。此時歲月亦忽忽過之，而不知遂有今日也。往者足下授徒吴門，有客自吴門來者，傳言足下得狂疾。然閲七月朔日足下來書，叙次歷歷，曾無一瞀亂態，因而笑傳言之妄，亦姑置之。嗣後詢及足下同閈友，其言亦與客類。噫嘻！足下果狂也與哉！其如楚陸通之托於狂者耶？抑侮世嫉俗，舉平日牢騷不得志之極，思而爲古之狂者耶？豈又境遇焦阽，有概於中，或感功名不遂，而真狂者耶？斯世有一狂人，即士林多一狂友，未必非吾黨之累足下也。韜素知足下，足下性專一，鬱結之意每不欲輕發於外，今之狂也，要有由致。然願足下毋以狂廢學也，幸甚。

與許无玷上舍

小庭判袂，離愁渺然。屢欲寓書，奉訊動止，而衡雁旋飛、洛犬未附，虚想紛來，積如落葉。足下以侍奉餘閒，耽情翰墨。吟就詩篇，多於筍束；疊來畫稿，亂比山青。嗟我勞人，病未能也。遠館錦溪，頑童三五，四子八比之外，無書可覽。佳辰令節，無可爲懽。路遥水阻，不能晨夕。繼見共論素心，又兼鎮日風簾，長宵雨枕，此景此情，祇悵悵耳。言念青燈共讀，白日若馳；拈鬮分題，猶若一昨。何意遂有今昔之感乎！外附赫蹏數幅，仰懇染翰，描摹小景，點綴微蟲，當别有佳致。書次惘然。

覆楊醒逋茂才

手書遠賁，感藉奚似！緘一紙深情，詞真屑玉；寫十行新語，唾欲生珠。益人非淺，貺我良多。韜豈爲粃前，甘居瓦後。韓昭技少一長，彌爲增愧；餘慶喙逾三尺，豈是多才。亦已娱意山林，何必馳心廊廟。石静雲孤，别開意境；鷗邊犢外，足供流連。閒齋挑燭，翻閲漢卿談鬼之篇；古硯研朱，校干令升搜神之記。東五傳以不覩，擁萬書而難遍。羡杜景純之識字，鷄樹鶴鳴；慚王及善之庸才，鳳池鳩集。志趣所在，如是而已。足下糟粃顔、謝，笞撻曹、劉，貽書以箴，交語相勗。韓致堯以《香奩》嫁名，徐孝穆爲《玉臺》作序。雖修慧業，終昧靈根，韜知之矣。

夫浮名僅文，實行在孝；學必根德，形弗勝心。此聖賢所以宅衷，豪傑所以自命也。邇來長吉嘔詩，少陵病酒，苦吟之況，諒亦相同。風雨一簾，懷人有夢；苔岑千里，入世皆秋，悵何如已！

憶昔酒罷論文，花時問字。新詩拍案，曾呼一字之師；舊雨聯牀，已訂三生之好。敲兩耳之鐺，松窗燭炧；換六斑之茗，竹竈薪燃。歸石留樽，翦花開徑，亦生平快事矣。奇書快讀五車，早驚[①]看青燈緑字；高策定空千載，何事唱白髮黄雞！

與醒逋

梅花落矣，又放小桃。錦溪一曲，烟樹黯然。上元執别，迄今數旬。相思之苦，味同于茗。短窗紙白，幽閣燈青。危塌之屋半椽，麻沙之書數帙。邇來情況，覼縷莫罄。笛聲隔溪，月影照夢。夢醒笛歇，萬籟皆寂。江水如帶，一葦莫杭。越鄉之悲，何能免矣！

足下館鄧邨，程不逾六里，風便掛帆，頃刻可至；詩筒書札，朝夕往來。所惜鑪香晝銷，簷雨夜滴；籬花無妍，簾燕未至。即欲洗杓開釀，誰興爲懽[②]；况復三堆僻壤，蕕草異臭。目不覩丘墳，手不持鉛槧，足下處此，何以爲情？

---

① 早驚，光緒二年本作“試共”。

② 誰興爲懽，光緒二年本作“誰與爲懽”，是。

夫足下之意，頗同鄙衷。波路迢隔，良覿非易。魯酒難傾，蠻燭莫翦。江南鱖肥，舍西韭老。時復憶念，欲共良友娱此清酌，不可多得，殊惘然耳。

韜前者無心纓紱，有志山林，自奉教言，頓移轍迹。然樗櫟之材，安可任棟梁之重乎！泉石之性，安可處廟堂之尊乎！苟齊竽濫厠，漢瓦易鳴，即當逃之偏隅，守其初服。耦耕非達，豈真高洗耳之風；偕隱何年，莫共作息肩之侶。

足下壹志劬書，未嘗息版；曩贈詩餘，芳搴腴擷。平子工愁，湯休寫怨，有由來矣。他日放舟歸來，齋中聯襼，棠梨獨紅，楊柳正緑，共相唱和，以永今日。楮短不能縷陳，珍重是禱。

與龔鐵珊茂才

士之不易得者知己耳。誠得一知己，雖至死生而不間，何交淺之有。韜於白門旅邸，獲見足下，即携手如平生歡，翦燭久之，猶戀戀不能去。韜初不解其何以然，旁觀者謂足下愛才之切，而韜謂足下知我之深也。

嗚呼！足下亦不遇者耳！年來挾其文游名場，見黜者屢矣。而足下志益奮，氣益壯，韜竊難之，而即以是知足下。夫人當少年，任意氣，往往謂功名可立就。及所如不偶，則憤懣隨之，不然貶節以求合，又不然頹靡以老，或自放於山巔水湄，豈知天下固自有真知己，非當途拂拭可比，如足下之於僕者哉！韜固謂足下之必有合焉。

然吾人於世，不可令人人知，而又不可不間令人知。足下不概責人，以知足下之蘊蓄不淺也，而豈遂無一知之者？韜固謂足下之必有合焉。

與徐仲寶茂才

別來二稔，凉暄屢易，時睽路隔，結轖於中。夢繞梨花，研北禿騷人之筆；信驚桐葉，江南遲驛使之梅。望月看雲，實所引領。倘云淞水無魚，我有辭矣；如問衡陽少雁，君何謝之？

丙午秋仲，應試過江，未一執手，數從同人處問訊，知足下卧病旅窗，放舟旋返。白門疏雨，宋玉神傷；藥鼎茶鑪，休文閒殺矣。嗣後笠澤人來，緬述足下近況，聞之嗚咽。離魂未定，異耗頻驚。痛祖德凌夷，感先芬零落。拂情事每相繼來，失意時偏不一至。弄玉竟昇，掌珠旋碎。言念吾友，傷如之何！

君既深秋士之悲，蒙亦爲物情所感。歎蕭梁之任昉，門户衰遲；愧唐李之孟郊，詩詞寒瘦。貧剩長卿四壁，偷存子敬一氈。所以引杜甫之杯，時深慷慨；彈馮驩之鋏，不盡低徊也。

丁歲春間，鹿城旅邸，僅得一面，足下縷話酸辛，情詞愴悢，氣涌如山，淚多於海。積愫未罄，離悰又遥。

朅來明月廿圓，西風多厲，加餐珍重，彊飯爲佳。對短燭於宵分，望暮雲於天末。幸山雨之留樽，重來如昨；窺簷塵之懸榻，欲下無期。展帙焚香，招吾良友，輒陳往翰，以寫款懷。

與陳松瀛孝廉

术酒斟來，蘭湯浴後，定有新詩，娱此令節。頃聞足下鐫《香蓀館試帖》，想已告竣。鏤金屑玉之詞，刻翠裁紅之手，豈第錦標高奪，花樣重新，藝苑傳觀，士林足式乎！韜志願登龍，心懷窺豹，幸擲一編，是當三復。將見讀罷丁簾，醫俗賴能詩之癖；分來午日，愈愚同益智之粽。帖括家必以此爲左券也。暇時當步屧過高齋，一聆緒論。别紙繕呈，并希裁鑒。

與趙静甫上舍

話别以來，凉暄屢易，冥想成夢，執手末由。此心耿耿，愚衷不明，每一思之，悼歎彌日。迴憶曩者，讀書西齋，聚首良得。遠辱鄭子美之贈紵，近忝戴宏正之記簿。燭炧酒闌，性情浹洽。雖景易時移，而迄今猶昨。

嗣音久虚，塵氛坌集。弭楫錦溪，忽又半載。此邦儕輩鶩名炫利，腥羶所聚，蟻蛭附之。略涉之無，已蒙美譽；縱情墳素，反詆大愚。揣摩闒扁之書，授受骳骫之卷。今兹心緒益復惡劣，比且闔關削跡，几案生塵，門雀可羅，書蟫盈篋，生性簡放，頗以爲苦。猶幸雨宵月夜，篝燈咿唔，聊破岑寂，堪自慰耳。蓮池咫尺，漱霞數椽，時時過往。簷花放後，闌藥開來，村醪甚釅，不殊書味。以此相儆，顧而安之。

流光若駛，人生幾何，雖欲效昔時團聚之樂，而不可得也。幸自珍重，勿墮前約，輒濡翰墨，奉報萬一。

答滌盦師

伻來惠我蠻箋，敬藏篋笥。自後東塗西抹，管城子可日與楮先生遊矣。新詩一摺，感亡念舊，情見乎詞，盥讀百回，不能無嘅。韜墜雨天末，邈焉寡儔，追憶影塵，曷禁悵惘。四海知希，風流闃寂，傷何如已。平生足不出里閈，見聞未擴，雖欲述撰，恐蹈陸平原覆瓿之語也，其何以教我？

致醒逋

一昨往返二十餘里，菜花豆莢，時有香來；野田風景，良亦不惡。惜余以跋涉委頓，遽攖小疾，寒食佳辰，未免孤負，當爲足下所笑。平生腰脚頗健，苦乏濟勝具。他日桐帽棕鞋，逍遥山水間，未知足下有同心不？

答嚴憶蓀

書來得説部一種，甚慰。披校之餘，正如讀《齊諧》而覽《述異》。漢唐以來畸士騷人，類以著述相高，然怪誕之詞，君子弗尚。若夫詳逸趣於山家，耽閒情於翰墨，如趙氏《洞天清録》、曹氏《格古要論》尚已，其次則《考槃餘事》，足與頡頏。是書自闢蹊徑，頗亦不乖風雅，至格物窮理，則猶有未逮。若其網羅舊聞，參稽軼事，亦當世得失之林也。沕此鳴謝，并誌貺我之惠。

呈嚴馭濤中翰師

絳帷絲竹，不耳聆者已越二載。株守空齋，鍵關謝迹，雖肆力於詞章，而旋作旋輟，終不入古人之扃而窺其奥。况獨學無友，必自我作古。家貧，不克購書自廣，即欲妄思纂述，而無張茂先之才華、段成式之淵博，元文覆瓿，可爲前車鑒，是以欲下筆而中止者屢矣。

夫考據祖孔、鄭，理學宗程、朱，兩家自分門户，而學漢者傷膠固，師宋者病空疏，則又失之一偏。韜賦質濘愚，豈敢高談性命？石經奇字，亦謝未遑。惟有稍事博涉，以冀有所稗補。往往取資於稗史，而折衷於正史。且稗史雖與正史背，而間有相合，足以擴人見聞記覽，又何必名高哉。故野乘亦可怡情，藝譜亦爲秘帙。山經輿記，各專一家，唐宋文人，類以此自傳，韜心竊慕之。

若我夫子雄於文賦，詞林藝苑間夙馳聲譽，可弗屑屑於記誦之末，其所以傳者，或不在語言文字之中，非韜所敢知也。

韜年也少，其所爲學，雖不能方駕於古作者，亦決不敢自後於今人。顧韜窶士，家無藏書，即偶有所得，亦散佚之餘耳，欲仰屋著書，不得不遍搜奇篋。夫子席數世之贏餘，彝鼎金石而外，典籍必較他族爲多，嫏嬛福地，端讓此矣。韜欲效李邕賃居，想以極生平大觀，雖陸放翁有荊州之語，亦不暇顧。不揣之私，尚原宥焉。

與汪研卿茂才

詩之不必佳而得名者有三：曰方外，曰布衣，曰閨閣。至如諸生，作詩者極少，而得盛名亦難，非藉巨公力，不能煽動當世，然亦不易。僕數年來所遇，即絺章飾句者亦甚寡。今歲僕捻書籍寄錦溪，衆於席間極口稱足下詩，且謂足下恃才不下人，多所凌折。僕謂此僻壤偏隅，本不足羈車轍，其蔑視宜也。夫足下本隸浙庠，以長桑術游於此，初至即建詩社，與淞瀛諸子相倡和，不可謂非流俗之矯矯者。繼墨華王君携足下數帙詩訪予，展閱之，絶無謝朓驚人之筆，即所聞揆所見，并不逮崔信明楓落之作。顧論詩之體不一，有廟堂之詩，有草野之詩，求之足下，概未能語此焉。僕非敢評隲足下也，譬諸爲醫，既知病之所在，安有不攻以藥石？况足下托趾異地，於處世宜卑不宜亢，即有才，亦當自牧如，竟傑然傲然，自詡爲通人俊民，不令識者笑乎？僕本不欲盡其詞，辱足下不棄，出以相示，又何所隱，以違孔氏各言爾志之義，故竭其區區，足下納焉。

與醒逋茂才

菊舒籬黄，楓冷山紫，秋光渲染，别具文章，而一入羈人之眼、秋士之胸，輒不覺離思愁緒之疊生也。白門應試，道過長江，攬勝披襟，放懷今古，金、焦兩山，隱約烟樹間，波翻日脚，浪蹴雲頭，天塹之限，誠非虚語。夜泊露寒，離魂繞枕，旅窗剪燭，岑寂感人。客中無事，時與二三知己策蹇拏舟，尋山問水。曾遊鷄鳴寺，登清凉山，訪胭脂井，觀雌雄鐘。復歷隨園，柳罨深谷，花穿小橋，右有蔚藍一角，鬱然深秀，髣髴倪迂畫圖意，然亦寥落矣。莫愁、桃葉間，夙稱名勝，因與棹畫船，盪蘭槳，作竟日清遊。緑波映黛，紅檻迷花，兩岸水閣中管澀絃嬌，觸耳徒增惆悵。衣香人影，琴韻簾聲，金粉風流，猶饒餘豔，但恨無詩以弔之耳。水流春去，絮薄花浮，參美人禪者，每爲欷歔。世豈復有文君、紅拂，物色風塵，爲閨閣中之巨眼耶？因低徊久之。

近旋里門，掩關却埽，益復無聊。因思雲有去住，月有虧圓。離合皆人事之常，聚散本前生之定。惟是境雖若斯，而心何能已。嗚呼！遇而無情，何如不遇；情而無緣，何如不情。怪殺東皇，乃慣與人以相思子乎？足下曠達人，必能爲此中下一轉語，勿徒以未免有情，誰能遣此了之也。

與周侣梅姻丈

落花半簾，流水一曲，燈紅似豆，屋小于舟。朝聽謝豹而思家，夜泣絡絲以惱客。酒難澆塊，詩少嘔心。春雲入夢，耽杜子美錦里之吟；秋雨攪懷，劇馬長卿茂陵之病。伏念吾丈，才高吐鳳，文勝雕龍。張茂先詩名第一，紹漢開唐；揚子雲經術無雙，出顏入孔。韜居甫里，時厪下風。家君曾締深交，小子亦垂清顧。繼於金陵旅邸，剪燭論文。煎茶而閑補陸經，檢字則細書唐韻。正期蟾宫得路，雁塔題名，梯青雲而躡天衢。况乎吾丈大筆淋漓，羣言屏棄。元白驚而輟詞，君苗見而碎研。乃文星暗處，竟嗟對策劉蕡；蕊榜開時，孰憶抄書宋濟。固知明珠見叱，非孟浩之不才；花樣違時，實盧仝之未遇。然而鬱陶斯起，毰毸自傷。秋風籬舍，君偏小隱江湄；落月屋梁，我衹寄懷天末。音書久闊，壇坫長疏。回憶燈炧酒闌，悃忱倍至。自問何能，矜寵若此！豈以奬進者不惜齒牙之論，裁成者亦登卷曲之材。而韜則入郗超之幕，登王粲之樓。青氈徒守，曷來真鑑之鍾期；緑綺不調，乃有審音之涓子。聿修短簡，用布微忱。曩惠良言，已久作韋弦之佩；兹呈拙稿，願勿辭斧鑿之施。

與朱癯卿茂才

塗路雖局，歲月不再；契闊日多，團聚日少，思之凄絶。韜掩關却埽，於里閈諸故歡，謝絶非一日。高軒未詠，何來畸人；凡鳥自甘，深厭俗客。春初移櫂錦溪，適足下有事吴中，未一執手。御李之刺雖投，訪戴之舟空返。愛而不見，怊悵徒深。繼以塵躅羈棲，末由自適，而雨殘酒醒，未嘗不念及也。

回憶金陵旅邸，刻燭飛觴，聯詩擊鉢。策疲驢而訪友，盪畫舫以尋秋。看花利涉之橋，買笑莫愁之市。此景此情，渺不可接。因之悒悒，不能自解者數日。邇來文字因緣，懺除殆盡，舊時結習，棄若隔生。惟是良友之思，縈於寤寐。吟梁月之二章，隔樹雲於廿里。何時一罏香、一甌茗，携斗酒雙柑，共聽黄鸝於花下耶？

日昨錦溪人來，詢及起居，知休文多病，長事藥鐺。昔愁觸撥，抑有由矣。亟欲倒屣趨高齋，罄悉近况，而又牽人事不果。夫人生百年，瞬息耳，而其間孩提無知者去其一，及壯而衣食於奔走者去其一，至於老似可已矣，而或顛連，或疾病者復去其一。則此十餘年中，得與二三知己，於倥傯稍閒文酒讌集，不可謂非樂事也。噫！知此者有幾人哉！

足下年方壯，正宜肆力於古，發爲文章，否則帖括亦應時之學。然足下秉體素羸，宜善攝生之道以自節宣。魏武云爲文傷命，或非無謂也。韜不佞，不能自立，循俗詭隨，忽忽有仲宣依人之感，亦足下所素知者。肅泐短緘，幸希垂鑒。

與王紫篋茂才

一昨過高齋，儒理禪言，竟晷忘倦。川蜀文墨，遠不逮江浙，良由屢經兵燹，故家舊族零落殆盡故耳。憶昔長卿雄於文賦，少陵、劍南長於詩，當時羈旅之中，尚不乏畸士，至今風流湮没，殊可惜也。若瞿唐、灩澦，變態不一；三峽、巫峨，森秀萬狀。足下得飽天下之大觀，豈不快哉？

甫里爲天隨子隱處，茶竈筆牀，日與皮日休相唱和，後人傳爲美談，然邇來則甚衰矣。

足下嗜説部，此推唐宋人爲長，近時新刻數種，筆墨非不佳，終病詞華多、實意少。外呈獪園八幀，乃明季人筆墨，雖勦舊説，幸淫穢弗尚，猶有可取。《域外叢書》備載要荒情俗，光怪陸離，弗嫌於誕，亦海國見聞之一端。蒙著有《瑣窗筆記》，蹊逕未甚新異，惟意所託，覆瓿之物，無足當一笑。

韜屏棄帖括，壹志讀書，閱先賢典籍，未得萬中之一。邇年妄懷述作，而牛毛麟角，剖校非易，然或自此得稍益學問，未可知耳。丁未詩集二卷，顧師滌盦所手删，春鳥秋蟲，感時流響，本何足存，第詩以見性情，未忍遽捐。若妄立門户，以自鳴高，則蒙豈敢。

聊綴短簡，即候文祉。不一。

與慧英女士

夜深無可消遣，茗談雖佳，非其人未可與言。頃欲借紅萝籌一玩，爲雅俗共賞計。呼盧喝雉，固非文人所宜，然偶一爲之，諒不蹈牧猪奴之誚也。

與醒逋茂才

秋暑如酷吏，令人難堪。昨宵月色甚佳，惜無微風，枕簟如炙，轉側不能成寐。燈昏酒渴，欲覓清茗半甌，竟不可得。此景殊苦，口占一絶，請爲足下詠之："永夕不成寐，懷人最可憐。簾鈎微有月，清影到牀前。"

與萝蘅内史

天地間何年不秋，何處無月？人苟淡然自得，奚往而非快。余隱於酒，有虞松之高情，慕蘇髯之逸致。皓月當頭，引杯在手，泊然也。夫人生數十寒暑，中所閒者祇幾日耳，誰能結無情遊乎？

再與夢蘅

人生蹋地後，顛倒名利，曾無一刻閑。魂魄一去，皆如秋草浮雲耳。復有著書立説博身後之譽，亦思數百年後空名豈澤枯骨哉，而況未必傳也。吁，悲已。

招陳生賞菊

齋中藝菊數本，秋後飽霜，花葉不萎，陶徵君愛菊有癖，亦取其節耳。竊聞花有三品：曰神品、逸品、豔品。菊其兼者也。高尚其志，淡然不厭，傲霜有勁心，近竹無俗態，復如處女幽人，抱貞含素。菊乎，菊乎，宜於東籬之畔，獨殿秋芳也。足下高雅絶塵，於菊最宜。夕來劣有杯盤，與此君一結世外交，如何？

招沈四山人看菊

芙蓉已霜，又有殘菊位置於丹楓紅蓼間，如穠豔之有疎遠也。一轉瞬際，寒梅一枝，嫣然竹外，花國中不爲闌珊矣。韜嘗謂菊爲花中之逸品，足下乃人中之逸士，倘詩債了時，乞來荒齋，持一尊以相對，座中惟一滌菴師耳。

冬夕招江弢叔小飲

緑酒浮蟻，紅爐煖猊，聊以消寒，非同中熱。足下雖無麴蘗之好，值此天寒，亦當强飲三蕉。已令侍史煖活火，煮熟炭，當雪花飛舞時，共傾一瓢，以永今夕。

與夢蘅内史

朝來彤雲如幕，山容不開，殆天工欲飛六出梅花矣。亟宜端整詩牌，滌除茗碗，以待滕六之至。余已折短簡以招同志，約於橋南酒家，衝寒畢集。夜深薄醉歸來，煩卿剪冰芹、烹雪水，於清寒中作冷淡生活，亦嘉話也，彼羊酒妓爐，何足語此。

再與夢蘅

室供博山爐，几置端溪硯，炷海南水沈香，臨《黄庭經》數葉，窗明几净，日影在簾，神情不覺穆穆。然斯境殊爲清絶，獨享爲愧，當與卿共之。

與盛艮山茂才

衆生棲塵，皆如阿閦，念之於人，旋起復滅，境亦幻觀。情海生波，覺岸自遠，苦無牟尼一串心珠，爲大千世界棒喝。天龍慧指，足砭癡頑，貪嗔兩關，不持自破。吾人静中，時現妙相，伊婆僿尼，妍醜隨變。數百年後，如烟、如泡，一切事皆當作如是觀。

與覺阿上人

一昨病中，遍歷幻境，頓豁悟人世一切是非。從此當壹意離垢，懺種種罪孽，修種種善果。依大比丘座，即登彼岸，不昧宿因。回憶前事，如漚、如泡、如影、如塵。杜門養疴，凝神淡慮，破除諸薅惱，解脱無限緣。比奉天龍偈，偈曰："人無嗜欲念，自無争競心。慧根欲不滅，含素而葆貞。弟子與衆生，無忤亦無求。"願常守此偈，質諸大師，以爲然否？

與陳生咏莪

前夜清談娓娓，殊可動聽，並立檐下，幾忘風露之冷也。晉人相對竟日，得意忘言，斯爲近矣。《昭明文選》一書，固當誦習，若博雅好古，豈止於是。俗士淺於閲歷，愓奇字之爲祟，詫《南華》爲僻書，亦徒震於其名耳。外小石一方，可鐫"懺癡菴主"四字。足下工於鐵筆，成之且速，第近日天寒，勿視爲急務，待竹屋霜輕，蘆簾日暖時，爲之不遲。《漢銅印叢》卷、《顧氏印藪》中多奇篆，仿古者所當知也。括前代之圖章，證精心於金石，考據詳審，亦文人一得。况變化參錯，亦可炫觀瞻而矜典奥，足下當求之於古，以冀有合。

與楊莘圃内兄

辱來書，教以懺除綺語，杜絶面朋，意良厚也。然僕則有説。夫能言者非名士，守拙者非通儒。僕年僅二十，而於塵世周旋之故，已厭棄之矣。惟以二親冀望之深，不敢自棄，思得一通籍，博庭内歡，他非所知耳。至於綺靡障礙，未能屏棄，亦是文人罪孽。然穠豔風華，乃其本色，兒女之情，古賢不免，此亦衹與甌茗鑪香供消遣而已，不足爲學業累也。

若夫取友之道，誠不可苟。僕聞君子弗遺其舊，苟可節取者，未嘗概擯之門外。自問生平何者優於人，何者絀於人，而素所交接之士儻有一善可師，片長足録，可以匡我未逮者。如必盡范、張、嵇、吕而友之，毋論盛氣難親，抑亦所見之不廣矣。子寧以他規我，勿徒屑屑於其末也。

與徐仲寶茂才

入春以來，陰雨不止，殊敗清興。小桃纔放，又被催落。春窗初曉，鵓鴣正啼，誰奏緑章，替花姨乞晴，俾廿四番芳信一一吹開，庶幾可觀。弟家泥甕初開，茅屋新墍，柴門一步外並無俗物到目，足下夜間有暇，能來剪韭聽雨，共話素心，何如?

與趙上舍

寒齋小别，纔倏忽耳，已有旬日之隔。流光若駛，大禹所以惜寸陰也。郎君頗肯讀書，今秋曾試以文字，有條不紊。學作散體詩，遽令讀少陵集，格高氣渾，恐難入門。非謂少陵不足學也。少陵無體不備，歷來詩人奉爲鼻祖，必具有篇段，方可進以妥貼排奡，庶不至貌似神非之病。至於經籍，已盡其九，雖未及邊孝先之笥，或無負黨太尉之腹矣。《文選》一書，不可不讀，此誠藝苑之善米，學圃之智粽也。

陳生詠莪弱齡夭逝，彌可痛惜。青洲衹此一孫，今則宗嗣斬矣。善人無後，輒欲呼天問之。昨作誄文，因賤恙不任手書，已付吴回氏收貯。緣情至者不必以文，即文亦不能盡其情也。

伸紙信筆，不盡欲言。

與江弢叔茂才

昨承枉顧，得挹清徽，桓譚《新論》、康駢《劇談》，兼而有之。大著留置案頭，反覆讀玩，幾於愛不忍釋。因就燈畔餘閒，盡寫録之，一夕而畢，不覺手腕爲脱。集中游大明湖諸篇，英氣勃發，山川奇詭，洵足以暢襟靈、擴眼界，而使性情躍然於紙上也。

與省補茂才

一昨得暇，聚首清談，殊有佳趣，會悟處亦不少。吾兩人讀書好古，性略相同。博聞彊識，才氣横溢，則足下不如弟；精深貫澈，由桷淺而底純粹，則弟不如足下。二者各有所長。而足下閱歷名勝，兩游岷蜀，一至餘杭，又足以開拓胸次，發爲詩古文詞，必非他人所能者。若弟則僻處鄉曲，無師友之傳述足可紀聞，猶幸有書籍典章擴其識見，雖閉户而游，頗欲抗懷宇宙，寄意塵表，然殊未易言也。

邇來留心當世，酒酣耳熱，援古證今，著有《蒿目論》，中有十不可治、七必當去之説。倘爲政者採而録之，或亦可作杜牧、郇模之痛哭也。然而廟堂之上，不乏皋夔，其訏謨碩畫，必遠軼儒生，如用草莽而見效，不幾顯朝廷之無人耶？以是知吾説之必遭詆斥也。

小庭玉蘭已放，瓊花瑶蕊，疑是後庭遺種。倘過小酌，勿負此花，幸甚。

與海上友人

日者申江萍聚，相見寓齋，清談奥旨，竟晷忘倦。加以虚懷下詢，縞紵辱投，館舍羈縻，覼縷莫罄，而雨聲燈影，迄今思之，猶如夢寐。尚憶元夜觀燈，倚闌情話，復遊别墅，踏月南橋，雖城市喧闐，而片石孤花，别開静境。嗣是放櫂歸來，時日間隔，引領西望，帶水難杭，惟吟杜老凉風之詞，諷謝莊共月之語，以抒情愫而已。

比如履約安吉，實慰懸懷。而僕以跋涉委頓，遽嬰寒疾，形疲神籥，猶幸藥鼎茶鐺，破除煩悶，稍稍起立，然刻翠裁紅，渺如隔世。忽飛箋素，眷注孔殷，虛譽崇奬，神沮色恧。并讀五言，爰悉近況。此有王粲之感，彼爲庾信之哀，其揆一也。交淺言深，斷推足下。

足下去家三千里，作客廿五年，感悼知希，移情海上。客愁共落日俱沈，鄉夢與寒潮偕遠。繼聞移研蘭陵，僑居僻巷，遠害持身，實具君子之識焉。夫今之所爲詩者，煩手新聲，風雅弗尚，正軌幾亡，繆種百出。必當矯除陋習，翦剔榛芀，雖在顓門，毋苟述作。足下知之素矣，何用言哉。

屬酬瓊什，病廢疏嬾，都未能了，深爲疚懷。江西數峰，君舍歸然，雞黍之約，俟諸異日。

與嚴薏森

契闊久矣。衡宇相對，渺若山河，使人能不悵然。僕於燈火咿唔時，輒思故人弗置，足下亦同此心乎？僕病雖能起立，然臨水不敢照，恐驚平昔顔，誠如馬戴所云耳。足下抱負不凡，以池中龍自況，而又恐爲獱獺所笑。足下迂矣，聖賢立功名，未有不從貧賤出，而當其未遇時，豈皆無所挫辱而後奮哉！奚必以此爲病也。僕待能步履，當過高軒，罄悉忱愫。此白。

與楊莘圃

久不得見，音問缺然。來日大難，相聚不易。足下遠至浙西，迄無所遇。吾儒淪落已甚，豈海内猶存知己耶?

足下負才不羈，達理養志，立品粹然。本朝試科以制藝，實沿明代舊習，遂使英賢傑士，壯志消磨，皓首窮經，未蒙推選，不知湮没幾何人品矣。稽夫漢家立法，興孝舉廉，循吏真儒，彪炳史册。至今日骨鯁之臣不聞於朝，通經之士不興於野，遠弗逮古矣。非今之人才不生，抑亦取士之道失也。

僕束髮受書，即承庭訓，刻意嗜古，有心著作，頗以維世道爲己任。早已知窮達有命，不必悔十年不讀書也。平居俯仰古今，出處之際，誰是完人?即如昌黎爲唐代名臣，其自任不可謂不重，而《上宰相書》則失之躁，《示兒詩》又失之誇，其遺譏於紫陽、後山輩者，抑有由矣。後之學者，萬不及韓子，而輒思纂述，無怪乎聱書妄辨，掊擊者多焉。僕日遊心於經傳，未能究其終始，於古文詩詞頗能琢抉其微，然得之璣羽，往往失之鵬鯨。

足下手披目覽，獨具識見，真有會於典籍之大，卓然拔乎流俗。昔者足下自吴至蜀，八千餘里，當不乏名勝之區。有佳山水，必有奇搆傑作以副之。感慨古昔之遺蹤，瀏覽前朝之勝蹟，發爲吟咏，亦足以豪。羈旅之中，昔人縈懷；遊歷之地，詩人托興。足下何不攷其土風俗尚，裒爲一編，如放翁之《入蜀記》、石湖之《吴船録》，使僕後日至其地，而知某邱、某壑吾友之所經也，某宦者、某氏子，吾友之所識也。豈曰著書立説，窮而後工也哉!

夫吾人功名不就，則遁爲汗漫遊，日與畸民俠士交接，而不與聞興廢事，是亦一樂耳。年來足下株守鄉曲，布衣蔬食自甘，靡靡然曳裾侯門者，足下固不出此。噫!僕因之有感矣。行之不立，身之悲也；名之不成，儒之恥也。豈徒持三寸管，馳騁詞壇而已乎!凡庸歿後，里書不傳。僕所以廢書三歎者，蓋有感於斯也。

與楊莘圃

讀足下手畢，感甚。然有不能已於言者，足下何教我之深，知我之淺也。三復循省，罔知所裁。足下視僕爲何如人者？

僕方謂稽古之儒，世不概見，即有一二有志之士，特立獨行，舉世又從而排擠之，誹笑之，無怪乎流俗之不能識人，而古學之卒不復也。

韜之所學，不過經史諸子與歷朝諸君子文而已，未嘗與今異好也。即所著述，亦爲筆墨所偶托，豈欲藏之名山大都，傳之其人，垂之後世哉！且亦非以著述自名也，事本與讀書相輔耳。有一日之讀書，即有一日之著述。後日功稍深，學稍進，或見己之所言爲古人之所已言，併書可以不作。以視乎章句俗士，咋舌伸眉，望而却走，没世不敢下筆者，其得失爲何如哉？家藏典籍不富，即殘編斷簡，韜且未能遍閱，奚敢以博雅好古自命耶！

足下謂科名者，士子之進身，非得之不足爲孝，以是爲僕勸，其意不可謂不厚。然僕聞有一時之孝，有百世之孝。吾人立天地間，縱不能造絶學，經緯當世，使天下欽爲有用之才，亦當陶冶性靈，揚搉今古，傳其名以永世。若不問其心之所安，博取功名富貴，以爲父母光寵者，烏足道也。

足下歷觀古傳作，皆自少時嶄然露頭角，及壯能文章見知于世，而其始未必不如僕。横覽四海，生才蓋寡。僕目雖不越几席之間，而心嘗馳宇宙之外，何以有識者渺不得觀？方自歎歎不已，甚至泣下。復顧而自惜，謂不遇一有識者，與之上下古今，議論興廢事；其次以古文詞相質證，誠以非有識者不能知我文也。况士各有志，僕不能强足下爲古，猶足下不能强僕趨今也。豪傑自命不凡，豈可苟阿世俗。僕之不才，何足辱齒頰？足下之過慮甚矣。

足下名益高，志益奮，而業益精，以掇青紫而無愧，若僕則何敢望。僕年二十有一，足下年二十有五，而僕足不出里閈，足下游蜀中，遍歷山川風土人物之異，所遇若岷坡、宗望輩，非皆當世才也，所交接者，更有勝於僕者乎？夫聖賢維倫常，豪傑懷經濟，文人貴學問，足下意謂即不能相聖天子以輔盛治，出爲百里宰，亦可澤及黎庶，功被當時，而名流後世。不知今之爲方面者，日耽娛樂，於屬吏則悉索無藝，雖使冉季復生，亦將以聚斂爲急，况不逮冉季者哉！嗟乎！於時文中求經濟，吾未見其可。足下勿挾尺寸之見，令人墮實而廢時，則幸甚。

與友人

契闊以來，凉暄屢易。違懿範於三秋，望雲山於百里。中夜以興，時深歉仄。愓士林之清議，對執友以何辭。

足下寄跡瀛壖，雖蘇涸轍，而處身之道未得焉。夫儒者立節，不必鳴高；君子持躬，務期絶俗。經權常變，惟所用焉，而獨至處身，則斷不可不謹。顧諉爲見幾者，未揆事理之全；設爲觀變者，亦昧綱常之正。事苟關於衆口，未始非士品之厄；而持公論以繩人者，或亦在賢豪輩也。足下讀書有得，卓卓然超乎流俗，於事變之來，亦略識幾宜矣。乃不得志於時，徒傷道之不行，亦惟茹蔬飲水，藉泉石以自晦，何必干時挾策，爲非分之求耶？雖遯跡居夷，昔人亦有行之者，然非可以一例論也。

滬瀆據江南之一隅，南控閩粵，北臨淮漢，近接江浙，遠達瀋遼，帶長江以爲險，襟大海以爲固，居然一重鎮也。彼自議款通商以來，實逼處此，保毋有覬覦之心，所以安靖無虞者，亦待時而動耳。吴淞一帶，船艦相連，首尾交接，大小約數十艘，而此外又有兵舶，託爲保衛商旅計，包藏禍心，非伊朝夕，足下其巢幕之燕乎？近又聞整舟砲，利器械，嚴戒備，欲以截遏海運之北上，隱然若一敵國。雖事即潛消，而勢已可慮。况煽惑起於人心，災祲見於天象。熒惑輔日而行，日皆赤色。寧波城愁糧運壅阻，海盜公劫無忌。夫於無事之日，抱厝火以爲安，絶少遠大之見，至一旦變端釀於斯須，干戈起於不測，則有難自由者。苟有掊擊之人，何以謝焉？

今夫有識者當乘時以圖功，論人者當設身以處地。值貧賤之迫人，旁竇捷徑，所不暇計。故忠良於事勢之無如何，亦惟有含痛入黨人之傳耳。《春秋》責備賢者，於失身尤重焉。僕於酒酣耳熱後，能不爲足下擊碎唾壺，感憤泣下哉！

然褰足不入者，保身之哲也；決心舍去者，果斷之士也。事機猶可轉圜，昔非何必不今是。翩然辭去，鼓櫂而西，彈長鋏以歸來，謝知音於海上，尚不失爲佳士耳。若復羈棲異地，淪落青衿，以垂暮之年，蹈不測之域，不獨知者爲之興歎，即己之心何以安？昔孫武識夫差之非霸才，范蠡知勾踐之不可共安樂，穆生見不設醴酒而行，察微知著，未始非遠害全身之一道也。度勢審時，足下諒必明於去就矣。

與楊莘圃

今秋白下不復遊矣，歇後鄭五自知夙明，何敢作非分想耶？金、焦兩峯，讓與足下飽看，可惜，可惜。課徒之暇，泛覽典籍，日積月累，見聞稍擴。顧閉置閭閈，跬步輒自約束，酷類車中新婦。前者足下言旋，僅得一面，後以阻雨，未克携屐相訪，悵甚。來札念我，媿喜交集，終歲依人，仲宣生感。讀君之書，不能無慨於中。韜問字吾師，暇輒過從，元亭載酒，或不是過乎。足下書古博洽，素抱劉貢父不好議人之癖，韜尤服膺，即我師亦嘖嘖於君之古文詞，而樂道弗置。足下歸來，新詩定當束笥。酒闌燈炧，揚榷古今，如吾兩人，正復不可多得耳。南風良便，聊報尺書，謹冀珍重。不宣。

弢園尺牘卷二

瀛洲釣徒王韜仲弢著

與所親楊茂才

韜頓首。韜不才，無所表見以光於閭黨，遯跡海上，是用殷憂。鴻雁西來，手書遠賁，十讀三復，瞢所適從，然有不能無言者。

昔年先君子見背，韜固不欲行，眷顧家庭，又難中止。使有一大力者提挈其間，俾成素志，決不敢自甘湮没。乃經秋卧病，闃閴闃如，蟲聲滿庭，鼠跡盈案，歷此況味，袛自傷矣。然後戢翼長征，浩然不顧，知韜者當爲韜痛哭流涕而不置也。羈絏旅窗，孤惶弔影，夜闌夢醒，淚痕常溼枕角。每念先君子，輒摧腸裂胃，死而椎牛，誠不如生而殺雞也。人子之職，未嘗一日稍盡，況兹者丙舍未築，尚以華屋作山丘，更增悽惻。舊冢僻在澱邨，臨水背田，地步殊狹，且上無數株之樹，旁無徑丈之籬，叢雜荒蕪，幾至不治。意欲舍此一區，更占墨食，而公私逋逼，因循至今。臘底歸舍，怱怱杯酒，未獲與足下略訴衷曲。繼又放櫂來斯，黯然執别，卜宅城闉，原非得已，以骨肉之相離，而奉侍之多缺也。雲樹蒼茫，時日間隔，側身滄海，喟焉自傷，欲求如足下不可得耳。

足下擁油素四尺，據南面百城，慨慕賢豪，進退今古，以此蔑世俗、傲王侯，無媿矣。嗚呼！天地生才不數，處世亦不苟，韜常以爲然。及至今日，有不敢盡信者。

韜年十九已事博涉，才雖不逮古人，而風雨一編，靡間晨夕，不可謂非劬書媚學者。初不料時命之不偶，而淪落於無知之俗也。事至於此，誠爲已矣，豈復能嘐嘐然詡名尚品，炫智矜奇哉！雖有殊才異能，横出儔類，亦不足觀也。

已删訂文字，皆係所主裁斷。韜雖秉筆，僅觀厥成。彼邦人士，拘文牽義，其詞詰曲鄙俚，即使尼山復生，亦不能加以筆削。其所任用，雖皆亡命非土著者，然豈無沈落光耀之士隱淪其中。邇來韜蹤晦跡，久不談詩，惟是結習未忘，閒情偶寄，或攜朋小飲，或招友劇譚，佯狂乎市廛之上，溷辱於沽屠之間，要不過馳騁於懽場酒地，消閒於甌茗鑪香，醫劉伶之癖，補陸羽之經，爲愁城中特闢生趣而已。

略明吾懷，惟垂察焉。道體幸自珍重，眷好安聚無他祝。倘有便羽，更冀良訊，毋寂寂也。

與諮卿舍弟

我自去歲杪秋至此，今已又及秋矣。時物一周，不禁觸目生感。嗚呼！人生如白駒過隙，誠不知老之將至。貧賤何足耻，富貴不可求，但當安吾貞、守吾素而已。今人得温飽便不識名節爲何物，可嗤，可惜。我今亦蹈此轍，能不令人訾我短耶。

與友人

往者不佞偕友人登馬鞍山，御風而行，遥見落日深處，寺門不掩，山之南荒祠半圮，疎林一角。時正九月之望，空山葉滿，鐘聲帶秋，山不甚高，石逕紆折。有一抱玉洞，圍以石欄，人不能入，中有古佛，色相莊嚴。寺僧頗好客，款留啜茗。四壁都爲遊者惡詩所漭，寺僧爲拂拭佛閣積塵，指一箋素謂予曰："此詩當佳。"即視之，乃覺阿上人作也。因以日暮，匆匆下嶺。

今兹僻處海濱，無山可登，屐齒不折久矣。生平酷具遊癖，頗與足下有同好，安得幾兩蠟屐，踏遍天下名山也。

與楊三醒逋

別來二月，景物已非，溪柳盡絲，岸花如錦，温風闌雨，芳事正濃。短窗前一株鴨脚桃，不知曾著花否？嘿居幽寂，渺然寡歡。大痛未夷，中心愴惻，即有所作，無非愁音。輟筆以思，汍瀾盈袖。僻處城北，絶少畸人。帖經而外，置不復道。所居三椽，聊以容膝。老屋多隙，時來黄沙；小窗不明，罕覩白日。冠蓋而過者，未投一刺；褦襶而至者，誰擅清談。回憶曩者夜永燈涼，論文前席，此時已渺不復得。

離聚無常，悲愉易狀，而論者猶謂附腥慕羶，兼金可致。蒙污韞垢，故轍頓移。物議沸騰，難以置喙。此間商旅麕至，貨物踊貴，寸椽斗室，月糜萬錢。加以洊更多故，心力耗盡，賣文所入，莫供所需。以原憲爲多財，呼黔婁作豪士。舉世悠悠，亦姑聽之而已。

紅蓼花開，碧梧葉落，韜如不歸，足下可來。瀛壖一隅，雖乏山林幽勝，而琴樓絃閣，棟接甍連，亦足瀏覽怡情、登臨豁目也。煙波百里，雲樹萬重，手書尺一，珍重無既。

與楊也峻五丈

天下之所最傷心者，與骨肉長別之後，復有小別。先生解維之夕，雨横風顛，韜之心魂隨先生以俱去矣。春申江上，萬籟悉起，聽此秋聲，益增忉怛。靈櫬返里，定已宵闌。埋香瘞玉，痛何可言！摒擋壹是，惟先生是賴。

韜羈雌異地，筆耕硯耨，凜凉飈之刺骨，感秋思之縈懷，煢煢孑立，無可告語。刻猶母子相依，可以自慰，倘初冬北堂返櫂，其岑寂更爲何如！旅燈如豆，影隻形單，既悲逝者，行自傷也。憶昔歡場酒地，日就徵逐，慷慨悲歌，適成讖語。迄今已久不見此樂矣，而所遇又若此，詩能窮人，是耶？非耶？諒先生必有以教我，使進於道，俾可舒其莫名之悲，而勉以自守之學；非然者，遁跡空山、逃禪野寺，亦足以懺除惡緒。欲作莊子之寡情，偏惹荀郎之多恨，愁悰震蕩，幽景荒凉，其將何以自解也。

秋風凄厲，伏惟珍重不既。

與醒逋内兄

積雨未止，泥潦載塗，爾時楫師，競催解纜，足下亦黯然遽别矣。引領企望，江上風帆，歷歷在目，爲隕涕者久之。

屏跡異鄉，塊然無偶，卜築三椽，欲與細君偕隱，不料又更斯變，天之厄余甚矣，亦余之有以累細君也。追念疇曩歡好，依依如昨。西風窗畔，良夜自淒，銀燭欲炧，空幃寂颼，身當其境，誰能遣此。

嗟乎！韜也窮愁日甚，犢鼻已灰，牛衣罷泣，致使細君中道棄捐。彈琴絃而傷別鵠，折釵股而痛分鸞，每念及之，心脾淒惻。欲作數詩，聊寄哀思，執筆嗚咽，不能成語。人已云亡，豈復有心情矜才鬥豔而爲綺靡之詞哉！庾信之哀、江淹之恨，引而伸之，亦莫能窮。天高地迥，俯仰多感；躡足斂眉，悼惜弗置。秋深木落，時焉疚懷。

小病初起，强飯自寬，輒陳手翰，以寫愁悒。燈昏酒醒，閱之應一慟也。

再與醒逋

夜潮未生，暮雨正急，暫一解維，西風又起。當此癡雲滿天，殘月無色，不識泊舟何處？水國寒深，曾著木棉否？側身西望，憂從中來。

寄身塵中，不過二十三載，而不如意事接踵，以至期年之間，蓋棺者再，莊生雖達，不能著齊物之論也。自此以後，看花載酒，俱屬無憀；惟是閉門枯坐，諷佛誦經，以澄心見志而已。足下以爲何如？

與所親楊丈

風雨瀟瀟，揚帆遠去，與君別後，益復無聊。高堂年老，髮垂垂白矣。翦焉孩穉，呱呱以泣。覩斯景者，能弗慘傷！獨居異地，顧影自憐，誰可告語，誰爲慰藉！

死者已矣，生者何堪。九原如可作也，何惜以郭璞生花筆易之耶。才人薄命，烈士多窮，焉用文詞，自取戾乎！行將披髮入山，長與世絶，采藥茹果，以終其身。不然詼諧詭僻，馳騁於花天酒國中，效東方曼倩其人；否則枕經藉史，肆志書城，雖貧若長卿、寒如萊蕪，泊然也。夫文能傷命，情易生愁，岸楓著紅，籬菊鬥紫，一尊濁酒，持奠細君。短榻香銷，閑窗塵網，刻骨相思，豈有了境。返魂乏術，永無見期。

嗟乎！雲樹依依，鄉關渺渺。側身孤寄，感喟何多！以家貧親老，而不爲禄仕，儒者弗取；乃羈縻於此，曠歲累月，迴憶疇曩，潸焉出涕。昔仲田負米，雖遠弗辭；毛義捧檄，雖屈無媿，然皆不致辱身。以彼絜此，實自恧焉。

西風戒寒，木葉微脱，珍重裝棉，尺書以報。

奉顧滌菴師

雨雪載塗，忽忽揖别，背春涉冬，彈指間耳。雲樹蒼茫，莫能覯止，我懷如何？不可説也。憶昔剪燈射覆，鬥酒聯吟，渺若隔世。春間海棠初開，小病偶劇，爾時尺書一往復。西風又起，窗底寒梅著花曾未？

嘿處海濱，側身孤寄，於閭閈諸故歡久絶聞問。中秋卜築三楹，挈細君偕來斯土，原欲得家庭團聚之樂，而慰旅人寂寞也。不料至未十日，遽更斯變。辱在異鄉，扶持問視者絶少，稱藥量水，惟恃一人。圓月弗常，空花易萎，吁，可悲已！

邇來遨遊於書城酒國中，日夕以淚痕洗面，舉天下之樂事無足以破愁者。一燈對啼，萬籟坌集，雖至無情，要難堪此。嗚呼！噩夢無端，豈因藥誤？夙緣有限，生帶愁來。向蒙不韙之名，遁跡於斯者，蓋欲稍謀升斗，以上奉高堂、下撫弱息耳。而今所遇又若此。羈縻異地，祇傷親心。行將改絃息轍，槁餓窮鄉，離腥羶之惡壤，守泉石之素志；慕天隨之不仕，學瑯琊之弗娶。釣水採林，供甘旨於堂上；操鉛握槧，留著述於人間。倘復悠忽無聞，托爲漆園之達識；沈溺不返，甘同南郭之濫吹，於其乃心，更闕然矣。閱境多艱，性靈殊惻，私衷覼縷，其何以罄。

寄周丈侶梅

不相見者二十閲月矣。春時海棠初開，放櫂旋里，僅以尺一之書相往復。吴淞一曲，烟雨淒迷，嗣後重掛征帆，忽忽遠去，又不得與長者一見。西風已起，故園黄花又開矣。舍弟從里門來，極道吾丈拳拳之意。嗟乎！遯跡海濱，真如匏繫，駑駘下材，無志騰驤，祇增伏櫪之悲耳。桐葉已落，槐花正黄，見人家泥金遍貼，功名之念，未嘗不稍動於中。酒酣耳熱，時復潸焉自訕。同學少年，亦多不賤，彼此相形，益覺淚下。羈縻於此，勢非得已。滬城斗大，絶無可與語者，安能鬱鬱久居此哉！吹齊市之竽，自慚濫厠；彈相門之鋏，何日歸來？故鄉可樂，易轍何時？吾里中尚有臯伯通乎？爲之賃舂，亦所欣慕焉。

與殷蕚生上舍

不見仲文，月十圓矣。遠樹在望，孤雁不回，末由執訊。春杪旋里，墜歡再拾，承足下供寒具、瀹清茗，娓娓劇談，深情如昨。兼讀吉溪十詩，寫景幽深，言情靡曼，足下伏而不出，怡情水石，肆志縹緗，遠擬天隨，近方竹素，將見地以詩傳，詩以人傳矣。

朅來寒梅已放，魯酒獨傾，别無所懷，堪以破寂。所與交接者，則皆高談性命、藐視風騷，間有一二文士，又若劉季緒一流，好妄詆人作，厠身其間，殊覺齟齬不入。數載屏居，筆耕以供甘旨，人方謂以瘦人而居肥地，必有贏餘，殊不知海濱米貴，居大不易，雖長卿賣賦歲得二百餘金，而書籍數種，漸以易米，敝裘綈袍，盡質長生庫中，允堪齒冷，無足涎流。韜精神不逮潘黄門，哀痛有逾庾子山，境遇難比馮敬通，情緒略如荀奉倩。繩牀經案，衹覺神傷。既棖觸於昔愁，復凄凉於往夢。芳草天涯，不堪在意。世豈有蘇蕙、左芬乎？絶代嬋娟，同歸黄土，興言及此，能勿黯然。年齒日增，心緒愈亂，詞賦詩章，久已束諸高閣，曩所著述，盡飽蠹魚，不欲流落世間爲人糊窗覆瓿也。結習未忘，好名之心尚在，寒蛩枯蟬，時復一呻，第不甘汶汶以没世。

何時棲遲名山，搆老屋四五椽，種修竹數百竿，伏項呫畢，與世無忤。况吾友楊君莘圃嘗有結廬西湖之想，倘使他年得與偕隱，攷訂墳典，商榷古今，仰屋著書，並有所表見，未始非寒儒之退步、詩人之遐軌也。志雖如兹，事難逆料，足下亦有同心乎？請以斯言，即爲息壤。

與醒逋

話别非一日矣，自春徂冬，僅以尺書問訊，寒夜坐愁，殘燈欲炧，每一念及，輒復黯然。足下移研吉溪，與蕚生上舍晨夕聚首，彼唱此和，所得當裒然成集，不獨消憂破寂已也。韜挈家遯跡，卜宅海濱，上奉高堂，下教弱弟。阿苕五歲，解覓棗栗，每顧之而泫然流涕。臺芳早謝，暮草垂青，數載歡娱，真如一場短夢。邇來閉置旅窗，益復無俚。花放之晨，月圓之夕，未嘗不憶曩時剪燈聯句、鬥酒藏鈎，此境不可多得耳。嗟乎！悠悠斯世，難索解人，惟是隱耀含光，聊遠塵俗。韜少時嶄然露頭角，謂不僅以空文自見。今汶汶没没五六年，世緣擾之，才亦退矣。何時彈鋏歸來，與足下讀書於吴淞之側，追蹤皮、陸，並軌千秋，中心惓惓，竊慕乎此。足下亦有意乎？

上江翼雲明經師

韜頓首。韜吴下諸生，而甫里之逋客也。傭書滬上，四换蟀鶊。垂翅之鵬不能奮飛，伏櫪之馬已無遠志。今春友人書來，規韜致力時文，以圖進取，且高堂屬望殊殷，不得不以舉業自勵。弗羨介推辭禄，偕母而隱；竊喜毛義捧檄，爲親而屈。繼因叶笙潘君爲介，得識荆州。元亭問字，敢比侯芭；藜閣劬書，遠慚劉向。辱承不棄，置諸絳帷。馬融絲竹，既得耳聆；毛萇經義，更蒙指授。自可辟咡承教，而學問從此進矣。

然韜簡嬾習成，頗同叔夜。幼耽典籍，愧作詅癡；長學詩詞，慚非妍手。至於帖經一道，素非所嗜，焚棄筆硯，已閲五載。况以遭家不造，憂患沓來，深愧太邱兩子，不能刲股以和羹；終傷方朔細君，弗及齊眉而舉案。屢丁轗軻，遂汩性靈。竊思韜當茂齡，自負奇傑，原非痼癖山林，膏肓泉石。乃劉蕡被放，羅隱不逢，燕頷之相終虚，馬齒之年已長。聲譽不彰，才華頓退。既無知者，衹自傷矣。薄遊於此，初非得已。歌無魚於館舍，欲賦歸來；嘆羈鳥於樊籠，急思颺去。每有感喟，托諸篇章。邇來貧逃酒國，愁寄書城。頻搜藎篋，屢歎無衣；典盡金釵，不因貰酒。寒士之苦，誰還相諒。

若吾夫子，擅邊韶之淵洽，夙號經笥；具李善之淹通，允稱書簏。扶輪文囿，騰吹藝林，海陬物望，咸推江氏矣。夫役心寵榮，不能一第，努力著述，自有千秋。韜之所慕，如斯而已。非敢放言，聊以素所蓄積，直陳函丈，倘肯憫其愚，更進而教其不逮也，則幸甚。

與錢蓮谿茂才

一昨江樓對酌，娓娓情深，訪豔河橋，迄無所遇，踟躕四顧，惘然久之。所云春紅校書，早墮平康，頗嫻翰墨，烟花小劫，了此夙慧，良用喟然。顧韜之寄托，别有深於此者。少時竊慕文君之爲人風流放誕，又喜其從長卿爲能得所天也，雖踰越繩檢，而獨具巨眼，是以不揜其爲千古佳話也。邇年來於花國中壹志訪求，少所屬意。結緣邂逅，不乏良材；按格品評，竟罕殊質。間有秉潔懷芳之淑媛，則又淪落自嗟，適非其偶，大都銅臭熏人，故青衿失色耳。足下亟稱方氏淑、貞二女史，可爲茸城翹楚，芳齡已長，待字十年，其志不可謂無所屬也。韜悼亡新賦，玉骨未寒，何忍遽言此哉！既爲齊大非偶，又值故劍依依，屬在同心，庶幾鑒諸。

寄顧滌盦明經師

西風判袂，北港掛帆，曾幾何時，忽忽歲盡。駒光易邁，馬齒徒增，殊令人輒喚奈何。邇來瞻企之勞，寸陰若歲，獨居異地，觸緒感懷。江上梅花，誰傳別意；鄰家爆竹，徒愴客衷。回憶細君，團聚者不過三載有奇，琴絃乍歇，墓草垂青，遺掛空懸，墮釵猶在。黄門述哀，無此奇痛；蘭成嘆逝，祇益傷心。幽怨填膺，抑鬱誰訴！夫子其何以教我也？韜所著述略有數種，要不足供世覆瓿之用。遯跡海濱，見聞日隘，詞章之學，久已棄捐。况燕巢於幕，雉罹於羅，可爲惴惴。吾夫子誼切友生，情深師弟，倘能爲韜畫一萬全之策，使自拔於泥塗，幸甚，幸甚。臨風悵惘，輟筆汍瀾，無任瞻依，伏祈自愛。

寄曹醴卿上舍

小桃開後，始旋里門，蒙君留讌，重拾墜歡，韋厨食品，別饒風味，得君家一飯，至今猶甘香盈頰也。艤舟申浦，仍覓舊枝，花放月圓，懷思綦切。當時潑酒霑襟，哦詩題壁，可爲詞壇中一段佳話。

令妹少芬女士作有《白桃花》詩，情韻纏綿，不媿作者，吾里中多一不櫛才人矣。顧媛慧英，亦嫺吟咏，盈盈競秀，女子多才，未必讓柳絮風流爲獨步也。

韜也幽恨茫茫，百端交集，真卿乞脯、義山無題，兼而有之。埋香葬玉，墓草垂青，觸撥冰絃，柔腸欲裂，一種芬芳悱惻之懷，無從抒寫，花晨月夕，黯然自傷。猶憶曩時與足下讀書畏人小築，呫畢之餘，縱譚一切。嘗言白頭偕老是庸福，非豔福也，美人百歲，亦一鳩盤之醜婦耳，必也蘭摧玉折，斯情益深。語雖不經，然足下首肯，以爲創論。詎意昔日之讕言，竟作今兹之讖語哉!

細君夢蘅容雖中人，而嫺静寡語，有大家風焉。倘其潤以文藻，即不能方軌前秀，亦可與芬慧比肩，何圖墜雨輕塵與落花俱謝耶!海上諸友勸韜權納小星，以替明月，韜以爲名姝才士，曠古難并，欲得佳婦，非數生修不能，况彼造物刻意顛倒，故留缺陷，生平常爲恨事。世豈有霍小玉、馮小青其人乎?苟屬非偶，輟瑟不彈可耳。

吴淞渺瀰，雲樹蓊靄，相思不見，我勞如何。伏惟强飯，珍重不一。

寄所親楊茂才

辛歲返轅，墜歡重拾，銜盃剪燭，喜樂無量。一别曠歲，思子爲勞。遞中猥辱手書，略悉近況。籬角黄花已兩度開，當頭明月又廿回圓，願見之懷，殆不可任。

頃里中人來，絮談瑣事，歲月雖更，風景如昨。天高氣爽，凉風生悲。笳角互動，李陵聞之愴懷；蒓鱸已肥，張翰因而寄興。念舊懷歸，昔人難免。九秋行盡，思將挂帆旋里，故人團聚之歡勝於浮榮百倍。僻處海陬，閉門訟過，此心幾如死灰槁木。故鄉可樂，長鋏徒彈；新壘未成，一枝莫借。此間校理之役已將蕆事，去留尚不可知。今兹賣文所入歲得二百金，尚且以布衾質錢、金釵貰酒。倘一旦歸來，更將何以爲計？念之真堪墮淚。

足下葆素含貞，五年伏處，所儲無十日米，得味惟一囊書。且又陶然自怡，弗改所志，不躁進以干譽、不趨炎以弋名。蒔杞種菊，中藥養神；繞樹巡欄，小詩適性。皮、陸風流，復見於兹矣。

韜自悼亡以來，輒欲焚研，生花之筆，已還郭璞。是以庾信雖哀，難續傷心之賦；荀郎多恨，未裁刻意之詞。青琴已斷，么絃獨張。月夕花晨，徒增凄愴。空作《朝飛》之操，慣嘗獨睡之丸。每值身心稍愜，寒暑得中，尋花覓絮，間作綺遊，北里東牆，不無所遇。有寶兒者，迹非青樓，間與士流往還，酒罷茶餘，偶然一詣，特未知詞翰，弗克供捧硯役也。足下以繼娶爲言，事非不可，但齊大固屬非偶，而伯鸞則先宜擇對，他年作陸通之歸老，如無德耀之相偕，何以爲隱士光哉！若其孤山處士對梅花而孤眠，摩詰老人御繩牀而坐老，高節清風，非余所及。韜竊以爲詩書之秀難降貧家，而淑慎之姿要推名族。必也四德麤識之無，中厨能諳井臼。庶幾紙閣蘆簾，不致書籤之顛倒；機聲燈影，長隨夜讀以高低。未必非雅人所慕，清致可風也。不識將來此志能終成否？付之一笑而已。

與錢布衣

昨宵話舊酒樓，深情若揭。劉伶轟飲，康駢劇談，不是過也。白家老嫗，亦能解詩，通尺素於微波，得彼姝之芳訊。陡覺蓬島之非遥，桃源之許問矣。除夕可到我家守歲，圍爐共話，興當不淺。孫君秋棠更望拉之同來，庶不寂寞耳。

寄顧滌菴師①

海上鴻歸，惠我手書，并《淚海集》一卷，臨風雒誦，亦不自知淚之何從也。

嗚呼！蟫叔竟死耶！始而淞水人來，偶言及此，猶以爲傳聞之誤，今則訛讖凶詞自夫子而至矣。嶄然頭角，天促其齡，不知夫子何以自解？歲事將闌，百端叢集，欲作一詩，以哭蟫叔，而鮫眼已枯，欲哭而不成聲，故欲作而猶未果也。除歲夕，當登九成臺上，東望欷歔，烟波浩淼，爲蟫叔一大哭。淚竭詩成，而韜亦從此返矣。

夫蟫叔以夙慧而殤，韜亦以小有才至於此極，有同悲焉。然蟫叔雖死，或可重生，與夫子再結父子緣，如横山故事，未可知也。即或不然，夫子刊此集傳世，使天下之人共傷蟫叔早殞，則蟫叔亦可不死。若韜者，先君即世，臺芳又殞，作客三年，親懿

① 此函亦見於《蘅花館日記》咸豐二年壬子十二月二十六日（1853年2月2日），文字略有異同。

間隔。老母弱弟，棲棲海濱，正不知何時可歸，是更不逮蟫叔遠矣。

況吾夫子學道有成，樂善不倦，必非無子者。雛鳳雖夭，石麟再降，亦意中事耳。卜之於天，即卜之於夫子，曷敢以無稽之詞强爲慰藉哉！燈寒漏永，紙盡而止。

與李壬叔茂才①

昨夕桂山枉過，納凉閒話，清風颯至，蕩我襟靈。桂山特索西書，弟敬傾筐倒篋而贈之。去後瀹茗翦燈，展書排悶，忽憶昨過足下寓齋，足下炫以魯壺，弟豔羡之心勃生，鄙吝之態頓起。夫請帶求劍，儉人之所爲，亦俗士之所笑，弟固非其人也。日前板橋之畔共喫鰣魚，餘芬尚留齒頰，豈敢再生妄想，然竊自揆弟待桂山不謂不腆，諒不徒以肥肉大酒供我醉飽已也。桂山言將來當饋我以鼠鬚筆，貽我以鵲尾杯，豔詞徒費，虛願難償，弟不禁一笑置之。弟近患咯血症，子雲吐胃、長吉嘔肝，病日深，壽弗長矣。或者一陌紙錢，酬之夜臺，反足爲實在功德，否則舍近而圖遠，徒令人心痒耳。

足下久知此中曲折，決不訾弟爲阿戎一流人。夫投桃報李，朋友之常，故紵衣縞帶，物雖小而情通。弟豈真欲桂山饋物，不過聊以謔之耳。弟昔承足下命，即有以報，弟固不敢居功，然亦不任受誑。食言而肥，不如食蛙而瘦。乞假囊中記事珠，令桂山一捫，索之可乎？宵來缺月娟娟，北窗静坐，藉養沉疴。倘能來作清談，敬當埽逕以俟。

---

① 此函亦見於《蘅花館日記》咸豐三年（1853），中曰："六月初旬，與壬叔書云……"文字略有異同。

寄孫秋棠茂才[①]

别來半載，疊枉手翰。帶水莫杭，遠鴻未翔，裁答時疎，衷情紆軫。凌价來滬，即作報章，亮邀洞鑒。尊裘一領，已在雲霄，反覆此案，終成疑竇。徐僕所贖典閣之衣，俱在余舍，少雲没後，即轉徙他所，其中不無首尾，豈敢謂子面如吾面，未必彼心如我心，足下默喻可已。

正月元旦，官軍克復滬城，流離之衆，復覩昇平。是夕也，賊蹤潛遁，官軍繼入，燒而後走，是其下策。粤首劉逆幸即駢誅，斬馘餘黨，不可勝計，人心至是始得一快。惜乎西園花木，已成墟莽；東里繁華，變爲瓦礫。世事滄桑，曷禁浩歎。即足下舊時庭榭，亦付劫灰，有心人聞之，應爲心酸淚落。回首昔游，徒增棖觸，懽場酒地，曾幾何時，不堪復問。惟是巖疆雖奠，而黎庶孔艱。或家室仳離，或棟宇焚燬，破巢之下，幾無完卵。集哀鴻於澤中，驅猛虎於邑外，剿撫兼施，在在胥關擘畫，一切善後事宜，非大才人不能猝辦，足下可有訏謨以蘇此困?

若僕者，飄泊天涯有同王仲宣，衰遲門户有如任彦昇，買田之願、卜鄰之想，至今未遂，應爲足下所笑。我家甫里，爲陸天隨所隱處，僕嫌其近市不能避世，未若荒邨僻處，芟茅作簷，剞竹成屋，持玉壺以買春，駕扁舟而捉月，與漁夫樵子、耕童牧豎相往還，烟迷雲遠，林密水深，有呼予爲老農者乎則諾，悠悠此心，未知何日可成。能偕隱者惟足下，故敢奉告。

僕今年頗欲留意詩詞，劍人、壬叔、梅伯咸在此間，不憂獨唱無和。足下東皋農事之暇，定耽筆硯，遥相贈答，亦可排悶遣

① 此函亦見《蘅花館日記》咸豐五年正月十九日（1855 年 3 月 7 日），文字略有異同。

愁。倘有南來之雁，幸惠好音，無寂寂也。

寄曹竹安茂才[1]

話別十閲月，未寄隻字，疏懶之狀，以此概見。臘底旋里，留家僅兩日，倉卒解維，不及一面，紆軫之情，難以言述。

弟遭家多故，骨肉淪喪，眷念吾族，涕泗滂沱。竹筠老病纏綿已久，其死猶可測料。端甫正在壯年，尚望其克紹前業，爲先人光，何亦遽爾奄忽，從乃父於九京耶！聞信駭悼，爲位而哭，弔彼夜臺，汶汶漠漠，延頸以望，川塗迥隔，拊膺而吁，冥寞異途。嗚呼！端甫媚齡廿七，竟爾殂逝。有母已老，白髮飄騷；有妻方艾，青燈黯慘。强幹已折，枯枝詎榮，王氏之衰，於斯而極。

先君之墓，僻在濲村，遠客海陬，缺於祭埽，春間必增坯土，始可無患。新阡雖築，馬鬣未歸，深爲疚懷。

鹿城應試，未識可有定期？弟於桃花放後當挐舟至家，復與故鄉戚友一聚闊悰，兼吐私臆。

弟近抱幽憂之疾，離怨填胸，遇物棖觸，庾蘭成無兹哀痛，江文通遜此悲凄，慕長卿之才，守尾生之信，每念是事，輒欲忘生，非真土苴周孔、蔑棄禮法。側聞情至者聖人不禁，義重者烈士所難，足下於此中素有閲歷，自必領略於言外，如能使明月不缺，散沙再摶，不啻生死而肉骨。嗟乎！癡念雖灰，深情未死，尚望足下終始玉成，則身受者淪肌、感恩者頫首。二百里外不能覯止，輒寫往翰，略陳鄙意，惟垂察之。

---

① 此函亦見於《蘅花館日記》咸豐五年正月二十四日（1855年3月12日），文字略有異同。

寄孫笠舫茂才[1]

韜白。寄跡海壖，綿歷歲序，倦遊之翮，凌風不翔。自遭喪亂，裹足不出，日與異類爲伍，暇惟飽食而眠。甕無濁酒，叩門而沽；篋無異書，仰屋何益。年齒日增，歲月云邁。昨已入春，餘寒猶厲，室本近郊，狂飈撼屋，枯條爲摧，林木怒號。夜半夢醒，倚枕而聽，燈寒漏静，凄戾萬狀。鄉里親懿，尺素久絶，老母無恙，差以自慰。然惡讖凶詞，一月沓至。竹筠老病，以至奄忽；端甫壯年，竟復短折。言念吾宗，既弱一个；桐枝又枯，隕其長條。惠連不來，時而入夢；阿咸長别，誰與清談？骨肉衰逝，門户零替，此一痛也。

先君殂謝，以華屋作山邱者幾越六稔，舊歲丙舍𥳽築，坏土始建。結槿爲籬，短不及肩；植松於旁，長纔盈尺。思欲徙家近冢，爲就耕之計，而此處瘠田，無異耕石。因念足下曾有偕隱之言，酒闌燈灺，私謂予曰：先蓄買山之錢，早遂卜鄰之約。而今東歸無日，西望徒勞，竊自悲已。

伊吾始願，志在歸耕，誰則同心，惟有足下。當復築五畝之廬，買兩頃之田。鳥語怡魂，山光悦性；酒飲鄰叟，詩教牧童；蒔竹滿園，斸筍爲脯；種魚盈池，選鱗作膾；蔬果供客，可以謀醉；鷄豚養親，可以承歡。東臯農事之暇，或櫂扁舟，茶爐酒醆，載以自隨，依樹而宿，尋花而語，有得則書，倦則隱几，以此没齒，聊以云達。身後之名，安問千秋；生前之樂，惟有一醉。辱同嗜好，故以爲言，勉力加餐，無墮宿約。韜白。

---

① 此函亦見《蘅花館日記》咸豐五年正月二十三日（1855 年 3 月 11 日），文字略有異同。如《日記》中函首曰：“利賓白：賓寄迹海壖，已歷七載。”

寄顧滌盦師

松軒歸里，曾肅寸箋，與梅伯畫扇並呈，亮邀清覽。夫己氏爲人卑鄙齷齪，不足與談；畫筆惡劣異常人，與錢則作鷺鷥笑，否則睫毛三寸長，齗齗然與人争。人苦不自知耳，具此庸品庸畫，望有噉飯處，難矣，當束之高閣，至無目世界時，再出可也。

炎暤肆威，赤日當空，如張火傘，嵇生性懶，益復裹足不出。猶幸東園咫尺，尚堪逭暑，花木陰翳，泉水瀠洄，時與梅伯、壬叔、劍人、春水諸君攜酒賦詩，留連其間，旅窗得此，藉破岑寂。近作消夏集，新詩如束筍，梅伯更有雲、霞二仙爲心賞，一雙解語花，雖與十斛招凉珠不易也。夜燈可近，率作此紙，冀作我師一劑清凉散，何如？

與楊醒逋

伏處海陬，見聞日陋，蓬藋荒廬，名流絶跡，傫然客中，藏書無幾。暇惟出門徵逐，夜或秉燭咿唔，結習未忘，聊繙簡册，以昔所知，命筆志之。

吾里爲陸天隨所隱處，流風餘韻，猶足以興起後人，因思方隅咫尺之地，豈無人文可以並傳？而絶無好事者爲之搜羅，以作輶軒采風故事，里志又經數十年未修，前輩風流，不幾湮没無聞乎？是則深可惜也！况其間名祠古刹，瑣事閒情，采厥新奇，可爲佳話，書其梗概，足供譚資。舊聞補松江丈擬輯里志，不識何以中止？今吾里人士類皆役於飢寒，不能有遠大之謨；後進少年，儇薄侈放，不足與言，况又跬步不出閭閈，日見夫鼻鄙齷齪之態耶！昔人謂出門交友，不如閉户讀書，固也！然讀書尤在識足以副之，今人輒謂不明世故者爲讀書人，此實大謬。所貴乎讀書者，具有經濟，洞達事理，並非貿貿於交游酬酢間也。然則存軼事、志遺蹤，以發潛德而闡幽光，非吾輩責哉！

韓子貞前輩殉難之事已確，二月十六日邸抄云："督役圍捕，拒傷殞命。"第不聞議䘏，未免闕典。而其臨難直前，大節弗隳，殊足爲吾里光已。

前與竹安同舟至滬，蓬窗多暇，劇話里中舊事，謂曾躬逢其盛，於時馬自如志操清介，潘恕齋文學華贍，陳舒堂、潘子升雄視壇坫，周碩卿昆弟翩翩競爽，爲一時之秀，而山民父子避難來里，與雉友術民相倡和，詩酒留連。若以帖括著者，則潘雲門、劉愛餘、陳蓉圃、曹醉六諸太夫子，皆爲文場之飛將軍。而僑寓吾里者，則有惕菴外祖父、茝汀外舅、築生太夫子、凌午橋先生，造進後學，有聲於時。乃不謂不二十年中，風流闃寂，而文章學問，無一能比肩往哲、並軌前賢，良可歎也。

曩在里中，足下已以讀書自負，詩古文詞卓然異人，今閱十載，造詣當不可限量，知不爲習俗所囿，蹈彼覆轍。足下沾沾於科第，嘗謂吾里不登賢書者數十年，而亟以功名相勗勉。韜時灰心仕進，在山小草，已無遠志，伏櫪駑馬，不解騰驤，視人世浮榮，曾不足當一瞬。今淮海之間皆爲盜窟，金革搶攘，靡有寧處，鼓鼙震地，烽火連天，報國儒生，何以自見？目擊時事，無可下手。邇惟隱於麴糵，并廢詩歌，恐憤世嫉俗之詞，無益國家，適以招禍耳。

往見吾吴諸生魯頌進三無疏，謂無兵、無官、無財也，今益不可問矣。師勞餉竭，上下相蒙，不亟爲之圖，後將不可治。吾謂天下當去三蟲，一曰蠹蟲，胥吏是也；二曰瘵蟲，雅片是也；三曰蠱蟲，僧道是也。天下之利，只有此數，而此三者各耗其一，民安得不病？國安得不貧？雖然，驟欲去之，烏乎能？是必有道以處此。

當今之世，爲天下計者，必以强兵爲先，足財爲務，而我謂在方面之得人。軍興以來，已及數載，兵額日增，徵調日煩，攻戰者動以萬計，堵守者動以千計，團練鄉勇，互相扞衛，不可謂無兵；勸捐勸納，無户不徵，抽釐加税，無微不至，鑄大錢，行鈔法，凡可以生利者，無不舉行，不可謂無財。然而彈丸小邑，動勞大員，經略督撫以得罪去者，不知凡幾，是在駕馭之無方、節制之無常耳。

况乎賊未至之先，則募勇修埤，運大礮，利器械，備之非不至，慮之非不周，迨賊一至，則盡委而去之。是我之所欲用者，反爲敵用；我之欲用以攻敵者，敵反用以攻我。此所謂藉寇兵以齎盜糧也，是反不若毁城郭、去甲兵、絶糧餉、徙富户以待賊至，使彼野無所掠，城無所守，不俟三日而走矣。今賊之守金陵、鎮江也，官軍攻之兩載未下；上海褊小之邑耳，兵至二萬，圍之十有八月而始克。而賊之得我地也，曾不數日。九江至險之門户也，一鼓而踞矣；金陵至堅之城堞也，四日而破矣。凡我所防堵之具，守禦之策，無非爲賊經營，我不能有而賊有之，然後足以守我地、抗我師，是不如燒而後走，猶不爲失計也。

顧所云然，乃有激而談，爲杜牧之《罪言》，非孫子之《兵法》也。至欲有備無患，有戰必克，可攻可守，可進可退，則必以得人爲先。故魯頌之所謂無官者，誠無官也。君子居是邦，不非其大夫，况民之父母乎！我非敢侈譚當世之務，痛詆牧民之長，誠惜夫尚可有爲之天下，而將敗壞決裂於全身家、保妻子、竊位苟禄之臣之手也。

海氛雖惡，尚可羈棲，惟他日退步，不得不預爲之計，買田故鄉，以畢此生。今天下無可居之地，但當隨遇而安，則身心俱泰。前湯雨生都督贈友人詩云："逃儒逃墨難逃世，見説桃源也戰場。"慨乎其言之矣！後日倘能歸來，息影蓬廬，得償素志，則摭拾舊聞、採輯逸事，使吾里諸人不隨兵燹俱滅，不獨吾里之幸，亦九京諸人之深幸也！足下諒有同心，故敢奉告。暇幸裒集所聞，覓便馳寄，想必有以廣我之見也。

與曹潞齋茂才

同客西館，衡宇相望，不能數數奉教，殊自愧也。蕭齋中凉氣拂拂，頗可静坐，一聲蟬響，萬慮都寂，此佳境也。足下前有清恙，懶於趨問，罪甚，歉甚！此時定已痊可，能作廉將軍健飯否？午後得暇，當過高軒，晚凉散步，亦足以漱滌塵襟。偶或興發，則至郚店痛飲茅柴酒，亦頗不惡。所作羹湯尚堪下箸，趁此迎秋，再作嘉會，毋使雨耕在粤笑我寂寞也。

星垣下榻尊齋，剪燈對坐，瀹茗劇譚，庾公興當不淺。弟處報金一事，乞代索取，供饘粥外，尚可作遨頭一日費也。素性落拓，阿堵物到手輒盡，又好散率，不喜竿牘，寧向典庫質錢，不願於他人手討生活，星垣略知鄙意，用敢布其區區。

與孫惕菴茂才

自耳盛名，已非一日。同居里閈，不能執經問字，載酒談奇，殊自愧也。韜自二十歲即棄諸生而不爲，留意詩古文詞，稍有所得，然未敢出以示人。中間飢來驅我，丐食海濱，七年於兹，未見一士，出城入城，但聞浩浩鴉雀聲耳，以是閉户日多，罕與人通。曩者令弟秋棠在滬，日與之游，問柳尋花，銜杯煮茗，殆無虚晷。嗣後紅巾竊起，秋翁亦歸耕故鄉，一片繁華，鞠爲茂草，珠簾碧瓦，蕩作飛灰，無復問此中人矣。逐臭已久，益覺寡味，所賴與梅伯、壬叔、劍人諸故交詩酒留連，稍破寥寂。

今月下旬忽得手書，欣然色喜，如奉九天玉詔。書中獎譽過分，神沮色恧，猥以薄植菲材，何堪爲大匠賞識哉！承索《遐邇貫珍》，但此餬窗覆瓿之物，亦復何用？徒供噴飯耳。此邦人士躐等而進，纔知字義，已矜著述，秉筆者半屬落魄商賈、餖飣末學，欲求其通，是亦難矣。

足下云欲來此一游，不識何時可來？容當下榻剪燈，共作西窗雅話。夜涼人静，燈火青熒，欹枕相對，時於此間得少佳趣。世上庸夫俗子，終日碌碌，至夜酣眠，安識此樂？足下雅人，諒有同心。倘有便鴻，更冀良訊。

再與孫惕菴

一昨奉示手畢，推奬逾分，愧何敢當。猶憶丙午中秋，應試白門，於矮屋間得見一面，其時足下剪燈安枕，作烟雲供養計，怱怱未及快譚，今此話已苒苒十年矣。人生歲月，真不可恃，中年哀樂，最易侵人。韜托跡海陬，爲謀升斗計，以上奉高堂色笑，初非得已，諒知我者，必能鑒我。

令弟秋棠已作老農，儘可避世逃愁，青鞋布襪、雨笠烟蓑，無世俗齷齪態，亦復佳耳。足下小住葦城，已歷數年，想所交必多知名士，如嘯山、筱峯、公壽、約軒輩，可與往還否？西風已起，故園黄花又開矣，想足下持螯對酒，定有一番高詠，決不爲催租者敗興也。

此間無可與語者，安能鬱鬱久居？行將買田歸耕，從令弟於生邨，作近世之沮溺，特惜蘆簾紙閣之間不能著箇孟光耳。癡願難償，他日請諗。

再寄孫惕菴

邇來拜展手畢，雒誦詩章，憂深思遠，頗有爲國傷時之意。方今楚氛甚惡，江淮之陷於賊者已歷三載，羣不逞之徒揭竿競起，外匪未來，内奸已肆，脅從愈衆，爲患日深。白面書生罔知遠慮，馬惟戀棧，蟲祇鑽書，目擊時艱，無可下手，有作杜牧、郇模之痛哭而已。

前見吴下諸生魯頌作三無疏，欲上之當事，不果。三無者，無官、無兵、無財也。昔已如此，今更不可問矣。然韜謂其弊不在無兵、無財，而在專閫之無人。嘗與吾友莘圃反覆論之，幾千餘言。太倉畢子筠亦有此議，所著《治安八策》，頗可采也。惜其人老矣，無出山之想，即出，亦不能見用。

近見宗滌樓給諫所進章疏，以爲當求草澤伏處之士以平天下。其所薦舉者四人，一爲常州周騰虎，蓋即吾友弢甫也。其人深韜略、好談兵，九峯三泖間常有其跡，足下亦嘗識之否？

韜逐臭海濱，傭書覓食，計非得已，然舍此無可適者。欲爲禄仕以謀升斗，而疆埸有事，不得不供驅策。男兒以馬革裹尸，誠爲壯事，但有老母在，不敢以身許國。壯志漸消，分陰可惜，拊髀自嘆，安能鬱鬱久居此哉！當早蓄買山之錢，以作避世之計，枕葄經史，承歡菽水，可出可處，可窮可通，然後始償素志耳。用敢放言，直陳左右，亦孔氏各言爾志之義，幸勿莞爾。

與省補

高齋揖别，遂隔幾年，路殊人絶，聞問鮮通，兼以嵇生性懶，視筆墨如畏途，竟無尺一之書執訊往復，罪甚，歉甚。恂如潘君從里中來，得悉起居佳勝，眷聚安好，適符鄙人私頌。足下屏囂向静，佞佛長齋，以儒門之定識，證禪宗之上乘。古來詩人才士，往往遁諸空虛寂滅，以寄其侘傺無聊之慨，如足下者，想亦庶幾此意乎？比聞足下熟理帖括，功名之念，猶未灰也。嗟嗟！今之掄才者，豈皆審音之涓子乎？況時非尚文，此事亦復不急。若韜者，束書不觀，已無馮婦攘臂下車之態，思欲投筆從戎，爲國殺賊，而草野愚忱，無可表白，惟有作杜牧、郇模之痛哭而已。

鹿城科試已有定期，韜於月初返櫂里門，與足下偕往，否則申浦之帆徑抵玉峯，偕足下同一旅窗，亦無不可。此行亦係游戲文場耳，所幸二三朋舊再拾墜歡，鬥酒聯詩，當不寂寞。借此小住，作數日之團聚，且得重蠟阮屐，一訪山靈，豈不快哉！

聊因鴻便，訊我故人，謹祝加餐，無墮成約。

弢園尺牘卷三

淞濱逋客王韜仲弢著

與楊墨林太守

日來疲於奔命，體中不慊。值此炎熇如蒸，烈日當空，若張赤蓋，恐不能如褦襶子觸暑往還，再詣旅窗，剪燈夜話也。薤菜一槃，聊以貽贈，是非肥甘，不足當屠門之大嚼，惟差可領略異鄉風味耳。爲物薄，用情厚，竊比宋人獻芹之意。

韜家貧親老，欲爲禄仕，苦無汲引之人，旅食京華，居大不易，况烽烟未靖，道路堪虞，此事尤未易言。吴下近無皋伯通，飢來驅我作海上游，吹竽乞食，蝨我其間，亦大寂寞。所與交者，皆非通人名士。黄罏酤飲，與屠沽爲伍，海山蒼蒼，海水茫茫，誰可與語？嘿爾而息。今遇執事甄拔于儔人之中，特加拂拭，知己之感，浹髓銘肌。本欲賃廡下咫尺地以作遠隱之計，無如事有所阻，不克相從，詩酒之約，當俟異日。韜于海天一角，覓此鷦鷯之寄，夫豈初心？“有田不歸如江水”，請執事爲我詠之。

壬叔所貽圍棋二盒，本我家故物，擬欲向執事乞之，未免年少不廉；第青氈爲王子敬所守，前爲壬叔以晶章易去，輒復耿耿，今物歸執事，敢作發棠之請，倘不呵其貪，持以賜之，則清簟疏簾，自有一番佳趣也。張君南坪攜來書籍，或留或否，悉聽淵衷裁斷，韜不敢强置一喙，惟有敬俟玉音，服之無斁而已。

執事揚帆有日，相見不遠，不必讀文通小别之賦，請爲吟杜老重游之詩。吴江蒓嫩，淞水蟹肥，煮酒行樂，正在此時。請以斯言，即爲息壤之盟可也。謹祝眠餐，奉報萬一。鸝歌載道，擲筆惘然。

與許壬釜

憶自去年判袂，彈指之間，歲已一周，景物都非，襟懷益惡。時因西風撼户，涼月入簾，輒復念我故人。弟於杪秋應試鹿城，間道旋里，極欲一謁蕭齋，藉談别愫，而留連僅二日，竟無須臾之暇，作鄉愿之過門不入，未識憾我否也？

自崑返滬，日抱足疾，藥鑪經卷，獨遣良宵，以致筆墨疏懶，無尺一之書相問訊。授書西舍，絶無善狀，局促如轅下駒。筆耕所入，未敷所出，平仲之書，漸以易米，蔡澤之釜，時復生塵，倘非知我者，必以此言爲河漢也。楚氛未靖，杞憂孔大，而東粤又復告變，西事方殷，海疆多故，聞經兵燹之後，穗石繁華，蒼涼瓦礫，珠江風月，慘淡烟波，殊令人爲之浩歎已，將來正未知若何了局。此豈肉食者所能遠謀，而草野布衣所私心竊慮者也。

前求椽筆，替花鳥傳神，想良工研鍊，動必十年，抑豈能事不受迫促，已得我家王宰衣鉢耶？倘有南來之鴈，覓便馳寄，以慰鄙懷。里中故舊，如劉誦莪、陳遜齋、曹桂林輩，皆化爲異物。劉丈素有儉德，今日一杯酒不能澆墳上土，亦可悲已。陳、曹二君與弟角逐文場，頗以微名爲重，玆者山靈無恙，而墓草將宿，思之不禁腹痛。念逝者之如斯，而知見在之交得一聚首，亦非易事。莘圃詩愈佳，境愈窮。吾鄉米貴，居大不易，研田之水，安濟涸轍。弟亦愛莫能助，徒呼負負而已。入冬奇暖，諸惟珍重。

呈滌菴明經師

酸齋花木，暌隔經年；鹿城歸來，僅得一見。懷想哲人，如侍函丈，江天相阻，鴻鴈未通，竟無隻字奉訊，疏懶庸劣，概可想見。

韜拋棄世緣，皈依空門，貝葉禪燈，消遣昕夕，且藉送窮破悶，不復生諸妄想。繙經之暇，頗留意倚聲，讀遺山、玉田諸詞，悲憂哀感、悱惻纏綿，繭絲自縛，又墮一重障礙，何必如法秀大師所云“要墮泥犂地獄，然後懺除口業”也。

近爲仇家涉訟，以事株連，雖蒙當事剖析，然殊懊惱人意，兼以左足生疽，潰爛數處，如狡兔三窟，以此墐户不出。玆雖稍痊，然柴門跬步地，須杖而行。醫者云濕毒爲患，想南吴卑下之地，非有麴窮之呼，不足以禦之也。海濱人情，亦覺不惡，僑寓八年，頗與相稔。特以鷦居蛟睫，眼孔不大，行年三十，悠忽無成。回想授書絳帳，一刹那間耳，前塵昔影，一切都如夢幻。故鄉親戚，絶少以片紙聞問者，甚或以齷齪語相詆。世情如此，益復寂寞，不必參透枯禪，始能打破羅網也。

承委屋庭畫扇，此老尚在滬中，以殘冬晷短，案頭畫債，尚須料理，今年必先了宿逋，明春始能報命。渠云元旦試筆，當以此爲黄巢開刀樹也，一笑。

歲暮囊空，百費蝟集，徒張空拳，輒喚奈何，以諸窘迫狀，真閻浮提中苦惱衆生也。寒夜坐愁，時在折脚鐺邊過活，想吾師紙窗竹屋間燈火青熒，另有取樂妙訣，天龍一指，相悟於無言而已。以雪山旋里之便，奉瀆數行，伏維垂鑒，臨楮曷勝瞻戀。

與韓緑卿孝廉

欽遲隆名，匪伊朝夕，承風遥羡，時切溯洄，引領於九峯三泖之間，曰庶幾惠然肯來乎？去冬文軒至滬，藉挹芳徽；惜以殘臘怱怱，未及暢訴衷曲。然晉接周旋之際，藹然可親，覺和厚温穆之風，浸淫大宅間。别後輒思作書，奉訊動止，繼聞公車北上，不果。

昨於壬叔處得見手書，知近刻幾何，已將蕆事。天算之學，西人精于中土十倍，幾何又爲算學之淵源，第利氏有繙譯未全之憾，今偉君爲補成之，功當不在利氏下。足下爲之鋟板傳世，功亦不在徐、李下。况足下博雅好古，於格致一端已窺其奥，凡見測天儀器，不惜重價購求，是以動析物理，窮極毫芒，傾吐之餘，佩服無量。粤東近事，備載《六合叢談》中，不日定可奉呈，作荆州下酒物也。餞歲杯盤，定多清興，燈明罳罭，帖寫平安，自然百事如願，以視王戎齷齪態，相去天壤矣。

近得《五茸逸志》二十餘卷，載松郡軼事頗詳，未識此書曾鋟版否？暇當細加校覈，去複删繁，證以他書，參以勝跡，務使鼉山、鰲嶺之間，可以卧遊而得之。倘能付之手民，得償心願，即當馳寄台端，請如椽之筆一爲釐正也。

與朱瘦卿茂才①

鹿城話别，睽隔經年，春樹暮雲，輒勞慨想。比維文祉清嘉，起居佳勝，甚善甚善。去歲足疾劇發，經久未瘳，遍謁名醫，皆窮於技。江南之人，固多軟脚病，然不應如是也。方疾劇時，屏人獨處，藥鑪茗碗，經案繩牀，耿耿良宵，誰爲伴侶？此中況味，有不堪領略者耳。五月上旬，家母、舍弟都來申江，特遣一舸，以逆予歸，故鄉風景，又於病中領取。杜門養痾，伊鬱寡懽，日則啓北牖披襟，夜則就東牀坦腹。米鹽瑣屑，概置不問；坐卧欠伸，了無一可。只索飽則攤飯，倦則攤書耳。兹將匝月，尚未克痊。曹丈友石許以用藥有喜，苟如斯語，尚可不作廢人，他日青鞋布韈消摇山水間，亦生平之大幸也。

委題《焚香讀易圖》，海上諸君子佳作林立，以拙詩厠其間，猶佛頭著糞耳。久病之後，頗思逃禪，《易》理淵微，最難會悟，總之懺綺情、歸空寂，旨則同也。

炎暑方張，小年正永，紙窗明浄，圖史縱横，時於此間，得少佳趣。聊因便羽，謹附尺書。諸惟珍重，强飯爲佳。

呈滌盦師

養痾旋里，息影杜門，足音跫然，聞聲色喜。高軒枉過，兩奉教言，奥論微詞，殊發深省。坐卧一室中，無異參禪證佛，昕夕諷經，稍自懺悔。足疾已求友石三丈醫治，謂可不日收功，然腫尚未消，毒或内伏，恐將來潰爛决裂，不可收拾。友丈以盧、

① 此函亦見《蘅花館日記》咸豐七年閏五月一日（1857年6月22日），文字頗多異同，《日記》中較此爲詳。

扁之才，瘵癖疥之疾，當必裕如，何容過慮。所異者，每至月杪則劇發，是中有鬼，與科名作祟，斯言洵不誣矣。

吾師詩藁，邇聞已付手民，不勝欣躍，他日流傳萬本，嘉惠千秋，鈔襄陽播掿之詞者，一時紙貴，不朽之業，良在於斯。病中無可消遣，陳編舊帙，不能使耳目一新，欲乞吾師數十年中所作一一賜觀，俾於鑪香燈影之間，可以消愁排悶。昔人讀枚乘《七發》、陳琳一檄，宿疾霍然。吾師之詩，入於情者深，其感人也至，敢以爲請，幸毋吾隱。

與補道人

見道人來，則歡然；與道人别，則悵然，此殆夙根粘滯，於聚散因緣未能勘破也。病中無事，好弄筆墨，亦是一重文字障礙。顧雖好作詩詞，獨不能爲題圖酬應語，蓋此中空洞，不著一物，何得强無爲有也。譬眼内一著金玉屑，便成盲子。惟道人具大智慧，隨感而通，應物不滯，真大自在。瓘卿索題《焚香讀易圖》，蔣、李二君，經年未報。雖此種物百年後爲拉雜摧燒之品，題與不題，等歸諸盡，然見在究不得以一空字了之，道人可代捉刀，一結此公案。佛家最忌打誑語，暫破此戒，何如?

與郁丈泰峯

自患足疾，閉門日多，罕與通人名士相接。性本拙懶，不喜竿牘，故於當世名公鉅卿，不敢妄有攀附，以希獲見顔色；即長者之門，亦未敢數數進見，懼瀆也。因病坐廢，頗得留意詩詞。今夏逭暑歸里，息影故廬，殊有閒静之致，嘗自嘲云："半人將作習鑿齒，惡疾幾同盧照鄰。"遍謁名醫，皆成束手。阮囊錢盡，剩欲鬻書，不得已重來滬上，作舊生活。幸遇西醫合信，細加療治，漸復痊可，然行二三里，輒欲小憩。雖難涉遠，不致跛行，亦姑聽之而已。

吾丈爲海濱物望所歸，門無俗客，家有賜書，婚嫁既畢，米鹽無擾，了向子平之素願，爲宗少文之卧遊，儒林清福，以此爲最。近日讀吾丈所刊《宜稼堂叢書》，中附劄記，備見吾丈讀書得間，讐校之精，雖近時之盧召弓學士、顧澗蘋茂才，皆不逮也。至所刊《九章算術》《數學九章》，搜奇采軼，集秘羅珍，繼《周髀》之古經，探泰西之巧法，誠足以紹述絶學矣。

海昌李君壬叔，當今曆算名家也，見譯《幾何原本》，以續徐氏未竟之緒，俾成完帙，斯亦海陬之嘉話歟。李君急欲得此二書一覽，吾丈處倘有零印本，祈以見賜。聞吾丈所藏多黄蕘圃瓶花齋中秘籍，此誠希世寶也，暇日當來縱觀，以資眼福。

上顧滌菴師

歲序忽易，景物鼎新，春日昌昌，花木競媚，宿疾頑痾，霍然若失。回憶酸齋揖别，懊惱西風，布帆遠掛，渺爾天涯，寒驛雁至，孤山梅香，屢賁手書，高懷下注，每於燈炧更闌，酒邊愁裏，時一覆展，感激涕零。

韜浪跡春申江上，已閲十年，處境愈窮，詩境愈塞。嵇生本有懶癖，庾信將結愁癥，猶幸書册披吟，朋儕酬酢，藉以陶寫襟靈。跌宕風月，尋花問柳，非敢爲豪，亦欲一闢生趣，采爲韻事，客慧狂花，藕圓舊果，么絃脆管，别觸新愁，蓋自是迷香洞中重有王郎跡矣。新詩五什，略見近况。

至於夫子之詩，日供案頭，每於無事時，焚香展卷，如相晤對。偶摘訛字幾則，另繕别紙，想係手民誤刊，并乞再賜數册，以廣流傳。昌黎及門，固以劉叉爲野；元亭奇字，亦惟侯芭敢問。特是韜深有疑者。夫子少以詩名，長而益奮，上追靈芬，平揖秋水。吴江一語，早工五字；秋柳四章，已足千秋。乃是集所登，於己酉年後者爲多，平泉吟社之篇、鷗夢倡酬之什，概從擯棄，寧不可惜？豈以杜陵獻賦以後，詩始可傳；黄門述哀之言，文足自見耶？然斷句零章，付之詩話，亦足以傳。幸即檢諸敝簏，賜韜寫作副本，庶使一腔心血，不隨秦火同熸也。

韜足疾已自能行，緩步可五六里許，習鑿齒不憂作半人矣。第海上一枝之寄，年復一年，殊覺寡味。萊蕪生有窮骨，阮籍不名一錢，息轍歸耕，何時可得。少時於蒔花種魚之事，極所心慕，思欲買書五千卷，築屋三四椽，徜徉此中，不作世外想。不謂飢來驅我，此志不果，至今心灰才退，不可鞭策。想彼蒼成就人才，亦有定數也。

江天在望，延跂爲勞。時因南風，乞賜良訊。春寒，伏祈珍重。

寄應雨耕[1]

一别三年，素心人遠，思念鬱陶，結於寤寐，途遼勢阻，覿面末由，胸中千萬語，非寸楮尺幅所能盡，是以并不寄書，非屬唐棣寡情、木瓜闕饋也。臨風懷想，良用喟然，天末墜歡，渺焉莫拾，不知何日重與足下剪西窗之燭，開北海之尊，前席談心，聯牀話雨，而一罄别來積愫也。猶憶乙卯夏五，足下行有日矣，凄然謂予曰："此行不知作何地人。"言之極爲沈痛。臨歧執手，依依有不忍之色。相見恨晚，相離恨遽，豈僅江文通所謂黯然魂

① 此函亦見《蘅花館日記》咸豐八年八月二十九日（1858年10月5日），文字略有異同。

銷爲足盡此時別況哉?

韜來海上，以文字交者固不乏人，以意氣交者，足下一人耳。十載瀛壖，媿無知己，自得足下，差謂無憾；不料又舍我去矣，何命之窮、緣之慳耶！自君别後，益復無聊，酒闌夢醒，燈炧更殘，忽忽若有所失。丙辰秋間，以張君至粤之便，曾附一書，不識可作殷洪喬故事否？嗣患足疾，杜門不出，遍謁良醫，罔能奏效，藥餌所費，箱篋一空，跬步之地，不能自主，幾無復有生人之樂。丁巳四月，養痾返里，不遇折肱之良技，將作鑿齒之半人。自分槁餓窮鄉，淪落朽壤，九死餘生，無所冀望。然白髮高堂、紅顔弱婦，皆今生未了之緣也。况復米珠薪桂，家食殊艱，不得已重來滬上，作舊生活。幸遇西醫合信，特出良劑，治此頑痾，數月之後，霍然若失，殆天猶未欲死我歟？居停麥君於丙辰八月返國，冬盡得抵倫敦，至僅三日，溘焉而逝。聞信駭悼，潸然出涕，此海外一知己也。銜悲刻骨，抱痛銘肌，精契所在，存没無間，人琴之感，幽顯迥殊。

粤氛不靖，時切殷憂，烽煙滿地，礮火殷天，我良友出入其間，能勿心悸？想時與章君、區君磨盾賦詩，下馬草檄。蹴劉崐之舞，徒奮雄心；著祖逖之鞭，難舒壯志。時事至此，尚復何言。昔者李陵得當報漢，王猛乃心歸晉，足下所懷，此物此志，定能發抒義憤、宣揚國威，以隱助於無窮。足下在滬時，眷屬久無消息，聞經大水，郵筒不通，此時想俱無恙，當必遷居香港，得家庭團聚之歡，敦琴瑟雍和之好，其樂何如也。

近况無善可述，依人作計，學道無成，嵇叔夜疏懶依然，阮嗣宗窮愁如昔。僻處海陬，欲歸未得，家有八口之累，室無半年之餘。種橘武林，難償素志；買田陽羨，徒託空言。即欲舍此他適，而此間無可謀者。鬱鬱久居，殊爲寡味；倀倀何往，誰則多情，亦惟付之一嘆而已。

此番公使至滬，滿擬足下同來，乃使節雖臨，而玉音竟渺，因歎友朋聚散因緣，冥冥之中，皆有定數，不可强也。三月中旬，途遇參贊威君，翌日往謁，已從公使北行，聞有手翰在章君東耘處，亦未之得。噫嘻！一見之緣，既不可致，而一紙音書，又難得如此，真令想煞人、悶煞人也。現在和局大定，新議已成，想粤東不日可以撤兵。公務稍閒，幸賜回翰，諸維珍重。

與孫秋棠茂才

春申浦上，重拾墜歡，煮酒開尊，聯詩擊鉢，聊抒闊悰，藉佐劇談。旋奉手翰，感承綺注，知故人相念之忱，不以形骸而間也。索觀新定和議，已令小胥繕寫副本，適有武林之游，未及寄呈。今由武林返櫂，道過茸城，途遇嘯園，知足下亦在此間，亟欲維舟小駐，暫作一日之勾留，而家中催歸符疊次飛來，殊覺敗興。人生聚散因緣，跡如萍蓬，真不可定，爲之悵惘而已。相見有日，伏冀珍重。

與　醒　逋[1]

辱惠手書，欣慰無量，比維履祉康和，眷屬安聚，定多勝也。

前月曾有武林之游，得覽西泠勝境，湖光山色，蕩豁胸目，惜以竟無一詩，負此佳景，怱促解維，未免爲山靈所笑耳。舍弟諮卿，供養煙雲，已成痼癖，邇來爲之賃屋一椽，聚徒三五，聊以收其放心；然猶且典研鬻書，以供片岕，勸之不可，徒喚

① 此函亦見《蘅花館日記》咸豐八年十月二十九日（1858 年 12 月 4 日），文字略有異同。

奈何。

中外和議已成，永敦輯睦，星使至此，惟增減納税章程，申畫通商界址而已。比者英酋乘兵舶五艘，泝江而上，將至漢口，行抵蕪湖，爲賊所阻。始則運銅礮以輕舟，繼則入賊巢而轟擊，狂寇狃于數勝，愍不畏死，亦一勁敵也。據英酋之意，必當助我國殲除此賊，共享昇平，以長江之寇一日不滅，則通商之局一日不行。審如是，則彼禦於江，我勦於陸；彼抗其下，我攻其上，滅之當不難耳。

夏間雖甚煩熱，韜體尚屬平善，足已健步，遠行可二十里許。作客春申，將及十載，里中諸友，日漸疎遜，老輩故交，凋傷殆半，每一念及，涕墮垂膺，悲從中來，拔劍斫地，四顧茫然。嗟乎！年華骯髒，身世飄零，既悲逝者，行自傷也。滌菴顧師雖不得意，頻年喪子，伊鬱寡歡，然賣藥餘資，堪娱晚景，詩壇酒國中巋然一魯靈光矣。

明春歲試，當至鹿城，與諸故好作平原十日之飲，非欲炫技於名場也。帖括一道，久庋高閣，阿婆老矣，豈復能作時世粧，與三五少年争妍鬥色哉！求名之心，久如死灰，不可復燃，韜視片時浮榮，如秋風之吹馬耳，所争者千秋耳。

梅厂朱君與予同入邑庠，今渠奮跡雲霄，升沈迥異，此其間蓋有數在，不可倖而求也。忍之質物假金，殊失朋友通財之雅，當贖緩期，非得已也，臘底北堂還里，當爲料理。此研雖非至寶，乃郁丈泰峯從闤城中寄贈，方當傳諸世世子孫，用誌其惠。翠釵一股，固夢蘅奩中舊物，玉碎香銷，僅僅存此，雖萬金不易也。規生已矣，思之寢食俱廢。去年韜僻處窮鄉，進退維谷，賴渠十金，得以束裝。不謂布帆開後，凶讖遽來，既爲伯道無兒，又歎惠開短命，玉樹長埋，茂齡殂逝，天道無知，豈猶可問！俗役稍息，當作一傳，附刻集中。韜文雖不足以傳，亦聊盡區區衷鬲爾。規生夫人還書而不索其償，爲近時閨秀中所難得，夫既能結窮交之知，妻又不望豪士之報，此豈齷齪守錢虜輩所可同日語哉！

秋間西成大稔，而硯田仍有惡歲，其故蓋由師道日壞、世情日澆，粗識數字，僅誦一經，即復謬主臯比，希取廪餼，而具真實本領者，反無噉飯處。此輩筋骨脆弱，不耐操作，心思笨拙，不通會計，好爲人師，貽悞非淺，聖王在上，當與惰民同罰。

邇來意興，迥非昔時，一切俗學，謝絶殆盡，日耽於酒，或偕二三倫好買醉黄鑪，秦次游、孫次公賣字賣賦皆來此間，固檇李詩人而一時之雋也。友朋之樂，頗不寂寞，旅中消遣，賴有此耳。猥承詢問，謹布所懷。

呈江翼雲明經師①

一昨偕孫君次公、李君壬叔竭誠晉謁，道經梅衖，知夫子在輔元堂中，公事旁午，不揣冒昧，毅然入見。豈意化雨所潤，尚及枯井，春風所嘘，弗遺朽木，獲聆訓言，頓發淵悟。彗星之見，所以除舊布新，蓋否極則泰，理或有然。今者狂寇未梟，捻匪又肆，所過之地，血肉膏於原野，性命等于蟲沙，殘殺之慘，耳目不忍覩聞，上天垂象，或將厚其毒而殲之，未可知也。

邑志之修，誠爲盛舉，然立體必純，務去駁雜，敘事必絜，毋取冗複，措詞必當，弗尚浮濫。孫可之云：文章如面，史才最難。故所貴有三長之手，如椽之筆也。

韜前著《瀛壖雜志》，曾經訓正，許爲有裨於世道人心。後以會匪搆亂，奔命俗役，心緒堙塞，筆墨遂廢。今館務之暇，稍

① 此函亦見《蘅花館日記》咸豐八年十月二十一日（1858年11月26日），文字略有異同。

加編綴，間有增損，倘得續成，當繕寫定本，藉呈清誨。

不材之木，必待大匠而裁成；躍冶之金，尚賴洪爐之鼓鑄。以夫子掉鞅詞壇，領袖瀛海，問字之車突過揚子，及門之士不少劉叉，四方名彦噬肯來游，皆願獲見顔色，以爲光寵，是以懷才抱能之侶，仲宣、公幹之儔，皆親炙左右，翔集庭宇，或且有望塵仰沫、攀鱗附翼而恐後者，今之次公即其一也。

次公道不偶今，學惟媚古，遠擬逋翁，近方竹垞，凡有羣書，靡不瀏覽，出其緒餘，乃爲詞章。所著《始有廬詩》十卷，謹塵几席，欲以就繩削，親指授，非敢妄擊布鼓，自珍敝帚。然詩雖小伎，亦見一斑，性情之用真，而學問寓其中焉。次公在滬，所往還者，如王叔彝、李小瀛，皆詩酒交也，已采其所作入同人詞選中，而獨以未識夫子爲憾。昔者子由入都，急謁廬陵；居易作詩，先投顧況，豈僅欲通聲氣、廣名譽哉！蓋以桃李之門，雅流所萃；蘭臭之言，欣賞必真耳。外呈詞選四册，意欲鬻去，寄存夫子甕中，定當發篋而售，自可不脛以走矣。次公近將刻同人百家詩選，欲集斂厰之貲，以付手民，鬻此佐之，亦不得已耳。捻書徙宅，未可笑杜老之窮；冒雪求詩，或不媿灞橋之雅。惟望夫子玉成終始，不摽諸門外，所深感也。

入冬煦煖，節候殊乖，崇護維時，詞不宣備。

與賈雲階明經

自我旅此，於今十年，出入城市，初無相識。竊揆行詣遠遜今賢，不敢與之敷衽接席、抗手論心。自悦野性，尚友古人，百里之長，不通筆札，再命之士，久絶苞苴。雖處氛雜之場，不損淡泊之志。天寒夜永，時復一燈自怡，稍理舊策，奈年月遞增，心緒愈亂，境遇堙塞，才華零腐，犬馬之齒，僅少潘岳三歲，雖二毛未見，而引鏡自照，精不澤膚，氣不充骨，銷鑠之驗，殆已見端。况復傭書西舍，賤等賃舂；閉置終日，動遇桎梏。學蒙莊之牛呼，爲史遷之馬走。因此瞢瞢自甘，惘惘不樂，每一念及，行坐都忘。猶幸海内名流，不加擯棄，昌黎之車枉道及門，子猷之舟冒雪維岸。詩酒流連，譚諧間作。惟此二三朋好相爲性命，聊以自慰，差勝羈孤。

孫君次公，固檇李之詩人，執騷壇牛耳者也。兹從浙西來，道過三泖九峰間，見其友張嘯山先生，詢以海陬物望，特舉執事，以爲古之風流、今之謹飭士也。其詣則詩文峻絜，其人則肝膽輪囷，蓋海上之首領，早爲雲間所心折矣。然次公方且以李膺之門，有願莫攀；孺悲之見，無介堪虞。苟貿貿投刺，或將訝其何來；僕僕求知，甚者詆其自貶，而視若今之所謂名士者矣。韜與李君壬叔獨曰否否，以爲松柏具相悦之性，苔岑有結契之緣。氣如磁引，言同蘭臭。昔孫崧方覓於邴原，休源見訪於顧雲，類皆素蓄欽遲，深其欣矚。是以叔向之於鬷蔑，能知其心；季札之於子美，如識其面。兩賢之合，異地之知，可操券而必者也。次公聞言，奮然晉謁，先覩爲快；豈知室邇人遠，望衡徒歎。雲白山深，回車靡樂，徒切心期，猶虚手握。

夫次公爲學，固非今之名士也。所爲幽拙，大與時闊，頫首頩面，不虧貞素。近欲刊同人百家詩選，倣南宋《江湖羣賢集》之例，立體必純，摭言必高，不分朋甲，貴集衆長，搜牢殫其深心，遐訪虚其雅尚。極知執事稿未斷手，書已等身，欲乞所作，以爲弁冕。深憾昭明所選，不登《蘭亭》；豈有有唐一代，竟遺李、杜。復著《申江米舫録》，志惟法古，事異獵名，豈僅揚絶學於丹青，務必擯虚聲於朱紫。一材一技，有聞必書；某地某人，按譜可索。是亦詩家表彰之微恉也。

此間禺筴騈羅，華彝互市，車轂摩擊，金氣熏灼。有心者方且興極盛之思，懷過盈之懼。韜曾撰《瀛壖雜志》一書，略道其意，僅得二卷；會赭寇搆亂，業遂中輟，然於滬城掌故，略稔一二矣。

大抵乾、嘉之間，人才蔚起，學問文章，抗衡宇内。近則鷺洲學博、子冶明經，亦一時之雋也。左映鼎彝、右陳書畫，契賞必古，精鑒入神，四方都士，停車其門，踵趾相錯，而二君者皆虚懷若谷，延納拂拭，惟恐弗及，閉門投轄，殆無虚日。是以學盛當時，譽流衆口。今繼起者，舍執事其誰哉？因次公相托之雅，聊布所懷，詞不宣意，伏惟起居萬福。

奉顧滌盦師

暄寒旋易，四序已去其三；歲月不居，百年又少其一。值此嚴霜殺物，萬象皆悲，枯葉隕條，孤懷獨覺，意想所寄，彌凄惻矣。然而舒慘殊時，神交宛如昨日；川陸異境，夢涉不出故園。别雖久而情通，書雖疏而念摯。軫結精誠，曾無隔閡；翦裁比興，半寫幽離。吾鄉江蟹已肥，叢菊猶媚，秫酒正熟，秔稻初登。想與及門諸子，鬥心兵、排筆陣，問奇必答，講藝入微，且復閒情自娱，雅興斯逸。斸术采苓，補養生之論；遺榮慕道，作言志之書。其樂何如，定多勝也。

韜胸有秋心，身無媚骨。坐此貧困，已累歲年。少閻一里，未邀鄉曲之知；長游四方，罕識諸侯之面。加以文章憎命，科第無名。今兹秋賦，欲往未果。將爲仕耶，則不能隨行逐隊，學南郭之濫吹；將欲隱耶，則又爲問舍求田，被北山所騰笑。窮通皆失，左右都非。吁，其悲矣，心滋戚矣。

前命以《無我相圖》，遍徵題詠，此間人多於海，士集如雲，然皆提三百刺投趾侯門，求一紙書買聲豪族。膏脣拭舌，謬詡名流；說有談空，妄希厚潤。韜心鄙之，以爲得其片詞隻字，適足以污牘耳。此外非無佳士，而一至旋去，僅傳五字之吟，素乏半面之雅。其有性情相洽，臭味無差，久著名篇，能爲佳札，則又皆迴隔樹雲，罕通箋素。以故歷日雖久，而得詩殊稀。韜觀近來題圖之作，絶少可傳。其故因登收太廣，略似外篇；酬應多紛，遂無傑搆。兹有張廣文、丁上舍二君之詩，久存韜所。乃臨發書時，搜諸秘笈，竟訝靈蹤；檢遍殘書，翻成疑竇。此莊子所以設覆蕉之夢，長康所以有通神之想也。書空咄咄，如何如何？

附呈《詩窩筆記》數葉，雷君約軒所著者。中採巨製，兼及鄙詩，連類並載，不免著糞佛頭，假光生色，可爲附蠅驥尾矣。

韜素有書癖，深愧詅癡，顧家貧力薄，難得善本。異書之借，誰爲荆州；鴻寶之儲，難尋福地。邇時購置稍多，而泛覽罕暇。偶思執筆，晨鐘已催；纔欲繙書，暮窗就瞑。依簷覓食，不免隨人。嗟乎！購書難，讀書尤不易。儒林清福，誰是修來？名墮神疲，頭顱如許。此所以掩卷而興悲，廢書而生感也。

同學諸子，想俱不寂寞，許叔、潘郎，必多述撰。或休神家衖，或射策金華，並能入砥文章，出交賢彦。鸞鳳高騫，各有飛騰之樂；魚蝦久侶，獨爲江海之人。擲筆汍瀾，何能已已。

與周弢甫比部[①]

申浦西風，布帆遠去；江天在望，思念爲勞。比者陰雨浹旬，重寒襲裘，伏想君子，攝養維宜，福履康豫，定多勝也。

韜識足下，于今六年。見未嘗銜杯酒、接餘懽，別未嘗通一札、抒積愫。天下奇士，交臂失之，豈盡頑鈍無知、疏陋自域

① 此函亦見《蘅花館日記》咸豐八年十二月九日（1859 年 1 月 12 日），文字略有異同。

哉！以韜托跡侏儒，獲罪名教，羞與雅流爲伍，敢厠通人之班？日惟閉置一室，玩愒歲時，每有所作，動遇桎梏，形神俱廢，生趣寂寥。豈復敢仰首伸眉，侈然論天下人才，談千秋著述哉！自惟不肖，文章小技，猶且未底於成。學難饜於己心，名不挂於人口。三十之年，忽焉已至；精神意興，迥非昔時。兼以病足三載，備極轗軻，世味益淡，酬應愈懶。屢欲息影蓬廬，潛心邱索，迫於飢寒，困於衣食，欲罷不能。所懷未遂，良用喟然。

昨于壬叔几案獲見手書，得稔足下金閶留滯，延訪維殷。近將税駕京口，返轅里舍，且言若游鄧尉，願作主人，行李往來，無憂乏困。憶弟去年束裝不果，梅花笑人；今東道無虞，游蹤頓決。命吕安千里之駕，留平原十日之飲，其樂何如也！

小異嘗云其地山水絶勝，可以築廬偕隱。何年擺脱世慮，遂我初衷，置五畝之宅，買半頃之田，葆真養素，共樂邕熙。擷蔬粟以供賓客，潔鷄豚以娱慈親。人生得此，亦復何恨！徒托空言，爲可歎耳。

西書五種，藉塵惠覽，略布鄙意，多不宣悉。

上某觀察①

震鑠隆名，七年於兹。自分草茅疏賤，不敢執贄進謁，故懷刺不投，及門而返者屢矣。非真介然自守也，蓋懼瀆也。況往者滬上寇氛未靖，閣下寄軍國重任，軍書旁午，而下士以文字不急之務來相竿牘，未有不遭呵斥者。今者考槃退養，泉石優游，方且延攬英豪，流連詩酒，又築别墅於城西，爲娱老計，將見地以人傳，樹因德重，載諸志乘，足爲海陬嘉話矣。

---

① 此函亦見《蘅花館日記》咸豐八年十二月十五日（1859年1月18日），文字略有異同。

韜竊閣下之心，雖不在位，而洞規事勢、默運經綸，冀以上答聖主特達之知，下酬當事倚畀之重。邑中利弊所在，知無不言，言無不盡，諄諄爲來者告，豈惟官吏素欽、華彝共仰哉！羈旅之人，實嘉賴之。

顧韜竊有言者，政事文章，其爲報稱一也，政事澤及一時，文章功流千載，其可以鑑得失、紀善惡、辨賢愚、定褒貶、别是非，信今而傳後者，莫邑志若矣。修葺邑志之舉，非有勢位者不辦。而當今之有勢位者，案牘勞其形，税賦煩其慮，地方繁劇艱鉅之事，且未暇一一條理，安能搜羅軼事，采訪舊聞，爲此從容可緩之役哉！若閣下則時足以蒐聞，力足以集事，且宏獎風流，情殷吐握，又足以收羣策羣力之之用。

况滬雖彈丸之地，而禺筴所駢羅，中外所互市，肩摩轂擊，金氣熏灼，蒼牛青虎之間，滄澥横流，耳聞目見，書不勝書。韜昔著有《瀛壖雜志》一書，自謂於滬城掌故，略有所知，惜以洊更多故，業遂中輟，近時事實，尚未編録，倘能假以歲月，或有可觀。韜屢欲陳諸左右，而苦無其端。今聞荷汀黄司馬欲修邑志，此不可失之機也，故謹繕寫上呈，如蒙閣下不棄，採厥蒭蕘，賜以刻貲，俾付手民，感且不朽。

韜非敢冒昧上干，以閣下平日樂煦恩於寒素，又昔年辱與二公子有尊酒之雅，故以爲言。附呈西書六種，幸留賜覽。其《雙璧行》一章，即始見二公子時所作也。冒瀆尊嚴，無任主臣。

與孫次公明經[①]

江干判袂，月已兩度圓矣，新詩定如束筍。鄧尉探梅之行，

① 此函亦見《蘅花館日記》咸豐九年正月十六日（1859年2月18日），文字略有異同。

又成虚語，屢屢爽約，不獨山靈騰笑，即閣下聞之，亦爲齒冷。今年餞臘迎春，殊乏佳致，酒券書逋，積幾如山，惟少登九成臺上避債耳。寄上餅金，乞代購張鑪一具，寒夜長宵，聊以消遣，酒闌夢醒，茶熟香温，亦一樂也。閣下吴門之游，未識何日，小桃放後，弟當放櫂返里，此時或可圖良覿也。呵凍捉筆，不盡覼縷。

寄醒逋①

吾輩在世間亦無所事事，不過與文字作因緣耳。然口舌不浄，要是障礙；矧又不工，徒爲人所詬病。坐是焚棄筆墨，擺脱世緣，壹意離垢，鍊神不紛，棲心於寂，每至燈火夜闌、爐香晝消時，於此間得有妙悟，獨享爲媿，用告足下。

墮地以來，寒暑三十一易，静維身世，惺然若覺。即觀眷屬洴移，新故輪轉，皆是須臾寄住，愚迷縛著，甚足爲累。故欲了一身，當先了一心。身是苦本，心是火宅，清慾寡營，惡餤自息。惟恨智慧如蚊虻，能辯如螢燭。蜎飛蠕動，罔裨大化；行尸視肉，未入無生，不足以勘破此理耳。足下是菩薩地位人，能覺一切有情歸於無情，倘有見及，殷祈教我。

歲暮干人書②

竊聞丐潤者不飲於細流，求豐者不争夫塊壤。好賢之門，素

① 此函亦見《蘅花館日記》咸豐十年二月二十九日（1860年3月21日），文字略有異同。
② 此函亦見《蘅花館日記》咸豐八年十二月二十七日（1859年1月30日），中曰："夜，作第二書致吴道普觀察。"文字有異同。

士慕義而集；濟艱之心，仁者因人以施。在昔韓愈之謁宰相，書三上而不議其躁；李白之見荆州，面一識而即以爲榮。此蓋士有所持以求夫上，上亦有所應以待夫士也。是故酬太穆之所須，于司空之所爲豁達大度也；奇書生而不罪，張燕公之得以緩急用人也。竊以爲古固有之，今亦宜然。韜之於閣下，即其一也。

韜吴郡諸生，瑣旅下士。鮑防之孤窶徒嗟，北郭之單寒孰贍。名譽不騰於里巷，文章未抵乎公卿。然而伏櫪之馬，所志常在千里；垂翼之鳥，暫息不過六月。有類毛遂之自薦，不甘馮驩之無能。倘寬其羈絏，便欲凌飈；試以鈞鎔，即能躍冶。公如有意，則請自隗始。使萬間廣厦，得盡庇之歡；九種慈雲，有遍沾之樂。將見後日之所以頌禱閣下者，皆韜一人爲之先也。

今者節逢送臘，時值迎年。賈島祭詩，亦須棗脯；杜陵守歲，尚辦酒漿。酌鄰款客，非空厨之可延；折券償逋，必障簏之始舉。野人禦寒之裘，將取諸質庫；山妻耀首之飾，欲贖於酒壚。凡此皆有待盧牟，而實深欣矚。仰惟閣下，盼接之殷，凡士皆感；煦嫗之被，與春俱融。減太倉一稊之米，已飽侏儒；注大海半勺之泉，即蘇涸鮒。是以前者不揣繆妄，干冒尊嚴，用呈西書六册、拙著一編，爲羔雁之先，祝篝車之獲。豈其以書换羊，老饕當戒；亦惟分俸與鶴，清致可風。猥荷絣幪之下，竟忘飲欣之嫌。復泐尺書，爲兹再瀆。幸勿指取求爲瑕疵，而訶干請爲多事也。敬俟玉音，服之無斁，馳企之誠，必不虚望。

與郁丈泰峰

經年暌隔，寤想爲勞，久未作書，奉詢動止。鄧尉寒梅又著花矣，回憶贈軄束裝，風雪解維時，猶昨日事耳。

今日緑卿韓孝廉從雲間來，以所刻《幾何原本》相餉。幾何之學，莫重於泰西，自利瑪竇入中國，與徐文定公譯成此書，其學乃大明，然原書十有五卷，所譯僅得六卷，有未全之憾。定九梅氏謂精奥處皆在後九卷，前數卷略備軌法耳。匿其所長，而不以告人，猶有管而無鑰也。今西士偉烈亞力與海寧李君壬叔，不憚其難，而續成之，功當不在徐、李下。先生素講西法，獲之必喜，况藏書之富甲一郡，歷學之書，亦不可不備一格。敢爲芹獻，幸勿卻焉。

天寒，伏冀爲道自重。

慰郁泰峰丈失子[①]

寒雨微零，閉門愁坐，走使初回，述令子深甫孝廉怛焉殂化。聞信駭悼，感歎彌襟。聞山陽之笛，因以出涕；過黄公之壚，於焉愴懷。斯人察惠，竟不永年，嗚呼，傷已！

猶憶今夏獲見深甫於檇李于君寓齋，初挹冲襟，即知雅尚。猥詢西法，非等侯芭之好奇；兼問異書，早識張華之能博。惟韜覿其體本清羸，宜時攝衛，而不虞其幹遭遾脆，遽爾溘然。悲如之何，實廑我心。豈其中醫乏術，上藥無功？蓋死生難料，脩短有數，不可强也。

先生以情傷哭子，偶抱微痾。空庭枯木，無非紬感之枝；舊篋遺箋，盡是傷心之字。雖顧横山日暮悲吟，庾蘭成銜哀作賦，無以過焉。然韜竊有所言，爲先生勸。夫人非太上，誰繄無情？而善遣哀衷，尤當達識。况當黄髮之歲，煩憂恐易傷人；青陽之時，伊鬱或將乖節。伏願斂痛蠲憂，早從佛懺，空諸煩惱，悟徹因緣。人生百年，等歸於盡，露電泡影，隨幻隨滅。家庭骨肉之

① 此函亦見《蘅花館日記》咸豐八年十二月二十三日（1859 年 1 月 26 日），文字略有異同。

間，哀懽離合，亦至無常耳。昔者卜氏呼天，澹臺棄尸，悲痛或疑過分，曠達流爲不情。不若冥心學道，澄志誦經，皈依空王之足以自解也。

顧或者謂淪喪大故，父子至性，豈有能恝然置者？而韜則謂逝者不可復生，死者當思不朽。或廣徵名流作爲傳誄，或裒其述作授諸手民。庶使魂魄雖去，不隨秋草同萎；芳烈常留，弗與曇華俱隱。九原不泯，良在於斯。

韜年來歎逝傷離，多愁善恨。史遷之腸，日回九曲；潘岳之髮，時元一莖。年已三十，尚復無子。無以付囑琴書，時自戚戚耳。以先生值境多感，處心不怡，故相與言愁，非强爲慰藉也。

燈寒漏盡，呵凍磨冰，率爾作此。想遺文尚在，時追悼乎孔璋；恐解痛無能，深有慚於枚乘。先生其俯採所言，萬萬達觀自愛。

與朱癯卿茂才①

揖別高齋，凉暄已易，吴淞瀰渺，企望爲勞。伏想履絢安吉，侍祉暇豫，定多勝也。

去歲冬間，沙溪柴孝廉持手書至，臨風雒誦，如覯良朋。柴君年少即獲高第，才藻耀而人玉立，固翩翩名下士也。近又致力詩詞，爲傳世之學，所造正未可量。承命爲其説項，極聲而呼，迄無應者，有辜盛意，殊耿耿爾。

此邦但識金銀之氣，不辨文字之祥。苟得觀察名柬，尚易爲力，否則閉門拒客，如韓昌黎之見辭於閽人耳。弟觀柴君有田可耕，家足自給，何必爲秋風鈍秀才，僕僕侯門，貶節求利哉！

---

① 此函亦見《蘅花館日記》咸豐八年十二月十九日（1859年1月22日），文字略有異同。

柴君於郁丈泰峰處稍有所獲，弟以鄧尉探梅之行，泰翁亦貽以薄贐，然束裝仍未果也。想青山竦誚，緑蕚含譏，必笑弟爲俗士矣。

天寒，諸惟珍重，不既。

奉顧滌盦師[1]

自暌懿範，又換春風，翹矚雲天，彌深眷戀。慕知懷德，爲生平之一人；誦詩讀書，抗懷抱於千載。自昔師門結契，謬託淵源；而今滬曲棲遲，遂嗟離索。憶在弱冠，志鋭氣壯，自以爲可奮迅雲霄、凌躐堂奥。講學則摧鋒折角，譚詩則祧宋宗唐。初不料憂患乘之，而竟至於斯也。

今者春回臘盡，除舊布新，凡夫小草，靡不向榮，屬在羈人，偏憐失職。譬簫吹於吴市，羞竽濫於齊廷。青箱後人，恐墜詩書之緒；葛衣公子，難免風雪之嗟。加以年逾三十，意致乖舛，長夜輾轉，所憂非一，欲攀鱗翼於龍鸞，則交無許、史；欲附蔦蘿於松栢，則戚少崔、盧。故里倫好，誰相諒者；怫鬱之懷，良不可任。

溯自去年三奉手畢，肅叩台慈，亮垂惠覽，聞問雖疏，衷情彌軫。所恨者，波路阻深，時日間隔耳，至於憶念之私，非道里歲月所能限也。

鹿城科試，聞在春杪，此時當謀歸櫂，少息勞薪。聯牀剪燭，得與老友縱譚；逐隊隨行，復理阿婆生活。功名之心，匹如死灰，嘘而重燃。伏念家貧親老，不得不爲禄仕。寒燈咿唔，時温舊策，少之所習，盡已消亡，及此追尋，了無心得。已嘗潘岳

① 此函亦見《蘅花館日記》咸豐十年正月初八（1860 年 1 月 30 日）日記，文字略有異同。

早衰之年，復遲毛義捧檄之喜。冀欲稍獲尺寸，以博庭歡；而徒戀此卑棲，竟乏遠志，殊非計也。嗟乎！羈旅在外，一星終矣。學問則愜心之境少，朋儔則曠面之日多。壯不如人，自慚燭武；世而知我，惟有鮑子。玆值遠鴻忽翔，寒漏將盡，墨凍手皴，率作此紙。意在縷陳苦臆，不復飾詞；但願崇護道體，以時珍攝。想草堂人健，題成七日之詩；而驛路梅開，望作一枝之寄。

弢園尺牘卷四

淞濱逋客王韜仲弢著

奉朱雪泉舅氏①

寒江雁遠，古驛梅香，心曠望以爲勞，書倏阻而莫達。昔在淞濱，日飲碧水；今居海曲，時餐黄沙。意境所歷，迥不同矣。朅來西風正勁，冷月又圓，因思故鄉，又得舂新穀以供餐，釀醇醪以謀醉，加棉勸食，攝衛維宜。先生以古稀之年，應聖明之詔。三徵不起，十辟徒殷。抑然退下，如逾素分。晦不圖榮，辭非邀譽，求之當代，實罕其人。况乎家庭之間，棣棣穆穆，幼穉之輩，秩秩怡怡。固已極人生之真福，而得天倫之至樂者矣。邇維頤養優和，起居康豫，定多勝也。

憶違杖履，于今五年，迥隔懿範，時廑素心。去夏以病足返轅，蹇卧蘧廬，既益頑痾，洊更多故。承先生拯拔於垂絶之時，厚施於不報之域，飲德銘恩，銜感何極！冬間曾泐尺一之書，拜

---

① 此函亦見《蘅花館日記》咸豐八年十二月十八日（1859年1月21日），文字略有異同。

十千之貺。踆烏迅兔，倏已歲闌，道路既乖，聞問又隔，非季布之諾不踐，郭重之言竟食也。蓋以遡風之鴻，經泖峯而輒回；識字之犬，過洛川而不辨。設或急於郵遞，托非其人；則將爲殷洪喬之寄書，供其投水；顧長康之取畫，托爲通靈。慮雖過當，事則或有。故韜思於鹿城試文之時，親詣錦溪，藉以完璧，以此遲回，幸勿爲罪。

自來海上，綿歷歲序，雖亦時命之限，初非意計所料，第事已至此，不得不安之而已。視阨境爲亨衢，等秋荼於甘薺，其近況畧可述焉。

托跡侏儷，薰蕕殊臭。傳曰：非我族類，其心必異。飲食耆欲固不相通，動作語言尤所當慎。每日辨色以興，竟晷而散。幾於勞同負販，賤等賃舂。疏懶之性，如處狴犴。文字之間，尤爲冰炭。名爲秉筆，實供指揮。支離曲學，非特覆瓿餬窗，直可投之溷厠。玩時愒日，坐耗壯年。其無所取一也。

同處一堂，絶少雅士，屈身謀食，豈有端人。本非知心之交，不過覿面爲友。厠身其間，時有牴牾。不得已呼聽馬牛，食争鷄鶩。隨行逐隊，竽濫齊庭；問舍求田，簫吹吴市。至於出而訂交，品類尤雜。久溷勢途，面目都變；一溺利藪，談吐可憎。性情既殊，蹤跡斯闊。其有稍知筆墨，攀附雅流，則又若郭李之徒震盛名，季緒之妄詆人作。更有自稱名士，謬託通人，詡勢矜才，分朋隸甲。入其黨則裸壤炫爲龍章，逃其門則琳瑜等諸燕石。徒高標榜，無當學問。反不如却軌潛修，閉門枯坐之爲得也。其無所取一也。

此邦氛濁之場，肩轂摩擊，腥羶萃附。鴉雀之聲，喧閙通衢，金銀之氣，熏灼白日。聆於耳者，異方之樂；接於目者，玃雜之形。每值熟梅釀潤，枕簟皆濕；當秋吼風，窗欞欲飛。祇堪下箸，已費何曾之萬錢；聊欲容身，僅勝王尼之露處。伏處一室，嗒焉若喪。前塵如夢，新雨不來。偶欲豁目雲蘿，潛心邱素，則阮屐不蠟，無十仞之山可登；鄴籤未儲，無一瓻之書足借。幾於桎梏同楚囚，閉置如新婦矣。其有鈿車曲巷，飛塵散香，繡榻紅燈，銷金若土，則皆裙屐少年、鄉曲猥子所遨遊耽好者也。馳逐之游，素非所樂；鴆毒之耆，尤爲深疾。其無所取又一也。

况乎暌違故里，留滯遐方。良夜自凄，殊愁頓起。寒潮春枕，祇攪鄉心；落葉滿庭，皆含秋意。密親離逖，懿好日疎。或經年而不通筆札，或數歲而未覿容顔。歡慶喪故，皆不可知。欲翦蔬剥果以拾墜懽，饋脯牽牲以敦夙好，幸團聚之有期，庶形骸之無間。思之思之，了不可得。且也，老母則波路往還，伯姊則吴淞間隔。荒園花木，含凄而待歸人；遠浦烟波，入夢而悲遊子。每念羈孤，動增凄楚。所以常觸景而欷歔，臨觴而太息者也。其無所取又一也。

凡此四端，皆由一誤。使當日者却三聘之金，以爲污我；嚴一介之義，不妄干人。鷄林之使摽諸門外，烏涇之行絶諸意中。决然辭謝，舍之他圖。養素丘樊，葆貞衡泌。劃粥斷虀，安之而不悔；質衾典研，視之而如怡。安見脱粟不甘於粱肉，韋布不耀於絲羅；破屋壞牀不適於棲遲異地，貧交素友不樂於徵逐浮榮？娱閒情於簡素，奮逸志於雲霄。上可以博功名，下可以垂著述。計不出此，悔焉已晚。

不知事不及已者，口易騰其嘐嘐；身當其局者，情獨傷夫默默。况其時寄以全家之仰事俯育，曾無大力之左提右挈。困苦交攻，鹿思走險；寒餓所迫，燕慣依人。所以遽爲幕之巢，而不爲蔭之擇也。今者已沈苦海，久困焦阽，去之愈遠，反之愈難。朋情皆曠，戚誼全疏。外無膠漆之交，内少松蘿之託。任昉之子，不見憐於故人；劉峻之文，反被斥於到溉。深恐退居窮隘，更益顛連。好事難遇，誰爲送米？學書未工，詎肯换羊？將雀去紘干，覓窮簷而不得；魚思江漢，求涸轍而且難。我知援手者無人，而姍笑者隨其後矣。且目論之士，以此爲獲罪名教，有玷清操。或則肆其妄譚，甚者加以醜詆。苦衷莫諒，初志誰原？舉世悠悠，憐才者殊不可得耳。此韜所以顣首頩面，倒行逆施，經十載而靡悔者也。

嗚呼！留則百喙莫辨，歸則半頃未置。名譽不立，誰停侯芭之車？汲引無聞，孰賃伯通之廡？左右都非，進退維谷。坐是忽忽若忘，懵懵不樂。思先君子見背以來，締搆門户，艱劬倍至。析桂炊玉，裹鹽乞醯，瑣屑之事，惟恃一人。中間築壙營葬，爲弟授室，心力耗瘁。是以阮籍不名一錢，仍嗟垂橐；劉備空繞三匝，猶欲覓枝。所謂耕三餘一，損益積贏，爲他日退步者，僅成虚願耳。兼之舍弟讀書未就，學賈不能，呼吸煙霞，已成痼癖，迷津難返，凡百堪憂。塤篪乏迭唱之歡，手足無交推之雅。三十之年，又艱舉子，無以遂老親含飴之弄，退處闈闥，左顧尠愉，命也何如？要難相强，境遇之阨塞既如彼，家門之所值又如此，人生樂趣，泯然盡矣。何時遺棄網羅，逍遥隴畝。烟蓑雨笠，跡溷老農；月夕花晨，簡徵近局。與風月爲知己，以杞菊作比鄰。出則與燕、許争文章，抗蹤一代；處則與皮、陸同志趣，並軌千秋。此固恒情之所慕，而吾生之大快者也。曰歸曰歸，實獲我心；優哉游哉，聊以卒歲矣。

罄此委瑣，畧盡所懷，想亦先生所樂聞也，伏願時賜訓言，備加崇護，引領企矚，無任主臣。

與周弢甫徵君[①]

弢甫通人足下，睽曠三年，邂逅一旦，寓齋清話，移晷忘

① 此函亦見《蘅花館日記》咸豐九年正月二十五日（1859年2月27日），日記有缺行，此較日記爲詳。

倦。聞足下將入都應詔，作出山之想，此鄙人聞之，私心竊幸，喜而不寐者也。今天下方多事，安石不出，其如蒼生何？豈僅韜一人汲汲爲足下勸駕哉！以足下懷此厚實，副是盛名，其所設施，當有遠出尋常萬萬者，韜何敢贊一辭。特以愚者千慮，尚有一得，齊桓公於九九之數，猶且見收，又何敢嘿而不言，用獻芻蕘，足下察焉。

夫天下大利之所在，即大害之所在，有目前以爲甚便而後蒙其禍者，當時以爲無傷而久承其弊者，如今西人之互市於中國是也。

西人工於貿易，素稱殷富。五口輸納之貨税，每歲所入不下數百萬，江南軍饟轉輪，藉以接濟，此海禁大開，國用以裕，一利也。西人船堅礮利，制度精良，所造火輪舟車，便於行遠，織器田具，事半功倍。説者謂苟能仿此而行，則富强可致，西情既悉，秘鑰可探，亦一利也。西人於學有實際，天文曆算，愈出愈精，利氏幾何之學，不足數也。且察地理，辨動植，治水利，講醫學，皆務析毫芒，窮其淵際。是以有識之士樂與之游，或則尊之曰西儒。中國英俊士子誠能屏棄帖括，從事於此，未必無實用可裨，則又一利也。

然識者以爲中外異治，民俗異宜，强弱異勢，剛柔異性，潰彝夏之大防，爲民心之蠡賊，其害有不可勝言者矣。

西人素工心計，最爲桀黠，其窺伺濱海諸處，雖非利吾土地，而揣其意，幾欲盡天下之利而有之。故商於印度，而印度之王僅擁虚位矣；與葡萄牙通市澳門，久之而專有其利，至葡人雖失利而無可如何矣。本朝以寬大之仁，許其至粤東貿易，乃旋以焚煙之舉逞其貪毒矣。宣宗成皇帝軫念民生，禮崇柔遠，特允所求，曲畀五口。是宜若何感激，乃又以睚眦小故，稱兵畿輔，而索内地通商矣。推其貪鷙之性，幾無所饜足。自以爲甲兵之雄，天下莫敵，有所興舉，事無不成。又見中國軍事方興，無暇旁及，而乘機請命，計亦狡矣。昔藍鹿洲謂有明中葉以澳門一島畀葡人，大爲失策。何則？海疆門户，斷不可與人，以自失其屏蔽也。果爾，西班牙、英、法、米利堅接踵東來，而禍遂烈於今日矣。今者濱海島壤，江漢腹地，盡設埠頭，險隘之區，已與我共，猝有變故，不能控制，此誠心腹之大患也。有豪傑起，必當有以驅除之矣。

然此祇就形勢言之耳，猶其害之顯焉者也。況自西人互市以來，中國無賴亡命之徒皆往歸之，其門一逋逃之藪也。貧而庸者仰其鼻息，寡廉鮮耻者藉以滋事。今祇計濱海一隅，出入其門者，已不下萬人，他省可知矣。洪、楊巨魁，以左道惑衆[①]，其始亦出於粤東教會中。洪逆之師羅孝全，米利堅人。借其説以欺人，流毒幾遍天下，此其好異釀亂之明證也。

傳曰："非我族類，其心必異。"西人隆準深目，思深而慮遠，其性外剛很而内陰鷙。待我華民甚薄，傭其家者，駕馭之如犬馬，奔走疲困，毫不加以痛惜。見我文士，亦藐視傲睨而不爲禮。而華人猶爲其所用者，雖迫於衣食計，亦以見中國財力凋弊，民生窮蹙也。故西人之輕我中國也日益甚，而中國人士亦甘受其輕，莫可如何。夫謀食於西人舍者，雖乏端人，而沈落光耀之士隱淪其間者，未可謂竟無之也。乃十數年來，所見者皆役於饑寒，但知目前，從未有規察事理，默稔西情，以備他日之用；而爲其出死力者，反不乏人，可謂中國之無人矣。吾恐日復一日，華風將浸成西俗，此實名教之大壞也。特是歐洲諸國由西而東，其來也漸，其志也堅，其勢力又當全盛之際，我國在今日又安能驟屏之於境外，況亦不足以昭王會一統之盛軌。

---

① 原作"以左惑道衆"，今據初刊本改。

至於天主、耶穌兩教，分門别户，同源異流，其入中土，均欲務行其説而後快。天主教入中土雖已三百年，而耶穌教不過近今數十年間耳。向在其國中，相争若水火，今欲越數萬里而訓我華人，亦未見其能必行也。説者謂西人之利，衹在通商。今和約既定，海市宏開，長江賊蹤所在，貨物往來，彼亦有所不便，不如借兵平定之，事後酬以金幣，亦何不可之有。不知室不相和，出語鄰家，可謂通計乎？父撻子，而嗾瘈狗噬之，有是理乎？

説者又謂此迂論也，赭寇之罪，上通於天，假手西人，以翦滅之，正可同洩普天之憤耳。此言實未深觀大勢而熟察全局者也。燭之武告秦穆公曰："鄰之厚，君之薄也。"西人於我之損也，則喜；於我之益也，則憂。方欲逆皺之張，坐收漁翁之獲，謂其視我如秦越之肥瘠者，猶淺言之也。即使其果肯借師，願輔王室，如突厥故事，而需索酬餉，動以數百萬計；或遷延時日，未必成功；或衹勦一隅，未能全數肅清。即使果能迅埽妖氛，將請地請城，矜功炫德，飛揚跋扈，不可復制，而中原全土皆侏𠌯之足跡矣。通盤籌算，朝廷又何必有此舉也。前英酋之至漢口也，道經賊巢，曾與賊小有接仗。乃人言藉藉，謂可假其兵威，殲兹羣醜。若英師受創，志必報復，則長江一帶，藉以通行。獨韜決其不然。赭寇烏合之衆，豈知大義？况既抗官軍，又禦强敵，亦力有未逮。西人以其同教，方且喜之，何肯遽加以兵？果爾入城，通問結約，和好而返，此後各國通商番舶往還，豈無齎送盜糧而以鎗礮鉛丸售之者乎？是固必然之勢也。韜方憂之。即如滬城搆亂十有八月，西人不惟坐視不救，且爲寇賊籌畫，售以巨艘，與以火藥，濟以米石，其待官兵，則不許持械過洋涇浜一步，是誠何心？其例謂如我國通商其地，遇有君民相争之事，皆不相助，何以不能懲其商人與賊貿易之罪，空援彼例，徒欺人耳。此皆西人有害於中國大勢之明驗也。

至其器械造作之精，格致推測之妙，非無裨於日用者，而我中國決不能行。請言其故。西國地小民聚，政事簡易，凡有所聞，易於郵遞。水則有輪船，陸則有火車，萬里遥隔，則有電氣通標。而中國則地大民散，政事繁劇，若仿西國月報，必至日不暇給。水之大者，海而外雖有江、淮、河、漢，而内地支流，其港甚狹，即輪船之小者猶不能駛。九州之區，半係塗泥，土鬆氣薄，久雨則泥濘陷足，車過則倏洞窟穴。而輪車之道，必鎔鐵爲衢，取徑貴直，高者平，卑者增，遇河則填，遇山則鑿，不獨工費浩繁，即地利有所未能。農家播穫之具，皆以機捩運轉，能以一人代百十人之用，宜其有利於民。不知中國貧乏者甚多，皆藉富户以養其身家，一行此法，數千萬貧民必至無所得食，保不生意外之變。如令其改徙他業，或爲工賈，自不爲游惰之民。而天地生材，數有可限，民家所用之物，亦必有時而足，其器必至壅滯不通。况中國所行水碓風篷，甚易而巧，而用者尚以爲貪天之功，省己之力，或致惰而生疾。鐘表測時，固精於銅壺、沙漏諸法，然一器之精者，幾費至百餘金，貧者力不能購，玩物喪志，安事此爲。其他奇技淫巧，概爲無用之物，曾何足重。故韜謂此數者，即中國不行，亦不足爲病。苟以爲我民救死不贍，無暇講此，則非通論也。

至於天算推步之學，中法固遠不逮西法，今法固大勝於古法，以疏密之不同也。顧韜以爲古法有用，而今法無用。今法易時必變，而古法可以歷久無弊。何則？愈新奇故也。新益求新，奇益求奇，必有以别法駕乎其上者。故今法不踰二百年必悉廢矣。其間得之實測者，如日月之食，皆有一定不易之時刻。而其言彗星所行之軌道爲撱圓，至有定歲，究未全驗。無他，依一法以推之，言人人同；各依一法以推之，則千萬人之言皆不同。而習一家言者，遂謂此學可以洩天地之秘，探造化之原，窮陰陽之奥，吾弗信也。數者，六藝之一耳，於學問中聊備一格。即使天地間盡學此法，亦何裨於身心性命之事、治國平天下之道？而使天地間竟無此法，亦非大缺陷事也。

若夫鳥獸草木之學，其精者謂能得一骨可知全體，得一葉可辨全株，徒聞其語，未見其人。察地理者，能於地殼中細分層累，得一物即知其時代遠近，或辨其在鴻荒之先，或識其在開闢以後，類若中國骨董鬼能言古器真贋，歷歷可據。第怪其於諸石皆可悉其等次，而獨於中國研石、印石、寶石等品，瞠目不識爲何物。此非天地間生成之物耶？何以通於此不能通於彼也？是其格致之學，有時而窮矣。

然則西法必不可行乎？曰：否。哲人取法於彝狄，孔子學在四裔，亦視其法何如耳。去其不可行者，而擇其可行者，則始爲得矣。

其一曰火器用於戰。自古兵凶戰危，聖王不得已而用武，流漸至極，至用火器，亦不仁之甚者矣。然既已用之，則又不可不精。以不精之器而教之戰，是置之死地也。有明末季，已用佛郎機法，今踵而行之，悉心講求，務勿稍吝工料。命中及遠者，有破格之賞，能出新法制勝者，不次擢用，則工奮而物美，兵士有所恃而不恐。

其二曰輪船用於海，以備寇盜，戒不虞。船身高大，則盜舟不敢近，衝涉波濤，便於追躡。沿海悉置礮臺，以聯絡形勢，一旦有事，緩急可恃。蓋邏察既嚴，防守既密，則姦宄無自而生。烽堠要害，必守以健卒，方非虛設，如山之有虎豹，水之有蛟龍，樵叟漁父自不敢狎，至禦寇威戎，一舉兩得。

其三曰語言文字以通彼此之情。今所用通事，半皆粵、浙市井細民，未識立言之體，西人素輕藐之，以犬馬相畜。而上之人亦未以此爲重也，遇有中外交涉之事，兩官相見，數語即去，遂至畏葸無能者奉命唯謹，剛愎自用者敗壞決裂。此皆由以己意妄揣，而未熟悉其情也。兹必於各口通商處設立譯館，使佐貳雜員入其中，壹心講肄，以備將來，或酬對遠賓，或紬譯月報。西國之學習譯官，類能華言，喜同華官交際，屢與往來，可免隔閡之虞。西國月報備載近事，誠爲譯出，可以知泰西各邦國勢之盛衰、民情之向背、習俗之善惡，其虛實瞭如指掌。

此三者皆吾所取法也。然用之亦出於甚不得已耳。即用其法以制其人，壯我兵威，鋤彼驕氣，明其定律，破彼飾詞。苟非西人遠至中國，又何需此，豈非所益者小，而所損者大耶!

説者謂今四海合一，天下大同，自西人入中國，出其新法秘製，開我聰明者不少矣，則中國又何仇乎西人？不知中國奇才異能之士輩出，歷觀前載，如墨子之籌守具，公輸子之刻木鳶，《蜀志》諸葛武侯之木牛流馬，《南史》祖冲之之千里船，非不巧奪天工，可施實用，而當時無人習之，死後遂至失傳。他如楊太之樓船，戚繼光之兵舶，由此加精，詎不如西國之迅捷？近則如粤東潘氏所製水雷，宜於設伏，而卒不一用。蓋中國以爲用心之精不在於是。韜故曰：形而上者，中國也，以道勝；形而下者，西人也，以器勝。如徒頌美西人而貶己所守，未窺爲治之本原者也。

中國立治之極者，必推三代，文質得中，風醇民樸，人皆耻機心而賤機事。而西國所行者，皆鑿破其天，近於雜霸之術，非純王之政。其立法之大謬者有三：曰政教一體也，男女並嗣也，君民同治也。商賈之富皆歸於上，而國債動以千萬計。訟則有律師，互教兩造，上下其手，曲直皆其所主。男女相悦而昏，女則見金夫不有躬，而無財之女終身無娶之者。尚勢而慕利，貴壯而賤老。藉口於祇一天主而君臣之分疏，祇一大父而父子之情薄，陋俗如此，何足爲美。夫所貴乎中國者，能以至柔克至剛，至弱克至强也。

説者謂如是則西國不難驅而遠之矣。則請一言以法之，曰：在德不在力。若遽以力争，則鮮不蹶矣。今中國之力不足以制彼，而彼之力偏足以制我而有餘。不獨舟礮之不及也，士卒無敢死之志，將帥無必勝之謀，守禦無足恃之方，財賦無可繼之用。而彼反易客而爲主，變勞而爲逸，在我肘腋，據我形勢，扼我要隘。傳檄鄰邦，則米利堅角其後先，法蘭西翼其左右；通問賊黨，則捻匪爲之北竄，赭寇爲之南下矣。

然則以德將奈何？一則静聽其然，以待天心之厭亂；一則勵精圖治，以俟人事之振興。蓋王政隆而四裔賓，大道昌而異學息。西人之來，亦吾之衰氣有以召之也。戎狄侵凌，自古爲患，商有鬼方，周有玁狁，漢有匈奴。魏以羌胡錯處内地，卒至神州陸沈，海宇腥穢，幾二百餘年。唐則有回紇，宋則有契丹、女直、蒙古與相終始。然皆自爲消滅，敗亡旋踵，惡積禍盈，理至焦爛。觀夫遼、金、元三朝之興，其兵力强悍，無敵於天下，而自入中國，漸至委靡不振。誠哉，自昔無常强之國也。

即以歐洲而論，羅馬盛於漢，西班牙盛于唐、宋，荷蘭盛於明，而今皆衰矣。英至今日誠爲極盛，然盛即衰之機也。計英自通商澳門，漸至粤東，由明中葉迄道光年間，幾三百餘年，而未嘗一得志。何則？以有所待也。明時英尚未興，乾嘉之際，力可與中國爲難而不敢遽發者，以其時國中多事，米利堅義民叛於内，法蘭西强鄰逼於外，印度未取，國且中弱，故無暇與中國通。道光時，君位已安，民心已固，財富兵强，駸駸自大。今日之英，驕盈極矣。然盈必覆，驕必敗，天道然也。英得志於中國日益甚，則與國忌之日益深，耀兵於疆埸之間，而伏戎於蕭墻之内，未可知也。

至於我所以馭外者，其先在自審，次則料敵。古云：“知彼知己，百戰百勝。”以我所長，攻彼之短；以彼所優，供我之用。又曰：“勿推諉。”内而在朝臣工，外而督撫大員，知無不言，言無不盡。又曰：“毋因循。”苟有良法美意，務即施行，有行而窒礙者，勿憚更革。又曰：“善用人。”一策一議，有可采擇者，必優容以禮之，或即使之自行所言而責其成。

然事有先其所急而後其所緩者，當今要務，首在平賊，必以全力制之。賊滅而世治，然後講武厲兵，訓民足食，而徐議其他。所謂體天心以行人事，莫善於此矣。

夫用兵之道，舍堅而攻瑕，避鋒而挫弊，觀釁而審機。若以積弱之勢當至兇之鋒，多故之秋增莫强之敵，雖智者不能善其後矣。

韜草茅下士，毫無遠識，素不願爲公卿大人所知，今與足下略盡區區，誠於知己之前，無所諱也。束裝未知在何日，相見尚遠，伏惟爲國自愛。不宣。

上徐君青中丞第一書

當今天下之大患，不在平賊而在禦戎。何則？亂之所生，根於戎禍之烈也。然欲禦戎，必先平賊，二者蓋有相因之勢。而欲平賊，則請以和戎始。

夫今日彼之所以要求我者，無不至矣；所以凌躒我者，亦無不至矣。據守我省地，俘傈我大臣，殘剥我民庶，近且欲駐劄神京，通商腹地，如是，則我安能一一從之？不從，則勢必出於戰。既戰，則兵連禍結，不得遽止，而我又無暇專力辦賊，是一舉而不能兼顧者也。然事固有緩急，有先後。今日之事，要惟先其所急，後其所緩而已。彼雖爲心腹之患，而在今猶未大決裂，可先以和弭之，而後徐爲之圖。

曰：如是，則屈尊貶節，國體卑矣，不幾成弱宋委靡之轍乎？曰：非也。彼之與我，立約通商已十有餘年，今日之求逞者，亦視我内亂未敉而起，我力之弗能及，我勢之不足制，彼蓋知之稔，籌之素矣。設我不忍小忿或致大憂，不幾墮其料中。故量敵而進，知難而退者，聖哲之算也。知退者，如漢高祖不報平城之役，唐太宗和好頡利，縱而不擊，宋真宗爲蒼生而屈，許增歲幣，皆是也。此皆雄主英君，猶不惜忍一時之耻，以成萬世之功，誠以事勢有出於不得不然者耳。

方今邊事之壞，我謂在朝廷禦之之失策。當粤東之啓釁也，朝廷必別簡星使，專與籌議，不妨面見酋商，兩得盡其情意，事有不可行者，則爲婉言開導，即使委之於葉督，亦必明示意旨，俾知趨向，有所遵奉。奈何廟算弗及，一人是信，任其剛愎淺躁，以致僨事。逮乎粤省被據，葉督見虜，中國之辱，未有如是之甚者，而乃置不一問，若無是事，期年之間，聲問寂然。西人於是逕駛津門，叩閽請命。至欲遣使駐京，增埠易約。即濱海各省督撫，亦未聞有出一議、建一説，以是事若何處置入告者。若以爲此中外軍國大計，須得斷自宸衷，外省臣工，安得一言及之。於是皆禁口卷舌，嘿聽其然，惟恐一言而其事及己，并恐言之不善而蒙不測之憂，攖雷霆之怒。其意視粤東一省之得失，無與於朝廷之輕重，朝廷禦戎之當否，無與於外省之休戚。以至西兵之調集，番舶之出入，何時啓行，何日往北，外省之偵緝不告，京師之斥堠不明。突見其至，官民惶駭，城下之盟，大可寒心。顧至今日，約已定矣，和已成矣，腹地各埠已許割矣，京畿重地已許駐矣，昭昭綸綍已遍傳天下，中外悉知矣，尚奚言哉！尚奚言哉！

然草野小民微窺朝廷之動静，今日之約若猶未足爲成言者。議和後數日，聖上赫然而誅一耆英，草野妄揣，以耆英固昔日僨事之員，預議和之列者也。然戎禍之及此，則非耆英罪也。事越十餘載，而一旦加戮於新易和議之後，即至愚者亦有以識其端矣。西人駛往漢南，將勘定界址，而守土者以未奉明詔，不敢輕許，枝梧推諉。西人早已知盟言之不堅，要約之弗踐矣。知而爲備，其出愈遲，其發愈厲。竊揣朝廷之意，以爲彼以詐力相勝，我何不可以和誑之，使彼退師而整我備，此古者權宜應變之方也。故聞數月以來，津門之營壘固密，士卒簡練，器械整利，迥異前時。僧王之所經度，勝帥之所擘畫者，方且專意於是。是即曰和，事實未可知也。果如是，我謂朝廷之計左也。堂堂天朝，煌煌王言，撫彝睦鄰，講信修好，而欲以誑終之，毋乃不可乎！勝則失信於外邦，敗則示弱於小國。我曲而彼直，彼將有辭於我矣。

且西人之所請於我者，最大者增埠、駐京兩事而已。以愚度之，朝廷意見，增埠猶可許也，遣使駐京斷不可行。中外貴乎隔絶，彼得處輦轂之下，則我一舉動一喘息，彼皆聞知；凡有干請，可自直達，勢不容以稍諉，其患有不可勝言者，若之何其可許？

吾謂此二事其患實均。江漢腹地，據上游之勢，南控皖、豫，北連關、陜，一旦有變，長江非復我有，黄河以南，非我國家所能争。由是觀之，增埠則勢重於外，駐京則權重於内，皆非我國家之福也。顧吾謂朝廷既可許其增埠，何不可許其駐京？天下事外寧必有内憂，或多難以自强，或無難而弗振。朝廷但當勵精圖治、改易政令、整飭條教，示天下以更新，敵人方且覩政治之隆，革心向化。天下之人，知朝廷奮發有爲，則莫不兢勸，以中國之大，士民之衆，甲兵之雄，争先盡力，願爲之用，則亦何强之弗摧，何敵之弗懾，而豈再有弄兵恃詐凌侮我皇朝者乎！萬一有不情之請，非分之干，但當以理折之而已。再有不從，鞭箠笞之足矣。故禦之之道，在乎蓄力以待時，審機以應變，權人事以聽天心。

今朝廷之上，所以待遠人者，漫無成見。來則與之和，去則旋背之。受詐愈大，結怨愈深，釁隙之開，將不可終弭，此草野小民所爲日夜憂思也。我知朝廷之意，必曰前者未嘗逆料其稱兵畿輔也，今爲之備，則津門天設之險，必不能飛越。然而兵，凶器也；戰，危事也。我即有備，彼豈不武？而能料其必出於勝乎？方英酋之抵滬也，簡使約款，可以不至犯闕，而朝廷則曰遣使至滬，舊無此例，乃一旦有創例，十倍於此而不惜者。今西人之以駐京請，勢在要以必成，朝廷之意，又曰西使居京，祖宗之成命所不許，恐一旦有破格，百倍於此而不能已者。且朝廷之不許者，將盡驅之乎？抑獨不許其駐京乎？獨不其許駐京，則彼通商之地固在，其念豈能驟息。况請而不許，彼意猶將强取之；請之而始許終不許，則彼且以寡信責我，而其毒益烈。彼通商於閩、浙、江、粤，海道皆可以抵津，所以調兵運餉、圖謀北方者，其道甚捷，其來殊便，其擾我必無已時。一戰不已，必再戰；再戰不已，必三戰；三戰而所請猶不允，則彼之悖心必生，必且盡據通商之地爲己有。防之以駐兵，守之以戰艦，禦之以火器，然後驅逐我官吏，徵搉我糧税，杜截我漕運，遏絶我郵傳。或更外連赭寇，内結姦民，基之横竄逸出，而閩、粤、江、浙之間，勢必不可復問，南北兩方，亦且中阻。如是，則我將何以應之乎？其勢亦惟仍出於和而已。夫彼今日請之，我委曲從而予之，則足以見我寬大之恩，彼亦知所感戴。彼請之而我不予，卒因彼用兵後許，則彼以爲己力之所及，得之於戰攻，非得之於恩意，而倨侮桀驁，後必益甚，予奪裁制之間，其關繫甚鉅也。且今日之將用兵於西人，朝廷之上抑嘗熟籌之乎？詳議之乎？議之不詳也，籌之不熟也，事必無成，咎將是出。咎出悔生，無及也已。

我知朝廷之上，必有貢書生迂謬之識、進少年輕躁之謀，以動聖聽者。或謂西人崛强之性，非加以挫辱威懾，不足服其心，是以古者禦戎，其利在戰，戰而與之和，則其和可久，而能一切爲我所主。其見雖是，而不識今昔異勢、遐邇異情也。或謂僞與之和，出不意而盡殲之，使之受創，則不敢妄有所覬冀，此亦行我權變之一端也。不知此特偏師也，覆之無損於彼，而徒失我信。其酋長之在海舶者，能必其必殲之乎？戎首猶存，禍胎尚在，非所以爲安也。或又謂我之待彼，當陽許而陰阻之，遲之以歲月，稽之以文移，卑辭以款之，多方以炫之，繁文縟節以牢籠之，虛聲恫喝以羈縻之。彼以剛，我承以柔；彼以急，我承以緩。不知數年來西禍之興，正坐因循之誤耳。與西人約，是否決之兩言耳。苟不欲和，則於其來京，當明告之，曰拘人細故也，進城微事也，粵督即措置不善，亦當告諸京師，我國家自有斥罰之典。城據官虜，而復挾詞以求，其理之曲直誰在？爾邦之來中國在通商，不在尋釁；欲立和約，在結好不在修怨。立而不遵，焉用約爲？稱兵搆難，何和之有！將問諸爾國王，以定是議。而後頒賜詔書，布告各國，特命大臣，赴英往愬。如是，則彼之所請或有萬一之減，而亦可以折酋使驕凌之氣。然在我必先有預備之兵，以應其非常之變，而自揣我氣足以震懾乎彼方可，否則，毋寧出於和。蓋我今日兵卒孱弱，財用空竭，外之國威未振，内之强寇未鋤，勢固不遑與之戰也。和戰利害，不待智者而知之矣。然則盈廷之謀，毋乃未料其究竟耶？

夫用兵之道，先料彼己。彼言戰者，亦嘗揣測西情，審觀戎勢，上下其國之强弱於百年間乎？西人欲遣使駐京，於乾隆時已請之矣，其時我國方際盛强，海禁雖開，各國無不遵約束者。故高宗皇帝賜書斥絶，彼即俛首怵心，毫不敢較。其後英人貿易粵東，屢有齟齬，輒遭地方官挫折，彼卒未敢動也。是豈昔馴而今倨，昔順而今逆？蓋其時米利堅義民畔於内，法蘭西强鄰壓於外，國日岌岌，勢且中弱。迨法、米既睦，似可逞矣，而時方竭其心思謀力以圖印度。宣宗成皇帝之中葉，經營印度已有端倪，君位既固，國勢日强，於是遂有禁烟之釁。然猶未敢多索，恐過難則我之議和未必遽成也。其後用師俄國，平亂波斯，戡叛印度，國方多事，待乎少定，遂有今日之變。是以啓釁在丙歲，詣京則在今春，徘徊不進、躊躇而發者前後三載，然後畢力於我中國，舉百年來欲成之志，至今日而始酬焉。是其處心積慮，并力蓄謀，爲何如哉！而我國家乃欲以靡然積弱之勢，晏然無備之形，艱難倥傯之時，寇盜縱横之日，而與之抗，吾誠有所不敢知者矣。

況乎所請駐京一節，在我國爲駭聞，在彼邦乃常事。歐洲以行商爲國本，凡通商之國，互遣公使，駐居其都，所以總制其事，權歸於一，原非有窺伺之心。自吾人以私見度之，則與彼立制設官之意大謬矣。西人通商中國，就目前而觀，其志在利，不在土地。以歐洲列邦在乎不兼并人國爲義，而亦在我無與之間而已。何則？西人操心堅忍，顧慮深遠，善於狙伺，工於計料，初似不欲而後竟肆志焉，如英人之於印度是也。蓋其心非不欲土地，非不欲并兼，其力非不足以亡人之國，而其賈於人國終不敢出此者，一則莫敢先發，一則互相牽制，一或其國尚足以自立，一或其國無釁可乘。浸假其國或遇外憂内患、兵禍天災，則必伺隙以圖，藉端索請。從之則彼獲其利，不從則人受其禍。必使之甲兵頓壞，庫藏困匱，政事毀隳，人民秏減，然後起而承其敝，取其全土；不能則取其偏隅；一國不能獨取，則聯他國以共取。此皆英人百年以來通商人國之深算長技、陰謀秘智也，我奈何墮其術中，爲其所簸弄而不悟哉！

近日泰西通商於中國，非止一邦，勢均力敵，則英、法、米鼎峙而爲三。有事相度，有急相顧，其餘諸小國拱手聽命而已。然此三國又互相忌嫉，互相憎害，惟恐彼厚而我薄、彼益而我損、彼有餘而我不足、彼利而我不利。是以其致力於中國也，此進而彼亦進，此退而彼亦退，榮辱相同，利害相共，贏絀相分。夫我中國固大國也，譬諸舉重，非一人所能勝。是以中國加利於彼，則如投一骨，衆犬狺爭。其欲得中國一地，如驢蒙虎皮，羣獸共逐。明乎此，則知西人之情矣。稔乎西人之情，則知所以待之之道矣。然則自治自强之術，可不亟講哉！故在今日，惟有嚴守自固，斂兵弗爭，暫屈以允和，待時而後動。

上徐君青中丞第二書

夫當今禦戎之法安在哉？吾惟曰蓄力以待時，審機以應變而已。顧時非徒待也，必我日夜有可待之具，然後能時至應之。變非獨彼能生也，我亦能乘間迭出，彼之變，在我算中，而藉以制其死命。兵法云：“無恃其不來，恃我有以待之；無恃其不攻，恃我有不可攻者在也。”今西人入處内地，已在我門户之間，一旦有事，真腹脅之患，肘腋之虞也。昔劉備一匹夫耳，寄寓於吴，周瑜尚謂其有如養虎，况乎陰很强鷙之國與我共此境哉！獨奈何二十餘年來慮之者未嘗無人，而備之者未聞有道。所謂有所恃而不恐者，果安在？西人雖名爲通商，而有公使，有領事，有統師酋目，有駐兵蕃舶，隱然時寓敵國之形，以待不測。有事則文移往還，强以必從；略有牴牾，起瑕生釁。所以然者，皆吾積弱之所致。而積弱之由來，其故有二：一曰武功不振，一曰内患未寧。然則自固自强之術，爲不可緩已。

夫我之所謂待者，非伺敵之有事，而後逞我欲也；所謂應者，非謂敵之加我，而我不得已起而與之抗也。如是則其權仍在彼，而不在我。欲權自我操，則以强兵。始通商以來，朝廷大臣動多過慮，若以言兵爲大諱，方且雍容文誥、粉飾昇平，坐待逆燄之潛消、兇鋒之自挫。譬如虎狼屯於階陛，而尚欲以因果經説馴其搏噬之性，其可得乎？至於拘牽義例，罔識變通者，則執《春秋》内中國、外四裔之例，以爲荒服之外，無非藩屬，悉我僕臣，一切干請，概格不行。嗚呼！彼誠不知古今之情勢者也。

四鄰之患，屢變愈奇，前在割地，而今請增埠。不知增埠猶之割地，特割地之禍速而易見，增埠之禍緩而遲發耳。歐人以爲由争而得者，其利弗能久享，然而其言如是，其所行或未必如是。西人隆準深目，思深而慮遠，陰鷙桀黠，其天性然也。其律重商而輕士，喜富而惡貧，貴壯而賤老，厚妻子而薄父母，知俯育而不知仰事。其國地小民聚，事易周知。然所恃不專在國也，屬埠之在他地者非一處，皆以舟車爲聯絡，貿遷貨物，便於轉輸，故國易於富。然一旦生事，通商之路絶，即生財之源涸，故其貧亦易，其用兵於中國也，先集臣民議其可否，若有時或和或戰其説各半，則必進決之於相臣，若無端開釁，亦非其民之所欲。無奈中國積弱之勢久爲其所熟窺而審測，以爲我特不與中國争强耳，若出於戰，必無不勝。故其言曰：我國兵威素著，未嘗挫損，凡有興舉，事無不成。是以屢挾其强以凌我。然兵猶火也，弗戢自焚，彼亦豈能常有其强？而今尚非其時也，則亦惟先盡其在我者而已。粤東之釁，曲固在彼，而我亦有不善處者。夫小人之性，釁於勇而嗇於禍，况乎粤民之闇横也，是非國家之福也。

然則爲今計者，莫如暫與之和，而一切勿與之較。强兵講武，静俟其時，所謂舍其堅而攻其瑕，避其鋭而承其敝也。説者謂前時西人未知中國兵力之强弱、情事之深淺、地勢之險夷、財賦之羸絀，猶且縱横衝突，難以捍禦如此，今久在内地，稔知虚實，熟察情形，安能復與之敵？不知此特我兵之不善戰耳。夫事以激而成，兵以應而勇。不觀夫南宋乎？宣和、靖康之間，其兵望風即潰。建炎初，殘蹙之餘，幾難自立，及至迫而應之，宋反屢勝而金屢敗，是則其效亦可覩矣。誠能練兵擇將，備於不虞，敵雖强何患？然在今日，兵果練乎？將果擇乎？與前無異也，則如之何？其出於戰也，一言以決之，曰姑與之和而已矣。

夫今日待之之道當如何？一曰審勢，一曰察情，一曰觀釁。

所謂審勢者，不獨審彼勢，而亦以審我勢。今者彼强我弱，彼勇我怯，彼盛我衰，彼富我貧，亦已形見。如不欲與和，則必出於戰。夫既與之爲難，則必先立於不敗之地，而預操夫必勝之術而後可。然果能之乎？亦惟曰不甘受侮，斯與之戰而已矣。然能倖其一勝也，而不能倖其再勝也；可以倖也，而不可以恃也。則戰之不可行也，審矣。處今之勢，若舍和戎一策，幾絶無可以措手者。有志之士必笑其謀之太踈，計之甚拙，不知惟古之智者能機變敏速，不憚改爲，以柔而爲剛，以屈而爲伸，斯審勢之謂也。

所謂察情者，不獨察彼情，而亦以察我情。能助我者，斯我可以委任之；不能助我者，則我亦惟牢籠羈縻之而已。前之説者曰：西人通商於中土者非一國，莫若以彼攻彼，以彼款彼，以彼間彼。此三説者似皆深謀遠慮之計，然在今日，恐未能行。何則？歐洲列邦皆有外我中國之心，安能爲我所用？即有願爲我用者，列國必且羣訕笑之。若夫兩國相争，久而未決，西國之例，能勸之和，如不從者，則助弱以攻强，如往年英、法助土以攻俄是也。此皆有關於利害、有繫於歐洲兼并之大局，而後爲之。泰西之例，要不足以例中國。泰西中其最馴者，莫如米利堅，然亦以英之勝負爲榮辱，以英之利害爲去就，則助英者有之矣，未聞有助我而攻英者也。彼與我雖未嘗妄相需索，而與英、法二國有益同沾，無役不預。如其誠能維持乎我，豈宜有是。以此揣之，情形略可見矣。

所謂觀釁者，非徒觀彼釁，亦以觀我釁。吾聞爲國家者，非有内患，必有外憂，二者每相因而起。今日之外憂，已在吾腹脅肘腋間，内患更甚，其發不可測。一旦猝乘吾間，我孰能禦之？況我甲兵不如彼，財賦不如彼，器械不如彼，機謀不如彼。彼已洞然於我之釁矣，而彼之所謂釁者，我或未之能稔也，則諉之曰以荒遠故。然日報之刊布，郵信之流傳，獨不可諮訪而得之乎？百餘年中，米利堅之叛英，法蘭西之攻英，皆其危迫之際也。近如印度之變亂、波斯之背約，皆其所有事者也。事變之生，亦至無常，要在我善揣之耳。彼在中國，忌法忌米，而今更忌俄，而此三國者亦皆忌之。然因其忌而欲爲我所用，藉收以彼攻彼之効，則恐不能。然則所謂釁者何在乎？强鄰讎國與之爲敵也。

總之，天下無常强久盛之國。而其始之臻乎盛强者，必有術在。我盍用其所長，奪其所恃，我誠與彼同，彼自不敢與我比權量力矣。此即所謂待之之道也。嗚呼！曷可緩哉。

弢園尺牘卷五

滬北賓萌王韜仲弢著

致郁泰峰書

泰峰仁丈先生足下：自春徂夏，聞問缺如，彈指光陰，倏已逾半。久雨生涼，北窗多暇，日惟拈弄筆墨，頗不欲聞户外事。乃客有以近事來告者，聞之憤懣。西氛甚熾，杞憂方深，草莽下士，無位小民，不能叩九閽而達之，惟有著杜牧之《罪言》，效郇模之痛哭而已。先生世之有心人也，不妨略述顛末，以溷清聽。津門和議五十六款，舊歲已行酌定，當時韜以爲至難者，莫如在京置員設館一條。星使駐節海上，遲遲不去，正爲是事。前月初旬，英酋卜魯士抵滬，不欲與星使相見，文移往還者再，迄無定論。星使知勢難勸阻，即馳驛奏聞，請皇上别簡大臣在津會晤，而已則由陸詣京覆命，是桂、沙二星使早已身居局外矣。桂公又致書英酋，請其抵津時當輕騎減從而入，是明知必出於戰，故爲此言。韜近閲邸抄，知析津日籌守禦，佈置嚴密。僧王晝夜在工，弗憚勞瘁，恒福勸捐集事，瑛啓解餉備急，戰攻利器，無不周至。如是則和局必將中變。不知在廷諸臣，何人爲之謀主，忽戰忽和，漫無成見如此。論者既以委曲從順爲失國體，必欲大張撻伐以振天威，則但當戰於未和之先，而不當戰於既和之後。大抵虜有所欲，寧難之於初，不可悔之於終。難於初，彼自見理而止；悔於後，彼反得以歸曲於我。夫在京設館，不過仿昔俄羅斯故事，於國家並無所損，而揆之泰西各國，皆有此例。當今日而言，馭外要當通變達權，不拘一格。故必先備覽西事、熟諳洋務，詳稔要荒情俗、深揆事勢緩急，而後可以謀國。制之之方，亦惟是恩威信義而已矣。必也，威以駕馭，以折其氣；恩以撫柔，以結其心；明信畫一，而示之以不欺；牢籠羈縻，而予之以無間。其在我也，足食强兵，練卒講武，厲精器械，籌備險阻，以先自立於不敗之地。而尤必防之於未然，禦之於無形，而後彼乃不得以因疑。我行之若無事，處之若固有，而後彼乃不得以隙抵我。此數者，今皆未也，則如之何其出於戰也！夫西人以信自負，而崛强乃其天性，遏之不行，勢必反噬。況既許之於先，而復拒之於後，是直在彼，而曲在我也。韜方冀在廷諸臣之必不出此。

乃今者，至京尋約之英酋聞已敗而歸矣，西兵死傷者如積，統兵頭目二，水師船長一，著名員弁數人，均彼國之貴官也，並皆戰没，一時之昧於國是者，遽聞此耗，無不動色相慶，以爲此一役也，小懲大戒，正足以褫其魄而奪之氣矣。不知其心則忠，其意則快，而未爲國家計安危者也。夫惟能措己於安，而後能制敵於危。今此次之戰而倖勝，豈國家之福哉！恐兵端必自此始！雖明者不能料其終，智者不能善其後矣。西人之至京，曰以尋去歲之約也。原在議和，而不在索戰。我之覆而敗之也，則彼自諉，曰以兵少無備故。誠如其言，議和之使、無備之師，雖得而敗之，亦不足以爲榮。況既已受創，豈無報志？始而驕兵，終而憤兵，勤而無所，必有悖心。若其蠢動，濱海之區，先受其害，江、浙諸處，皆有可虞。此又不可不先爲之慮也。尤可恐者，洩忿他邑，煽誘賊黨，以與我相角而相凌，事變多端，勢難兼顧。吁！可危哉。

然則我之欲圖報復者，其道何在？在乎勵精强忍而已。歐洲中之强國，未有三五十年而無變者，俟其變而圖之，較易耳。而今日又何遽出此也？此正坐不能强忍之故也。故天下之能成大功者，必有遠慮，出之愈遲，成之愈固。我之所患者，除之勿太速，速則恐折，一折之後，遂至意沮志喪，終身不敢復談。試觀宋自高宗議和之後，孝宗欲用兵而任張浚，則一敗；開禧欲用兵而任韓侂胄，則一敗；理宗欲用兵而任賈似道，則又一敗。此無他，不能先事綢繆，而臨事蹶張故也。夫兵者危事，至必不得已而應之，而後始可以還。此三役者，其間豈無小勝，而素無所備，急於見功，遂至一敗而不可收拾。誠能盡其在我，勵精自治，則可以不戰而屈人。是以善用兵者，未爲，宜有以養其氣；既爲，宜有以堅其志。尤貴在審時度勢，知彼知己，然後奮發有爲，有攻必克，所向無前。苟漫焉嘗試，輕於一擲，必至速而折，折而沮，非惟不能成天下之大功，而反以得天下之大禍。

敢貢狂談，聊資太息。聞警之後，日惟狎麯君以解憂，倘有良醖，宜遣白衣，請於醉鄉日月中作生活也。秋意方新，伏計珍重。

與邱翁

同客海陬，不得時相過從，嵇生性懶，槩可知矣。近日炎官溺職，宜暑偏凉，小雨斜風，漸有秋意，服食起居，尤宜自玉。昨舊校場人來，言井邊一角地爲衆姓所出入，且此井素供羣汲，食其利者不少，乞爲言之貴居停，略讓咫尺，藉以便民，是亦爲善之一道也。令公子雪汀投筆從戎，不減宗慤之壯志，知祖生必先我著鞭。聞婺源一帶，已就肅清，生民塗炭，庶幾復蘇。當此烽烟滿地，鼙鼓喧天，淮海津梁，皆成盜窟，金陵一隅，陸沈久矣，攻持曠日，克復無期。憶昔丙午之秋，載酒尋花，留連匝月，今則珠簾碧瓦，蕩作飛灰，無復問此中人矣，言之黯然。良友久闊，何以爲懷。公事稍閒，請作茗譚，何如？

與張嘯山[①]

清徽藉甚，久癲若雷，企首雲間，何嘗不眷。以波路迢隔，人事錯迕，良覿莫申，彌懷紆軫。此間如蔣、李二君，每及執事，輒盛口不置，中心藏之，未面已親。乙卯、戊午，曾兩過茸城，山環水抱，蔚然深秀，每指曰此中有人。其時執事居鄉養静，却軌辭賓，未及一見，惟有溯三泖以馳思，望九峰而結想而已。形留心往，積有歲年，屢欲挐舟翦燭，一吐宿懷，了不可得。海陬屏跡，闇陋無聞，抱瑟挾竽，隨行進退，是中生活，殊不堪以告人。是以每思自通於左右，而轉念及此，背刺顔泚，慚沮輟筆。然而韜竊聞之，鐘動而霜，理有遥應；苔生於岑，性或相通。昔者孫崧德重，邴原渡海而求；顧况名高，居易投詩以謁。矧兼此二者而有之者哉，斷不可失矣。所慮者，韜垢累於穢壤，執事孤秀於神崖，韜知執事，或執事未必知有韜也。乃者郭君友松適館於此，譚經之暇，偶述執事曾道及韜，輒加心許，未嘗口疵，載聆斯言，馳惶無地，是真指燕石爲珍瑶，飾龍章於裸壤，朽木散樗，而尚將引之以規墨也。執事謬奬虚譽，當不出

① 此函亦見《蘅花館日記》咸豐十年二月十七日（1860年3月9日），文字略有異同。

此。雖然，因是知執事不棄韜矣。執事薄功名，捐耆好，耽玩元理，擯斥塵囂，矯然如天半朱霞、雲中白鶴，可望而不可即，何幸濫及鄙人。雙情交映，辱一言爲知己，結異地之神交，吾生所快，尚復何恨！不自揣量，願附縞紵之末，儻蒙惠許，庶幾不負夙心。率作此書，聊明吾意。春寒多雨，仰願珍宜，翹企芳音，想無金玉。

上徐君青中丞

韜聞山有猛虎則威生，國有賢人則敵懼。是以郭代公之在安西，繫安危者二十年；王忠嗣之鎮隴右，服控制者一萬里；富弼作相，契丹因而動問；韓、范在軍，西夏爲之膽寒。誠以伏乎中者耀乎外，施於近者震於遠也。伏惟中丞閣下作鎮巖疆，移旌吴會，爲帝心所倚畀，聞黔首之歡呼。胡威之清，早結主知；寇恂之借，屢從民欲。著名望於中朝，重鈞衡於外相。此時秉鉞金閶，小試鹽梅之手；異日宣猷綸閣，大彰燮理之才。特以吾吴險扼三江，勢連兩浙。久稱敝俗，難革澆風。矜文辭而士趨末技，間有本肄麻沙；鬥服食而民尚浮華，遂至户嗟彫匏。未免危冠是好，皆以大布爲羞。況乎哀絲脆竹，靡邁流音；喝雉呼盧，摴蒱作戲。僭侈在細微間，而流漸遂成風會矣。至於通問之際，頗尚苞苴；夤緣爲奸，惟肥囊橐。然犀不照，豢鶴輒飛。以致錢刀有靈，作横鄉曲；簠簋不飭，或玷清聲。此小吏之淄蠹，亦官方所排迮也。乃公之撫吾吴也，治民飭吏，別具經權，默運潛移，獨深陶鑄。人以改革紛張而多阻者，公以從容坐鎮而有餘。不動聲色而政行，不設科條而民悦。下車則豪族懾心，望旌則强梁革面。紅紫之服在笥不御，鄭、衛之音至境却迴。盜牛者咸耻聞名，飲羊者無敢飾僞。且公又廉爲官箴，儉爲吏治。過犯必懲，敢戴二天於蘇章；饋貽立却，早凛四知於楊震。羣無害馬，庭有懸魚。秉實心以孚惠，而羣吏不忍欺；先已躬以懲貪，而下僚罔弗肅。量則泰山表其高，心則秋水同其澈。是以五蠹之奸胥盡剔，而三吴之弊政全捐也。惟公猶歉於一心，倍諮於衆口。片言偶合，即推人善；匹夫不獲，遽引己愆。文饒之訓民，以農桑孝弟爲先；郤縠之講武，以禮樂詩書爲本。兼又培養元氣，涵育儒林。夏屋廣被，寒士皆歡；慈雲遍噓，羣生咸暢。於是有道之歌騰於野，來蘇之頌載於衢。班伯之治定襄，人號神明；文翁之化巴蜀，學比齊魯。此蓋中丞閣下德所感者深，教所被者廣。抱宏濟之志，操活民之符，以致有此也。凡夫禀氣，咸荷帡幪，屬在品倫，實深仰矚。韜忝以故里，快覩嘉猷。曠千載而難逢，實一辭之莫贊。繼思欲竭愚衷，豈狂夫之足擇；而不耻下問，實聖賢之用心。明知涓流益海，撮壤崇山，無當堯羊，祇爲遼豕。然芹曝堪獻，未必非宋人之微忱；葑芻可遺，或足助智者之千慮。聊資撫掌，藉作笑談。

竊以全吴形勢，襟江而帶海，扼要則首重防虞，堵陸則先宜備水。金、焦乃長江之門户也，天開險塹，以限南北；鎮、常乃吴郡之屏藩也，地設奥區，以控淮徐。崇邑彈丸，自内出者必據其腹；寶山絶地，自外入者必扼其喉。吴淞一口爲要津，狼、福二山爲重鎮。或以爲在德不在險，要屬迂言；惟有備始無虞，斯非陳説。况乎白彝、赤狄之俱來，狐疑屢起；閩、粤、瀋、遼之畢達，尨雜難稽。雖非可虞也，要不可不慎也。若夫僻壤窮陬，賊蹤易匿；鯨波鱷浪，奸窟爲多。惟兹游手之民，實作萑蒲之盜。淫博亡命，遽肆鴟張；流散官兵，遂眈虎視。雖漁户皆吾赤子，鹺匪盡屬蒼生，而一旦有事，則揭竿便作前驅，裹額即能越貨。今欲詰姦以清其源，除害而務乎盡，則必密探巢穴，痛拔根株；飭練巡丁，嚴編保甲。寄腹心於縣令，授指畫於營員。緝弭有方者，擢以不次；包容賄庇者，黜無狥情。此在乎甄别才能，考察勤惰，操縱在我，張弛得宜而已。務使估舶之宵行不禁，任挂纜帆；蓬門之夜啓無虞，聽疏魚鑰。埽夐島爲浄土，變盜藪爲樂鄉，豈不盛哉！至於海禁大開，西氛日熾。議者遂以爲事機有待，彝性難馴，急郇模憂國之心，著江統徙戎之論。必欲挫彼跋扈之鋒，使苻秦終懾晉；抗其無厭之請，則回紇乃尊唐。不知時有今昔，勢有緩急。兹者形爲聯絡，事屬羈縻。足跡雖至通都，心志不過互市。走南販北，意在金繒；跋浪衝風，利非土地。姑容此輩在域中，非置遠方於度外。俾其食牛羊知唐帝之畜生，飲江河沐堯天之雨露。不必劃成兩戒，自囿一隅。即所以垂示盛軌，光昭大度也。况乎理至焦爛，勢所必有。匈奴知漢物之無用，自然告絶；突厥見牧畜之不肥，豫識將亡。而在斯時，惟有以慈祥消其桀鷔，禮義折其雄猜已耳。凡此三者，妄爲前箸之陳，敢望下體之採。

夫以遊大匠之門者，枯木朽株，咸歸雕飾；入名醫之籠者，牛溲馬勃，並見甄收。韜三吴之鄙人也，學業未成，行能無取。瀛壖十載，空負歲華；白下重游，仍憐旣氉。慨功名之不遂，嗟少壯之已非。自恨識公較晚，不獲受絶學於璣衡；猶幸我生未遲，竊願望後塵於旄仗。伏讀公所著《務民義齋算學》，闢千古不傳之秘篇，運一心獨得之新機。垂日月以不刊，合中西而極致。竊念此道振古爲難，於兹獨盛。東西兩浙之士，類皆承稟於公，以爲模法，獨繭自抽，元珠屢獲。糾繆同夫埽葉，後勝譬於積薪。而公則清香晝戟，作天上之風流；官燭唐書，豔人間之仙吏。當朱墨圍之錯置，猶平擶圜之推求；蓋篤嗜之在斯，自樂談而無倦。公之政治既如彼，公之文章又如此，滄溟之北獨出，斗極以南一人矣。韜讃歎莫名，追隨恐後，倘蒙高聽，願効微能。憐下士之無聞，念小人之有母。惠風所被，雖小草而均榮；曦景之臨，即寒谷而必照。有藉吹嘘，長其聲價。納頑礦於洪爐，或有躍冶之效；處鈍錐於囊底，非無脱穎之期。仰凛台慈，統希尊鑒。若其棨戟門高，容書生之長揖；蓬萊山近，許濁客之同登。即當舍此卑棲，以圖遠志。是則羈鳥脱籠，尚可期於振翼；駑駘負軛，不終困於摧輪。禱望孔殷，銜戢何極。不勝區區延企之誠，謹奉牋以聞。

與孫澄之茂才[①]

愁霖匝月，泥潦接天，雖有鬼兵百萬，亦不能掃此癡雲也。吴興蟻聚，聞漸涣散，以勢揆之，彼烏合之衆，事事皆因民所有，利在速竄。今官軍扼要阻守，彼進無所資，退無所據，情見勢詘，斷難久支，雖竄走餘杭，亦不過强弩之末而已。訛讖沸騰，於玆稍息，或者海濱一角，尚可羈棲耶？前日薄暮，携屐來訪，淖深石滑，足力告瘁，乃廢然中返。今晚擬造高齋，效康駢劇談，風雨過從，亦最難得事。連日幽窗悶坐，殊敗人意。屈久必伸，静極思動，欲與足下豁此懷抱，一破寂寥。昔者元直訪水鏡而呼餐，楚元爲穆公而設醴，敢援此例，以告足下。但當目爲酒人，幸勿訶爲惡客也。矧乎剪燈聽雨，幽賞斯愜；析奥譚元，清致可風。吾輩之於酒，原不過藉以供諧笑、怡性情，非如市儈屠沽，以歌呼鬥飲爲樂也。十觴爲率，二簋可享；酬酢惟簡，主賓相忘；言盡意足，醺然竟去；斯可謂忘形交矣。先作此紙，以當酒券。客來不速，敬之終吉。願勿戞羹於釜中，摽使於門外也，一笑，一笑。天寒，惟以時自重，外此不更多具。

---

① 此函亦見《蘅花館日記》咸豐十年二月二十八日（1860年3月20日），文字略有異同。

與周公執少尉[1]

愁霖空賦，望日徒殷；悶坐閉門，岑寂萬狀。因念足下冒雨開帆，忽忽遽去，黯然魂銷，惟別而已。其時寇氛甚熾，訛讖日騰，安吉、長興，相繼陷没，令弟眷屬都在縣齋，雖先機遠害，可決其無虞，而足下停觴而不御，買舟以遽歸，良由惶愳情深，骨肉念切也。自别之後，倏更晦朔，思子爲勞，未能忘弭。想足下舟楫抵里，則僮僕候門；行李入室，則全家笑顔。諸弟無恙，羣姪趨前，怡怡秩秩，可樂爲甚。足下又與之陳黄歇之舊蹟，譚袁公之故壘。火齊木難，異方之奇珍；蜑婦蠻娃，海外之妖豔。誇此鄙説，且可忘彼杞憂也。入春已半，寒尤逼人，伏惟興居多豫，攝衛咸宜，甚善甚善。令弟弢甫已辭皇都之顯辟，將首八閩之征途，未識曾否束裝？韜已奉三書，未見一字，引領金閶，彌深眷戀。豈其值境之窮，筆墨疏嬾耶？抑以時事杌隉，未遑念及故人耶？足下倘作回書，乞爲一道其近况也。

昨郵局中送來《漢書》廿四册，想係弢甫遞寄，牘面字跡，惡劣異常，且書弢爲泰，音近而訛，必捉筆者之誤耳。百朋之錫，拜領爲慚，窮繩展帙，悵然若失。麻沙之本，細讀殊難，燈暗目眵，昏然欲睡，不待飲濁酒而心先醉矣。雖然，是猶愈於無《漢書》者，餽貧以糧，烏有不感，而所以云云者，忝與弢甫附縞紵之末，愛深交久，故敢作此戲言，或不至於詆訶也。

浙西赭寇蟻聚蜂屯，以勢揆之，必不能久。今者城無宿儲，畝無餘糧，但當堅壁清野，積日曠時，則彼進退失據，情窮勢促，涣散之形立見。若容其出没山谷，聯結徒黨，此爲滋蔓，未

[1] 此函亦見《蘅花館日記》咸豐十年三月一日（1860年3月22日），文字略有異同。

易圖耳。時方多事，相見未知何日，萬萬爲道自重。

答徐君青中丞

竊以愛才下士，固無期報之心；而知己感恩，要爲難兼之數。乃今一尺之書，忽自九天而降，捧函跽發[①]，銘鏤奚言。伏念韜未著行能，敢談經濟，即竭囊底之智，詎補鏡中之明。涓流塊壤，曾何當於高深；而蠡測莛撞，偏不訶其狂躁。復垂下問，彌仰盛懷。登燕石爲席珍，望飛蠅之千里。此蓋伏遇中丞閣下，厚德如山，虚衷若谷。憐其粗疎，飾以眄睞；蓋其陋劣，納於鈞鎔。因有片語足褒，遂詔盡言無隱。推之以悃款，降之以心顔。豈不以獎進者論弗惜乎齒牙，裁成者材不遺乎拳曲。鶴僅毰毸，已譽其解舞；駒初鳴奮，即望以識塗。并蒙諭示，以爲防海弭盜二大端，必有成見之在胸，以佐嘉猷於藉手。令其略具條陳，將施采納。此何異詢旭日於矇師，訪韶音於聾俗。舍干莫百淬之利，而責效於鉛刀一割之功也。然而念豫讓之言者，不憚報主以國士；感伯樂之顧者，即思効命於長途。以副望之難，彌切酬知之懼。矧博采旁求，極承咳唾；菲才薄植，護附雲霄。古所罕逢，今幸身遘。惟有雕刻肝腸，心庶同夫傾日；揣摩螢燭，智聊竭乎助光。容俟繕寫真本，續塵鈞覽。

伏讀來書，以爲小人有母，慣嘗穎叔之羹；孱子無能，難負仲由之米。故厚惠並温言交至，宏獎與慈賚俱來。賜以吕宋銀三十餅，非恒寵貺，拜領爲慚。顧揆盛恉所在，非以此爲饋貧之用，而爲養親所需，是以辭受均難，感媿交作，竊體毛義捧檄之喜，弗爲介推辭禄之矯也。慕德懷知，爲生平所僅見；均榮分

① “跽發”，初刊本作“跪發”。

潤，欲報稱而無從。頂踵可捐，殊私難答。無任感激依戀之至。

與龔孝拱上舍[1]

前數日天稍放晴，地漸燥可行，惟積潦處尚濘，陷足猝不可拔。屢欲奉訪，而聞有遠戚至，兼以先生悲深故國，懷抱惡劣，韜以無事嬲之，殊覺不近情耳。赭寇雲擾，蒼生鼎沸，臨安一隅，紛然瓦解，雖旋踵收復，而民物塗炭，花木灰燼，剩水殘山，不堪寓目，屬有人心，能無感憤，怫鬱之懷，良不可任。夫浙之籌防守者素矣，一旦有事，潰敗至此。上有將軍、巡撫、藩臬數大員，不可謂無官；援卒四方麕集，不可謂無兵；城中富户十未徙二三，苟能動之以利害，惕之以身家，罔有不肯括貲餉士者，則不可謂無財。乃徵之於人，有殊駭聽聞者。賊至城下，未嘗加遺一矢，閉關静坐，束手待斃，萬民憤請，抑止不行，賊入則走，不知所之。堂堂天朝，巍巍天子之大臣，而不能禦此么麽鼠寇，半籌莫展，一死不能，平日之南面臨下，厚自享奉，果何爲者耶！夫所謂大臣者，值多難以見才，寧身殺，無名辱，城亡與亡，誓以死守。下哀痛罪己之言，冀收忠義一得之效。鼓厲將士，激其耻心，以身爲之倡，安見賊不可退、城不可保。譬如家長遇盜，先戒其僕曰：我所以豢若者，正以今日，我往若必繼之。執梃先驅，以爲僕率，誰無一時激發之良，而安有忍視其主之死者。古者上下信孚，民以官爲足恃，賊至徙避城内，堅壁清野，曠月累年，即至矢亡援絶，不敢貳心。今則訛言自上，官眷先行，民有離心，士無鬬志。無怪乎畏賊駭竄，如雀之趨叢、鹿之投林也。顧前輈既復，來軫方遒，莽莽乾坤，幾無一片乾净

[1] 此函亦見《蘅花館日記》咸豐十年三月十二日（1860 年 4 月 2 日），文字略有異同。

土，吾輩何處得死所耶！

時事至此，何從下手，只索痛飲耳！信陵之醇酒婦人自戕其身，周伯仁之過江無三日醒，劉伶之荷鍤便埋，此皆中有所鬱結，托麴君以自晦。謂世上無可言，醉鄉有真知己也。然韜豈真能好酒哉！偶過飲，胸鬲便覺不快，晨起頭即岑岑然，加以體素患熱，痰灼唇裂，與酒甚不宜，而猶不肯輕放杯杓者，以羣公袞袞，不堪醒眼對之耳。少好交遊，玆焉日寡。以爲廣則僅通聲氣，寡則可養性情，且標榜之興、尤悔之來，皆由此起。横覽四海，人才渺然，知希我貴，聊自慰已。平生亦喜著書，而内之則憂患攻心，外之則荆棘塞路，傭書丐食，卒卒無須臾閑，未嘗一日伏案滌硯、懷鉛握槧。插架千萬卷，凝塵厚數寸，亦未嘗一拂拭。疏嬾廢讀，以此槩見。且今何時也，尚欲雕琢文字，以自娛耶！前作二書，妄以獻之先生之前，是猶里覡之謁大巫，雷門之擊布鼓，對和璞而嚇以腐鼠，入寶山而炫以碔砆也。先生不察，遽加謬獎，謂直不能作答，是先生謙抑過甚，愈以媿我也，主臣主臣。入春已半，天氣尚寒，惟冀珍重眠餐，爲道自重。不宣。

與某當事書

頃聞神京震動，皇馭播遷，主憂臣辱，主辱臣死，正閣下北望揮涕、南顧殷憂之日。凡在宇内，忠臣義士，皆當切骨痛心，卧薪嘗膽，共期雪此大耻。顧賊又蹂躪我江、浙，破名城若拉朽，潰列邑如決藩，曾不浹旬，千里創痍，四郡淪陷，駸駸乎將鞭指雲間，氣吞滬瀆。

京師之危蹙既如彼，江左之決裂又如此，閣下於此將何所措手？北事聞有端緒，想當議和，此間可毋庸慮。惟南方一隅，正閣下職守所繫。滬邑雖蕞爾彈丸，而中外互市，財賦重鎮，賊尤所眈視，則不可不早爲之備。

然備之權在我，而來之權在彼。與其僅守孤城，不能遏彼之不來，孰若先發制人，乘其未定而擊之，以扼其吭而掣其肘。

今賊甫下蘇垣，喘息未蘇，其心未一，其志未安，裹脅雖衆而新，一日三驚，勢同烏集，實不可用；兩粵悍匪，方圖四出焚掠，飽其谿壑，多涣散不整。賊意固不在久踞，賊之未敢逕下者，以我兵之虚實未能測，西人之向背未能揣知，兼以四鄉多練團丁以與之抗，賊故未遑他顧。

蘇民素號脆弱，而近日蘇、崑之間，如永昌、蘆墟、蕩口、陳墓、角直等處，防守頗堅，丹、常之間，金壇、溧陽各鄉，尤爲志齊力固，爲賊所畏，則此時民氣正大可用。如官軍能乘其未定而擊之，彼必敗走。但得號約四處鄉兵，同日舉事，合力進攻。弱者則懾以虚聲，以分賊勢；强者則搗其中堅，制賊死命。更以所雇西國輪舶二艘，由水道入攻，水陸並陳，俾賊難以兼顧。如是，賊必破膽。若調外兵，募義勇，動須時日，則賊志已固，賊勢已張，鄉鎮必爲賊所焚燒，鄉團必爲賊所荼毒，勢必一散不可復聚，而民氣不復可用，即兵心亦無所恃。緩急遲速之間，實爲東南安危大局所關，八府二州四十一縣之蒼生，皆於閣下一人厚集其望。

所有條陳管見，另繕别紙，即希裁鑒施行。

略陳管見十條[1]

一、兩廣逃勇必宜設法招回也。廣勇素稱猛悍，我不用必爲

---

① 《蘅花館日記》咸豐十年五月二十五日戊午（7 月 13 日）記曰“雨。静坐小窗，將游吴目擊情形，擬作方略十條，冀當事者萬一之採也。”按諸日記，王韜與艾約瑟等“游吴”，當在夏五月十一至十七日間，十八日返滬。

賊用，一爲賊用，則不可復致，將盡力與我角矣。且我不招之來，賊必招之去。現在所至各處，皆有逃勇爲之先聲，爲之壯膽。即平望之賊，如何冠侯、李邦雄、歐才，皆屬都司梁麾下者，已授僞官，甘心作賊，遣人四面招羅，勾結邀至，其害不可勝言。且逃勇之心已變，即不作賊，亦無家可歸，勢必劫奪良民，飽颺遠去。必須密遣精敏委員，或精細幹役，見有兩廣逃勇，勸令歸營，隨機審察，或遞賊暗號，誘之使來，心變者即殺之，非過酷也，殺之即所以殺賊也。但機事宜密，爲之宜速。

一、賊所脅從之衆必當設法解散也。丹、常、蘇州等處新裹之民，求生無路，其心日夜求出。我軍誠能於接仗之時，以白旗大書丹、常各處地名，從賊百姓倒戈來歸者免死。當時即令身無寸鐵，稍後即妥爲安置。又必緝聽到處領兵之賊目，如嘉興則求天義陳坤書爲主，平望則珮天燕蕭三發爲主，吴江則甯天安賴世就爲主，蘇州則僞忠王李秀成爲主。當於兩軍酣戰之時，以竿挑人首，以白旗大書賊目業已梟首在此，降者免死，亦散衆之一法也。在附城各鄉鎮，亦可立旗招致，即刺字者亦可收，因其非甘心從賊也。至於兩廣、兩湖、江西、江寧之民，從賊已久，一時不肯回心，則當設法以餌之，或責成於兵勇，各以其所稔，招致其鄉之人，得一人者賞若干，得十人百人者，不次賞擢，則羽翼必日寡矣。

一、巢湖船之散在外者宜招回，以爲我用也。賊匪僅能由旱路進，所少者船耳。幸其待巢湖船未有善法，而又殺其船長，以致心懷仇怨。此時我正當急用之，以收其死力。否則遲遲日久，賊必以計籠絡，而水道亦復可虞。當急招徠，無以資賊。招徠之後，或助防太湖，或隨堵吴淞，自能善爲處置耳。或謂巢湖船與鎗船皆盜也，從賊劫掠則優爲之，從官兵勦賊則斷不可恃。不知所言招徠者，非竟欲用之也，原冀籠絡其渠魁，使不至於助賊耳。

一、江寧難民宜安置妥密也。自癸丑以來，江寧難民之在蘇、松各處者，實繁有徒。地方紳士捐資給養，雜處城廂内外，令其無事而食，以至於今，本非善策。聞蘇城當焚燒閶門時，難民亦俱隨從搶劫；松江之破，難民爲前驅。且城將破之先，必有難民羣集，非賊先聲，即賊偵探。其中豈無良善者，而一時賢愚不分；况爲難民，詎有七八年之久者？今地方皆遭蹂躪，民力不堪，當思變通，選難民之壯强可用者，以爲義勇，操演火器，隨同官軍打仗；其家眷則在官給養，以羈縻其心，則不至坐食矣。

一、民團與官軍宜分用以責其成效也。自古戰守異勢，堵剿不同，而能守必先能戰，議堵必先議剿，未有坐待其來者。民團與官軍必互爲犄角，如民團在東，則官軍在西，何路有虞，則惟何路之官是問。官軍耻爲民團所笑，必竭力抵禦；民團欲先官軍建功，亦必踴躍從事。然後惕之以威刑，優之以賞賚，自然人盡爲用。若其合在一處，必至互相推諉，欺凌詐虞，諸弊疊生，故分用則各見所長也。

一、團長宜簡有膽智之士，使固結民心，賊至勿却也。近來蘇、常一帶赶辦團練，晝夜巡邏，非不認真，而一到賊兵壓境，民情涣散，團長以舟爲家，志在一走。誠能激發大義，明告以無處可避，賊來田荒屋焚，豈能卒歲，是鬥賊死，避賊亦死。幸鬥而勝，尚有生計；苟暫避賊鋒，欲延殘喘，則必無一生。愚民平日習聞此説，臨陳自然勇氣百倍。而一團中之富者，亦宜思以此財物糧食委而資賊，弗如與民共之。於是團長授之以方略，明之以節制，加之以訓練，資之以器械，同仇敵愾，衆志成城，有不固結者乎！且鄉邨非賊所必争之地，見民善自保衛，必不敢犯。不犯則各邨可全，而賊野無所掠，官軍亦易以奏功矣。

一、領兵員弁須用外國武官，藉以箝制也。今官軍驕悍者不可用，委靡者不自振，或欲養賊以挾制上官，或不聽調遣，或逗遛觀望，或臨陳畏縮，從未交鋒，紛然駭竄，刑不畏威，賞不感恩。兩廣、兩湖、四川、江西之兵皆老於行伍，積習尤壞。中國之法，將在後而兵在先；外國之法，將在先而兵在後。兹以外國武官一員領兵，或數十人，或數百人，其上則領數千人、數萬人，而配以中國官一員，通事一名。每戰則外國官首先衝鋒，而我軍隨後奮進；有退縮不前者，立寘軍法。中國官亦臨陳彈壓，計其功過，以定賞罰。如是則借兵少而收功廣矣。如外國武官不即允行，則即以今所募吕宋兵華而等七十餘人，令一人領四十人。而此四十人須精加挑選，每日飭華而等訓練火器，與之相習，出隊即率以往，如此則七十餘人可作三千人之用矣。

一、假冒賊之旗幟衣飾混殺併戰，以乘其不備也。賊之裝束，惟以紅黄綢裹首纏腰，其旗方、長、尖角者皆有，胸前背後有以藍白等布書太平天國後軍主將麾下、丞相檢點指揮麾下者。查賊所授僞官，有吏、户、禮、兵、刑、工六部正副官。蘇州一帶不論何僞官，率以“九門御林，真忠報國”八字爲冠；其僞官自僞王外，如義、安、福、燕、豫、侯六等，皆僭稱大人。今亦假冒其名，入彼巢穴，官軍即時進攻，賊目與賊目各不相識，當其盤詰鬨亂之時，官軍乘機奮勦，必然措手不及。若接仗之時，亦可混入，使彼目迷五色矣。

一、餉不可不預籌，勇不可不廣募也。上海本財賦之地，而今各路壅阻，貨物艱滯，各捐局盡皆閉歇，進款缺乏可知。紳士富户逃至鄉郵，皆草間求活，不復有遠大之慮。然善守者，守在四境而不在城之一隅也。今查邑中著名富户遷在何處，當遣人激之以大義、惕之以利害，謂城不保則鄉邨更不可保，毋寧毀家紓難，勿藉寇兵而齎盜糧也。苟其家力能養若干勇者，即責令養若干勇。設立土城於要害處，以阻賊來路，事後給予優賞，以示鼓勵，此保鄉所以保城也。廣東、山東、寧波人之居滬者，多有孑然一身，無家室之患，募之爲勇，可免滋事意外之變，然宜教而後用。處置近鄉與外國兵相聯絡，即以籠絡箝制之，使遠不至於通賊，近不至於劫民，此亦一舉兩得之計也。

一、閒民、客民之新來者，當清其源，或安集，或驅逐，以綏靖地方也。洋涇浜一帶，近日逃至者不知凡幾，所有江寧難民既已安置各鄉，而尚有設攤賣骨董、皮衣者。當留心細察，果其久居在此者，則勿禁止，以阻其謀生之路；若其形跡可疑，急宜嚴逐；其被難逃來之民，無論有無家眷，須責各鋪户連環相保。大、小東門之各船亦宜一體稽查，進口之鎗船、艇船、巢湖白壳等船，以及近鄉之捉魚、販鹽等船，皆當細加搜緝。當此全省皆遭蹂躪，而上海以彈丸一隅獨爲安土，固宜來者之衆，然魚龍混雜，辨之不可不早。英、法二國，其妻孥、貨財、房屋，皆在於此，固通商之重地，理宜自衛，凡有奸宄，自可會同究詰。内姦不生，外亂不起，加以西兵守城，鄉勇捍外，自可措此地於磐石之安。夫善爲守者，不在城之大小，而係乎人之輕重。山有虎豹，水有蛟龍，伏乎其中，威乎其外，樵叟漁父猶敢狎至者，未之有也。

續陳管見十條[①]

一、發火器須擇膽勇訓練之士，以挫賊前鋒也。軍中最重火器，而發火非人，反爲賊先，臨敵不發，委而去之，反爲賊用。官軍一聞賊至，每遥爲轟擊，及賊至前，藥彈已盡，勢必懼而遠遁。今一隊之中，須擇精壯膽猛者四百人，給以獨門鎗二百管，

① 此爲王韜上吴煦禀，見收於《吴煦檔案選編》第一輯，題爲“王瀚上書吴煦續陳管見十條”，文字多有異同，故將《檔案》所收録入《弢園尺牘補遺》中，以資參照。

力足發猛。二門鎗二百管，取其再發其捷。以七八隊互相聯絡。凡鎗隊之居前列者，須以三千人爲率，平時專令一人，須得精敏西人。加意訓練，用藥若干，遠及何處，立竿爲準。以地平高弧爲準，西人以紀限鏡儀測敵遠近。藥之多少，有一定之法可算。平日能得心應手，臨時自然有恃無恐。遇賊已近，一字排列，同時齊發，毋許稍停。賊雖猛悍善撲，未有不受傷急退者。前鋒既挫，後隊奪氣矣。

一、用短刀、利鐮、鉤索、竹排以截賊馬隊也。賊之衝鋒陷陳，攻城取勝者，率以馬隊居前。每當鉛丸如雨之際，能冒死怒馳，深入吾軍。回顧猝見，誤以爲後隊皆走，遂即棄鎗而遁。今鎗隊之後，專用刀鐮、鉤索以及竹排，用長圓木一條，有柄可持，上密釘銛利竹簽，不獨可戳馬眼，兼可作軍器。倒截馬足，則賊目必不能安坐鞍上，旗幟一亂，後面脅從之衆可不戰而走。

一、誘賊深入，而設計殲之也。賊未攻城，往往先搜鄉。鄉民無知，徒能鳴鑼持鋤，亂相鬨擊。偶傷一二人，已紛駭竄走。此由平時不加訓練，而團長無出羣之才，足以固結其心。故爲義而集者，亦見害而散，不知不能力勝，則以智取。現今稻田多水，賊之馬隊安能飛渡。鄉僻小路，農民必能熟悉，伏機設陷，隨在可施。須偵探得實，俟賊逼近，然後布置。尤必搜盡内姦。度賊必由之路，當道多掘深坑，坑中用木板密排鐵釘，或用削尖竹簽，或地雷礮石火機。坑必預掘，地雷等物頃刻可以布置，時久潮至，恐藥線濕爛，不能燃放。賊至，四面聲喊，誘賊大衆結隊來追，俟入坑中，然後突出擊之。近河之鄉，港汊必多，鄉民僅知斷橋，不知賊衆投石可渡，則亦何益之有。不如決水以淹之，使平地盡爲淤泥，此天然大陷坑也。暗中或插鐵釘竹箭，或布蒺藜絆索。民當辱駡痛詈，以挑其怒，縱火鳴鑼，以疑其心，逼之使入。吾見其入，而不見其出也。更挖溝渠，亦如此法。不必太濶，使人馬皆可涉，須當要衝，則賊必入。於是多方以誤之，佯北以驕之，遺棄器械以餌之，而不墮吾術中者鮮矣。

一、偵賊出没之時，而擊其無備，乘其疲乏也。賊每以丑正飽飯出隊，抵團防所，僅及黎明。兵勇素無準備，且尚在酣睡中，往往不及措手。各處鄉鎮遭其焚掠，無一人抵禦者，率以此故。勇者自保，弱者藏匿。今早賊一時出隊，各人帶火藥一包，遣膽勇者數十人，密入賊巢縱火。須悄然深入賊巢，分敢死士於兩市稍及中段三處，賊館及空房縱火，倘賊館有守更之人，難以下手，則多於空房焚起，俟其撲救鬨亂時，則密擲藥包火罐于賊館。兵勇圍守在外，待賊冒火而出，則迎頭截殺。擇敢死士假賊裝束，佯爲撲救，而暗中混入併殺，一路縱火，使賊不能安身。賊初出時，其隊甚整，其氣甚鋭，兵勇驟攖其鋒，力難取勝，可以不戰爲戰，插旗幟以爲疑兵，鳴鑼縱火以亂其耳目；或布置各種穽陷機械潛伏暗擊之法，令其自陷，以逸待勞；或擊東聲西，一擊即入，使首尾不能相顧。或避實擊虚，突出攻之，斬馘一二賊以激其怒，迭出互入，以牽制其衆。俟天晚賊有歸意，然後大衆齊出奮擊。民衆賊寡，可更幫聲喊助威，使戰士飽飯，静待以養其氣。賊敗而走，不必窮追，計其歸路必由之所，處處設伏，以暗擊明，弱者但虚張聲勢，不必與賊遇。此事易而效神，力省而功倍。

一、設空房以焚賊也。賊所至之處，凡鄉民與之抗拒者，即恣意焚掠。今偵賊必到之地，令鄉民鳴鑼集衆，與之鬨鬥，殺其前鋒一二人，遠者遥隔聲喊，作力爲抵禦狀。俟賊發槍則佯奔四散。預備當道空房數間，中實以火藥、礮石、油柴諸物，或放在柴堆中，或藏於地板下，近房四圍之地密埋地雷、火礮、火機，而藥線即通於空房中地板下，板下預設機械，人衆踐踏，則機發，機發則諸處藥線皆着。别房須置銀物銅洋、假銀元寶俱可。以餌賊聚於一處，藥發火起，未有不殲者也。

一、焚燒賊船，或誘賊至舟而殺之也。小賊皆走陸路，而賊目每乘舟行。賊舟不過四五艘，並無火礮。須擇水面寬闊處，設備火船，自蘇來之路，如澱三湖、泖湖，多有白蕩，可于此準備，遣人四出偵探。實以茅草油柴，引火諸物，望見賊旗，由上風撞入，焚燒其舟。初遇賊船，可詐稱商販之舟，賊必招之使近。及傍近時，即用鐃鈎搭住，即速乘風縱火，兼可拋擲火罐藥包。近地用兵船數艘，潛伏蘆葦内面，準備殺賊。至鄉之賊，並不備舟，多要結網快鹽船。捉魚販鹽之人，多有貪賊利而私載者。官軍若緝獲後，即可假其船隻，仍可至原處渡賊，行至静僻處，設計殺之。若醉以酒之類。或預謀於民團，伏於要道，幫同捉獲。而民團亦可買通網快等船，至賊近處以誘之。臨機應變，事非一端，但機事宜密，則可收效。

一、杜截接濟以斷賊來路也。赭寇之罪上通於天，人神共憤，中國人民斷無前去接濟之理。而青浦、嘉定毗連此地，蘇州亦屬密邇。賊所短者火器，而是物西人最精，賊方不惜重價以購求，保毋有不法貪利之西人運往販售者。風聞已有瑞顛國、花旗國無賴之惡商，將洋鎗、藥彈至蘇射利，此大干中外兩國法紀。西國於前年集諸大員會議，若以火器兵船出售于敵者，重則按以殺人之罪。按照西律定例，犯此者置獄二年，罰銀五千圓。而西官置若罔聞，不即懲辦者，以無華人告發也。然西律最重證據，鎗彈都已售去，真贓無從而得，舟子畏罪，口供必致反覆。若拿獲解送，則西官必狥情面，久即安然釋放。如前吴道普觀察拿送鎮江姦商之事可見。今惟一面移文各國領事官，令其嚴加申禁；一面密發劄諭，飭團練各長用心稽查，日夜勿懈，遇有外國旗號之船，即行阻截，入艙細加搜查。姦商之舶不過一二艘，其人並無本領，一捉便倒。果有鎗彈違禁物件，立即將姦商砍倒，併盡殺舟子以絶口。此等舟子甘爲姦商所用，毫無人心。其舟中所有鎗彈火藥，即給團局應用，銀土等物，即賞給查獲之人。密查第一，捉獲次之。若遇教門講書者，則用好言理諭勸回。教門中人爲道起見，並無别心，然一放其人，則傳遞消息，引人效尤，害從此起。至西人所到之處，蘇州爲多，其所由之路不一：從南黄浦出者，則閔港、莘塔、金澤、同里；繞道太湖，必自木瀆；其從崑山賊境，則必過唯亭、黄天蕩、葑婁門外一帶民居。過鎮必加稽查。鄉邨則令岸上農民鳴鑼報信。其南潯、平望往來亦不少，現尚係正經買絲商人，然豈無姦商錯出其間？可於廬墟要道飭民團立查防之局，稽其出入，查有違禁物件，即照前法懲辦。如舟係西國式樣者，即焚去以滅迹。嚴查立辦，其弊自杜。而出自民團公憤，西人又安能起釁，名正言順，方當含媿自禁之不暇矣。

一、佯作村民投賊，誘之使來，而殺賊以堅民志也。近來賊每假仁義以結民，各處遍張僞示，揚稱前來貢獻，即可相安無犯。有等不法無知愚民，誤信其言，以猪羊銀物獻媚賊目，而賊目又結以小信小義，姑留一二鄉鎮，長驅竟過，毫不焚掠。于是各團解體，愚民不過欲保身家，罔知大義。民不可用。今擇團長之有膽智者，佯饋物爲貢獻，須度賊必過之鄉鎮，團長併可偵賊情形，俟賊羣過，設機密伏，聚而殲旃。初來數十賊必加意款待，俟賊衆大至，團長可出接見，誘入大屋中款留，四面設伏，猝令火發，盡殺乃止。則以後投賊進獻之人，賊必疑而殺之，民知賊之不足恃，必齊心固結，殺賊保境，雖死不怨。

一、餌之以利，誤之以形，亂賊隊伍，炫賊耳目，而後擊之也。賊至鄉邨，志在劫掠。今使鄉民佯作逃避之狀，將所攜帶銀物委棄道旁，亦不必真銀，包裹箱篋中可放重滯之物，使其費力。俟其拾取分給忙亂之時，突出攻擊。賊兵本無紀律，惟知向前奮進，今選軀幹長大之人，持械對賊，如欲戰狀，而令短小精悍者立於暗處，從旁突出斜擊。邨中寬闊處，度爲賊要衝，必築土城，以大茅竹外裹鐵皮作假礮，與真礮二三相間排列。樹林隱密處，多插旗幟，使賊望見，知準備嚴密，疑而自走。乘其疑而擊之，事無不濟矣。

一、保鄉即以守城，團民即以壯兵也。現在城中十室九空，各店歇業，米石油燭皆不敷用，則守爲難。殷實紳户皆徙鄉間，則城虚而鄉實。今欲資城保障，壯兵聲勢，不得不用鄉團爲外援，則凡練兵籌餉之事、擇目分隊之方、邀截堵禦之法，當官爲之主張而詳講矣。團練各款，另有章程。苟能衆志成城，措施得當，使賊深入，可令片甲不回。然則兵勇可無用乎？曰：兵勇與鄉團當分地建功，聲勢聯絡，而無相掣肘，此戰則彼守，此進則彼退，巡環互應，呼吸相通，處處設機，層層隱互。勇敢者居前，觀望者居後，弱者聲喊毋與賊遇，怯者遥立以作疑兵。爲團長爲兵目者，當結之以恩信，鼓之以忠義，體其不能達之情，通其不敢言之隱，使人人皆如子弟之衛父兄，手足之捍頭目，安有調遣不前，逗遛不進者哉！而其治兵之要法，一曰用衆不如用寡。寡則心一，而統攝易，費少而事可久。臨陳則以一抵十，前隊數十人既得力，則後隊數百人皆欲見功，所以背嵬五百，縱横而難撼也。一曰使智不如使愚。愚則不知利害，但有勇往直前之志，而無趨避狡詐之心。陷賊前鋒，鼓氣益壯，所以崑崙黑奴赴死而不顧也。凡所以却賊殺賊之方盡於此矣，如是而賊不滅者，未之有也。

弢園尺牘卷六

華鬘居士王韜子九著

上當事書

日者前後所陳管見，其可見之施行與否，當在洞鑒之中。閣下成竹貯胸，智珠在握，值此危疑震撼之交，而獨欲竭其旋乾轉坤之力，此其鉅任，豈易仔肩。賊之南下，江、浙俱遭蹂躪，其勢甚鋭，所糾合者甚衆，其鋒不可以驟攖。而於滬上一彈丸地，徘徊而未敢遽下者，非懼我軍之躡其後也，以未深悉西人之情也。顧今日情形，則又迥不如前矣。蘇城四鄉所練團丁皆爲賊所破，數百里内無不從賊苟活，偷生旦夕。賊於各鄉鎮皆設僞官，立僞卡，密布要害，呼吸可通，其近已無可慮，則將及乎遠者矣。今者賊之所有，無不取之乎蘇鄉，而蘇鄉無不取之乎上海。蘇鄉流民雨集，百貨雲屯，盛於未亂時倍蓰。姦民出入其間者，皆賊之耳目腹心也。自江浙以達上海，帆檣林立，來去自如，從未有爲之稽查者，可謂疏矣。況乎洋涇浜一隅，素爲逋逃淵藪，藏垢納污，已非一日，今尤不可問。西國姦商多以火器資賊，必輸賊以實情。今守城俱派委員，而所盤詰者，不過入城之人，城以外相距數十步即置之不問。竊以爲詰奸杜莠，宜在城外而不在城内，而欲制賊死命，莫如以杜賊接濟爲先。謹就管見所及，用作前著之陳。

杜賊接濟管見十四條

一、城外宜設立巡防總局，與西官相爲聯絡，派委幹敏員弁專事譏察，以靖地方而緝奸宄也。城外居民稠密，皆自外遷來，及各寓棧中置貨客商，往來如梭織，其中豈無爲賊偵伺而齎盜糧者。而尤甚者，所有近日粤人店舖無非爲賊耳目，若漫不加察，未免奸僞百出，於城守大有關係。顧事有除弊而反致舞弊者，是以必須遴選幹敏誠實、熟悉洋務之員，專司其事，以專責成。於外更頒賞罰條目，以勸勤懲惰，且宜細心察訪，勿捕風影，致累良民。

一、宜設蘇崑商販公所，以安外來客商，而藉以爲察奸耳目也。賊用偵探，多以附近土民，以便深入而得確耗。其來辦置貨物，藉用熟悉之人，即鎗彈火藥亦無難雜於南北貨中以圖混出。然其蹤跡詭秘，無端倪可見。今擬專設蘇崑公所，凡貨客之自蘇崑來者，住居何棧，置辦何貨，必先到公所報明，給以公所戳記爲憑，出入照驗。倘不到公所報明者，即作奸匪論。如是則來路之明昧一詢便知，其所往來之人一察即得，下貨到船一查即露，不待至外緝獲矣。其主理公所之董事，宜諳練蘇地情形及各鄉紳衿，則辦事較易。

一、宜設船局總滙，去船宜歸船埠，來船宜到局報明，以便來去稽查也。洋涇浜及大小東門一帶，帆檣鱗集，埠上僅知到埠收錢，從未有人盤詰，不知凡百奸僞之起，水路尤爲緊要，其去必需船運貨出浦。今專立船局，刻印局條，另開船捐之例，凡外來之船，到日即至局呈報，注明現所載何貨、人數若干、來自何處，分大、中、小三號，照貨捐錢，以貼巡防之費；贏有成數，亦可充餉。凡船私自來往，不到局領取局條者，即係私載，貨没入官。船埠放舟，每日亦宜到局報明，回日亦當消號，以免疎漏，以杜影射。

一、陸路宜設卡盤詰，以免匪類溷跡入内也。洋涇浜及大小東門，肩摩轂擊，遍察爲難。然東南皆瀕黄浦，杜奸尚可緩。西北最當衝要，南翔一帶，已爲賊窟，其來必從真如鎮，須派委員駐劄其地，專緝奸匪。七寶、泗涇之來，必由紅橋、龍華、法華，今三鎮已有局員查察，宜令加意詢問，不妨示以過嚴。至要者大場、江灣二處，宜設員立卡，過往貨物必令一一稽查。虹口、新閘，專設盤查之局，凡形跡可疑之人，概不許入内，則其路自然肅清矣。

一、水路之通蘇崑者，宜設卡要道，以清其源也。計蘇崑之通上海者，其路有六，今惟野雞墩、黄渡一帶已用樁釘斷。其出南黄浦從松江城外豆腐浜、泖河者，已有小路三四處，可繞道紆避，爲官軍盤查所不及，不必盡由斜橋浦塘口矣。現豆腐浜已無稽查，此處急宜設卡查艙，勿令輕過。出入船隻貨物可於此抽釐榷税，其至上海，即以捐票爲憑，不必再抽。而閔行鎮東市梢，亦可委弁用心盤詰。其出澱山湖者，則章練塘爲必由之途，查察要不可廢。小路則大場、江灣二處，須於市梢立栅稽查。近處虹口爲要道，用心咨訪，一月之中必屢有所獲。盤緝既嚴，則來者自然聞風懼矣。

一、城外亦宜編設門牌，行保甲之法，而舖户亦可抽提房捐，以貼巡防經費也。自蘇、常陷賊後，民之遷徙在城外者實繁有徒，其中良莠參半，若槩驅之去，未免非仁者之用心。而按户查名，連環相保，古法斷不可廢。今各編門牌，則來無根柢、形跡闇昧者，自然無可容身。其在洋涇浜一帶之鋪户，已有西國籌防局中貼費，或者未便再爲派捐。而大、小東門，商賈所萃，利息繁茂，加以房捐，似無不可支持，而民情亦見踴躍，積少可以成多，助者衆而經費裕矣。

一、蘇民遷至者衆，宜舉立紳董保結譏察，按數造册，以廣撫恤而歸劃一也。按蘇城爲賊踞以來，其陷於賊中者不少，其從賊逸出者亦不少。顧其中雖非甘心，難保無行私罔利之徒，事久而心變，由賊逸出之語，亦未可盡信。但來者即稽數登册，擇一有名望紳董專司是事。如係一無身家，游手好閒，不數日即去者，即當留心詳察，倘有疎漏陷庇，惟該董是問。倘有子女家屬之難民，要宜設法安頓，廣勸富户集貲周恤，勿使流離失所。

一、各民之住居城外者，閩、廣、浙、寧爲多，宜令有身家之人出結認保也。前七月初，城外閩、廣、寧各幫出遷至鄉間，大爲鄉民所不容，因公議：以後凡各幫中如有匪類不法、强梁滋事者，即自行究辦，所以取信於人。惜無人爲之舉行，竟寢其議。今擬於三幫中各令自擇首長，以閩保閩，以廣保廣，以寧保寧，凡内有不法匪徒，準其自行究明，然後送官處置；或不送官，自行遞解歸籍，則耳目近而根株拔矣。倘有賊之私人，特至滬地開設鋪店，爲賊偵探，知情不首，及從而隱庇者，則首長不得辭其咎。

一、城外各處客棧宜令逐日記名注簿，以便譏詰查核也。查城外客商住居寓所，現雖衹有合義、天寶二棧，以後當必屢有增益，非止一處。他若絲茶布棧，皆有往來遠客，今令各棧主取保，詢其年貌住址，及何功名生理，來消何貨，消後置辦何貨，來自何日，去在何時，須一一書明。巡防局員每夜到棧，閲薄稽查，如有模糊及狥情隱庇之弊，惟該棧主是問。如客私售違禁物件，潛地落船，蹤跡可疑者，準棧主報局遞信，緝得有賞。

一、各處妓家、烟館、茶坊、酒肆宜派幹役日夜邏察也。妓家在城外日增月盛，其中最易窩藏奸匪，則緝奸者益宜於此細心查究。今令凡爲妓家，其房捐必倍於尋常舖店，諭以如有遠來生客一進不出，撒漫浪用，情跡不明者，需密報局中往察，并令妓女以言相餂，果係奸細，立拿究辦，而豁免數月房捐，并格外給銀優獎，以爲賞格。其煙館等處，一體細查，倘該役有借端索詐情弊，即準指名告局，立予嚴懲。

一、各碼頭駁貨船宜歸官僱，東北兩處宜備船查艙，以截其夾帶也。凡洋涇浜及大小東門、洞庭山碼頭等處，皆有舢板船及無錫小船駁運貨物。今將小船各編字號，給以船牌，牌上列明船户姓名、人數，仍準其在浦攬客出貨下貨。遇有重滯有異、違禁私帶之物，即諭以密地物色告官，以便往勘。如果實有是事，則賞以該船之貨十分之一。東於董家渡，北於大板橋，安設兩船，在彼專查出船，有犯即行截留，不待出外始行緝得矣。駁船編號之後，每月亦可寫抽船捐，以爲水路巡緝之費。

一、蘇鄉各處團局之委員董事，到滬必須晉謁各憲，不得藉以購鎗礮火藥也。按蘇鄉遍地皆賊，即有團練，難保非爲賊所使。嗣後如遇外來團董，即令到局來會。如有近日賊中情形可以禀陳，及有破賊方略者，不妨謁見上憲，言有可采，格外優以禮貌，藉以結鄉團之心。先以空言，後收實效，或可爲愚者之一得也。其辦貨物，仍可準其自便，惟不得購買軍裝器械。若果有殺賊之志，與官兵聯絡聲勢，可以在鄉自爲製造配合。

一、吴淞口爲水路要衝，各處可達，繞道可至劉河，與太倉賊通，遠則無錫、常熟，近出大場口，由千墩鎮直抵崑城，此處盤察，必須加意。西人載鎗礮至蘇者，至今不絶，皆以粤人爲之鄉導，非由南黄浦小路，即從吴淞繞道而往。西人狡詐特甚，每以外國大船載鎗出口，而以内地小船駁運别處，以便往賊中銷售。先以照會與西領事，令禁伊國人往蘇販賣火器，如有所獲，即照中國律法懲辦，西國不得狥庇。并飭知各處盤查局員，如有西國船出外，可以到艙細查，斷不可輕易放過。查得違禁物件，即將該船及人解轅究辦，始一二次可以移文領事會商，如經三令五申之後，而猶有犯者，則并不必照會領事，反致疑難，懲一警百，此風當斂矣。其有乘坐小船出外遊覽者，則宜先到領事署領取執照，并道憲護照，開船時亦可委差弁密查。

一、所設巡防總局，須與西國各領事衙門及巡捕廳相輔而行也。城外居民，以廣、寧幫最爲兇很，或至不服譏查，須照會領事官，如設局之後，有恃强抗盤者，即協同西國巡丁往拿該犯，嚴行究辦。妓家烟館不服查詰者，亦可照此辦理。局員既不能與領事照會往來，恐有誤急事，今擬用通事一二名，凡有瑣細事件，即與西國巡捕人員會商，大事則局員入城稟請照會，或行變通之法，俾局員與領事信札相通，較爲便易。如盤得奸細有行兇拒捕者，即會同巡捕持械往捉。既省設勇之費，又鮮滋事之虞。

以上所擬管見，疑若過於苛細。然近時居民之往來城外者，恃在西國租界之中，幾若別有一天，罔所顧忌，此中奸僞百出，不可致詰，非以法律繩之，將益恣放蕩。江蘇全省祇此一隅可恃，財盛物博，賊尤所眈視，所賴善爲保持，以收將來全局之功。妄貢芻蕘，伏祈垂鑒。

擬上曾制軍書

吴下部民言今東南之禍烈矣！賊至一城則一城創殘，至一邑則一邑蕩潰。是豈賊之能兵哉，皆我備禦之無方耳！而其弊則在州縣之職守雖重，而權勢素微。况乎上之人賞多罰少，威不足以懾其心；恩重威輕，罰不足以蔽其辜。望風解體，職此之由。故欲平賊者，當由慎選牧令始，計莫如專其任而重其權。數年以來，縣令之聞警先逃者，毫不加罪，伴食營中，逍遥局外；久之而捐復保舉，仍如其舊。夫人誰不樂生而惡死，進有亡身之禍而退無失地之誅，宜其避賊如逃寇讎也。今宜區戰守爲兩大端，各有專司，無可互諉。問誰議勦，則責之參游；問誰議堵，則責之牧令。凡於有賊省分，必設重兵，扼制要害。其州郡廳縣距賊尤近者，必度兵二三日可以逕達，以便遥爲聲援，聯絡形勢。即使賊蹤飄忽，而明斥堠、密偵探，亦可先期以得耗。賊所至之處，令凡縣令能嬰城固守，當有不次之賞；失守地方，雖有下鄉勸捐、諭團募勇籌餉之説，一概勿信，按律毋赦，庶足以警其餘。縣令守城，限於十日外則援兵必至，逾十日而無援兵，則失城之罪得從末減。某兵駐某地，聞某城被賊後，限至某日則必往援。能卷甲疾馳，立解嚴圍者，受上賞；如有觀望不前，遲回弗進者，即將領兵官治罪；援兵至後而城守仍失，則縣令、兵弁遞分其罪。至於以棄瑕録用、立功自贖之説進者，必其才真有可用，方許在營調遣，以觀後効。此所以重縣令之職守也。自省會以外，一城之中，大者有牧守，小者有令丞，而武職則有提、鎮、參、遊。今許縣令於參、遊以下得以歸其節制，褫革獎賞，可便宜行事；招募壯勇，籌備餉糈，先事防維，悉無得以掣其肘；平時於演練兵丁，規畫營伍，經營城守，皆使其事事親爲閲歷，毋得自諉，曰：此武員事，非文官所司也。而尤必使之久於其任，得以見其措施。被賊之區，有能統衆練勇、爲國殺賊、設遠謀奇計、斬逆梟酋、克復城池者，即令官於其地，所以增其威望、養其聲勢；且其於地方事宜，亦必周知，治之有道，備之有素，賊自不敢輕犯。凡揀擇縣令，第問其於一邑之事能辦否耳，正不必拘泥向例，動循成格，以地方之近爲引嫌，以上官之親爲避謗，此所以重州縣之權勢也。蓋平賊之要，首在專任州縣，而督撫爲之居中駕馭。否則顧此失彼，遏此注彼，督撫重臣，將疲於奔命之不暇，而賊乃得志矣。夫賊之旁竄四出者，大抵偏隊居多，未必其大股也。倘攻十日一月不下，則其氣已餒，强弩之末，勢將不能穿魯縞，又得外援之兵以合擊之，靡不走矣。

愚觀今日之賊，已不足慮。賊失其天時、失其地利、失其人事，兹雖狼顧鴟張，若不可制，而一蹶之後，聚族殲旃，固易易也。何謂失其天時？國家承平日久，文武恬嬉，人不知兵。咸豐二三年間楚、豫、江、皖迭被騷擾，幾無寧土，是時天下囂然，若不可旦夕，惴惴懼其將至。六年向帥之亡，十年張帥之殉，江、浙皆震動，賊不善乘時，狂奔亂踶，逞其荼毒，而民始愀然重患苦賊矣。人心之厭亂，正氣運之轉機。民於是亂極思治，求解倒懸，惟恐或後，而氣運亦爲之一變。故大亂之後，民氣乃静，一切歸於平淡，於此雖有煽之爲亂者，彼不動也。何則？時爲之也。民氣静而兵氣揚，賊雖衆，何能爲哉！故言乎時，賊已不足恃矣。何謂失其地利？江寧雖城垣廣固，池堞崇深，而非可守之地。蓋有江南者，遠必兼蜀，近必兼淮，而後勢據上游，足與天下相抗。今賊所争者蘇、杭耳。蘇杭地勢窪下，民情惰弱，實不可用，雖得之不足以有爲。借曰財賦可以取盈，而如賊之苛暴，溝澮之水可以立涸。夫皖省之安慶，豫章之九江，楚之武昌、漢口，爲自古戰争之所用兵者必扼險阻，據形勝，恃以爲固。今皆棄而不守，争趨下游，以圖一快，吾知其無能爲矣。爲賊計者，當盡棄蘇、杭，卷甲束馬，力争上游，或可暫緩須臾。否則如獸之陷於阱，魚之游於釜，臠割烹宰，不亡何待？故曰賊無地利之可據也。何謂失其人事？天下之民，豈甘作賊？必至於貧困無聊，計無復之而後出此。賊之起自粤西也，於所裹脅者，焚其廬，毁其家，使之無所歸，然後從賊之志乃堅。竄擾所至，率以此法。故賊將至之地，即無身家之民，亦無不望風逃遁，以恐爲賊所擄也，則其不願陷於賊可知矣。被脅之衆，豈不思自拔來歸？第一入此中，去留難以自主，反正之心時刻不忘，特苦於無間可乘耳。故賊之與官軍抗也，可勝而不可敗，奔北之餘，前列涣散，後隊逃亡者，不可勝計。賊所破城邑，不留一民於内，比屋錯處，無非賊巢，闤市荒穢，有同鬼境，此亦流寇中之創局。所行如是，尚得謂之能收拾人心也乎！至於附賊各鄉，亦設僞官，徵賦税，無非添厥爪牙，供其屠割。且不旋踵間，而他處之賊焚殺擄劫，已隨其後。近時民間銜賊刺骨，無不思争啖其肉，大兵一至，有同瓦解。賊所恃者人耳，人事既失，尚何能爲？

然而我之所以平賊者，要當反其道而行之。修省恐懼，振勵奮發，以合天時；力争上游，順流進取，以得地利；撫集流亡，解散脅從，以盡人事。而尤要者，則在簡立大員，分兵爲三道：一由上海以收復嘉、青、太、崑，而進攻蘇州；一由寧波以聯絡湖郡，保障杭垣，而進扼嘉興，暫守廣德，俾毋得過浙東西一步；一由安慶以克蕪湖諸要害，直抵金陵，擣其巢穴。必當同時並進，合攻夾擊，使賊首尾不能相顧，而後賊勢孤矣。外賊既除，内賊自蹙，羽翼已翦，首領必蹶。江、浙肅清之機，將在乎是矣。草野愚昧，妄貢所知，伏維少寬其罪，俯加採納，不勝幸甚。

與醒逋[1]

醒逋執事：閉置一室中，一百三十五日矣，坐卧飲食之外，了無所事，傫然獨居，惟與厮養相親，即欲憑几把卷，而愁痛坌集，每不能竟數葉。此生已矣，分與世辭矣。昔中散養生，終攖禍網；平原違里，遂被讒言。韜志在巖阿，心於邱素，苟得二頃田、萬卷書，即欲杜門謝事，采芝餌术。天特厄之，致斯奇困，

① 此函亦見日本關西大學增田涉文庫所藏稿鈔本《蘅花館尺牘》。

此寢寐中未及料者也。疑生投杼，冤至覆盆，不思從中之或有嫁名，反以局外者居爲奇貨。當路勢位烜赫，固無難指龜而成鼈，淆素以詭緇，欲戮一細民，亦何求而不得。玆雖西官力爲周旋，爲之請於彼國駐京公使，而當事者轉益其疑。獅搏兔以全力，犬委虎而無生，輾轉籌思，分無免理，後其所先，急其所緩，措施如此，事可知矣。嗚呼！即使韜銜冤斧鑕，飲恨刀鋸[1]，於正典明刑，攻城殺賊，亦何所裨，徒成殺士之名，自取忌才之實，此堪憤而又堪笑者也。

韜今年三十有五，已逾一世，才淺識寡，生固無補，死亦奚恤。況復慈親棄養，骨肉澌凋，於世無所冀戀，買地建塋、卜壤歸骨，身後之事，於君是託，相知有素，想不負我。阿茗君之是出，俾得所歸，尤爲無憾。韜所憾者，生逢亂世，死被惡名，不能早自建立，以身殉國。登陴荷戈，則裹尸以馬革；渡江擊楫，則沈骨以鴟夷。等一死耳，相去遠矣。每念及此，輒裂眦揮淚，椎心嘔血也。二百里外所如言此[2]而已。哀翰痛墨，愴恨何窮。

寄楊醒逋[3]

醒逋執事：閏八月十有一日，郵舶啓行，倉卒登程。阮郎則不名一錢，王粲竟孤行萬里，傷心此別，豈第黯然魂銷而已哉！十有八日乃抵粵港，風土瘠惡，人民椎魯，語音侏𠌯，不能悉辨。自憐問訊無從，幾致進退失據。承西士授餐適館，貺我旅人。無奈囊橐羞澁，面目遂形寒儉，踽凉窘困之況，難言萬一。

① 飲恨刀鋸，日本關西大學增田涉文庫所藏稿鈔本作“駢首槀街”。
② 所如言此，關西大學藏稿鈔本作“所言如此”。
③ 此函亦見《蘅花館日記》同治元年九月十二日（1862年11月3日），文字有異同。

終日獨坐，絶無酬對。所供飲食尤難下箸，飯皆成顆，堅粒哽喉，魚尚留鱗，鋭芒螫舌。肉初沸以出湯，腥聞撲鼻；蔬旋漉而入饌，生色刺眸。既臭味之差池，亦酸鹹之異嗜。嗟乎！韜得離危地，幸獲安居，豈宜温飽是求，復生奢望，處心難隨遇而安，人情鮮止足之境，固如此哉！

韜在旅中，顧影無儔，對燈獨語，枕不乾通夕之淚，篋未攜一卷之書。山風海濤，終宵如怒，因此哭親之涕綆縻，思家之心縷結，側耳傾聽，悵然魂越。眷屬在滬，終慮誰依，擬於十月間招之來此。韜以舟資房值費至不貲，薄蓄殆罄，所云買地卜葬、築室廬墓，恐難如願，只期暫附舊墳，聊妥窀穸，尚冀他年，别簡高原，復占吉壤。韜之書籍物玩，均未得來，皆由執事過於遲回，憚爲郵遞，苟或罹於兵燹，則執事實職其咎。乞寫書目，經今百八十日，亦未見至，善忘多懶，執事更甚於嵇生焉。五千里外，不勝悢悢者此爾。至於親墓在里，理無久離，歸耕之計，要必不遠，從此潛心晦跡，隱耀韜光，不復出而問世，席帽稷鞋，荷鋤擔榼，與野夫樵叟課雨占晴，酬歌答話，以畢此餘生而已。

儻有南鴻，幸惠尺一。吴鄉天氣想已新寒，體中佳否，萬萬自重。

寄穗垣寓公[①]

韜白。韜弇鄙小材，羈棲下旅。王粲之託荆州，已嗟得所；

① 此札係與西儒湛君書，同時見録於同治癸亥（1863）十月日記，見《蘅花館日記》後所附《悔餘隨筆》，上海圖書館藏稿本，日記稿本係摘録，較此篇爲略，可以參閲。西儒湛君，即英國傳教士湛約翰（John Chalmers，1825－1899），湛氏于1852年6月28日至香港主持倫敦會香港分會及英華書院事務，1859年赴廣州設立會堂，在廣州居十年有餘，1897年返回香港。著有《英粵字典》《康熙字典撮要》《中華源流》等，譯有《道德經》《聖經》等。

敬仲之奔他國，能勿傷懷？屢欲一遊粤垣，以擴眼界，重訴心期。緬吴、漢之舊疆，覽尉、任之遺跡。講學則仲衍、甘泉其人也；談詩則梁、屈、陳三家，固嶺南之大宗也。經白沙之郵，而想其高風；讀《赤雅》之編，悲其身世之與我同也。及遊羊城，一無所遇。靈氣不鍾，流風邈絶，豈翁山、海雪輩求諸今日而已難耶！至香港一隅，蕞爾絶島，其俗素以操贏居奇爲尚，而自放於禮法，錐刀之徒逐利而至，豈有雅流在其間哉！地不足遊，人不足語，校書之外，閉户日多。榕坊包孝廉避跡來此，茗酒留連，談諧間作，異鄉荒寂中，聊爲消遣。

眷聚已附海舶而來，皆滬上友朋爲之摒擋，萬里羈人，感極涕零。嗚呼！韜自經竄逐，久已無意於浮榮，豈尚攖懷於進取。但得飽喫青精、閒親黄卷，了此餘生，歸乎故里，亦云幸矣。聊塵短札，以寫款懷。韜白。

寄吴中楊醒逋[①]

天南懶叟書問醒逋道人足下：别久路隔，相見無期，贈之詩不足，復以書問。嗟乎！道人殆能以道自守者耶。當此濁世，獨醒而卒免於禍亂，伏處窮鄉寂寞之濱，而蕭然自得，與物無忤，固懶叟所不能者也。懶叟亦嘗有志於歸隱矣，始以貧，終以亂，卒至遘罹奇禍，名辱身放，逋竄於萬里之外，荒域異民，凄心愴目，其窮何如耶！固欲求爲道人而不得者也。今秋道人書來，以東坡竄居儋耳，曠懷順處爲解。嗚呼！懶叟豈能望東坡萬一哉。懶叟遯粤一歲有餘，雖值境未亨，而處心漸豫，每思咎戾之由，痛自檢責，刻肌刻骨，流極之運，有生共悲。懶叟無昔人之才，

① 此函亦見王韜《悔餘隨筆》，撰於同治二年（1863）蘇州城收復（1863 年 12 月 14 日）後。

而有其遇，顧念一旦罹大辱，蹈明科，輕比鴻毛，徒貽耻笑，反不若遠徙幽裔，猶得偷息人世，仰視日月光，雖溷跡下隸，潛形密林，亦不辭矣。以此問心，差能自遣。歸來之望，此時非所敢言。北顧舊邱，羈魂隕瘁，結廬先壟，瘞骨故山，其可得乎？

嗟乎！道人夙知我心，故以爲言。又懶叟所慮者，尤在嗣續。已逾潘岳之年，將逼商瞿之歲，膝下蕭然，顧對誰共。我家七葉相傳，二百三十七年中，僅存三男子。從姪二人，長者清狂不慧，次者蕩越繩檢，不可教訓。世亂家貧，年壯無室，我之所遇，則又如此。嗚呼！天之所廢，誰能興之，弗可冀也已。吴門收復後，脅從之老弱男女十萬餘人，悉遣還鄉，閏苹二生得消息否？使尚在天壤，或有復歸之日。粤人漏網至此者頗不少，聞悉由撫軍資遣，則殺降之説，未可盡信。以粤人在吴之虐，尚獲生全，則哀兹鞠子，何至遽殞，天意夢夢，要可決也。

嗟乎！道人伏處窟穴，不免飢寒，前時身創屋焚，妻殉子擄，亦極生人之至艱，今日追思，應同塵影，寓形宇内，作如是觀可也。顧道人雖窮，二十年來未嘗跬步出里巷，所見則故鄉也，所交則故人也，瑣屑米鹽，嘲弄風月，室内餘殘書，膝下餘季子，房中之琴則絃重膠焉。賊去民安，重覩昇平，歲時伏臘，對妻抱子，其視懶叟相去何如耶！嘻！如懶叟天高地迥，舍此已無可適，作盛世之罪人，爲聖朝之棄物，安得藉口於隱遯哉！

懶叟於十月中曾有詩札附郵舶寄滬，旋聞此舶溺水，則是書已付波臣。書中所諄諄者，惟以書籍爲念。黄君春甫，誠至可託，烽烟刼靖，舟楫路通，能專櫂捆載而去，尤爲便捷。異鄉岑寂，惟書可娱，道人之寄，弗可緩已。吴郡稻熟，田舍翁可多得十斛粟否？伯姊無恙，想不啼飢。捉筆覼縷，心輒爲碎。書疏幸勿怪，足下但自覽觀，勿出示人。此外惟萬萬自愛。

與徐子書

艱難險阻之中，幸蒙足下周旋捍禦，彌篤風義，感激之私，淪浹肌髓。別來二年，屢執訊以詢動止，拳拳之懷，始終無渝。何圖此志不諒，未有一字及我，似若有懟於鄙人者。反躬自省，惶悚交深，恐僕之負罪於足下也深矣。素性拙直，出言每多疎忽，論交十有餘載，亮知此心。僕之論交不在文字，而在意氣。足下待我之厚，我與足下相契之深，彼蒼昭昭，可援爲鑒。江氏乾没一項，曲在江氏，不在足下。蓋足下能料之於生，而不能料之於死也。丈夫視錢刀無足重輕，况此倘來之物哉，是何足以間我兩人之交誼也？嗣後請勿復言。

僕遭罹憂患，竄逐海涯，詩書道窮，親朋訊絕，已無復生人之樂。静伏之中，萬念灰冷，日惟追悼前失。生平行事，蹉跌實多。坐誦之時，拍案驚呼，中夜以起，叱嗟環走，思之不可復爲人矣。念自弱冠以來，先君見背，徫徨海上，十有餘年，不知自奮，以稍博慈親之歡於萬一。棲棲弱弟，不能教育，以致早殞。室人夢蘅，轉徙道路，遽爾傷生，實痛於心，徒呼負負。猝遘此禍，幾至殺身。嗚呼！我母憂虞危迫，竟以奄世，養不逮生，痛以促死，問視含殮，俱未循禮竭意，何以爲人！何以爲子！每思及之，摧腸裂胃。根本之地已虧，人世之榮何冀。天之厄我，乃俾我於困頓悲憂、窮竄廢棄之中，潛心自悛也。辛酉冬杪，母病在里，倉皇奔視，雪窖冰天，道途梗塞。春融路達，方欲束裝，而有媒孽其間者，遂更斯變。嗚呼！天奪之魄，昧於一歸，兹之淪廢，實由自取，尚何言哉！尚何言哉！

夫僕之初心，人所未喻，《南行》一詩，稍見厥志。所謂“置身豺狼近，殺賊先結賊”者也。豈料敗壞決裂至於如此，舉世不諒，聽之而已。嗟乎！方事孔棘，誰爲吾策。惟足下咨嗟籌畫於急難之間，歷半載如一日，先慈喪葬諸劇務，足下爲之襄辦，日昃不食，弗辭其瘁，如此氣誼，何後古人！此身尚在，必有以報，銜結之忱，死生靡替。他年幸徼天佑，得賦歸來，與足下再能握手言心，則胸鬲間物當掬以相示也。

去歲書籍來粤，披覽之餘，實深銘泐。僕素以書籍爲性命，今屏居海曲，無以自娱，寄儲甫里楊氏之書，尚求設法取至。

入春逾半，此間天氣已如夏首，丹荔黄蕉，又得飽啖，惟故鄉風味不可求耳，言之殊黯然也。足下奉母教子，努力自愛。萬里之外，懸企回翰，擲筆汍瀾，悲來横集。

與英國理雅各學士

雅各先生執事：

韜生不辰，以非才而值亂世，横被禍災，竄流絶嶠。鄉關遥隔，北望悲來；歲月不居，西歸何日。每一念及，未嘗不輟箸而欷歔，廢書而嘆息也。竊念韜少時稟承庭訓，十八歲入邑庠，十九試京兆，一擊不中，遂薄功名而弗事。於是杜門息影，屏棄帖括，肆力於經史，思欲上抉聖賢之精微，下悉古今之繁變，期以讀書十年，然後出而用世。不意天特限之。

己酉六月，先君子見背，其時江南大水，衆庶流離，研田亦荒，居大不易。承麥都思先生遣使再至，貽書勸行，因有滬上之游，繆厠講席，雅稱契合，如石投水，八年間若一日。麥君返國，仍與讎校之役。庚辛之際，江浙陷賊，焚戮之慘，所不忍言。辛酉冬杪，母病在里，倉卒奔視，旋以兵阻，雪窖冰天，道途梗絶。韜里去吴門尚四十里，蓋皆民居，而非賊窟，固滬、蘇之通道也。

壬春方擬回滬，忽聞官軍緝獲賊書，指爲韜作，當事不察，竟論通賊，忌毁者衆，百喙莫明。然而韜竟冒危往滬者，誠以區區之心可白無他。蓋進甘蒙隕首之誅，而退不甘受附賊之罪。退則猶可緩死，進則必無一生。而韜竟舍生取死者，其志亦斷可識已。幸而麥領事慕西士曲鑒其愚，力爲斡旋，不至徒死而被惡名。逃死南陲，得逢執事，授餐適館，禮意優崇，俾羈旅之人弗至失所，感激之私，淪肌浹髓。韜遘罹巨釁，淪落異方，已同没世之人，并少生人之樂。去家萬里，欲歸則無可歸之家；避地一隅，欲往則無可往之地。舊朋無一字之來，新知乏半面之雅。所恃者，執事一人而已。

執事學識高邃，經術湛深，每承講論，皆有啓發，於漢、唐、宋諸儒，皆能辨别其門逕，決擇其瑕瑜。玆也壁書已竟，又將從事於葩經，不揣固陋，輯成《毛詩集釋》三十卷，繕呈清覽，庶少助高深於萬一。始於去歲五月，而成於今歲三月，將周一載，凌晨辨色以興，入夜盡漏而息，採擇先哲之成言，纂集近儒之緒語，折衷諸家，務求其是。韜承知遇之恩，於束修之外，餽以兼金，辭受均難，感愧交并，耿耿於心，未有以報。伏思世間一切食用服御皆先生所固有，且貧者不必以貨財爲禮也，惟此筆墨之事，貢自愚衷，或可少爲先生所許耳。

臨書竦仄，無任感懷。

與吴子登太史[①]

瀛壖揖别，曠歷寒暑，未稔動止，無由執訊。赭寇縱横，江浙淪陷，蕞爾滬濱，危警萬狀。中間奉母避亂，偵賊遭讒，顛踣

---

① 此函亦見王韜《悔餘隨筆》，撰於同治二年十月十二日（1863年11月22日），文字略有異同。

困厄，慬而獲免，竄跡粤港，萬非得已。其俗侏儒，其人獶雜，異方風土，祇益悲耳。耆好異情，暄凉異候，一身作客，四顧皆海，誠足以悽愴傷心者矣。僑寄兩載，閉户日多。孟冬朔日，始作羊城之游，覽尉佗之舊跡，訪劉龑之遺蹤，慨然想當年割據之雄，而弔其子孫不能守也。懷古興悲，觸目生感，殊令人意盡矣。

前曾得見黄大中丞少君幼農，述及足下自楚來此，不赴徵辟，屢辭榮禄，高尚厥志，超然物外，而反以西法影像游戲人間，古之所罕，今乃僅見，求之儒林，豈可多得。至省之時曾一奉謁，適值他出，閽者固未識爲何人，即足下亦不及料我至此也。

江南戎事，雖曰勢盛力集，揚沸沃蟻，捧海澆螢，殲掃之機，蹻足可俟，然揆其所恃，惟在西人，往往並出先驅，未見偏攻獨搗。近聞却師之舉，微有違言，駐崑之兵勢將議撤。大帥有懲於心，姑藉頒餉不繼，權詞以謝，而西人亦以方將有事於東瀛，調兵集禦，未暇兼顧。中西之交或離，則軍力單矣，俾賊之亡猶得稍緩須臾，非計之得也。夫借師既知非策，則當時不應出此，以取救於目前；既已借之於先，而欲却之於功之垂成，無怪其有所歉也，此諺所謂騎虎遣蛇者也。今天下處處横流，幾無一片乾净土。閩、粤遠介海嶠，非走險跳陸者驟能飛渡，或者可冀無虞。蒿目時艱，撫膺世事，有心人固不欲見，并不欲聞也。

韜遭是流離，豈敢怨懟？麄材薄植，分放廢終老耳。特以僻處蠻荒，欲歸不得，先人墳墓，遠隔萬里，懿好日疏，密親蓋寡。每一念及，腸爲之九回，淚因以並下。此間山赭石頑，地狹民鄙。烈日炎風，時多近夏；怒濤暴雨，發則成秋。危亂憂愁之中，岑寂窮荒之境，無書可讀，無人與言，曠難爲懷，逝將安適。然所以戀戀而不去者，不過隱身絶島，稍遠禍機，留此餘生，或能飽醫黄齏，閒酤白墮，摭紅爐之近事，續《赤雅》之舊編，以聊自排遣而已。

滬上故人，聞皆無恙。黄君春甫，音問時通，日昨書來，拳拳以足下是否旅兹爲問。足下倘惠尺一，郵遞良便，寫曠年之積愫，寄遠道之相思，固有連箋累牘而不能盡者。嗟乎！回憶昔時徵逐之游，文酒之懽，已渺如夢寐矣。所有同心夙好，皆已雲散風流、星沈雨絶，或榮辱異致，或存没無聞。管君小異，始逃警於山陰，復驚魂於鄧尉，奔竄道路，竟以憂殞其生。弢甫周君，長揖戟門，運籌戎幕，或謂庶得展其經濟，而命不副才，遽化異物。祝桐翁倉卒爲江北之行，去春又挈家寄漢口，漢口爲自古戰争之地，度桐翁未必久留。李君壬叔，獻策軍中，談兵席上，兹在皖南，未聞奇遇，豈火器真訣，不遑一試其所言耶。他若華氏笛秋父子，徐茂才雪邨，並作寓公，無改素耆。凡此諸子，皆足下所關心者，故爲畧陳梗況，不辭覼縷。

嗚呼！天下人才衆矣，交游廣矣，以韜所繆相知者，或翺翔仕路，或偃息丘園，雖隱顯不同，出處攸異，而上者並能争飾事功，次者亦得競心述作，以後先取名於時。獨至於韜，遘罹奇禍，禁錮遐裔，蹤跡自晦於明時，姓名不騰於流輩，言念諸子，用自悼也。聊布所懷，妄塵清聽，儻不以垢累，賜之寸緘，實所引領。裁書代面，詞不宣心，足下其秘諸篋笥，勿出示人。

炎方風物，百不足言。飲食起居，伏惟萬萬自愛。

與潘茂才

自别以來，於今三年，海北天南，想同感念。春秋迭代，人事變遷，毁剥必復，惟否斯泰。戎裔効順，將帥奮威，巨寇桀逆，電掃烟滅。海寓清宴，黎庶乂安，中興之烈，庶幾可覩。韜屏跡南陲，不得躬逢休美，歌詠昇平，北望揮涕，徒增於邑。

竊聞元凶既翦，偃武修文，中冬之月，舉行賓興盛典，大江南北，雲涌波臻，觀光之士，咸欲同亨天衢，丕揚郅治。而足下獨高尚其志，不事王侯，福音孔昭，道腴宅體。淡榮懷於纓紱，貞雅尚於邱園。求之儒林，疇其匹哉！

韜之書籍，遠儲甫里，重以楊君罕暇，曠歲不得。幸賴足下捆載來滬，春子裒聚寄粵。雅誼高情，上薄雲漢。重展舊帙，如覿故人。特是河東書篋，來者僅十之三，尚望再勞馳取，藉慰遠懷。春時歲試，定歸里門，載書之便，無逾於此。楊君書中，亦以爲言，蓋斯事非足下莫屬矣。建塔者合尖於七級，爲山者收功於一簣，他日鑿楹永庋，撫卷長謠，未嘗不念足下之勳也。

録示新詩，纏綿感喟，字句之間，自開蹊逕，筆墨之外，別具性情，不難直躪劍南之室矣。韜邇來壹志詁經，無暇旁涉風雅。十月中閔逸瀛孝廉返櫂吴興，偶觸鄉思，遂成七古一篇，聊以送行。此外竟爾擱筆，始知毛鄭、李杜分道揚鑣矣。郎君授劉向之經，設馬融之帳，束修所入，或可爲堂上甘旨之奉歟？

海隅岑寂，隔絶見聞，如有便鴻，乞賜良訊。

與補道人

嶺海飄零，四年於兹，生還之望，非所敢言。郵船來粵，得奉手書，反復展誦，彌覺涕零。韜遭罹罪譴，放廢南裔，静言思之，惟有自悼。以道人疇曩雅契，迥越恒流，不以垢累見斥，故敢屢以尺牘，塵溷清聽。至於詞意之間，似有觖望，則以海隅荒陋，無書可觀，北望翹首，睠懷彌摯，憤懣之情，輒形楮墨，揆厥初心，中實無他。

道人來書意似深有不悦者，毋乃未喻鄙衷耶？七千里外胸鬲間物不能掬以相示，吁！可悲已！韜一端不謹，萬事瓦裂，尚冀晚節，以蓋前愆。故留意著述，思以空文自見。此間南北隔絶，人事簡少，旅蹤孤寄，相識殊稀，得以韜影潛形，窮膏繼晷，十年之後，然後出以問世。雖世猶以爲口實者，不顧也。天之雷霆，窮秋則遏其怒；人之好惡，没世則見其真。一星既終，時事亦變，此時正當四十以外之年耳，苟齒髮未衰，尚可歸耕隴畝，荷鋤種秫，抱甕灌園，充識字之農夫，納太平之租税，潛心丘素，伏項林泉，卜居莫釐、林屋之間，與道人扁舟相往還。甫里一隅，雖爲天隨子所隱處，而近數十里間，絶無山林泉石之勝，堪供眺覽，人士亦少可與談者，二百年來，誰爲崛起？乾隆初禩，許竹素先生以詩鳴一時，頗尚唐音，此外無聞矣。至於窮經好古之儒，更不概見。風流闃寂，殊可歎已。今得道人，足以抗手竹素，接踵天隨，非偶然也。如韜者何足掛人齒頰，當置此一席爲道人獨據耳。

來書瑣述里中近事，聞之感喟。顧師滌盦，騷壇老宿，曩在里中，巋然爲魯靈光矣，晚際亂離，不能遠引，終遭胠篋，遽致殞星。木壞山頹之感，於我獨深。嗚呼！此韜生平一知己也，而今已矣。曹君竹安身後蕭然，白髮青燈，辟纑易米，其景況亦殊可悲。路遠時艱，愛莫能助，徒唤奈何。湘澧昆弟俱赴玉樓，雉友先生一支至兹中斷。友石三丈之後，亦止景卿一人，詩能窮人，不謂又厄之於身後，抑何天道之難問也！

眷屬至此間頗稱健適，惟多燠少寒，四時皆夏，歸心徒切，鄉味難求，用是悢悢爾。裁書當面，擲筆惘然。

弢園尺牘卷七

天南遯叟王韜子潛著

代上蘇撫李宫保書

某再拜上書中丞閣下：閣下經略江左，於今三年。天下莫不重閣下之名，中外莫不震閣下之威，士民莫不仰閣下之惠，克亂以武，用兵如神，求之古今，疇其匹哉。矧又舍己從人，集思廣益，網羅賢俊，各盡其才，而復猥照光采於窮窟遐陬之中，過聽譽言，辟書遠至，將置諸幕府，收其一得。

某粤東一布衣耳，才不足爲世用，言不足爲世采，行不足爲世奇，何所見聞，謬加賞拔，聞命駭越，捧檄竦仄。伏自維省，深以不克副盛心所期是懼，是以謹將憲劄繳呈。蓋一則由自審之素，一則實不敢以不材慁耳。乃日昨丁雨生觀察書來，備述閣下拳拳垂注之意，且云士爲知己者用爲某勗。顧此言乃爲其人有可知之實，其才有可用之端，故能得當以報，而某非其人也。然側聞華嶽不舍塊壤，江河不擇細流，用能成其高深，故芻蕘見詢於聖人，葑菲無遺於下體。昔齊桓公於九九之數猶且見收，今既幸逢閣下博采兼取，又何敢終嘿？願竭蠢愚，以瀆高聽。

夫天下大利之所在，即大害之所在；至危之所乘，即至安之所乘。何則？以中國益遠人，大害也；以遠人助中國，大利也。江左民命，幾於泯絶，至危也；閣下拔諸水火、登諸衽席，至安也。然而利不可忘害，安不可忘危，爲利害安危之所係，惟在閣下。閣下以不世出之略，成不世出之功，而適會此不世出之機，天蓋特委重任於閣下，而將大有造於我中國之民也，夫豈第八府六州六十一縣之蒼生是賴哉！

當賊之方張也，江左所全，僅滬邑彈丸地耳，用兵者幾難措手。閣下絶江而來，次第濟師，談笑揮衆，從容應敵，則於行軍見閣下之律；戰無不勝，攻無不取，臨陳指揮，親冒矢石，三軍之士莫不愧奮，則於將兵見閣下之勇；戰誘兼施，剿撫並用，積悍餘魂，崩角請宥，生之見閣下之仁，殺之見閣下之斷，此固不世出之略也。一鼓而覆圍滬數十萬之賊，以張士氣；再戰而拔二堅城，期月之間，名都卒復。所克城邑以十數，俾陷賊之民重覩日月，每見閣下之旌旗，無不額手交慶，太息感泣。而又爲國爲民，不分畛域，出餘力以殲嘉城之巨寇桀逆，而扼浙賊之吭。飈馳電掃，奏捷俄頃，事莫速於此，勳莫烈於此，此固不世出之功也。

但是二者猶未足以盡閣下之才，而某之所謂重任者，固不僅在攻城殺賊也。當今光氣大開，遠方畢至，海舶估艘，羽集鱗萃，歐洲諸邦幾於國有其人，商居其利，凡前史之所未載，亘古之所未通，無不款關而求互市。我朝亦盡牢籠羈縻之，概與之通和立約。近聞吕宋、日本又將入請矣，合地球東西南朔九萬里之遥，胥聚於我一中國之中，此古今之創事，天地之變局，所謂不世出之機也。

顧或者謂此皆足爲中國之害，而不足爲中國之利，欲如古王者之説，則必盡驅而遠之，不與同中國方可，然而勢不能也。歐人自有明之衰入賈中國，蓋將三百年於此。近於中國無處不至、無事不稔，詎能一旦驟徙其跡，且亦不足以彰我大一統之盛也！况乎西人來此，羣效其智力才能，悉出其奇技良法，以媚我中國，奈我中國二十餘年來上下恬安，視若無事，動循古昔，不知變通。薄視之者以爲不人類若，而畏之者甚至如虎。由是西人之事毫不加意，反至受其所損，不能獲其所益；習其所短，不能師其所長。逮乎今日，始有轉機，而某又深慮其既轉而旋遏之也，能始終持之者，在閣下耳。

西人通商大局，昔盛於粵東，而今盛於滬邑。閣下持旌吴會，正值此極盛之時，至艱之日，天特欲閣下一捄其禍之烈也。夫天下之爲吾害者，何不可爲吾利？毒蛇猛蠍，立能殺人，而醫師以之去大風、攻劇瘍。虞西人之爲害，而遽作深閉固拒之計，是見噎而廢食也。故善爲治者，不患西人之日横，而特患中國之自域。天之聚數十西國於一中國，非欲弱中國，正欲强中國，以磨礪我中國英雄智奇之士。然計自通商以來，利害相較，每利小而害大。歲入餉税千百萬，以供軍需，俾轉輸得以有濟，此利之小者也；堅舶利器可以購售，外弁西兵可以募集，同仇敵愾，俾攻勦得以相資，此亦利之小者也。粤東之釁，幾至敗壞決裂，凡所要求，無不如命，傍海諸郡，咸通賈舶，江漢腹地，盡設埠頭，形勝之區，皆與我共，十餘年間，乘我中國之有事，而縱横凌躒至此，此真可爲太息痛哭流涕者也。

而猶有可冀幸者，則在今日之一轉機耳。去害就利，一切皆在我之自爲。日本與米部通商，僅七八年耳，而於鎗砲、舟車、機器諸事，皆能搆製，精心揣合，不下西人。巍巍上國，堂堂天朝，豈反不如東瀛一島國哉！我中國幅員萬里，地非不廣也；生聚三億，民非不衆也；採山搜海，材非不足也。能自奮發，何求不濟。然而有其志，無其機，弗能爲也；有其機，無其權，亦弗能爲也；有其權，無其人，并弗能爲也。今此三者皆舉而集之閣下之一身，天亦若遲迴審顧，至今日而始委之閣下，閣下不爲，誰可爲者！而某竊敢以先後之次爲請。從來治遠必以近始，治末必以本始。徒知强兵威敵，而不知治民，是猶形悍於外，神躁於中，能暫張而不能久持者也。故在今日握要之端，亦惟曰治中以馭外而已。

治中急務，首在平賊。賊至今日，已不足平，勢蹙情沮，皆無固志，土崩瓦解，頃刻立見。常郡既殲，則金陵亦拔。燔賊巢，俘渠魁，可以奏功於反掌。何則？金陵一城，逼江倚山，四面可攻，飛礮裂彈，勢必莫禦。況賊之負嵎，已非庚春之比。浙平則外援絶矣，皖清則上游斷矣，惡積禍盈，終至焦爛，魚游沸釜，獸陷窮阱，烹而剥之，不亡何待！

然則賊平之後，我可自此息肩乎？猶未也。蓋亂所由始，不在亂之日；治所由致，不在治之時，漸摩使之然也。賊之未平，固足爲憂；賊之既平，猶未足深喜。治創者貴拔其本，治漏者務塞其源。然則閣下在今日治將何先？亦先儘其在我者而已。在我者有三易治，有三大病。以三易治之時，去三大病之積患，庶有豸乎！

何爲三易治？江左之民素以賦重爲官詬，每興一徭役，設一捐輸，動以爲上將朘我以生也。蚩蚩何知，利去怨積。一旦罹賊之酷，剥膚切身，皆非其有，於是始悔前此之不急公奉上，而感念聖朝覆育之恩。則民氣静，易治也。江省防兵舊額五萬，承平日久，多以老弱充列，虚數冒糧，及至有事，倉卒召募，實不可用。邇來數年，悍寇密鄰，大營在近，而城中無可練之精卒、可守之利器，尚可以爲固乎？今則百戰之餘，一可當十，行陳紀律，攻守情形，不教而明，人人自奮。但當感之以恩，懷之以威，無不爲我所用。則兵志固，易治也。百度廢縱，多由吏惰。

西禍之平，人皆苟安無遠略。好名者以文事爲粉飾，言利者以理財爲優劣。庸擢巽退，務爲因循，盜在門户，晏然高寢。於是賊至乘之，罔知所措。今則久歷行間，目擊身親，必能一反委靡之積習，以成振飭之新型。必果必信，毋苟毋簡。勿以喜事擾，勿以無事弛。則吏習勤，易治也。

何爲三大病？人材者，國勢之所係也。國家之有人材，猶人身之有精神。今竊見内外人材習爲軟熟，其弊之漸，必至委靡不振。其故皆由不喜切直而悦諂諛，以至鯁亮者退，柔媚者進。其間或有有爲之材，而閱歷已久，過於老成持重，其作事不肯擔持大利害，其居位亦無大榮辱。恬緩取容，寖成風尚。人材之罷，厥病曰痿。財用者，國命之所寄也。一國之强弱，萬事之成敗，恒由乎此。軍興以來，括天下之財賦，削天下之脂膏，以填巨壑。循至民生日蹙，國計日敝，下損而上益瘠。且今日所以取諸民者，皆非正額，所謂苟且不終月之計也。顧賊一日不滅，則此諸弊政一日不可去。是猶飲鹽泉以療渴，服猛劑以治邪，明知其不可而暫行之者也。財用之竭，厥病曰瘇。

法制者，國家所以馭下也。執法牽制，其蔽必至視爲具文。非法制之不善，實心奉行者無人耳。是以一變，而其權不操諸官，而操諸吏。今天下内事動持於部議，外事一由於吏手，以畏葸爲精能，以闒茸爲歷練，以進言爲喜事，以言法爲更張。朝廷之上，牢不可破。即有良法美意、奇才異能，可施諸實用者，偶不合於成例，輒爲部議所格，曰此舊法不可壞，定制不可更也。即曰破格，仍不外乎文章科第；即曰求賢，未聞别設一途以取士。登進人材既拘以資格，則不問其才否。外而郡邑諸吏上下其手，顛倒是非，官一切不能問，曰非是且遭駁斥。持守愈固，蒙蔽愈深，厥病曰痼。今欲振作人材，增重國勢，則莫如風厲在位，開直言極諫之科；欲充裕財用，培養國命，則莫如疏生財之源，閉言利之門；欲防吏弊，掃積偷，則莫如變通新法，行法得人。顧此雖關乎天下之計，至於江左一隅，亦不外求才立法，興利除弊數大端而已。江左既已久罷科場，許行薦舉，則所以薦舉者仍在語言文字乎？抑將在政事軍旅乎？或采之虚名，試之實效乎？此數者雖足以召才，而但舉其所能知，不能及其所未知，則真才仍或不出其中。今請分八科以取士，拔其尤者，以薦諸上。一曰直言時事以覘其識，二曰考證經史以覘其學，三曰試詩賦以覘其才，四曰詢刑名錢穀以觀其長於吏治，五曰詢山川形勢、軍法進退以觀其能兵，六曰考曆算格致以觀其通，七曰問機器製作以盡其能，八曰試以泰西各國情事利弊、語言文字以觀其用心。行之十年，必有效可見。

江左既經創鉅痛深之後，户版衰減，殷富散亡，已萬不如前。而所以鎮撫善後一切之事，其費且付百於前。欲征之於民，民力不堪；不取於民，費將安措？顧所難僅目前而已。招集流亡，撫恤災困，俾各歸其所。給之牛種，課之耕作，無主不墾之地，許以其所出半歸於官。減賦損捐，勿再多取，令其重困。其他裁冗去煩、革奢崇儉、開源節流，次第舉行，不出三載，其病可甦。然後我有餘力，以作泰西田具織器，教之耕織。夫天下之大利在農桑，其次在商賈。誠使農不惰於田，婦不嬉於室，商不重征，賈不再榷，各勤其業，争出吾市，則下益上富，其財豈有匱乏哉！不知藏富於民，而動言小利，開一捐，設一局，徒飽此輩之谿壑，所謂怨歸於上，利歸於下，非計之得也。

昔者江左之敝壞於官者一，壞於吏者三，其最大者曰漕政，曰訟獄。一邑之糧，握其權者爲漕總，其餘以次遞分，其羡至於官者十之六七而已，至於京師者十之四五而已。一郡之胥役，大邑數千，小邑亦數百。魁其曹者曰管班，出入裘馬，僭侈無度，非朘諸民，何以爲生。今請一切盡革其弊，清漕慎獄，勤政恤民，去貪黠，汰冗雜，稽核無私，委任得當，又濟之以實心實政，庶乎可已於是。巨者既舉，乃治其小者，曰清盜源。江浙之間，小艇千百，淫博聚衆，名爲鎗船。此輩不耕而食，不織而衣，游惰無業，藉博爲生。良弱者被其所欺，凶暴者倚之爲黨。出没水鄉，白晝劫奪，除之忽散，緩之復聚，賊至則爲賊用，賊衰則去賊以媚官。今有法於此，焚其船，奪其械，驅其衆使歸農，殺一懲百，勿爲民害。蓋及今除之力省而害小，釀之至他日，力費而害大，勢必然也。曰鋤悍族。恃衆附賊，假勢濟私者是也。曰除莠民。充僞官以虐良民者是也。是二者於事後雖不當深究，但其果有實跡，亦必擯之遠方，毋使溷我善類，是亦古者去惡扶善之意也。

治中之規模略具此矣。請更進言夫馭外之法。其大端有二：曰握利權，曰樹國威。西人之與我通商，不過曰嗜我利而已。顧中國之利，祗有此數，曩者在五口，西洋各貨，自有華商購販，捆載往北。今雖設多埠，但奪華商之利，未必遽爲西人之益。況争利者非一國，通商者非一地，費增而利薄，則亦豈能有贏哉！計西人與我以貨易貨，彼購絲茶，我售呢布，出入略相等，漏巵之最大者則在鴉片。或者謂西人之嗜茶，亦猶吾民之嗜烟。今西人於各處遍栽茶樹，數十年之後，可以不賴中國之茶而自足。烟禁既開，且榷其税，勢已難禁，與其歲糜數千萬以益西人，曷若自我栽種，以收其利。徒愛惜損國體之虚名，而不顧敝國本之實禍，是亦一偏之見也，且榷烟税於國體獨無損乎！與其冒不韙以收利百之一，孰若全收利之百。況栽烟與禁烟可以並行，禁兵而不禁民，禁新吸而不禁舊食，禁内而不禁外，其後栽烟日廣，吸烟日減，西人販烟之利日漸微，其來必不禁而自止。而我亦可漸用我裁抑之法，所謂將欲奪之，必姑與之，原非以害民之物許民，蓋有大不得已之苦心在也。西人近時亦興蠶桑之利，特其地多寒，稍不相宜，然可見中國之利藪，西人無不欲攘爲己有，其用心實精而勝。而我中國於自有之材且不及念，誠可謂不善謀利者矣。木棉我所自出，絲斤我所本有，所少者火機之紡器織具耳，而可購求製造也。先去數萬金以購之來，試行有效，然後精心仿製，用以教民。十家一具，紡線織布，一具可兼百人之工，則一家可享數十家之利。西國田具，如犁耙播刈諸器，力省工倍，可以之教農，以盡地力。貨舶輪船運載及遠，可以之教商，以通有無。有事官用，無事商僱，各獲其便。蓋西國於商民，皆官爲之調劑翼助，故其利溥而用無不足。我皆聽商民之自爲，而時且遏抑剝損之，故上下交失其利。今一反其道而行之，務使利權歸我，而國不强、民不富者，未之有也。今者之兵，有隊長日加教練，有西人日爲指授，有悍賊日與接仗，發礮用鎗，其法盡明，攻城結壘，其律已整，已成可用之兵。而深慮賊平之後，日就廢弛，所設火器各局，經數易督撫以後，或以惜費裁，或以無益罷。不見昔時西事之興，人人自以爲知兵，人人自以爲稔西務，人人自以爲能製洋礮，一旦議和，絶不一講，其故轍可知也。不知延盜於門，養虎於室，其備安可稍弛。賊之既平，正當講演武事耳。一曰練兵。額無取增而取精，人無取智而取敢戰，按期訓習，無稍間惰。二曰精鑄鎗礮。有勝兵必先有利器，無吝財而致窳，必加料以求良。臨陳有恃，戰氣自倍。三曰建築礮臺。沿江濱海一帶，當於要害，設立礮臺，一準以西人新法，所以扼險制變，猝遇有事，緩急可恃。四曰用輪船。開設船廠，僱匠搆造。巡緝洋海，備禦盜賊，用之於捕務；運載糧米，郵遞文札，用之於國事。如是則有備無患，可戰可守。不至一有變端，倉皇無措。夫水之有蛟龍，山之有猛獸，伏乎其中，威乎其外，漁樵自不敢狎至焉。明乎此，則兵不可廢矣，是在得人而已。

或者曰：如是言之，輪船用於江海，鎗礮用於軍旅，田器織具用於農婦，曆算格致用以取士，語言文字用以通彼此之情，不幾率中國而西人之乎！我中國先文教而後武功，重德性而輕詐力，不以近功易遠略，耻機心而賤機事，視之若甚拙且鈍焉，接之若可狎而侮焉，而久之爲其所化，而不知或陰中其病而罔覺。是實能以至柔克至剛，至弱克至强也。自古仁義爲國，其敝也衰；甲兵爲國，其亡也蹶。是以泰西諸國，其興勃然，而亡亦忽焉。不見羅馬盛於漢，荷蘭盛於唐，西班雅盛於宋，葡萄牙盛於明，而今皆衰矣。就在中國而觀，商之鬼方，周之玁狁，漢之匈奴，晉之拓跋、五胡，唐之吐蕃、回紇，宋之契丹、女真，其種類或存或亡，而所謂中國者，數千年以來如故也。政事法令，未嘗改易；土地人民，未嘗損失。且唐時回人之散居天下，至今何如？宋時猶太人之入處河南，至今何如？奈何欲以暫來之西人，易數千年之中國？用夏變夷則有之矣，未聞變於夷者也。不知如或之言，所謂主人枯槁，客自棄去之説也。如是則中國必先自受其敝，且勢必需之窮年必世，而非目前權宜補救之方也。况我之所以效西人者，但師其長技而已，於風俗人心，固無傷也。如謂既師其長，則中外交固而情洽，或將久處中國。不知西人以有利而來者，安知不以無利而去。機器既設，貨出必多，波畢既栽，烟來必賤。彼之利藪，且爲我所奪矣，何慮之有。夫及今尚可有爲之時而爲之，先事預圖，先機遠慮，因治以防亂，居安以思危，則可享長治久安之利，是亦古人謀國者之深心至計也。

某草茅微賤，罔識忌諱，辱承知遇，敢竭區區。伏惟進而教之，不勝幸甚。外呈所著《火器略説》一卷，譯自西書，間參管見。竊見西人入中國，凡曆算、輿地、醫學、格致之書，無不遍譯，獨於製器造礮一事，未及一言，豈以是爲不傳之秘哉！或者不欲以所長示人也。明人所輯湯若望《則克録》，專講礮鎗製造之法，頗爲賅備，然較之於今，間有不同。蓋近時用心日細，製器極精，視昔已遠過之矣。至於用砲先在用兵，則非空言縱譚所能者也。

求賜訓言，以增光寵。干冒尊嚴，主臣主臣。某再拜謹上。

代上丁雨生觀察書

某聞難易者時也，遲速者機也，匡濟者才也，經營者智也。才與時相會，智與機相乘，則皆可以有爲矣。是以時不可失，勇者在因時以圖功；機不可忽，明者貴先機以謀事。苟非其時，苟無其機，則鄧禹頓師於栒邑，馮異垂翅於回谿，馬文淵不能奏壺頭之功，周尚法不能定遂州之亂，岑彭以久持長寇計，朱嶲以固壘緩天誅，甚至才略無施，智勇並竭。以視今日，中丞李公之平吴，抑何難易之相判，遲速之不同哉！

抑知其待時蓄機者久矣。屬者小醜將亡，大勳俄奏，以疾雷猝電之行師，收近擊遠攻之捷效。如吴漢之在廣都，八戰八克；如孔明之渡瀘水，七縱七禽。月獲十二城，日降百萬衆，四收八伏深入長驅，譬猶決迅湍以沃爝灰，鼓洪爐而燔落毳，其爲殄埽，跼足可幾。功莫烈於斯時，事莫速於今日。用兵以來，未之有也。然何以前者武牢之險，竟爲建德所乘，興洛之倉，復被李密所據？赭冠霧集，黄旗氛屯，脅兆衆作前驅，立三分爲犄角，坐使奔狼奪隘，駭兕觸鋒，江左一隅，幾有莫支之勢。而議者方將曠我時日，坐俟其衰，分我甲兵，多爲之備。蓋王守仁不統鋭卒擣桶岡，則藍廷鳳烏集之勢愈横；高仁厚不總雄師下峽路，則韓秀昇蟻聚之膽益張。

於是朝廷懲前帥之無功，以棘門爲兒戲，命王翦以代舊將，詔裴度出護諸軍，而後元會一旅，浮淮以來，亞夫之師，從天而下，飈奮霆擊，迅過嚴鋤，遂有今日之捷。併師西嚮，三軍躍呼；露版北馳，九重色喜。故知才非時不生，智非機不出，不世之功必待不世之略而後濟，非常之事必待非常之人而後成。晉有王導，乃能造東南；天生李晟，原以安社稷。卓哉中丞之勳烈，超邁邃古矣。而閣下適值此極盛之遭逢、難求之際遇，職居謀幄，躬佐戎機，姓名邀當宁之知，勞勩爲列營之冠，則尤某所喜而不寐者也。

夫以閣下既膺國家拔擢之榮，又荷中丞倚畀之重，識足料遠，學足達今。聞鐘而壯心忽生，投筆以從軍爲樂。願致澄清於天下，毋容此虜在域中，此固閣下之志也。抱經緯之略，具折衝之風。祖逖是真健者，先著雄鞭；郗超但作參軍，詎工蠻語。下馬草檄，盾鼻墨濃；横槊賦詩，弓衣句滿。此固閣下之才也。張良前箸，大帥動容；賈誼獻書，上公側席。元康固快吏，藉爲左右手；許歷多雋功，上其前後勳。言從如水石之投，情契若沆瀣之合。此固閣下之遇也。閣下得乘此時，耀洪伐，樹隆猷，奮志風雲，銘勳金石，何讓古之定遠，直爲今之終軍。豈不以身攖虎鋒而後懸印紆紱，則材非茶矣；身入虎穴而後食肉封侯，則達非倖矣。此固大丈夫之志尚，軍國不朽之盛業！

鄙人在遠，時爲臨風而竦跂，遜聽以增愉者耳。乃何意過蒙不棄，遠辱存問，忘其陋劣，謬加揄揚，策其贊襄，竟登薦剡。幸托紵縞之末契，益垂桑梓之深情。景宗之知韋叡，喜屬同鄉；常何之舉馬周，稱其至行。伏念某南越一布衣耳，才非敬仲，虚慚鮑叔之知；略豈淮陰，猥辱酇侯之薦。心顔罔播，竦懼交加。竊思屬望之已深，轉覺酬知之無具。顧念豫讓報主之心，士爲知己；而繹燭武答君之語，壯不如人。此所以將進而旋辭，欲前而復卻者也。

一昨家綽卿返自吴中，備述閣下在軍，入參擘畫，出授指揮。唐永握兵，處分自如；賀拔臨陳，神色不動。兼以監製礮局，動悉淵微；範土揚熛，鍛鑛去滓。畫圖新創，授匠速成。資水火之神機，運剛純之妙用。凡昔所謂百步廿四件之法，一母十四子之奇，不容墨守，別有心傳。鯫生何人，敢贊一詞哉！然側聞溲勃賤品也，醫師收於藥籠；樗櫟庸材也，工匠登諸樸斲。山海不借益於流壤，而適成乎山海之高深；日月不假光於螢燭，而可煜乎日月所不及。是以不揣冒昧，自貢蠢愚。譯成《火器略説》一書，兹已脱藁，繕寫呈上，聊爲芹曝之獻，無以葑菲而遺，并望上塵中丞，賜之訓勵。所上中丞書，亦别録副本呈覽。昔者元宴作序，《三都》遂傳；士衡一言，覆瓿以免。敢援斯例爲請，若獲以鴻詞弁冕，則固拙著之光寵也。

來書盛道中丞拳拳垂注之懷，而閣下又轉相勗勉，欲其奮壯志於戎行、勵孱才於幕府，列諸手版，獎以頭銜，知遇之恩，淪肌浹髓。夫功名之際，孰不羡哉！某非敢遯藏聖世，枯槁一時，蔑推轂之盛心，守閉門之固節。誠以性有喧寂之異，才有短長之分，不可强同者耳。若夫紬繹西書，抽其秘慮，馳驅絶域，破其奇懷，則倚李白之馬，日可萬言，乘宗慤之風，時逾千里。某雖不敏，未遑多讓。

至於暗合韜鈐，妙授機略，閣下固習見中丞之用兵矣，豈假某一二談哉！况在今日，我師有方張之勢，彼逆有必滅之形。正如奮銛戟以摧枯，揚沸湯以沃雪，揃兹糜禍，如拔犛毫。雖前書有常郡小挫之説，此猶駭鯨之觸網，困獸之逸阱耳。果以今月上旬舉其堅城，遊魂假息，蹶角面縛，草薙禽獮，積憤始快。從此直指建業，殲厥渠魁，獻馘泮宫，告捷太廟。彰犂庭之罰，伏釁社之誅，此乃某之所謂可乘之時、難遇之機也。尚望早蕆宏功，丕揚駿烈。

抑某更有進者。沃炭必徙薪，否則爝火可以燎原；治河必塞漏，否則涓流可以潰防。彼夫張角殲而流禍尚烈，孫恩沉而餘氛猶煽。小波奸兵，狄騷四應；盧循入海肆横無常。即如有明以來，徐、汪未戮，倭禍弗戢；闖獻未梟，寇燄不熄。此亦遠鑒之堪思，近事之可驗者也。所以某之私計，尤在弭禍於全消，練兵以守勝。此言也，爲閣下告，即可爲中丞告。夫李光顔不肯與賊同日月，所以卒擒吴元濟也；耿伯照不欲以賊遺君父，所以終服張步也。今者萬不至於養賊，萬不至於縱寇，而能因此得爲之時，已振之機，一舉而平之，則天下幸甚，蒼生幸甚！

凡夫血氣之倫，疇不昂首仰矚，奮足抃舞。矧乎灞上父老，咸思晉室；關西羸弱，並望漢軍。人心之求治已切，即天心之厭亂可知。所可慮者，寇尚張弧，而兵思釋甲；時將舞羽，而人憶止戈。武功既耀，屯守旋撤。妄謂道德可以弭凶氛，詩書可以銷兵氣。此迂儒之陋識，非達人之遠謀。不知高羅畔命，雖無損貞觀之盛隆；而回紇助師，詎不徼唐宗之酬賚。一生德色，或有釁心。是以惟戰止戰，我之所以鋤凶也；以兵弭兵，我之所以威敵也。時乎！機乎！惟智者明者能因而用之耳。此某所大有望於中丞，而并以言之於閣下者也。

至乎事定之後，散勇遣降，尤關措置。但當布之以信義，結之以恩威，棄劍戟而爲民，使耰鋤以歸業。劉裕不加戮於叛俘，張説不盡誅夫党項，未嘗不見其仁。推赤心以撫降人，卒定銅馬；收牙卒以安反側，克平淮西，未嘗不見其權。故宜死者死之，所以彌衆憾；可生者生之，所以予自新。

某罄此瑣言，或非目論，如有可采，伏乞賜聞。瞻旌旗於江上，佇運籌以成底定之功；聽鐃吹於軍中，願濡筆而獻昇平之頌。

代上丁觀察書

五月二日，郵舶已駕，海帆將揚，時小史繕録《火器略説》亦卒業矣。兼聞是役也，有省垣局吏送礮至吴，書郵之便，無逾此者。因裁尺一，併埘拙著一册、上李大中丞書正副本各一通，由蔡君處遞呈。書去之後，又值令兄從吴門來，出示手畢，相知之雅，相招之殷，雖古人無以多讓。循諷再三，感荷無量。某不揣檮昧，前書妄有所陳，片蠡測海，寸莛撞鐘，自知見哂有識之士，然而不敢不告者，恃惠子之知我也。

旬月以來，未奉翰教，方深企止，忽聞閣下有觀察蘇松之命，聆音歡忭，距踊三百。

竊以上海雖介在瀛壖，固江左之劇邑，天下之重鎮也。其地居南吴盡境，去海不百里，吴淞其門户也，全疆險塹，實在於此。自吴淞至黄浦，估舶雖可直達，而能據其隘以扼之，固可縋而沉也，築其淺而阻之，勢固不能飛越也。宋末設市舶提舉及榷貨場，百物輻輳，元明以來，遂成壯縣。國朝乾嘉而後，益增繁庶。近得西人通商，税務日旺，貨物充牣，財力富裕，幾甲天下。數年之間所繫於江左者尤重，進兵於此，籌餉於此，一舉而收翦寇之功亦於此。苟無上海，是無江左也。是上海一隅，幾握江左全局之關鍵。

此固由地勢今昔之不同，而治之者亦既事繁而任劇矣。論其財賦所出，全倚於商。地雖瀕海，物産遠不逮閩、浙，魚鹽之利兩無所居，古所稱窮海也。其民多以種棉織布爲恒業，居奇者多涉瀋、遼、燕、齊間，逐什一之贏，今其利藪已失，恐土著無常富者矣。此亦如溝澮之盈，不可久恃者也。他若外來之民，踵接趾交，肩轂摩擊，金氣熏灼，巨商遠賈，望羶而附，官斯土者，輒豢肥鶴飛去，顧利所在，則人争趨。

任既重，則爲之益不易。中外錯處，倨侮習成，殊州羣閧，獷悍獧疾。柔則褻體統，剛則生事端；急之致變，寛之釀禍。此難於撫馭者一也。南北人才近以此爲孔道，持温卷、挾薦書以干者，日不知其凡幾。酬之則爲無益之費，不應則生觖望之心。此難於接納者一也。城外東北兩區，西人之居日廓，藏垢納污，詰不勝詰。近時劫奪頻聞，其盜無可蹤跡，實皆粤、浙莠民倚西人爲逋逃藪也。我往捕之，動輒掣肘，是以益肆然無懼。此難於擴清者又一也。

某謂此皆小焉者也，所重者，在悉西人之情而爲我所用。顧今日所以待之者，惟有畫一以示之信，寬大以示之禮。或是或否，以行我之權；無詐無虞，以布我之誠。與之行事，必簡必速；與之相接，不亢不卑。師其長技，以失其恃；明其所學，以通其意。如此而猶有或乖者，吾弗信也。宣尼有言曰：忠信篤敬，行乎蠻貊。誠爲萬世馭外不易之要法也。

閣下邃於西學，而務歸諸實用，固非譚天察地、空言格致者所能。兹當此有爲之時，得爲之權，不得不爲之勢，則凡昔日閣下所有志欲爲者，今皆可次第舉行之。苟有所問，某不敢以不敏辭。

抑某鄙願所在，以西人入中國所譯之書，如偉烈氏之曆算、艾氏之重學、合信氏之醫學，皆無可議；若慕氏之地理、禆氏之國志，均嫌疏略，未臻純備；近人作者如徐繼畬之《瀛環志略》、魏默深之《海國圖誌》，彬彬乎登述作之林矣。然核其時地事實，不免訛脱，竊不自量，欲以一生精力輯成《續海國圖誌》一書，以備國史四裔志之采録。能遂斯志而總其成者，在閣下而已。

猥蒙厚愛，敢貢愚忱，并抒欣賀之私，以頌升遷之喜。溽暑方蒸，伏維爲國自重。不宣。

答包荇洲明經

荇洲明經足下：

書來屢以中外時事爲詢，經年曠隔，未措一詞，非竟緘口卷舌也，以時事實無可言耳。小爲彌縫則無從下手，大之則必更張改革，丕然一變而後可。星使西來已浹歲矣，往返跋涉，漫無成説，其有以江都一役藉口者，僞也。

歐洲列國，今俱輯睦，無軍旅事，所欲力爲經營者，在我中國火輪車路，乃其一端。許之則創千古以來未有之變局。所謂嚴中外、控戎狄、守險阻、制要害者，我無其一，而權自彼操矣；不許則嫌隙已搆，釁患將開，西國好事之徒，言利之臣，必有以勉强從事之説進者，兵端一啓，勢難驟弭，和戎之議，又需籌餉數千萬緡，無異輸將。此蹈海孤臣一念及此，不禁太息痛哭流涕者也。憤懣鬱煩，致嬰心疾。

入春以來，羌無好懷，憂國念家，萬慮坌集。西國和約以後，每年隨事酌更，視爲成例。以時局觀之，中外通商之舉，將與地球相終始矣。此時而曰徙戎攘夷，真迂儒不通事變者也。原其厲階，一壞於葡萄牙之請濠鏡，再壞於利瑪竇之入内地。嗚呼！自明社之屋僅二百四五十年，而疆事之壞至於斯極，此誠非作俑者所及料，然亦由積漸而來。濠鏡既予，列國至者自然踵接，而通商之局開；内地既入，于是招徠繼起者，如水赴壑，而傳教之風熾。故有心人於康熙初年已深慮而倡言之，我聖祖仁皇帝亦有以後泰西諸邦中必有爲吾患者之諭，遠哉皇言！早燭於幾先矣。其由印度而南洋，由南洋而東粤，由東粤而内地，豈一朝夕之故哉？履霜堅冰，可不早戒！孰知勢至剥牀，尚猶宴然。三十餘年來，夫誰能握奇制要者？至今日而措施猶未盡善也。

所可懼者，中國三千年以來所有典章法度，至此幾將播蕩澌滅。鄙人向者所謂天地之創事、古今之變局，誠深憂之也。蓋天心變則人事不得不變，讀《明夷待訪録》一書，古人若先有以見及之者。窮則變，變則通，自强之道在是，非胥中國而夷狄之也。統地球之南朔東西，將合而爲一，然後世變至此乃極。吾恐不待百年，輪車鐵路，將遍中國，鎗砲舟車，互相製造，輪機器物，視爲常技，而後吾言乃驗。

嗚呼！此雖非中國之福，而中國必自此而强，足與諸西國抗，足下以爲然乎？否乎？所望豪傑之士及早而自握此一變之道也。今者英國相臣極崇樸儉，仰慕中朝，務欲同歸輯睦，而通商中國之紳士每事齟齬，媒蘗其間，以致所議新約其臻美善者，尚有所阻。則此機會之失，亦殊可惜也。

此間天氣尚寒，故國春風想已嘘枯榮悴，遠處異方，曷禁凄戀。伏冀珍重無既。

與法國儒蓮學士

吴郡王韜再拜：震鑠隆名，十年於兹，願見之懷，無時或釋。特以韜居震旦之東，君處歐洲之北，地之相去數萬餘里，雲水蒼茫，徒深馳慕。

韜昔至上海，獲交於艾君約瑟、偉烈君亞力，繼旅香港，獲交於理君雅各、湛君約翰。此四君子者，皆通達淵博、好學深思之士，時時稱述閣下，盛口不置，則閣下之窮經嗜古、壹志潛修可知矣。今者應理君聘，航海西邁，道出貴國京師巴黎，斯未悉所居，末由奉謁。紆軫之情，難以言狀。

側聞閣下雖足跡未至中土，而在國中譯習我邦之語言文字將四十年，於經史子集靡不窮搜遍覽，討流泝源。嗚呼！此豈近今所可多得者哉！始見閣下所譯有臘頂字《孟子》，想作於少時，造詣未至。其後又有《灰闌記》、《趙氏孤兒記》、《白蛇精記》，則皆曲院小説，罔足深究。嗣復見所譯《太上感應篇》、《桑蠶輯要》、老子《道德經》、《景德鎮陶録》，鈎疑抉要，襞績條分，駸駸乎登大雅之堂、述作之林矣。

癸甲以來，知閣下潛心内典，考索禪宗，所譯如《大慈恩寺三藏大法師傳》、《大唐西域記》，精深詳博，殆罕比倫，於書中所載諸地，咸能細參梵語，證以近今地名，明其沿革，凡此盛業，豈今之緇流衲子所能道其萬一哉！

竊慨梵學之失傳久矣，一曰經旨，一曰音韻。今中土之披薙者，類不能誦讀原文，而印度之黄教、紅教佛皆擯之爲外道，即錫蘭一島爲佛祖始生之地，不佞嘗過而遊覽焉，見其人皆蠢然如鹿豕，慧光將潛於支那，而净土又滋以他族。盛衰之感，豈有常哉！則佛所謂象教三千年而滅者，或在是歟！

曩知閣下以《西域記》前後序文請艾君西席麗農山人細加詮釋，其人固嘗祝髮爲僧者，頗工詩詞，特序文奥衍，詳核爲難，或恐不免空疎之誚。夫西域一隅，在前代以僞絶徼者，在今時已屬坦途。我朝於乾隆年間平定西域，擴地二萬里外，龍沙葱雪，咸隸版章，列戍開屯，畫疆置郡，每歲虎節往來，雁臣出入，耳聞目見，爲得其真。《欽定皇輿西域圖誌》賅括融貫，談西域掌故者當奉爲依歸，然於五印度之俗尚風土，猶未之能及也。

自昔以來，兵力之强莫如元代，蒙古成吉思可汗始居阿爾泰山麓，出師征伐中亞西亞，飈飛電埽，直擣裏海，經窩瓦河，於是兵威所至，如俄羅斯、波蘭、匈牙利、西里西各國，莫不震懾，爰遣使臣通問於元。以大利人加比尼約翰奉羅馬教皇之旨，實始是行，道由裏海而北，謁帝於行帳。其經裏海東陲也，觸目蕭瑟，髑髏塞空，蓋即元太祖用兵處，可見戰功偉焉。嗣後貴國皇帝路易第九詔遣比利時人路布路幾斯前詣蒙古，講好修睦，中間渡敦河，環烏拉，周遊朔漠，經歷阨隘，往返二載有奇。繼此而往者踵相接，而威内薩人波羅馬可曾仕於元，洊升顯宦，後興首丘之思，解組隱遯。計其在中國歷寒暑二十有四。此三人者，各著有成書，備述聞見，惜韜未能得而讀之焉。苟得有心人輯譯出之，大可補《元史》之闕。蒙嘗謂前朝幅幁之廣，莫元代若，而史官之闕畧疎謬，亦以元代爲最。中國篤志之士，未嘗不思起而爲之，而參之他書，紀載寥寥，無可考證。至其疆域所暨，尤多茫昧。丘處機《西遊記》所載，畧見元太祖師行之遠，若《元史》所稱遇角端而班師者，則徒貽西國博學者笑耳。前寶山毛嶽生著有《元史后妃列傳》三卷，近仁和龔公襄重輯《元史》藏於家，顧其卷帙轉損於舊。韜亦有志而未逮。若得閣下采擇西國各書，裒集元事，鉅細弗遺，郵筒寄示，俾韜得成《元代疆域考》，更次第其事實，仿厲鶚《遼史拾遺》之例，爲《元史拾遺》，匡謬糾訛、删繁去複，書成當列尊名，此千古之快事，不朽之宏業也，閣下豈有意哉？

抑韜更有請者。自泰西諸儒入旅中國以來，著述彬彬，後先競美，如天算、格致、地理、律法，以逮醫學、重學、化學、電氣、航海、製作、機器，靡不輯有成書，言之有要，而其中尤切於事實者，則若慕維廉之《大英國志》、裨治文之《聯邦志略》。即以其國之人言其國之事，不患其不審，而實可以供將來考索。特聞西國向無史官，半出私家紀録，故往往識小而遺大，略遠而詳近。且其於作史體例，諸多未備，是草野之私書，非朝廷之實録。然遷革源流，實賴以明，不可謂非史家之鴻寶也。邇來之志歐洲國乘者，如徐繼畬之《瀛環志略》、魏源之《海國圖誌》、西洋瑪吉士之《地理備考》，英國慕維廉之《地理全志》，非不犁然昭晰，而終惜其語焉不詳。貴國之列在歐洲，不獨爲名邦，亦可稱古國，而千餘年來紀乘闕如，俾中國好奇之士無以鑒昔而考今，良可慨嘆。閣下宏才碩望，備有三長，曷不出其緒餘，纂成一史，以詔後來？蒙雖不敏，願執鉛槧，以從閣下之後，是所望也，諒無哂也。

韜今偕理君譯訂《春秋左氏傳》，斷手之後，繼以《易》、

《詩》、《禮》，大抵三年，厥功可蔵。返棹時當經貴國，藉挹芳徽，一吐悃款，願作平原十日之留。《春秋》中有難以意解者，一爲朔閏，一爲日食，必朔閏不忒，而後所推日食始可合古。顧羣儒聚訟，莫息其喙，不獨論置閏者不同，即言日食者亦各異，非得西國之精於天算者，参較中西日月而一一釐正之，以折其中，不能解此紛糾也。不佞實於閣下厚期之矣。幸垂啓示，用豁愚蒙。

邇來專力譯經，頗鮮暇晷，倥傯之中，率作此紙，詞不宣意，倘獲鱗鴻，殷祈覆我。此外惟萬萬爲道自愛。不宣。

代上當軸書

某頓首上書大人閣下：竊聞涓塊無裨於山海，而山海乃不遺者，亦得以成其高深；螢燭無增於日月，而日月所不及者，亦得以資其輝耀。杞梓皮革，楚雖有而晉用，不以殊材而擯之也；竹箭金琛，近所無而遠至，不以異産而外之也。是以聖王之用人也，不以地域；賢豪之用世也，不以分睽。融彼此之情，泯異同之見，故能集思廣益，收羣策羣力之効，而措天下於平治，躋一世於熙和也。

方今聖朝樂育人才，廣羅賢俊，兼收並蓄，罔有所遺，於我國之才者、能者，皆已厠之前茅，任以繁劇。大之理財振旅，小之製器譯書，無不各奏爾能，羣呈其技，然則其效亦略可覩已。至如某者，首資匡贊，曾効馳驅，始舉有類於郭隗，自薦非同於毛遂。海疆榷税之開，謬承厥乏；異地借材之説，實肇其端。凡某前後所登諸薦剡者，皆蒙甄録，處以優崇。曩在京師，猥加不次之恩，爰畀非常之任。飾以眄睞，納於鈞鎔。菲材薄植，獲附雲霄，博采旁求，極承咳唾。此蓋伏遇閣下虚衷若谷、厚德如山，録其片長，策以遠到。

是以某朝聞温旨，夕就長途。感伯樂之顧，即思效命而不辭；念豫讓之言，轉懼酬知之無具。中間才不任位，事不逢時，自責自思，刻肌刻骨。言旋敝土，五載於兹。日昨曾肅手翰，妄塵執事，由火輪郵舶寄遞，轉達聰聽，一切悃忱，諒在洞鑒之中。

夫某不求仕達，甘處退閒，非真痼癖山林，膏肓泉石也。今之率爾投書，浩然思往，非真妄干利禄，希慕寵榮也。平居讀書論史，稽古思今，見夫士大夫之躁進自媒、夤緣求售者，心焉鄙之，矧某爲異國之人哉！所以不憚覼縷，借留侯之箸爲賈生前席之陳者，誠以曾邀一日之知，不敢不竭愚者之一得也。然亦實有深窺夫閣下之用心，大公無我，不是此而非彼，不憎異而阿同，識高慮遠，而能了然於國家大利大害之所在。

慨自赭寇雲擾，蒼生鼎沸，皇上命將出師，廟謨潛授，十年之間，克致敉平。我師有積勝之威，逆捻有將亡之兆。不以此時雲臻電赴、霆擊飈馳，以四集之貔貅，翦孤行之豺虎，十圍八伏，冞入長驅，譬猶决迅湍以沃爝灰，鼓洪爐而燔落毳，其爲殄埽，蹻足可幾。豈有回餘魂於閩、粵，爲假息之釜魚；嘘凶燄於燕齊，爲决機之阱獸。李、左元勳，尚煩撻伐；龔、張巨醜，致緩誅夷。然則遲速久暫之故，其間固自有數存矣。

事前易爲功，事後易爲智，何假某一二談哉！惟區區之心實欲收廓清之速效，而俾利益之均沾。言之未明，遽遭擯棄。某雖産英邦，少長中土。自有知識以來，肄習漢文，歷經内地，每遇一事，必加深思力索，以求其故。於中朝之兵刑錢穀諸大政，以及山川阨塞、民俗險夷，雖不能洞矚機宜，亦已略稔形勢矣。竊以爲當今遠方畢至，光氣大開，海舶估艘，羽集鱗萃，泰西數十國悉聚於一中國之中，此古今之變局，運會之轉機。懷奇抱智之士，無不思翻然爲自强計，集各國之人才以供一國之用，正在今日。此某所以望閣下興大利、除大害也。

某屢欲以尺一自通於左右，而懼意見所在，非書能盡。況限以七萬里之遠，曠以四五年之别，閣下雖欲用我，亦無從也。是以束裝就道，行抵析津，不揣冒昧，敬先肅箋奉聞。伏望眷念疇曩，賜以顏色，俯采葑菲，垂詢芻蕘，不勝惓惓待命之至。

弢園尺牘卷八

天南遯叟王韜紫詮著

寄錢昕伯茂才

遠道書來，歡喜無量；反復讀之，如聆笑言而挹丰采也。外附別紙數行，以孔孟所言諄諄相勗，貺我良多，感慚交併。

顧僕狂士也，其行不合乎中庸，任臆率真，唯我意之所欲吐。往時詩酒徵逐，興酣耳熱，輒與諸故人抵掌論天下事，至無可如何處，眦裂髮指，或爲阮籍哭途，或作灌夫駡座，以故禮法之士嫉之如讐。放廢以來，久爲時流所唾棄，境遇堙塞，氣概頓盡，不復作此態矣。然憤懣抑鬱之氣，時鳴諸筆墨，不能終嘿，是我咎也！今果來足下之規誨，吾知過矣。生平又喜作諧語，偶一落筆，便爾斐然，曼倩、淳于，竊無多讓。當夫酒徒在列，妖姬旁侍，縱談無禁，惟取解頤，緣斯口孽，徒叢輕薄。念僕老矣，藐茲科名，置不足道，兼以少有隱志，長無宦情，淪廢之來，伊由自取，槁木死灰，要難榮燃。年已四十，戚戚寡歡，繞膝猶虛，憮心孔悼。長行異國，永隔故鄉。吁，其悲矣，尚何言哉！差幸者，獲附絲蘿，無殊縞紵，談詩問字，賞奇析疑，可得遥相倡和。他日卜居苕霅之間，蓬茅在望，杞菊爲鄰，偕隱可期，耦耕有伴，是亦一樂也。

小女苕仙，昔爲小草，今屬簪花。承賜以佳名，爲簪花樓主。容可匹乎孟光，而才竟殊於蘇蕙。猥蒙雅愛，教以詩詞，近誦唐詩，想已琅琅上口。小女來稟有云：環堵蕭然，晏如自樂。此足見其守道安貧之趣矣。非得夫子之雅化，曷克臻此。閨房樂事，固有甚於畫眉，而家室歡心，乃亦榮於紆紱。惟念其命名之際，已具前緣。問郎浦已近仙源，指壻鄉適逢苕水，允符佳讖，合有夙因。

承示瑶章，十讀三復，愛不忍釋，幾欲蹈足上天，不禁頫首至地。囑命指其疵謬，初何敢當。僕不足爲足下師，而足下反可爲僕師。足下詩體雅飭簡絜，雅似吾鄉朱酉生孝廉《知止堂集》，視僕之喋喋千言、下筆不能自休者，相去何如哉！猶憶曩者客於春申浦上，朋輩往來，日有讌詠，時人爲之語曰："吴門王胖，其才無雙。豪具北相，聖壓西方。牛馬精神，猿玃品概。日試千言，倚狗可待。"此雖一時惡謔，然頗足見僕生平，附聞之，以博一笑。

僕於歲杪當抵倫敦，來歲春明掛帆旋粤，曰歸伊邇，相見匪遥。聆此佳音，當亦色然喜也。此時團蕉可摘，香荔將丹，未知足下能否來此，與我一尊共話，聯襼閒吟，嘗此異鄉風物乎？

率復數行，惟希鑒察。水國初寒，素秋將晚，伏冀自重。不宣。

再寄錢昕伯茂才

僕老矣，晚境頹唐，頗不得意，況復遠客異國，意緒寡歡，心瘁目眊，百凡多病。偶欲作書，忽忽若有所忘，搦管伸紙，不知何語之從，言不能文，幸勿爲罪。

十月初旬，僕將有蘇京之行，當作旬日勾留，此時頗得一豁眼界。處杜拉二載，跬步罕出。其地在英土北隅，少燠多寒，重陽節後，氣候驟冷，重陰慘沍，已霏雪霰，山巔皚皚，浮於雲端，旅人見之，益增淒戾。冬杪春初，定當掛帆旋粵。溷跡塵中，了無足樂，睠望故山，曰歸曰歸。吾鄉莫釐、鄧尉之間，與苕、霅一水可通，聞道場山下頗有園林池館之勝，僕思卜居其中，躬耕自得，灌園荷鍤，優游林泉。此僕生平之樂，未識造物者肯畀我以清福否？

想足下此時方欲珥簪筆、紆紱纓，自奮於功名，求作邯鄲道上之夢，豈屑與衰殘廢棄者同此見解哉！付之一笑而已。

江南九月，木葉初脱，計時將寒，伏冀珍重。

代上丁中丞書

舊歲秋中，猥辱寵招，留連滬瀆者兩月有奇。中間以私事牽率，未獲久羈。曾肅寸箋，達此微忱，仰叩台慈，亮垂尊鑒。

自是以來，家衖棲遲，自春徂夏，轅轍南北，魚雁參差，翹首金閶，彌深馳企。

兹月下旬，王軍門手翰下頒，轉述盛指，令續譯地理西書，俾蕆全功，用成完帙。聞命駭越，無任竦惶。竊以某濠鏡之鄙人也，才不足爲世用，學不足爲衆式，而閣下遽欲以一得概千慮，片長掩百短，則恐其必不能耳。

夫譯書誠未易言也，選例必嚴，取材必富，摭言必雅，立體必純；搜牢殫其深心，去取徵其獨識，遠追往古，近溯來今。苟秉筆者乏三長，將索瘢者叢衆喙。此其難者一也。况乎前之譯者，皆班、范史才，燕、許手筆，勢不可以犛豪爲貂續，魚目爲珠聯。連類並載，則爲著糞佛頭；假光生色，則爲附蠅驥尾。雖集狐有志，而疥駱貽譏。此其難者二也。即使用短舍長，置工就拙，棄干、莫百淬之利，而責效於鉛刀一割之功，則才如庾、鮑，清逸分鑣；學若淵、雲，張弛異尚。離之雙美，合之兩傷。衹可自怡，難娛衆目。此其難者三也。雖然，某豈可憚其難而不爲哉！蓋嘗仰窺閣下之用心，若以某略通語言文字之學，繙譯之事必所勝任，倘或固辭，即爲自外。是以不敢不勉副盛懷，敬執槧鉛，請即從事。

特是某來滬就譯，則恐勢有所不能，亦情有所不可。敢借前箸，代畫下情。小人有母，年七十有三矣，菽水之歡情有限，桑榆之晚景無多。潁叔之羹，必閱晨昏而遍嘗；仲由之米，非隔吴越之可負。兼以老人情性，尤愛少者。苟倚閭望遠，則形影皆孤；必繞膝承顔，斯夢魂俱適。當喜少懼多之日，正難進易退之時。倘竟再賦遠游，未免有乖素志。某所以躊躇而不敢遽决者此也。若夫籌薄糾紛，米鹽凌雜，徵租索債，問舍求田，付之旁人，俾了斯事，早已不足嬰吾慮矣。

然某雖不能來，而書則可以郵遞，變通之計，在一轉圜間耳。所譯地志，原係亞美利加之本，初非秘册，早有成書。設可寄至粤中，命加紬繹，事半功倍，告成良便。倘以此册爲可珍，浮沉爲足慮，當爲代購别本於嘉邦，價亦不奢，郵舶往還，三月可達。至於商榷文辭、規模體要，則有王君紫詮在。王君向固同譯《火器説略》者也。王君助撰是書，别出心裁，多由手創，其間增損竄削，儘有出自英文之外者。凡所論説，動合窾要。蒙雖主譯，僅觀厥成。是則其才亦可略見一斑矣。曾膺西儒聘，往英二十有八閱月，兹已歸自歐洲。縱横三萬里，周歷四五國。泰西汗漫之游，足以供其眺覽；極北蒼涼之境，足以蕩其胸襟。飈車電馭，逐日而馳；火艦風輪，衝波直上。所見奇技異巧，格致氣機，殆不可以僂指數。曾觀書於英京太學，及其歸也，以所携書萬一千卷置之博物院中，太學諸儒，無不同聲嘉歎。其旅居於蘇格蘭境者最久，地處英倫之北界，當冰海之偏，四時則少燠多寒，一歲則常冬不夏。杜拉一山，最爲勝地，林木葱鬱，泉水瀠洄，顧未逮杪秋，雪霜陰冱，枯樹寒鴉，凄戾萬狀。在其國中，著有《春秋朔閏考辨》《春秋日食圖説》《乘桴漫記》三書，屬藁甫定，遽爾言旋，以故未及繕録真本。王君雖未能深究英文，而頗肯鈎抉情僞，探索問學，以成西國一家言。飢驅四方，卒未輟業，是則其志可憫，而其遇亦可悲已。

抑蒙更有請者，地志一書，體例所繫，原無區於中外。原其流變，可得而言。凡所紀載，亦惟是圖方域、具山川、考風俗、詳物産而已。皇古所傳，不可得窺，而如《夏書・禹貢》之篇，《周禮・職方》之紀，揆厥大較，斯近之矣。自是而降，則若宏憲《元和郡縣志》樂史《太平寰宇記》，或涉勝蹟，或葺藝文，踵事增華，濫觴於此。後之作者，等諸自鄶無譏焉爾。海外輿圖，詳者實罕。漢唐以來，聲教漸訖，然自葱嶺之北，身毒而西，珥筆所及，即多茫昧。有明中葉，歐境始通，於是《職方外紀》、《坤輿全圖》，相繼並興，頗稱徵實。此外非無纂輯，而非瑣屑小言，即荒誕不可致詰耳。逮夫近代，光氣大開，琛賮遠來，梯航畢集。名碩留心於掌故，西儒喜述其見聞。因是徐君松龕輯《瀛環志畧》，魏君默深著《海國圖誌》，而西洋瑪吉士則有《地理備攷》，英國慕維廉則有《地理全志》、《英志》，合衆裨治文則有《聯邦志畧》，巨帙宏編，網羅繁富，彬彬乎登大雅之堂、入著作之林矣。後之言西事者，必於此取資焉。然間嘗得其書而遍讀之矣，大抵瑪氏三子所作則失之俚，去華存實，質而不文。其甚者，述今稽古，俱乏新知，隸事分門，如出一轍。記一國而半篇可了，閲千載而數事僅傳。國都而外，莫著名城；邦君以降，罔聞人物。表政治則不繫廢興，志疆域則不詳沿革，系譜牒則不溯淵源。疎略如斯，不無缺憾。

徐、魏二君，一簡一繁，削膚存液，逞秘抽妍，並極其長，各有所主。然或記載爲多，竟同實録；捃摭太廣，有似外篇。此史乘之兼官，非地輿之專志，循名核實，尚待補苴。今之所編，似宜變格。不特此也，方今西學大昌，卮言日出。如偉烈亞力之天學，艾約瑟之重學，丁韙良之律學、格致學，合信氏之醫學，瑪高温之電氣學，標新競異，幾於美不勝收。若使遍加搜採，則篇帙驟贏於舊，必當數倍。此所謂創始者難爲工，繼起者易爲力也。

蒙又嘗嘆中西文士各有所蔽，坐令歐洲各邦遺聞故事莫可考求。西士之蔽則在詳近而畧遠，通今而昧古，識小而遺大。其所著書，圖逾徑寸，地已千里；概無論列，初乏名稱。是非盡窮荒未闢之區、沙漠無人之域，衹以少名流之潤色，缺風雅之搜羅，遂致湮没弗彰耳。間有名山勝水，佳墅廣丘，足供遊屐，可入詩筒，而爲記述之所不詳，方輿之所未備，非身歷其境，不能周知，是則不好事之咎也。

中士之蔽則在甘坐因循，罔知遠大，溺心章句，迂視經猷。第拘守於一隅，而不屑馳觀乎域外。不然者，當魏默深撰《海國圖誌》時，西事之書無可採擷，甚至下及馬禮遜之《每月統紀傳》，修辭飾句，蔚然成篇，其用心亦良苦矣。今日者《遐邇貫珍》刊於香港，《六合叢談》刊於上海，《中外新報》刊於寧波，其他如《七日録》《近事編》，日報郵傳，更僕難悉。雖言非雅馴，而事堪考核。然未聞有抽豪寫牘，截貝編璫，甄削繁冗，鈎稽簡要，彙成全書，以備他日輶軒之采者。有志罕遘，良可悼惜。王君紫詮嘗以爲言，又以西國事蹟之詳，莫詳於郵報，輿地之備，莫備於雜記。必須薈萃衆籍，挹注羣言，參之以訪諮，益之以閱歷，然後斯成大觀矣。所懷未逮，良用耿耿。能集厥事而創斯舉者，非閣下其誰與歸！

蒙向者伏讀閣下前後奏議，愷切敷陳，軫惜民隱，恩頒赤緊，功在蒼生。太傅時務之書，宣公奏進之劄，無多讓焉。國門可懸，都人争寫。履任以來，振飭治局。鎗礮機器，務求新製；別探奥窔，自闢機緘。而尤留意於地志，親加論斷，摘謬指訛，集思廣益。當朱墨圍之錯置，猶經緯度之區分，美哉盛矣！

閣下之政治文章，照耀江左。逖聽之餘，曷禁忭舞。蒙欽遲恐後，讃嘆莫名，猥以愛末，妄有所擬。倘蒙許可，幸賜訓言。不勝區區延企之誠，謹奉箋以聞。

上丁中丞

比知旌節自析津回，取道滬濱，即還吴會，聞信忭躍，歡喜無量。此三吴之民所爲寢饋祝之、日夕禱之，倚爲金城湯池，措衽席而安磐石者也。眺首金閶，彌深瞻戀。

析津一事，機發於至微，而患成於至鉅，老成謀國，咸爲殷憂。夫彼固求逞其欲久矣，今一旦有所挾以要我，窮需奢索，務期饜其谿壑而後止，雖我聖朝道盡懷柔，一循成約，屢簡重臣，旁午於道，然猜嫌已兆，怨隙難彌，雖暫時靖息於目前，難保無跳踉於日後。兼以北方風氣剛勁，義憤所激，罔顧死生。民教相涉，詐虞之見，豈止一端，將來事變之來，正復可慮耳。

所幸者，神禍其謀，天奪之魄，驕盈召敗，肇釁强鄰，曾不浹五旬，瓦解土崩，王擒國蹙，幾至覆亡之不暇，而何暇東顧。正惟不能兼及，而其機會乃大有可乘。我可據理平情，折其驕淩之氣，斥其干瀆之求，言易入而事易行，正在斯時。此正我聖天子威福崇隆，南北小民不至再罹兵革，草野布衣所爲額手歡慶者也。

特是處置之間，當無偏倚，無二三，無遲愒。懲疎慢以肅官常，戮頑梗以警亂首，優恤死難者家，以示懷遠。俾互市諸國咸仰我皇度之公，而末由伺間以爲難。蓋諸國通商中土，榮辱休戚，無不相同，猝有變故，無不相衛，雖彼此之間或有隱懷嫉忌，而其外未嘗不陽爲協和，其内歐洲而外中國，由來已久，固非中國之所能左右之也。昔人有言，以彝攻彝，以彝間彝，以彝制彝，其策未嘗不善，而斷不能行之於今。苟欲以是施於中土，未有不鑿枘者。何則？今昔之時不同，而中外之地殊也。傳曰：非我族類，其心必異。此之謂也。

曩者郵示《法俄圖説》四册，知從米利堅人本譯出，其間句斟字酌，悉秉原書，固無可議，懸諸國門，莫能增損隻字，豈游、夏所能贊一辭哉？特是中西著述，各具體裁。志歐洲者，地理必兼政事，以文獻無徵，考稽莫自，軼聞遺蹟，類多湮没而弗彰，自山川郡邑、物産民風而外，寂寥數語，罔所取材，不足以資觀者之益，勢不得不博采旁搜，鈎稽貫串，補苴罅漏，網羅見聞，略古而詳今、舍遠而志近，以成一家言。即如徐松龕之《瀛環志略》以精約勝，魏默深之《海國圖志》以淵博勝，皆藉西人以談西事，然於原書之外，增益裒多，不啻十之六七，無不取擷精英，勤乎諮訪，削繁甄要，就我範圍。

大抵西人之書往往質而不華、疎而未備，使其循文按實，遽筆簡編，非失之略，即失之俚，徒費楮豪，難臻馴雅。徐、魏二君所以不屑謹守其繩墨者，職是故也。不揣檮昧，先從事於法志，謹就原書，區爲六卷，其外益以廣述八卷，約畧一十五萬言，條分件繫，端緒可尋；而於近今之事，尤爲詳析。載筆於仲夏，斷手於杪秋。六閱月中，忽聽津門之作難，旋聞普國之構兵，握槧躊躇，憂喜交集。

志中所述鍊卒之精强，防兵之周密，虎視蛟騰，雄峙歐土；而一自爲普所攻，五戰五北，遂圍其都，舉勁旅數十萬衆、豪部十有餘城，無異草薙而禽獮，摧枯而拉朽。然則强其安可恃哉！識者以爲歐洲時局，近日又將一變。觀於法之攻俄，知法之所以强；觀於法之伐普，知法之所以弱。普力雖不能亡法，而實足以削法，法削則英不能獨雄，脣齒之勢然也。今日者，普法之争，雖未見其竟，而其大畧則已可覩。法若爲普屬，則陸有騎軍，水有戰艦，甲兵愈精，疆宇益擴，荷、比、西、葡諸小國無不環拱而聽命，而英、墺必自此多事矣。况南北日耳曼久已推普爲盟主，聯若一體，將來之執歐洲牛耳者，非普其誰！英豈復能崛强如昔，而馳騁乎域外哉？

尤可慮者，米利堅之眈眈日伺其側也。苟其逞兵於疆埸之間，必致伏戎於蕭墻之内，殊可爲英危已。故昔之英、法常相攻，以歐洲列國皆不如英、法之强也。今之英、法常相合，以如俄如普不獨與之相抗，且足以相制也。俄與普親，英與法比，四國並峙而稱雄，法弱而英勢孤矣。此歐洲近時將變之局也，竊以爲此正天與我中國振興自勵之機也！

夫天下事未有憤悱而不啓者，傾否而不泰者，蠖屈而不伸者，人事天時，迭相倚伏。今日者，凡所要求無乎不至，或者天殆以磨礪我英雄智奇之士，奮發爲雄，洞悉樞機，揣摩政要，俾百廢具舉。内之理財足食，外之講武强兵。無因循，無苟且，無畏難，無粉飾。一切戰攻守禦之法，鎗礮舟車之製，悉心講畫，無難駕乎西人而上之。不必言攘剔，不必興撻伐，而自能使西人桀黠傲睨之態默消於無形，遵我王道，同適蕩平。聊貢狂談，藉資撫掌。

至俄志體例，是否準此，統希尊裁，酌奪訓示。又原書僅有法、俄兩國，不足以概歐洲，似宜於各自單行。志一國則不憚於詳，志各國則無妨於簡。法國尚有近事可增者，當併采入。此甫屬藁，或未可遽付手民也。

吴雲粤樹，曠隔爲遥，不得親受指承，殊悵悵爾。素秋將盡，南國已寒，謹護眠餐，定宏鑒納。

上丁中丞

今天下之大要，在外禦强鄰，内平劇盜。顧二者皆必先盡其在我而已。何以禦鄰？曰：除積弊，興大利，明敵情，張國體。何以平賊？曰：肅官方，端士習，嚴兵備，厚民風。

中外通商互市，原以裕財源、足國用，顧歲以鴉片數千百萬緡供民吸食，俾我源涸而用絀，日復一日，元氣安得而不耗！脂膏安得而不竭！漏卮所在，烏有底止！今西人亦漸自悟其非，上下議院集議，屢以爲言，特以利藪所繫，不肯一旦自爲捐棄。然販之權在彼商賈，而禁之權在我朝廷。我據理以止其不來，亦甚易易。蓋在今日，内事外情，均非昔比。設若與之秉公籌論，此説必無不行，西國篤善之君子方且樂從之恐後。夫販烟之非善，舉西國人人知之，而莫敢先自發者，慮居奇之商人議其後也。今禁煙之説自我啓端，彼亦有所藉口以謝商人，又何患事之不成？且鴉片之利，爲英所獨擅，美、法諸國，久已嫉之，設使從中有把持壟斷者冀相阻撓，則諸國必助我請，名正而言順，彼必不能不許也。既禁外則禁内，然後痼疾掃除，而振興之道可講也。

至於禁烟章程，必當斟酌乎至善者，曰毋欲速，毋多擾，嚴私濟，絶來源。十年之後，起廢疾、箴膏肓之效，必有可觀。所謂除積弊者，此也。

西人自入中國以來，所有良法美意，足以供我觀摩取益者，指不勝屈。今造船、製礮次第舉行，所惜者行之猶未廣耳。顧利之最鉅者，則在乎用機器以織呢布，開礦穴以足煤鐵。英國貿易，大宗首在織紝，觀其販運至中國一隅者，一歲中消流銀數不下三千萬。此外佐以銅鐵錫鉛數百萬，於中國女紅之利不無有所妨奪。曷若亦設機房，自爲製造，俾其利操之自我之爲愈乎？船礮機器之用，非鐵不成，非煤不濟，英國之所以雄强於西土者，惟藉此二端耳。其材質本爲中國所固有，方且取之不盡、用之不竭，而何必借資於異國？近世之所以不敢輕議開礦者，特鑒於前弊，不以爲裕國而反以爲擾民。不知善理財者，自必有利而無弊。今一切以西法行之，以責其效，礦利既興，煤鐵之源自裕，然後電線、鐵路可以自我徐爲布置，何必事事恃西人爲先導，被其所掣肘。所謂興大利者此也。

西國政事，上行而下達，朝令而夕頒，幾速如影響，而捷同桴鼓。所以然者，有日報爲之郵傳也。國政軍情，洪纖畢載，苟得而遍覽之，其情自可瞭如指掌。中外互市各口，大小官吏，咸當留心於西事，舍日報一途，將何所入門！則譯西事爲漢文日報者，所以通外情於内也。西人日報不獨風行於歐土，而亦遍設於中國，其東遊之商士，無不自以爲洞悉中國情形，故其談華事尤多。顧同一西人日報也，在歐洲者，其言公而直，在東土者，其言私而曲。夫彼非甚愛我中國，以無成見也；此非甚仇我中國，以有先入之言爲之主，而輕蔑疑忌之心積漸使然也。甚且交搆其間，顛倒其是非，迷眩其耳目，簧鼓其心志，俾中外因是失歡。然則將若何治之？曰：莫若直書中外相涉之事，自我而達之於其國中。則譯華事爲西文日報者，所以正内情於外也。所謂明敵情者此也。

西國議者以爲中外和約之成，由於力致，非由情取，又以中國神佛雜糅，非如泰西各國之奉行一教，故其歧視我中國也，與待泰西各國迥别。自蒲星使奉命西行，力欲置中國於萬國公法中，各國雖皆樂許之，然必我國富兵强、舟車鎗礮一切如泰西而後可，否則亦徒托諸空言耳。西國務爲遠大，以樹聲威，而我中國并其近者而置之，此其所以自域也。如安南、暹羅、新嘉坡、檳榔島、西南洋諸處，皆有閩廣人營販其地，而中國悉棄之度外；其遠者如澳大利亞、嘉鳌符尼，更無論矣。今請各處設立領事官，以維持而整頓之，非曰好勤遠略也，誠以内固藩籬、外聯聲勢，非於國家無所利者也。

至於互市各國，亦當特簡大臣駐劄其國都，如泰西各國之互遣公使例，有事則直達其總理衙門，往復論辨，自無蒙蔽惑亂、迫索要求之弊。嗣後所立和約中苟有兩國不便者，定可隨時商易，當不至徒受其挾制矣。

他若削各國領事之權，有事華官可以傳訊。西人之在内地犯法者，歸華官研鞫定罪。西人之欲入内地者，由地方官給予文憑。此必别延西國律，正以西律科西人，彼自無所遁辭，所以折其桀驁驕凌之氣，而使之遵我王度也。

今者造船鑄礮、織布開礦、練兵設備，一切皆出西人之手，然必暫用而非長恃而後可，則遣人往彼國學習一事，斷不可緩。且必歲時增遣，不容間斷，以西國機器諸法日異月新，變通之道不可不知，能造其精，自無庸假手於西人。即有西人在局，亦惟供我使令而已，不得以所不知傲我矣。所謂張國體者此也。

天下生民厭亂久矣，而不究其亂所由始，則亂不自弭。今日之盜，弄兵潢池，此滅則彼起，此勦則彼熾，蔓延數千里，搶攘十餘年，其故何也？以未明乎治之原也。蓋今日之盜即昔日之民也，欲平賊必先自治民始。官者民之望也，士者民之表也，兵者民之衛也。三者既立，亂何由生？

今仕途之最壞者，莫如捐納。彼蓋視官場爲利藪，一旦懸印紆紱，保無朘民之生，飽其谿壑。顧其中豈無奇才畸士？然必由上官屢試其能，而後特行薦舉；其不能者，即當甄别罷斥，但榮之以頭銜，而勿濫授以民社之責。何則？納粟之利小，縱其殃民之害大也。如是則名器重而仕路清，必不復敢以闒冗貪鄙者妄一嘗試。

至於佐官爲治者，吏也。舞文壞法，半由於吏，以吏無責成而品望又卑賤，其惟利是視宜也。今之爲吏者，大抵皆狡黠齷齪，足以持官短長。官或一歲數易，吏則累世相傳；官多深居簡出，吏日周旋於民間。其足以欺蔽官者，勢所必然。夫以世所卑且賤之人，而欲責以士君子之行，亦勢所不能。今欲使吏之不爲奸，莫若高其品、優其選，使士人爲之，歲滿計功，廉幹者升爲牧令，卑污者斥去之，如是則吏亦顧恤名節，相尚以廉，而治道可興。所謂肅官方者此也。

國家以時文取士，功令綦嚴，士之抱才負奇者，非此一途，莫由進身。其以一日之長獵名科第者，則不復稍試其能，盡取而官之。取士之途嚴，用士之途寬，泥沙與珠玉莫辨也。近日各省廣額日增，取求更濫，皆所謂有士之名、無士之實者也，士習之壞，於今爲烈。

然則取士之道，當奈何？曰：不廢時文，人才終不能古若。世第見邇來建功諸大臣皆由科第中來，謂時文亦足以造就人才，不知此乃時文之不足困真才，非真才之能出於時文也。今請廢時文，而别以他途取士：曰行，曰學，曰識，曰才。行如孝弟廉節、賢良方正，由鄉舉里選，達之於官，（官）然後貢之於朝。學區古今兩門，古則通經術、諳史事，今則明經濟、嫻掌故，凡輿圖算術，胥統諸此。識如詢以時事、治民、鞫獄、理財、察吏。才爲文章、詞令、策論、詩賦，足當著作之選。其以植典型、懋廉恥者，尤在乎立品爲先，用以表率閭閻，所謂端士習者此也。

國家建官，文武二途並重，自小試以逮鄉會試，别設武科，以考校人才。其入營伍者，亦歲有大閲，以資遴選，立法非不至善。然武試所重，專在弓刀石而已，演練營兵，亦以騎射爲先事，一旦臨敵勦賊，所謂制勝長技者，並不在此。所用非其所習，則其衝鋒陷陣，豈能有所恃而不恐？此何異不教而驅之戰也！至於瀕海之區，水師戰艦措置規模亦未臻於至密。夫古之所謂大將、名將、能將、戰將者，其才本不囿於一格，今將試其所長，而强其必出於是，曰如是以爲能，不如是即以爲不能，則未有不蹶者也。

今請改武試常法，别以學、藝、力三科取士。學之大者首在地理兵法，明乎山川扼塞，熟於行陳進取，料敵審勢、屯營設伏，無不具有方略，如是，則軍行不蹶，我戰則克，此所謂大將、名將才也。藝者如建營壘、築礮臺、製造鎗礮器械，及一切攻戰守禦之具，因敵而施，無不布置有方，深中要害，此所謂能將才也。力者在乎發礮鳴鎗，命中及遠，洞堅折鋭，盪决無前，此所謂戰將才也。操演營兵，亦惟首重鎗礮而已，後則佐之以短器，平日訓練之法，莫若王驥所云練膽、練技、練陣、練地、練時五者爲最善，而參以西法練兵，尤易取效。水師則重在製造、駕駛、瞭望、攻擊，而其收功專在於礮。自有外洋輪舶，激電追風，而覺一切之船可廢，沿海疆臣所宜講求，而尤必使其出入海洋、衝涉波濤，以盡其能事，而後戰艦方非虚設。所謂嚴兵備者此也。

民惟邦本，本固邦寧。而民者易動而難静者也。静則治，動則亂，依古然矣。究其動之所由，在乎賤之歆貴、貧之慕富，逞其覬倖之心，雖繩之以政刑而不畏，無他，上下之間無禮以制之也。古者禮通於上下，後世之禮但詳上而略下，雖有，亦具文而已。民於是蕩然無所約束，不復顧恤於禮義，惟日以勢利相耀誇，而不逞之心生矣。采章服物無所别，則禄位輕；士農工商不相異，則賢知絀；吉凶賓祭無一定之節，則等威混；州黨不讀法，社蜡不會民，則上下之情不相親；鄉射、鄉飲之禮廢，則民不知周旋揖讓之儀，而敬賢養老之心衰。禮之流失，有如此者。

今雖不必盡復古禮，但使興孝舉廉，以敦内行，懸書讀法，以生内心。設義塾而貧者有所教，舉鄉飲而老者有所養。朝廷以是責之校官，校官以是責之士子，即一鄉一里間亦行之而無倦。其有孝弟節義者，爲之聞於朝，蠲其賦税，以示獎勵；不率教者，衆共耻之。如是則仁愛忠信之説日漸漬於其心，而不義之事自有所耻而不敢爲，凡外來之邪説怪行自無能淆惑於其志。民志既定，民氣自静，治道日盛，禍亂不生，而復有一旦猝然不可知之變，未之聞也。所謂厚民風者此也。

若此者，外强内固，在我者皆自盡矣，而强鄰有不輯洽、劇盜有不剿除者乎？説者謂如是則侈事功，誇富强，抑王道，尚霸術，管、商之風熾，孔、孟之道絀，非所以爲治也。不知兵甲修而後道德尊，師旅雄而後禮義盛。設險所以守國，奮武所以安邦。非執其要則不足以撫中，非師所長則不足以輯外。操縱在我，張弛咸宜，原不徒蹶張血氣、潰裂範圍，而輕變乎常法也。當今之世，舍執事其誰可與語哉！

謹陳一得之愚，伏維垂採，不勝幸甚。

寄余雲眉内翰

時届九秋，路遥萬里，暮雲遠樹，能不依依？重陽節近，籬角黄花已能笑客，甕頭白酒亦解醉人。

懸想行旌，言離滬曲，遄返粤中，當在斯時。敬爲闖荆扉、掃花逕，下徐南州之榻，潔孔北海之尊。惠然來游，噬肯適我，執手披襟，此樂何極！

我友馮君已爲執事斫蓬池之鱠，擷笠澤之蓴，虚講席於花間，借行厨於竹裹；問字勝十年之學，翦燈盡一夕之談，固足以發遥情、娱雅集也。此間爽氣當空，秋光正麗。香海浮槎，别開人境；層巒列屋，時入畫圖。每值宵中，凉月如珪，平波若鏡，樓居風景，殊豁遠懷。執事於此，興當不淺也。

《普法戰紀》十有四卷已付郵筒，想登記室，即求荔秋比部轉寄。金陵幕府來書，述及湘鄉相國見賞鄙文，殷垂顧問，令韜以著述上呈。夫釋投抒之疑，燭覆盆之枉，是在當事者，韜何敢干以私也。嗟乎！韜逃死南陲已將十載，雖身淪異域，而志在名山，冀述撰之可傳，惜光陰之已晚。北望關河，徒增涕淚；南遷歲月，半託詩歌。然而飄零已慣，轉依異域作故鄉，即使昭雪無時，敢借名山爲捷徑，亦惟聽之於命、安之於時而已，豈敢妄有所希冀哉！每念及此，輒爲欷歔。今者獲逢執事，爲之斡旋，奚啻石父之遇晏嬰，何殊容若之救季子。玉關生入，等贖蛾眉；燕臺望高，猶憐駿骨。迴哉執事，意良厚矣，情孔殷矣。至於出處之間，籌之已稔，蓋其中自有默主之者，非人力之所可强也。

聊塵短札，佇望還轅。此外惟萬萬爲道自愛。

寄陳琳川都轉

判襼以來，天各一方，顯晦既分，雲泥遂判。閣下鷹揚於遠嶠，而弟蠖屈於窮鄉。遥眺碧鷄、金馬之間，迢遥萬里，乃心睠念，何日不思。

滇省鯨鯢，兹已肅靖，翦渠搗穴，功勳爛然，雖古韋臯、沐英，初無多讓。威著巖疆，名炳青史，上游爲之側席，當宁因而動容。從此擁旌旄、秉節鉞，風雲海寓，霖雨蒼生，大展生平抱負，豈異人任哉！

別後三肅手書，想邀清覽，書中拳拳以起居服食爲念，惟冀閣下著鞭早奮，攬轡疾馳，以建功於徼外，如班定遠、傅介子其人，以一息鄉里悠悠之口。未逾一載，閣下鵬搏鳳起，鶚視鷹瞵，既一月而三捷，亦一歲而五遷，著績旂常，銘勳竹帛，直指顧間事耳。臨風遯聽，不禁爲之距踊三百，中夜起舞，潘太史、羅少尉皆爲滿浮大白，連呼快事，此誠千載一時也！

韜俟著書事畢，思暫作滇南之游，點蒼山色，蔥翠娱人，况得賢主人如閣下者哉！特未知近日宦海中人才若何，有翩翩記室如陳琳、阮瑀一流人否？則此來也彼倡此和，當不寂寞。

疆圉甫定，黎庶粗安，善後事宜，胥煩擘畫。况順寧一隅，地居寫遠，界在窮荒，夷夏雜糅，民苗錯處。賈胡狡獪，其來也每多荒忽；蠻俗疲聾，其治也惟事羈縻。政以旁午而孔煩，道以夷庚而難塞。以閣下處其間，謂非遺大投艱也哉！前者想見閣下上馬殺賊、下馬草檄，以期底於平定之難；今者想見閣下撫字勞心、案牘勞形，以期臻於治安之難。武緯文經，以一人兼之，洵哉弗可及已。惜韜在遠，不得躬逢其盛，以供指臂之用耳。

滇中氣候想似江南，伏冀珍護眠餐，善加攝衛，爲國自愛，不宣。

與方銘山觀察

薄游穗石，得挹清徽，猥承不棄，殷然垂問時事，博詢旁諮，屢虛前席，復荷雅意寵招，飫以珍錯，郇厨食品，齒頰皆香，感泐之私，非可言喻。匆匆返櫂，倏已兼旬，瞻企脣雲，如在天上，知己之感，正切泝洄。忽奉瑶華，歡喜無量。越南近事，略有所聞，請爲閣下前箸陳之。

越南在今日，内擾於流寇，外迫於彊鄰，幾於國不可以爲國。其故良由於人才疲薾，不克自振，地瘠民貧，賦不足以養兵，官吏俸糈寡薄，僅能自給，遇事因循，罔知遠大。雖法人日逼處此，亦不思爲自保計。近者髮匪餘孽竄踞從化，四出蹂躪，幾無寧宇，而法亦復乘機窺瞰，志圖唐外。即越南人所稱東京。自局外者觀之，髮孽假息游魂，除之固易，譬猶癬疥之疾耳，惟法人則真心腹之患也。以越南此日之兵力，萬不能與之搆釁；顧束手不校，則勢將坐以待亡。夫法虎狼之國也，蠶食鯨吞，乃始饜其谿壑。今欲沮其貪謀，非以力折，則以理諭；近則借重中朝，遠則遣使西國，持《萬國公法》與之周旋①。泰西諸雄國，素不以滅人之國爲己利，而事有關於一洲大局者，諸國皆得以起而議之。

爲今計者，内和法人，外則與歐洲諸國通商，保疆禦侮，即由於此。其次，則莫若聯與國，暹羅、緬甸，地同牙錯，勢等輔車，以利害動之，未嘗不可收指臂之助。至於我朝，苟有使臣入請，固未有不力爲之所者也。處今日而爲越南籌國是者，要不外乎是耳。用貢鄙臆，請恕其狂。

近日北風凛冽，天氣驟寒，伏冀順時攝衛，珍護眠餐，萬萬爲國自重。不宣。

與懶雲上人

浪跡穗垣，賞音寥闃，塵羇俗障中，但聞浩浩鴉雀聲而已。一昨獲從潘任卿太史得叩禪關，荷聆麈教，覺粹然其質，藹然其

① 周旋，日本關西大學藏稿鈔本《蘅花館尺牘》作“辨論”。

容，迥非近今蔬筍中人物，臨風欽挹，感佩彌襟。駐錫之地，素稱粵中名剎，蘭若精嚴，疎寮深邃，城市喧闐，別開静境，雖孤花片石，彌有會心。韜[①]少時頗喜内典，一燈永夜，聊以自怡。憂患餘生，此事遂廢。然旅篋中所攜，尚足充兩牛腰也。

竊謂吾吴方外之可傳者，莫如覺阿，法名祖觀，俗姓張，名京度，吴縣諸生。《通隱》《梵隱》兩集，直躪古人之室，登作者之堂，足續宏秀詩壇而不祧矣。上人蹤跡半天下，閒雲野鶴，來去自如，杖鉢所至，觀聽一傾，其眼界之空闊、胸襟之曠遠，已臻最上一乘。前日清談，已窺秘旨，是何難與吾吴覺阿相抗手耶！或謂覺阿未出家前，詩似和尚，既出家後，詩似秀才。今上人亦釋而儒者也。與上人爲世外交，轉恨相識之晚耳。拙著《普法戰紀》敬以一分上呈，伏乞留置几案，暇時閱之，作蠻觸觀可也。

與黄捷三副將[②]

薄遊穗石，旬有五日，雲萍聚合，自有夙因[③]。揮麈縱譚，歡喜無量。猥蒙[④]雅意殷拳，招游畫舫，珠江風景，别有人天。波光月色，燈影歌聲，殊足令人消魂蕩魄。尤足樂者，豪士名流、美人俠客，合并一時，放權歸來，餘香尚留齒頰，而么絃脆管如盈耳也。前日所擬上馮子立都轉書，立言無奇，樹意未當，亦遼東白豕類耳，乃蒙謬采聽聞，索觀原稿。於以見閣下虚而能受、謙而彌光，而於措置天下之事，度量卓越，已不啻舉重若

① 韜，日本藏稿鈔本作“弟”。
② 此函亦見日本藏稿鈔本《蘅花館尺牘》，文字頗有異同。
③ 自有夙因，《蘅花館尺牘》稿鈔本作“獲挹清徽”。
④ 《蘅花館尺牘》於“猥蒙”下有“不棄，略分言情，盼睞之加，榮於華衮，復荷……”諸句。其餘異文不少，此略。

輕，求之今人，良所罕覯。謹録副本呈覽，乞賜指南。

此外竊有所求，乃代黔中丁訪廷少尉作乞米帖者。訪廷窮途落魄，幾類伍員吴市吹簫。韜亦非與之有一面之雅，特憐其在困阨中，聊借一箸耳。閣下可稍濟涸轍，俾其得歸故鄉，此恩當銘肌骨，環草之忱，自有所報。貴同寅中多樂善好施者，稊米勺泉，各隨所予，正不必强求。方兆軒軍門昨來此間，銜杯話雨，剪燭談兵，殊不寂寞。閣下何時惠臨，作平原十日之飲，一吐胸中塊磊也？

天氣嚴寒，北風凜烈，伏冀爲國自重。

寄梁志芸茂才

屢欲作尺一之書，奉訊動止，而貧愁困迫，羌無好懷。日者作穗石之游，滿擬翦燭聯吟，銜盃話舊，天涯萍泊，重拾墜歡，乃室邇人遠，徒愴我心。眷望停雲，彌深淒戀。嗟乎！人之相知，貴相知心耳。足下與予交雖淺而言深，地雖隔而情摯，文字因緣，關乎性命，率投短簡，略見一斑。追維疇昔，詩酒流連，談諧間作，亦可謂極一時之歡。雲散風流，思之腹痛。今歲硯田一席地決意堅辭，藉以杜門養疴。稍有餘閒，獲理舊策，擬將十數年著述略加編輯，付之手民。非敢以之問世也，誠以平生精契所在，不甘同於草亡木卒耳。覆瓿糊窗，一惟聽之而已。

足下名山事業自有千秋，而既爲帖括，不得不俯就有司繩尺，矧今當大比之年，遐邇人士，雲湧波臻，莫不摩霄奮翮，同亨天衢。國家甄拔人才，自當以科名一席，位置足下。

外呈《遯窟讕言》，乃邇來游戲之作，酒罷宵闌，或者可供消遣。筆墨稍暇，求撰一存，以爲弁冕。此時已畀欹劂氏者，則有《瀛壖雜識》、《甕牖餘談》二種，均欲奉乞一言，俾得重於九鼎，感且不朽。嗟乎，飢來驅人，居大不易，米鹽凌雜，形役心勞，時復惘然。出門杳無所詣，徵逐而外，誰可與言？同心合臭之友，則又遠隔山川，鮮通縉素，而足下謂我樂否耶？館事如閒，請來此間作十日游，敬當以一石酒爲淳于解酲也。

天氣漸暑，伏冀慎護起居，萬萬自愛。

與李壬叔比部

有相識自都門來者，無不奉訊動止，而歲月如馳，瑶華弗嗣，眺首停雲，如在天上。燕、粵遠隔八千餘里，南北相左，存問鮮通，回憶曩時徵逐之時，渺如隔世矣。往晤鄭玉軒太守，言執事曾患風痺，憚於行遠，咫尺之遥，須人扶掖，是殆晚歲體肥之故歟？近在長安，頗多故人，如潘編脩任卿、嶧琴昆季，皆金石交，魯芝友太史，童子俊、延桂山、黄霽亭三比部，俱辱有尊酒文字之雅。前吴春帆觀察之至析津也，盛口道執事不置，出示《代數學》諸解，已探奥窔，可棄筌蹄，蓋其服膺於執事有年矣，至都想必脩士相見禮，天算精微，定如沆瀣。

惟是韜也濩落遐裔，棲遲異域，先人邱墓，遠在勾吴，自睽故里，星霜十有四易，東望徒勞，北歸未得，每一念及，泣下霑襟。粵中名宿，如鄒特夫徵君、陳蘭甫學博，推爲巨擘。特夫久作古人，同人爲之刻其遺集，必當有以不朽；蘭甫好爲舉世不爲之學，如訂水經、辨古樂，並有成書。執事想俱見之。蘭甫云與執事書札往來，歲恒不絶，其有之耶？抑何不及鄙人也？今因豫章文雲閣、桂林于晦若應京兆試之便，率作此紙，妄塵清聽。雲閣、晦若喜爲疇人家言，已能自闢門户，望更進而教其不逮。

北地多寒，伏冀爲道自重。

與彭訒菴司馬

一雨浹旬，杜門不出，狂飈撼屋，懸溜摧簷。每夕孤燈坐對，振觸鄉懷，惟有舉酒消愁，讀書排悶而已。不通尺素又匝月餘，正切心期，忽奉手畢，十讀三復，感愧交并。既忝桑梓於同鄉，重結苔岑於異地，此中自有因緣，當非浮寄。韜性情迂拙，生世不諧，放廢南裔，静言自悼，乃逢執事拂拭於闇淡闃寂之中，獨加諄勉，策之以康莊，期之以遠到，望深意摯，浹髓淪肌，敢不勉竭疲駑，仰勗光采，用副盛懷。嗚呼！怪鄧禹之笑人，恃惠子之知我，舉世悠悠，得一知己，可以不恨。

伏讀所示鉅製，議論透闢，識見宏遠，夫豈時賢所能望其項背。因是知執事胸中包并靈彙、涕笑萬端，豈屑亟亟焉求合於世哉！嗟乎！執事入山必深，入林必密，遐舉孤蹈，欲覓桃源。夫桃源固相距咫尺耳，求之不遠，即在寸心。四大洲中，皆一片争名奪利場，斷無乾净土爲吾輩立足地，執事以爲然否？

《遯窟讕言》一時游戲筆墨耳，故不敢以溷清聽，辱承齒録，謹獻四册，藉供消遣。如相識中有嗜奇者，不妨代韜作换羊書也。刻書牟利，得毋亦蹈俗士恒態？然藉其貲以付欹劂氏，俾他著述流傳世間，雖爲人下酒，亦無所悔。執事當亦笑其用心良苦耶。

聊酬短簡，用寫款懷。伏冀攝衛咸宜，爲道自重。

答友人書

遄返穗垣，得奉瑶札，回環雒誦，感慕良殷。猶憶曩者，足下鳳棲於浙右，而韜亦豹隱於淞濱，臨風懷想，每託尺素於微波，寫寸丹於鄙臆。有時渡海而來，輒復勾留匝月。或看花曲院，或載酒名園，韜得以追陪几席，忝受教言。開牖北之樽，翦窗西之燭，昕夕相晤，契合實深。自今思之，皆生平之僅遇也。

值世之窮，江、浙淪陷，烽烟遍地，鼙鼓喧天，韜年正壯，方思效命馳驅以用於世，即足下亦勸韜以投筆從戎，請纓係賊，時未可失。然韜所以蠖屈蟄伏，不敢出雷池一步者，徒以有老母在耳。顧功名之念雖灰，感喟之情陡發。慨自時當澒洞，勢處艱虞。今日之天下，不患在無兵，而患無將兵之人；不患在無財，而患無理財之人；不患在無法，而患無行法之人。因循不振，蒙蔽日多。拘資格以升遷，視苞苴爲優劣；練兵講武徒飾虛文，備敵籌攻盡無實際；皆以科斂爲事，而絶少遠大之謀。所以内訌外患，難致敉平。往嘗與足下酒酣耳熱，擊碎唾壺，動借席前之箸代畫奇計，灑灑成議。屢以二三策獻之當事，而當事絶不一問，反攖其忌。此韜所以浩然不顧，掉首南行者也。自别以來，南北間阻，人事錯迕。每念足下，欲通一書，末由執訊。

伏念韜才無可採，技少一長，不自衡量，思以空文自見，夙志難償，雄心未死。伏櫪之馬，時凌飆而思奮；垂翼之鳥，每盼雲以欲飛。局促此間，十有三年矣。日冉冉而空馳，輒撫髀而流涕。覆展來書，爲之泣下，率爾作答，不盡欲言。

弢園尺牘卷九

遯窟廢民王韜仲弢著

代上廣州太守馮子立都轉

日者晉謁崇階，獲親顔色，紆尊降貴，略分言情。伏念某草茅疏賤，檮昧無知，而乃屢承側席之求，虚衷下問，又何敢嘿而不言。昔齊桓收九九之數，燕昭以郭隗進説，方且不惜千金買駿骨；若某之所陳，遼東白豕耳，而輒敢以之獻於左右者，芹曝之忱，拳拳獨矢，故謂之不自量可也，謂之非愛，則冤矣。犬馬之報，惟力是視，雖蹈赴湯火所不辭。夫天下所難者，感恩、知己耳，今遇閣下，則兼之矣。一昨節相忘其尊嚴，旌鉞下逮，此固因閣下之一言，頓使某重於九鼎。顧某之期所以副望者，自此益復難耳。今就管見所及，備陳如左。

一曰廣貿易以重貨財。貿易之道廣矣哉！通有無，權緩急，徵貴賤，便遠近，其利至於無窮，此固盡人而知者也。抑知古今之局變，而貿易之途亦因之以變。古之爲商，僅遍於國中；今之爲商，必越乎境外。何則？他國之販運於我國者，踵趾相接也。

東南洋之通於中國，則自明始。由是其國愈衆，其路愈遥，而所爲貿易者其術亦愈精。曩東南洋之在漢，所重者，貢獻而已，初不在利也。唐則乃行榷税之法，利入於官。至宋以來，錢幣洩漏，始以爲患。蓋彼所來者奇瓌珍巧，袛足以供給上官，而緡錢銀幣輸於外洋者，反以有用易無用，中國漏巵之弊，實源於此。迨至明季，西洋諸國以兵力佐其行賈，於是其利日巨，而其害日深。嗣後加以鴉片之酖毒，日耗無算，而中國所與交易者，無非中國之所固有。鐘表等物，等諸奇技淫巧可耳，顧彼能來，而我不能往，何能以中國之利權仍歸諸中國？西國之爲商也，陸則有輪車，水則有輪船，同洲異域，無所不至。所往之處，動集數千百人爲公司，其財充裕，其力無不足，而其國又爲之設官戍兵，以資保衛。貲雖出自商人，而威令之行，國家恃以壯觀瞻、致盛强。此古今貿易之一變也。中國於此雖不必盡行仿效西國，但事貴變通，道無窒滯。今誠能通商於泰西各國，自握其利權，絲茶我載以往，呢布我載以來。至於中國内地，當以小輪船爲之轉輸濟運，如是則可收西商之利，而復爲我所有，而中國日見富矣。且夫通商之益有三：工匠之嫺於藝術者，得以自食其力；游手好閒之徒得有所歸；商富即國富，一旦有事，可以供輸糈饟。此西國所以恃商爲國本歟？英人計慮深遠，智巧日出，制造愈精，以中國絜之，何遽不如，特上未之重焉耳。苟有大力者以開其端，潛移默化，安見風會之不可轉移？如上海等處所設船局，其船皆出自華匠之手，既成之後，華人皆自能駕駛。鎗礮藥彈，並能仿造新法。若論貿易之道，無區小大，皆能獲利。物料既充，而工耐勤苦，十餘年來，西商之爲華人奪其利者，亦已不少。即如東南洋諸島以及新舊金山，華人皆自運貨物至彼，西商之利爲減十之八九。今彼所售於我者，爲呢布，我所售於彼者，爲絲茶，利藪仍爲彼據。華人之所以不能往彼者，憚於風濤，未能涉遠，始事維艱，無人爲創。今招商局中輪船日多，由漸而及於遠，船上駕駛之人工同而價廉，而我國之人皆可往彼學習藝術，操舟之技，不患不明。一變之效，豈不繫於是哉！

二曰開煤鐵以足稅賦。我今國家設機器、立船局、創行招商輪船公司，在在均需煤鐵二宗以資利用。顧中國各處，山礦所產，本自富饒，原不必借資於外地。惟中國自塞其利源，非惑於風水之謬談，即惕於輿情之中阻；朝廷亦鑒於前弊，言利之臣多不敢議及乎此。不知有明礦務之壞，在乎專任内官，致滋騷擾。而當時所有承充礦務者，類多紈袴䱜茵，不識礦苗之衰旺，所估漫無把握，以至預其事者動輒傾家，局外之人遽引以爲戒。今欲因是而停止開採，俾天地自然之利閟而不宣，此無異於因噎而廢食也。夫英國不過海外彈丸三島耳，而富强甲於歐洲。其島素無所產，一切皆取諸他國，惟煤、鐵二礦獨饒，不僅足用於國中，且販運於境外。諸所製造，機器、鎗礮、舟車，獨精於天下。邇來其國墾掘漸艱，價值日昂。精於算學之士曾遍歷其境而籌核之，在礦未出而易採者，僅足以支一百數十年。然則英國之富强，自此已臻止境。其餘泰西諸國，類皆斲削其精華、匱竭其膏髓，以爲能事。惟我中國所蘊獨全，曾有西人，足跡遍歷各省，就其所測，知產煤之所，略見一端：湖南六萬三千方里，山西九萬方里，直隸、山東、滿洲之南境二十五萬二千方里，四川二十一萬方里，陝西七萬五千方里，甘肅六萬方里，河南三萬方里，貴州四萬二千方里，廣西三萬九千方里，廣東六萬九千方里，湖北一萬五千方里，福建七萬五千方里，江蘇四萬二千方里，浙江一萬八千方里，江西十萬五千方里，安徽一萬二千方里，雲南六萬方里，總計之約得一百二十五萬七千方里，其所產多於歐洲不啻二十倍有餘。況產煤之地，亦必產鐵。蓋鐵礦、煤礦自必同蘊於一山，共出於一處；珍石瑋寶亦錯雜於其中，此在乎人之善採耳。開採之始，當先善其章程。愚見以爲官辦不如商辦。官辦費用浩繁，工役衆夥，顧避忌諱之慮甚多，勢不能盡展其所長；商辦則以殷實幹練之人估價承充。初開之時，由商稟請委員督理礦務，設兵防衛，費由官助。試辦一二年，然後按其多寡，加徵礦稅，以其初未必遽能獲利也。而尤必專其任、遠其期，行之以十年二十年爲率。試辦一二年間，礦苗之衰旺可測而知。其始必由國家給帑助之者，由煤在礦底，非深入不能取。西人開煤機器非重金不能購置，故試辦之時，當用人力。既獲利益，則購機器。顧此數者皆淺而易知，最要者莫如官商相爲表裏，其名雖歸商辦，其實則官爲之。維持保護蓋承充之商，非巨富重貲不能爲；而地方大吏往往於兩三年間升轉遷移，法令每多更張，商人慮其掣肘，不樂於一試。今欲礦務之暢行，莫如酌仿輪船招商之例，而小爲變通。招商局中，集衆非一，雖封疆方面，皆預其間，而隱爲之規畫，於是各富商無不踴躍，咸盡其心力，所以其事易集。苟礦務亦能仿此以行，衙署差役自不敢妄行婪索，地方官吏亦無陋規名目，私饋苞苴，而委員與商人自能和衷共濟，不至少有挾制。今粤東山礦所産煤鐵之處亦復不少，或可試行採辦，於省垣新設機器局，亦大有所裨。礦務之興，亦宜責成於董事，俾得分其贏餘。爲董事者，必品行夙優，身家素裕，爲衆所仰望，然後能顧名思義，上體大憲之心，下察小民之隱，而亦不至於始勤終怠，不計久長。能如是，而不弊絶利充者，未之有也。

三曰設保險以廣招徠。西商貿易之利，首在航海。顧風波之險，有時不可測料，於是特設保險公司，以爲之調劑。於百中取二三，無事則公司得權微利，有失則商人有所藉手，不至於大損，此其法誠至善也。中國既設輪船招商局，雖主於運糧北上，而客商貨物，亦賴以轉輸，其中豈能盡占利涉？則招商、保險二者要當相輔以並行。夫運糧不過在春時數月耳，其餘專恃載客附貨，以相流通，則必有取信於貨客者，乃可行之久遠。不有保險，則貨客且爲之中餒。今惟賴西人保險，則徒寄人籬下，權自彼操，無以獨立門户。且其言曰必以西人爲船主，則保險乃可行，是則將來不無多所挾制。今當軸者業經奏准，輪船招商徧行各處，官商踴躍入局衆多，中國富强之機，或基於此。保險公司例可二三年間創行，以中國之人保中國之貨，不必假手於外洋，而其利乃得盡歸於我。況夫輪船之所至，想不至徒囿於中國一隅也，將來以中國之貨物運行於外洋，以外洋之土産消流於中國，足跡所及，愈推愈廣，則保險之設，亦由中國而外洋，隨地立局，與輪船公司相爲左右，宜於其地，簡華人之名望素著、洽於輿評者司理其事，而亦藉爲耳目。今華人之流寓於外域者殊爲不少，近者如新嘉坡、檳榔嶼、東南洋諸島，遠者如嘉鼇符尼亞、廈哇那、澳大利，無不身在遐方，心乎本國，所冀天朝威德之届，足以爲之庇翼。特惜其中無人爲之經營而擘畫，遂致聲教不通，情形迴隔，嚮慕之懷，無由自達，有事則不能爲之保衛，有若我中國將數百萬之生靈棄之於海外。若能於華人輪舶通商所至，創設保險，以保華人往來之貨有失立償，用示之信，凡華人一切所需，固由我中國自爲運往，而其地之所有，我亦可以采購，中外消息從此無所隔閡，雖在萬里之外，猶同衽席，此即將來設立領事之漸也。蓋輪船、保險二公司之立，雖以申貿易之權，而國體之尊、國威之張，未必不由乎是。異日朝廷簡遣領事，統馭遠商，此輩皆可供指臂之用。要之輪船、保險二者，即英國昔日之東方貿易公司也。英國雄於海外，始在開墾亞美利加一洲。及美國既興，餘土僅存，乃始措意於印度。印度通商之旺，乃由設立東方貿易公司始。中國變通其法而行之，其興可立而待也。以中國財力之富，人民之衆，材質之羸，智巧之生，操作之勤，製造之精，何遽出西國下？或以爲招商、保險，商出貲而官預其間，是官與商争利也。不知此實以助商而非病商。凡事皆商操其權，商富即國富，並出一途，非與商背道而馳也。英國所設輪船公司每歲度支公帑資助商人，不下數十萬金，爲公司舟師者例得以金，緣其冠等諸武弁，蓋榮以頭銜，則彼乃樂盡夫心力。向來中國之爲商者，官從而抑損之，今中國之爲商者，官從而翼護之，其間相去何如哉！故招商局啓，輪船可至於遠方；保險局開，貨物可通於異地。

四曰改招工以杜弊病。招工之患甚矣哉！其陷阱我華人、荼毒我華人者，前人論之詳矣。今欲絶其源流，窮其藪穴，當必以索還澳門爲先。葡萄牙之踞澳門在有明中葉，其入我朝未有盟約，而鵲巢鳩居，視爲固有。始猶設立前山同知駐劄其地，歲輸地税五百緡於官；邊釁既開，并此而廢之。我朝寬大之恩，懷柔之德，侔於天地，容其並處域中，未遑深究。顧招工之設，勢在必禁。何則？非是則不能杜拐販之源而絶出洋之路。向來談者皆以澳門一隅爲畏途，誘鬻擄勒，無所不至。其居人爲奇貨，輾轉販售，視同豕畜。跡其行爲，幾至暗無天日。莠民所聚，積弊已久，恐不能一旦掃除，惟首撤其招工之館，則鬼蜮狡獪之技，自無所施。況此一端，爲泰西各國所深惡而痛絶，名正言順，不患其不從。蓋招工者傭農民以備開墾，英國所已行，設於省垣者是也。此則托名招工，而實則隱行其販鬻，在西國久干例禁，犯者船没入官，人寘於獄。惟葡萄牙、西班牙、秘魯諸國冒禁而爲之，英、美諸大國以其在中國境中也，不能爲越畔之謀。然則彼之所爲，其藐視我中國也亦已甚矣！顧必待索歸澳門，諭絶招工，未免有稽時日。管見有可以即行勿緩者，則杜絶之權固在我也。澳門孤懸海外，船舶之自内地往者，四處可以止截，況我之砲艇輪船駛行迅速，巡邏杜遏，勢所甚便。前之設立洋藥抽釐税廠，巡洋緝私，而澳門之私販以絶，此其明驗也。夫鴉片箱篋可藏，尚難偷漏，況人乃堂堂七尺軀乎！顧何以緝鴉片易，而緝販人難？則由於賞無如此之重也，而莠民之狡辨求脱者，其計百出也。今之截止私販者有線人、有賞格，利之所在，衆共趨之，且不惜以性命博錙銖。若查緝販人亦以此法，則其弊可以立除。始事之時，當以輪船一二艘横截澳門海口，而必先與英、美諸大國酌商合同辦理，特派官紳總司其事，必其人夙著名譽、不避嫌怨者。此外，宜簡公正誠實之西人爲之協輔，兼諭附近税廠爲之贊勷其間，藉作耳目。當其任者，重其俸糈，專其事權，偵探四出，線索通神，至此而猶得飛渡者，未之有也。其在省澳輪船藏匿之處，定在火工房、水手房，船大人衆，爲時甚暫，稽查之人，何能至於細微曲折，因之漏網者殊多。英例販人出洋之船不得在香港修葺，而其形跡有毫髮可疑者，可以隨時具控衙署，立傳鞫訊。在港有專司譏察者六人，始由華人紳董捐貲請設，繼而英官自發帑項。蓋販人出洋，固公憤之所同嫉也。省垣係屬内地，權自我操，省澳之船果有獲藏匿携帶販鬻出洋人口者，船主知情故縱，立即移文英領事，請其封禁，以其所懸者固英國旗幟也。此事税關洋人亦當分任其責，能者敘功紀績。至於設員司理，不以賄溺職，不以私擾民，則在乎得人而已。説者謂葡萄牙之在澳門，未嘗不託詞於招工，今必驟爲諭絶，則彼必指省垣招工爲藉口。則將應之曰：果欲招工，則將如英、美一例設館於省垣，由華官司理其事。英不設於香港，而葡必設於澳門，此其中情弊，不問可知矣。況乎省垣招工之法，亦當請西官别改其章程。凡人願往西國耕種者，再當由官憲詳加諮詢，書其姓氏里居，刻期往返。以若干年爲準，書明薄册，至期不歸，則向商招工館詢問其若何下落。招工館中專設一人，司理其往來信札、銀兩。有往彼而物故者，即由招工館處報聞其在彼工役生死之籍，每半年一爲查核。凡此皆由華官主之，如是則彼知我國之於子民，其愛卹保護爲倍至，必不敢加以無端之淩辱矣。他日我民足跡益遠，生聚愈多，通商所至，彼爲前驅，安知不能坐收其効哉！

五曰杜異端以衛正學。

凡此五端，固今日之急務也。鄙意之所謂興利除弊者，即係於此。貿易之利開，則公私並裕，上而仕途遊宦，下而商賈工匠，皆不憚於遠出，而將視溟渤如康莊、越環瀛同衽席；於泰西各國之山川城郭、俗尚民情，兵力之盛衰，國勢之强弱，一切情狀，無不瞭如指掌。然後有事之秋，緩急可恃。煤鐵之利開，則不獨機器船舶局中自饒於用，即以供諸國之用而無不足。每歲西人自其國中載運煤炭前來中國通商各口岸供應輪舶所需者，計不下一千數百萬金，鐵亦不下三四百萬，礦務既興，其利皆歸之於我有。鐵以製造機器，可推之於耕、織兩事，或以爲足以病農工，不知事半功倍，地利得盡，而人工得廣，富國之機，權輿於此。保險之利開，而商賈之航海者無所大損，且華人之利，仍流通於華人中，而不至讓西人獨據利藪。至於改招工、杜異教，亦惟去其甚害者而已。愚昧之見，明知無當高深於萬一，倘得容其盡言毋隱，進而教其不逮，不勝幸甚。干瀆嚴威，惶悚無地。區區依戀微忱，伏維垂鑒。不宣。

與友人

大千世界，無量衆生中，而有一我蝨於其間，雖至愛如父母、至親暱如妻子，不能喻我心之悲憂慘怛，代我身之疾痛困苦也。所堪自喻者，耳目口鼻知想意識也。

天地間有一我，人不爲多；無一我，人不爲少。朋友交遊、親戚昆弟中，有一我不足奇，無一我不足異。即知我喜我者，亦不過爲我悼惜數日而已。即至愛如父母，至親暱如妻子，亦不過痛哭喪明，哀慟失聲，呼天搶地，願隨泉下而已。我在世間，見人忽而生，忽而死，忽而長，忽而老，或漠然置之，或有時動於心，一哀而出涕。我於人如此，人於我可知矣。我父母死，我不能與之俱死，飲食衣服如故也，遊戲徵逐如故也，而光天化日之下，已無我父母之聲音笑貌矣，即索之幽冥杳渺，亦不可得。人生則氣聚，死則氣散，既死後之有無，不得而知。佛氏所云輪回之説者，謬也。我妻死，我不能爲之不娶，琴瑟好合如故也，閨房宴笑如故也。而茫茫萬劫，永無相見之期，悠悠廿年，并無入夢之夕。命絶緣盡則死，夭殤短折，亦數之莫逃。佛氏謂人深於情者可結再生緣，亦妄也。人生事事可以身親嘗其境，獨至死之一境，斷不能親嘗而告人。見人死，則幸我之尚生，而又懼我之必死。自生人以來，死者不知其幾那由他，幾恒河沙，從未聞有自死重甦者。即有之，皆言如夢初醒，言或至冥中者，則由心所造也。蓋一切幻境都由心造。

佛氏入中國，有天堂、地獄之説，世間無智無愚皆堅信不變。生時常存此境於心，病劇時即現此境，故爲冤孽索命而死者，非真有鬼也，平時餒氣之所乘、良心之所發也。人生行事，善惡不能自知，但有歉然於良心者，即爲惡。盜竊姦殺，其始皆知其不可，而易一念仍爲者，良心昧也。然昧者必有時而明，死時即以其良心自訟矣。一切刀山劍嶺、餤坑血湖，皆其良心自刑也。

人生不能無死，壯歲而死，與百年而死，等死耳。快哉！東坡之言曰：猪羊蒜韭，逢著便喫；生老病死，符到便行。此老胸中固空洞無一物也。世間自促其死者多矣，非順受其正者也。每念人生忙迫一場便休，爲之三嘆。嗚呼！世之營營不息、奄奄旋没者多矣，殊未達耳。愚人以死爲悲，聖人以死爲休，夜臺冥漠，我與共息。

與楊醒逋明經

寄跡粤海，一星終矣。歲月如馳，所思不見，我懷如何？不可説也。

韜境遇頹唐，精神疲薾，迥不如前。讀書偶竟兩三葉，便已昏然思睡；見客問姓名，一揖後即已忘之。衰態如此，亦復自笑。惟是良友之思，縈於夢寐，懷人憶遠，頻有所悲。猶記曩者課童江村，頗相砥礪，佳節歸來，槃桓小築，酒杯旋放，詩句互賡，亦可謂極翰墨之閒情、盡友朋之樂事。遠至滬瀆，間歲始歸，各以人事，輒不得閒，十餘年間，殆如一瞥。忽遘亂離，慘罹禍患，一别萬里，無相見期。鄉關迢遞，消息茫昧，經年之中，通一札可抵萬金。追思前後，悲樂不同，升沈迥異。嗟乎！人生殆同幻寄，昔也意氣並雄，今則齒髪俱衰。再閲二三十年，宇宙中必無我兩人矣，言之亦大可哀也。功名不立，文字未成，石火電光，遽爾云逝，揆諸寸心，目終不瞑。

願韜終思一歸耳！卜居太湖之畔、淞水之濱，匿跡銷聲，儕於樵牧，杜門讀書，以没吾世。姑妄云云，未識能償斯願否也。

秋風凄厲，萬萬自重。

代上黎召民觀察

日本，東瀛一島國耳，其在向時，亦僅與朝鮮、琉球、越南、緬甸等。雖未備共球、登王會，而由我國視之，要不過並列之於東藩而已。及與歐洲諸國通商，遣使立約，居然與上國抗衡。而我朝亦隆其禮貌，於其公使至京，接納之儀，視如一體，而日本遂侈然自大，不知此正所以驕其心而厚其毒也。今者藉口生番，侵我臺疆，駐營瑯嶠，久留不去。窺其意志，實爲叵測，此固無智愚而知其必出於戰矣。薄海臣民，痛心疾首，同仇敵愾，攘剔爲懷，藐兹日本，不難一戰驅之耳。顧事必豫於未戰之先，而後始足爲必戰之地；備必集於將戰之時，而後始可無既戰之患。蓋在今日，固不難於一戰，而特慮一戰之後，一發而不可收也。故道在不戰以屈人者爲上，其次則使戰之權在我而不在彼。語有之曰："知彼知己，百戰百勝。"今彼特求速於一戰耳，我雖不能不應之以一戰，而未可驟言也。

夫今日之要，亦惟和戰兩端而已。然不能戰即不能和，蓋我必先立於不敗之地，而後可以言戰；必先有可戰之術、能戰之具、善戰之人，而後可以言和。何以謂之不能和？彼既冒昧於一來，豈能以一二空言，使之俛首下心，撤師旋國？勢必索餉求貲，妄有要乞。我於此而稍遲回焉，不獨自褻國體，亦且貽笑四鄰，益以生天下輕中國之心。何以謂之不能戰？日本之水師戰艦，雖皆不足深恃，而鐵甲二艘，足以縱橫海面。破之之法，須五百磅之重彈，今我國無是巨砲也，尚待購求，此所以未可遽戰也。

今之局外旁觀者，未嘗不代我而籌勝負，然其言人人殊，則亦未可恃也。吾以爲有不戰，戰必勝，必當一發而制其死命，請兩言以決之，曰：欲戰則先示之以禮，欲和則先臨之以威。彼今無端啓釁，侵軼我疆圉，誅夷我民庶，按之萬國公法，大相背戾。總理衙門王大臣，當先與泰西諸國公使集議，據公法以折衷，移文日本，使之撤師謝罪。此外特簡欽使，專往日本，面見國王，與之據理言情，請下撤師之詔，而循和約之條。且日本内亂情形，究未深悉，欽使此行，亦可順道訪聞，乘機窺察，且正可緩之以時日，俾我一切得以自備。日本在今日兵端已啓，揆之以萬國公法之例，彼已不得向各國購置器械舟艦，即西人之在其國中佐戎幕、參機務、歷行陣、備駕駛者，皆乖於兩不偏助之義，當請總理衙門移文各國公使，令其撤回。不則專遣兵舶往拘，以先失其所恃。而歐洲各國遣使之舉，亦未可緩，其名則曰請各國執持公法，以與日本周旋；其實則在固鄰誼、備戎防，凡有戰具，即可購之於其國中。古者伐人之國，先文告、後武功，蓋有兵戎以爲震懾，然後可用禮意以爲羈縻也。此先示之以禮也。

國家今日之急務，孰有如練水師、備戰艦、講兵法、固邊防、築礮臺、遷廠局、儲煤鐵、購鎗礮者乎？誠使此數者皆足以有恃而無恐，則譬如猛虎之在深山，百獸無不戰栗。日本密邇封圻，豈無耳目，將見其不驅而自去矣。臺灣之役，今可不動聲色，而四周布置，有如重羅密網，俾不能出我範圍。此先臨之以威也。

至於日本在今日之情形，亦略可睹矣。日本性情倨侮，每多張皇，軍事甫興，賃船他國，其意特以誇耀戰艦之多耳。此所謂實弱而示之以强。財不足用，告貸外邦，積至數百萬，國中銀局久廢，今乃在臺開鑪鼓鑄，其意將炫富於臺民耶？此所謂實貧而示之以富。屯田置戍，似將久踞，而與西人要約僅六閱月耳。此所謂實暫而示之以久。日人機詐百出，一切之言，皆不足信，其刊於日報者，悉虚語耳。近聞西鄉中將請其國益兵五千，不知增師遣舶，其費不貲，一時徵調，談何容易。西國之人皆謂現在攻臺之兵，乃其國叛卒耳，必不得已而出此。如能一舉而覆之，則内亂之興，可以立見。然此説亦未敢遽信也。窺其命將遣師，絡繹調發，直舉全國之力以赴之，否則委叛卒於敵人，適足爲其驅除患害耳。故日本用兵之始，已立意與我國爲難，第我所以備日本者，則未有也。備之宜在今日，兵鋒一交，則事難措手。請將先言之數者縷陳之：

一曰練水師。水師縱擊於大洋之中，衝涉風濤，專以鎗礮制勝，其要在司礮之得人。以紀限儀窺測敵船之遠近，以求礮度之高下，藥彈皆有定準，是以能命中及遠，所發無虛。此須延西匠悉心指授，期以六閱月，或可從權暫用。

二曰備戰艦。戰艦之中，鐵甲爲先。但得大而固者，多則四艘，少或二艘，足以與日本抗。是在乎以大制小，以堅摧脆，顧其要則在駕駛之得人，足以衝鋒折鋭，所向無前，非由西人教導，不足以爲功。今我國所有火輪兵舶，其爲船主者雖係華人，然僅可用之於平時，而不可委之以臨陣。自福州船政局考授數人外，皆當另簡能員。蓋西國於船主本分二等，一曰駕舟，二曰引水。今當延駕舟者授以心法，其人不獨明於風雲沙線，兼知測天量海，可以應變持危。使戰艦不得管駕之人，則其船適資敵用耳。

三曰講兵法。夫有利器，必有勝兵，否則利器亦成虛設，二者固兩相資也。今當裁兵而增餉，使兵無不精，而餉足以自給。所臨陣者，悉用洋鎗，延西人教以步伐止齊，而講求施放之法。鎗隊之外，專設礮隊，如是則不至所習非所用，所用非所長。

四曰固邊防，築礮臺。各省沿海口岸，凡海舶可以出入者，皆修築礮臺，一以天津爲法，而參用西人制度。一切請延西匠爲之經理，今如上海之吴淞口、廣州之虎門，皆聽廢置，竊所未解。礮臺既築，邊防自固，而後緩急可恃。長江一帶，更爲中國腹心，要道尤宜設法保守，以日人注意於長江在所不免也。《易》曰：王公設險，以守其國。亦曷可緩哉。

五曰遷廠局。今上海所設之船廠、製造局、火藥局，福州所設之船政局，廣州所設之軍器局，皆在沿海埠頭，一旦海疆有事，敵國即可乘機襲取，即以我物，藉供彼用，非計之得也。福州口外兩山夾峙，水道之險足憑，尚可無虞。若由陸路，則距大洋不遠，亦非萬全之策。惟上海諸局，當移之於江漢腹地，或荆襄之間，以資控制。此亦備於不虞之一端。

六曰儲煤鐵，購鎗砲。舟艦非煤不行，器械非鐵不成，與其借資於他國，孰若取之自我。此開礦決不可緩。南如臺灣，北如燕齊，所産饒裕，豈可任其棄置。鎗砲之用，臨陣當先。日本蕞爾國耳，去歲僅購快鎗一項至一百三十萬金，堂堂中國，乃絶不一爲預籌。西國鎗砲愈出愈奇，所購當求其堅利神速者，勿憚重貲。若苦窳損薄，用之行陣，誤事匪輕。昔時鎗礟之舊者，儘可發交沿海民團，其餘藥彈砲丸，皆當購備，正如淮陰將兵，多多益善，以出於一戰之後，皆不能資西國之接濟也。

凡此數者，雖皆不爲日本而然，而正可以日本之有事，從而整頓，俾遠鄰不復因而滋忌。當今髮捻、回苗次第蕩平，内憂弭矣，天特慮我之宴安，俾日本與我爲難，以深我惕厲。由是觀之，外患之來，適以强國。或者謂所言數者，非縻國帑千萬金不易猝辦，顧一時安得集此巨款？則告貸西國之舉，亦可聊出一籌。國債之行，泰西常事耳，何足爲耻？况乎臺灣之事，其患之有形者也，此外患之伏於無形者，正不可更僕數，惟在我有以自强，皆足潛消而默弭。抑更有言者，轉移之權在於能感遠人之心歸而向我，則日報之設，其一端也。西國最重日報，有時清議所主，足以維持大局。主筆之士，位至卿相，國家有大戰事，橐筆從戎，隨營紀録，視其毁譽，以爲勝負。英、美兩國，每日印至二十萬紙，分布遐邇。日本效法西人，倡行西字日報，歐洲之人見之，皆揚日本而抑中國。近在中國内地所設西人日報，其於中國，往往毁多而譽少。於是未到中土之西人，從而疑我中國，此其利害所係實深。今擬我國人之通中西文字者，隨時駁詰，以究指歸。英國、日本，均宜有人在彼日報中論列是非，俾西人知我中國之實，而不至虛蒙疵詬，此亦大有捄於時局者也。日人之擾臺灣，其患尚輕，俄之蠶食西北，英法之虎視滇、黔，其患在內，則害更有甚焉。

草茅愚賤，罔知遠慮，不憚竭其區區之誠，瀆呈左右，幸垂察焉。

上豐順丁中丞

蠖屈海濱，見聞日隘；北歸無日，西笑徒勞。自分老死粤中，飄零海外，不復敢生妄想矣。顧念先人墳墓遠在吴鄉，霜露凄其，肝脾隱惻，但得頭白還家，重瞻故里，亦今生之所深幸，此乃韜寢饋以祝之，旦夕以望之者也。而舉世名公鉅卿所謂感恩知己者，惟閣下一人而已。湘鄉曾文正公、合肥相國，皆由閣下一言加以推許，他如馮觀察竹儒、黎觀察召民、陳比部荔秋、鄭太守玉軒，並由閣下爲之揄揚，得以識面。伏念當代偉人，而愛才下士之心有如弗及，其於韜也，顧惜拂拭之惟恐不至，求之古今，誠罕覯已。每一念及，未嘗不感激涕零，凡有驅策，雖赴蹈湯火有所不辭。

近者伏處山中，側聞閣下應詔復出，天下之人莫不想望丰采，額手交慶。誠以閣下一身，繫於天下之安危，中國之盛衰。此一出也，正中外樞機之所在。方今合肥相國整頓吏治，澄汰官方，埽除積習，崇尚西學，所有練水師、製戰艦、講兵法、裕財用、通商賈，無不欲次第舉行，而舉朝之人或有以成法不可驟更、故例不可驟廢之説進者，惟閣下則可力排羣議，共濟和衷，以底於有成。此固時之不可失也。逖聽之餘，距踊三百，自慚在遠，無補高深，顧竊有所知，不敢不告。

羈旅香港十有四年矣，所識能於西國語言文字而具有深識遠慮者，未嘗無人，如陳藹廷、張芝軒，皆其矯矯者也。張君明於歐洲情勢，能見其大著，有《馭外芻言》，略加删潤，敬陳左右，以備採擇。陳君之學不名一家，弱冠即在英國衙署，律例尤所深知。近爲西字日報，以華人而作西報，向所未有，非其西學稍有可觀，西人安肯傾倒若是。伍君秩庸，不憚久遠，學律英京，固一時有志之士也。邇來肄習西學者雖衆，而出類拔萃者甚少，如三君者，皆出西人之門，而爲其所用，韜以是深惜天下之才，盡爲西人牢籠搜括耳。如能用之，而使奏其效，斷在閣下而已，伏冀少留意焉。

上丁中丞書

前者旌節小駐汕頭，即擬鳧趨就道，仰屬車之清塵，瞻偉人之懿範。祇以聞信稍遲，德輝遂遠。自閣下之入都門，駐析津也，雖南北相遥、川塗迴隔，而中外日報時時稱道盛德。蓋以閣下誠信格豚魚，德行孚蠻貊。以大賢之出處，繫時局安危；以明廷之用舍，關民生休戚。朝野之所倚賴，士庶之所傾心，而言之不覺其剴切詳明也。遡聽之餘，良深頌禱。玆聞恭承簡命，特授船政局大臣。下車伊始，整飭宏綱，規維全局，經綸在手，機杼從心，其謨猷制度，迥出於尋常萬萬，夫豈章句小儒、空疏末學所能仰測高深於萬一哉！伏維閣下於泰西之法，洞微知著，精心默運，久已灼知其利弊之所在。竊以爲邇來鎗礮、船舶一切機器皆當講求新法，商艘與兵艦固異，而舊制與新式迥殊，否則雖日事製造，亦復徒事虚縻，無濟實效。至於火器之用，亦日新月異而歲不同，英之廉明敦、法之霎士鉢、美之士乃達，所稱爲命中致遠者，今其法已屢變。凡此皆當時爲講求，而所延西匠，亦當取材於各國，以極一時之選，而後所製者，乃能各師其所長，以收效於戎行。

而此外有二事，要當亟爲舉行者。一曰肄習舟師館，一曰繙譯西書館。今我中國輪船所以往來南北者，其船中管駕之舟師，大抵係西人爲多。船政局中雖有西人教授，而經録取者或非盡出類拔萃之姿，均足與西國舟師頡頏，且復人數無多，不足以敷用。一旦中外有事，西國舟師例須退撤，則一時管駕者將何所屬，其事有不至於棘手者耶？況即平日無事時，驅遣調撥，亦或似有掣肘，其於糈禄之奢、供給之費，猶其次也。傳有之曰：不備不虞，不可以師。我國既尚輪舶，製造者有人，則駕駛者亦必有人，庶不至倉卒之間而受制於人耳。可簡拔閩、粤、浙三省之舵工水手，預爲練習，以充其選，而專設一館，以西人爲師，使聰明壯健之俊秀少年日夕肄習，務期堪於其任，庶得升授厥職，嚴加甄别，精爲考覈，以鼓舞而督勵之，將見不及十年，而人材自出矣。上海製造局中所譯之書，無所不備，實足以開風氣之先聲，而變儒生之積習。有志之士，誠能鑽研乎此，則西學不難大明。福州經費充裕，局中深通西學者當不乏人，專設一館，以備繙譯，於西國各種典籍，著有成書，盡探閫奥。使閲者知西人製作之精，具有來歷，非徒以空言搆造，而槍礮、船舶、軍法、營制，俱可得其門徑。所在尋流溯源，以至於深造有得，於講求西學，大有所裨。故繙譯一端，人或視爲不急之務，而不知收效之遠、著功之廣，足以轉移人心，實有不可少緩者也。此二者，管見以爲必當行之者也。

至於泰西諸國其與我立約通商者，全局樞機，又爲一變。英國貿易之旺，雄於各國，其與我中土關繫尤巨，幾以貿易之盛衰爲國之强弱。蓋英之立國，以商爲本，以兵爲輔。商之所往，兵亦至焉。而兵力之强，全在商力之富，以商力裕兵力，二者並行，而乃無敵於歐洲。至今日，英之貨物，消售於中土者爲大宗，設使一旦有釁，閉關絶市，則商力必因之驟絀，而兵力亦必爲之不揚。此其所係，豈淺鮮哉！人但知中國與泰西諸邦結好締交，其進退之間，頗艱籌畫，而不知英國於此時與我中國情形正復相似。方今之時，處今之勢，英正當聯絡亞洲大小各國，以厚集其力，如合土耳機、阿富汗、波斯、暹羅、緬甸，以馭俄羅斯而保印度。亞洲之中，中國地廣，而日本俗强，然可相聯者，莫如中國。英欲聯之以拒俄，則莫如强中國，而斷不可弱中國，此其故，英人早知之矣，所以屢以自强之説進。即火器、戰艦，彼皆肯悉心相授，蓋欲我朝廷之威克振，則可藉以服衆。彼所患者，不在我之兵力，而在我之商力，蓋恐我國以商力與之争衡耳。前時製造局設於上海，船政局設於福州，近則金陵、天津、廣州相繼以興，而彼絶無所猜忌。獨至招商局一設，而羣議蠭起，然此不過商力之濫觴耳，而已鰓鰓然顧慮之如是，誠以中國材用之廣、物産之繁、人民之衆，實足以包舉歐洲諸國而有餘也。英知中國在今日可强而不可弱，蓋强則足爲英國助，而弱則歐洲諸國將乘之而起，以從而覬覦者，不獨一俄也。英今日之所請於我國者，實欲增廣其貿易而已。彼知中國時值艱難，要求必遂，至於肇事啓釁，俾俄人得以伺間肆志，則非英國之所欲也。

顧我中國亦宜早自爲計。竊以爲商力、兵力，要當兼行而並用也。蓋練兵以保商，而國威之振、國體之尊，即繫於是。英國通商之局有進而無退，設使一旦通商之利爲我所奪，則其煤鐵機器之用，布帛制造之物，消流日狹，而工賈必多失業。外既不振，内且有變，而印度一隅，不幾勢成孤立，或恐作瘈狗之噬、困獸之鬥，且奈何？是則兵力之不可緩，其明徵也。或者但以爲整頓兵伍難爲力，經營商販易爲功。不知二者固不可偏廢哉！且我國之自强，亦正在此十餘年間耳。何則？歐洲諸國方有事也。法蹶而英孤，普强而俄熾，所幸者法不能爲英援，而時思報普，普即欲與俄合，而恒思備法。若普法釋嫌，而英俄結好，則爲歐洲之福，而天下事將不可言矣。歐洲諸國深思遠慮之士方慮日後以争教啓釁，然其禍止於歐洲而已。英俄皆可爲中國患，説者以爲俄近而英遠。而不知印度之接壤於東南，較西北之地曠人稀，其勢爲尤逼。特英人之不敢爲中國患者，其心不欲以資敵耳。俄今志在印度，英方備之不暇，而奚暇他顧？所謂兩虎競食，而我得以從壁上觀也。我國不乘此時以修我戎備，勵我兵行，改紀軍制，整飭營規，製造戰艦，訓練水師，演習火器，以並峙於英、俄、普、法之間，用收保中馭外之功，則恐後日或有所不及也。英、俄、普、法知歐洲戰争之不可逞，因而悔禍言歡，是豈我中國之福哉！歐洲大勢所繫於我中國者如此，聊貢所知，伏祈采納。此外惟冀崇護維時，爲國自愛。

與唐景星司馬

昨蒙文旆枉過，知有福州之行，上謁丁大中丞，聞之喜甚。惜以韜小病甫瘳，不獲追附驥尾，殊悵悵爾。今歲日報一役，已延洪幹甫茂才代爲捉刀，擬以閒中日月，將生平著述略爲編輯。見在已付手民者，計得四五種。暇維留心於歐洲掌故，擬將十餘年來事實彙成一書，亦職方氏之所不廢也。

中丞鎮撫百越，綏靖八閩，慶海水之不揚，知巖疆之有恃。韓、范在軍，强鄰相戒以動色；龔、張出治，諸島自遠而來同。特近日所繫尤重者，則在臺灣一郡。内之闢地理財，外之治兵講武。生番狡悍性成，久外王化，恃其巢窟，遂肆憑凌，必當勦撫兼施，寬嚴互用，使其畏威懷德，乃克就我範圍。以中丞辦之，綽然有餘裕，此韜所喜而不寐者也。韜也不才，揣摩洋務已二十年，不揣譾陋，於近今中外交涉之端，微闚其利弊所在，而歎隔閡之爲患大也。中外語言文字判然迥異，不能自通，而情意遂以之不孚，其國執政大臣又遠隔重瀛，惟憑其使臣郵傳之疏牘而已。而於我國之往來文移、應答辭命，則未之見、未之聞也。鄙意以爲宜設西文日報，每歲彙刊中外官牘，俾傳遐邇。滇南之役所索七款，當日即宜以西文刊布。議者謂請入紫禁城一款，疑非出自英廷之命；雲南貿易，或由英廷所授意耳。然《英京日報》猶或非之，謂與和約之旨攸乖。蓋以乘滇事苛索，未免意存挾制，道近窺伺，無怪中國之拒之也。《英京日報》但謂請中國嚴辦兇手，力守和約，將滇事宣示於邸報而已。《日報》所言，與英使所請，抑何不符？豈彼由英廷之密寄，此由民間之清議耶？使以當日英使所請，與節相辨論之言，譯寄歐洲諸國，當必有主持公論者竊議其後矣。見在泰西通商各口岸駐劄領事，奉公循法者雖有其人，而僭分越權者殆亦不鮮。推其弊之所從積，蓋由總理衙門與各直省官員未能壹意相敷也。且也外官但知揣摩上官之意旨，小事未敢遽以瀆聞，故王大臣於外省西情猶未盡洞知而灼見。夫西國之所以上下相通者，每歲將地方官往來文牘彙輯成書，頒示外國使臣，由此各省人才吏治可覩一斑。我國家亦宜倣而行之，則通商各口岸領事之優劣公私，瞭然如指掌。側聞朝廷特欲簡拔賢才，登崇俊良，以備出使泰西諸邦，將來駐劄使臣，設立領事，由此其選，誠千古之盛舉、當今之急務，特恐一時未易行耳。近日出洋人員學習藝術，采訪見聞，因時得與紳士辨論，納交其賢豪長者。如伍君秩庸，得預禁煙公會，發議抒詞，亦非無裨於國是者也。所言雖小，所繫者大，敬敢略言之，乞爲代陳中丞之前，以作愚者之一得。

韜年來多病善忘，精神漸鑠，氣體不充，潦倒頽唐，日形晚境。壯不如人，自慚燭武；老猶作客，敢比馮唐。深懼將來不能供知己驅策耳。南雲遂遠，意與俱馳。

弢園尺牘卷十

遯窟廢民王韜仲弢著

與梁志芸茂才

老病頹唐，百事俱廢，異鄉風物，百不足遣。舞席歌筵，尤視爲畏途，非復曩時徵逐之歡矣。平生意氣，至此消磨殆盡。黄土埋愁，青山瘞骨，即爲生前之結果，安問身後之浮名。嗟乎！志芸能不爲我悲哉！館事賦閒，可來此間作十日游，藉以傾吐胸中鬱積。半生著述，已刻者僅五種，其纂述經義者，以卷帙繁重、繕寫爲難，尚遲付梓，未知將來誰爲定我文者。覆瓿餬窗，付之一笑而已。寄呈拙著《甕牖餘談》四帙，聊供酒闌茶罷作消遣計。所索《泰西和約》已遞郵筒，亮登記室。

滇事已妥，所不可知者，後日事耳。漆室之憂，正無已時。病中捉筆，不盡覼縷。天氣已寒，伏計爲道自重。

上鄭玉軒觀察

久違懿範，恒曠訓言。堦蓂莢周，驛梅花發，近望南雲，遠思北雁，未嘗不引領而企光彩，竦懷而念德音。側遲之誠，無間晨夕。

韜自撰《日報》以來，境比絲棼，事同蝟集，終日握管，手爲之疲。幾於萬言倚馬，笑李翰苑之仙才；三券書驢，作郗參軍之蠻語。雖筆墨之間，不求刻畫，而才盡之歎因之。今歲意圖舍之他適，無如一枝未借，四顧多虞；貧士之苦，誰還相諒。不登先人丘壟已十數年矣，北望揮涕，益增於邑。曰歸曰歸，未識何時。猥以閣下素有文字知己之感，故不覺其言之切也。伏念韜行無一能，技無一長，而閣下屢欲爲之拂拭，惟恐弗至，感恩懷德，浹髓淪肌。邇聞豐順丁中丞已詣京師，作出山霖雨，沾被蒼生。天子思龔、張之治外，賢於長城；契丹聞韓、范之在軍，隱若敵國。竹儒、召民兩觀察，望重當途，遺大投艱，定可宏施其抱負。承風遥羨，無任瞻依；翹矚江天，良深延企。竊維閣下任事竭忠，審機知變。九重知其篤行，四海欽厥隆名。略分忘尊，愛才下士。於遐陬窮窟之中，而不廢分燠噓寒之惠，求之當今，伊可得哉！潘君鏡如，吴門望族，需次穗垣，兹者自粤至滬，奉大吏檄，規覽吴淞礮臺，擬將摹其形圖，以爲矜式。潘君心思縝密，巧慧環生，悟入虚微，而徵諸實用，創作橢圓，窮極分杪，於西人機器諸學，壹心講求，具有心得。今之所謂奇材異能之士者，或可屈一指矣。閣下見之，定相沆瀣。礮局中所譯西書，韜均擬購置一分，用窺全豹。

惠風在遠，小草向榮，率作短緘，仰希慈鑒。

與文樹臣都轉

傾倒隆名，十載於兹，懸遲清徽，常深延企。山川在望，而人事錯迕，未獲一見顔色，良用喟然。

昨於夢南齋中得讀大著《嘯劍山房詩集》，躍然起曰：此當今有數人物也，爲孝子，爲才士，爲循吏，爲名臣，豈得僅以詩人目之哉！惜韜草茅疏賤，不敢執贄輕謁，故囊者懷刺生毛，及門返轍者，屢矣。夢南因言閣下久知香港有王韜其人矣，曾作泰西汗漫游，頗悉歐洲情事，哀其窮，悲其遇，憫其沈淪於荒陬異域中，時思有以位置之；古今來愛才下士，從未有如閣下之悱惻篤摯者也，是固不可以不見。誠如是也，閣下固韜生平一知己也，復何嫌何疑，而自阻進見之途哉！夫今世之所謂知己者，類皆始投縞紵，繼誦詩文，沆瀣一氣，然後加以拂拭，從未有聞其名、未識其面，而即思汲引，且爲之歎息欷歔而弗置者。是真知己也，安可當我世而弗見也歟！是以敬敏崇階，親瞻懿範。承閣下不以其冒昧擯諸門墻，許以從容論説，博采旁諮，冀收一得，此猶以溲渤登藥籠、碔砆入夾袋也，閣下之度量固迴越乎尋常萬萬矣。

韜方退而自幸，而轉慮不得一當，無以仰副盛懷，乃不謂閣下過加推奬，溢分逾恒。珠玉琳琅，斐然疊至，十讀三復，無任主臣。夫士所難得者，感恩知己耳，況今兼兩者而有之哉！夫閣下之於韜，非有左右之先容，特以文字之間，遠相契合，而遽惜賈誼以言事罹憂、杜牧以談兵獲罪；馮唐未薦而已老，馬周不遇而終窮。一篇之中，三致意焉。然則身受之者，宜如何感激涕零、銘肌浹髓哉！

瓊什尚未酬次，因布鼓聲暗、小巫氣索，遂至下筆而艱一字，搜腸而苦九回。處士純盜虚聲，此一端矣。閣下聞之，應爲掀髯一笑也。

與鄒夢南觀察

頃同鶴琴太史飲酒歸來，醉甚矣。天下庸庸者多福，𫏋𫏋者多缺，以韜之才，亦何後於今人，而患難阨窮、顛連毁辱，至於如此。夢夢九閽，蒼蒼萬里，誰得而叩之！世之名公鉅卿，未嘗不知韜也，然未肯勞其一手足之力，以拔之泥塗者，將俟其哀號迫切而拯之乎？抑或竟聽其淪落終身也？雖然，於韜也，初何憾！竊嘗探察天下之繁賾，推測古今之杳渺，而知周、秦三千年以來，至此不得不變，非惟人事，抑亦天心。惟天心未至，則人事亦無權。兹者不過一二先機乘時之英，見微知著，欲以默挽氣運，維持大局，而仍未得大展其所欲爲也。《易》曰："窮則變，變則通。"此其幾尚有待也，吾生其不及見也，夫用世之志，所以日淡也。然則韜雖欲出而用世，其何能爲？不如以著述自見，託之空言，傳之後世，聖人有作，必驗吾言。

臘盡春回，寒消燠至，擬小住穗垣，作一月勾留，避囂趨寂，僦居蘭若，從熱鬧場中重見清涼世界，庶得了此𢙫惱，一洗俗塵。燒燭旅窗，拉雜書此，亦不自知作何語也，付之一笑可已。

與林蘅甫少尉

旅邸開樽，江干判襼，東瞻明月，北望歸帆，思子爲勞，未能忘弭。錦旋珂里，重問釣遊，遠馳數千里，迴隔十餘年，想見風景不殊，而舉目有今昔之感矣。當此遠歸如客，訪者盈門，親戚笑言，友朋情話，致足樂耳。自别以來，瞬積六旬，未奉一字，豈摒擋未暇耶？抑酬應糾紛而忘之耶？

惟是久回故閈，定妥新居，卜宅烏石山邊，讀書射鷹樓畔，婆娑風月，嘯傲林泉，足下於此，興當不淺。堂上雞豚之奉，足以娱親；堦前蘭芷之敷，足以教子。雖無官職之榮，亦極天倫之樂。已聞足下之歸，將應省試，一行作吏，此事恐廢。况揆之例，亦或未符。自古循良，何必出自科第，此亦拘墟之見哉！聊因便羽，奉訊故人。爲我問三山藏書家尚有麻沙舊本否？藉資眼福，亦足以豪也。

與朱潁伯司馬

判襼臨歧，芳徽遂隔；彈指之間，曰將改歲。溯自旅邸開樽，小樓翦燭，潑墨題襟，雅興斯劇。無何布帆遠掛，明月屢圓，遥眷令儀，莫申良覿。歉仄之懷，殊不可任。豐順丁中丞見莅船政局，想時謁見，此韜生平一知己也。出山霖雨，沾被蒼生，假手樞機，經綸赤緊，此固韜旦夕以望之，寢饋以祝之者也。韜屢思作閩中之游，一覽三山勝概，并可偕足下作康駢劇談、劉伶痛飲，而一抒其離悰積愫，寧不快歟！惜此時病未能也。吾吴鶴琴太史自粤抵閩，特至福州上謁丁中丞。蓋中丞撫吴時，鶴琴太史以文字受知，固著於弟子籍者也。在粤垣耳盛名，欽慕弗去懷，特託韜作曹邱生，以一字爲介。鶴琴太史品詣篤粹，學問淵深，書法特其緒餘而已，卓然異人。足下見之，定當契結苔岑、氣同沆瀣。倘有可爲嘘拂者，乞以廣長舌宣之於相識者中，匹如順風而呼，聲當加捷也。

外呈拙著兩種，藉求誨正。雖此種述譔，百年後徒供餬窗覆瓿之用，甚或投諸溷厠，而玆時必災及梨棗者，匪惟自惜其羽毛，亦以生平精神所注，感時撫事，論世知人，偶或流露於楮豪，所以卒不敢自閟也。閩中天氣想寒，伏維崇護咸宜，爲道自重。

與余謙之大令

不佞三吴之鄙人也，檮昧不學，弇陋無文，竄跡遐裔，十有五年於兹矣。方思爲世人所唾棄，匿影銷聲，自甘淪廢，又何敢以不祥名字，妄自達於貴官顯宦通人名士之前。乃蒙執事不以垢累，輕苔魚網，爛然先賁，謬采虚聲，猥加獎譽，初何敢當，主臣主臣。

不佞於此間日以煮字爲活，日報一局，謬主裁斷，久已辭之不獲，去春特薦番禺洪幹甫茂才以自代，不佞僅觀厥成而已。生平述譔，略有數種，要皆餬窗覆瓿之物，了不足存。近自《普法戰紀》外，《甕牖餘談》、《瀛壖雜志》、《弢園尺牘》已次第付之欹劂氏，均以一分奉上，藉塵清誨。尚有《遯窟讕言》一書，出自游戲之作，竊未敢爲執事所見也。經學諸書，卷帙繁重，無力付梓，容俟異日。懷璞獨賞，享帚自珍，文人結習，大抵皆然，想不值執事一噱耳。來書許以大著見眎，極欲先覩爲快，想見鴻詞鉅製，足懸日月而不刊，游、夏何人，敢贊一辭。特既承雅愛之殷拳，或有所知，不敢不告，比諸獻芹貢曝，聊竭微忱而已。夫涓壤何益於高深，螢燭何增乎光耀，而有所弗遺者，正以見其大也。執事厚德虚衷，敻絶千古，眺首臨風，彌深欽挹。至於歐洲之學，要非一端，或嫺於掌故，或熟於輿圖，或旁及乎格致藝術、象緯歷算。近者上海製造局中繙繹各書，逞妍抽秘，幾於美不勝收，别紙繕呈書目，統希垂鑒。久欲裁答，疏嬾病廢，俾於筆墨，竦仄殊深，幸勿爲罪。

日來陰雨廉纖，薄寒中人，伏冀攝衛咸宜，爲國自重。不宣。

與楊甦補明經

甦補足下：

前於郵筒中奉寄《瀛壖雜志》就正於有道，蒙以四字奬之，曰錦心繡口，許以必傳。顧此四字，蒙殊不謂然。夫人生少爲才子，壯爲名士，晚年當爲魁儒碩彦。學問與年俱進，則其造詣亦隨境而俱深，“錦心繡口”四字，猶是才人本色，與蒙之年齒境遇，似不相符。嗟乎！蒙在今日，豈猶甘與三五少年争妍鬥豔、競時世粧哉！

《弢園尺牘》近已付諸剞劂氏，寄奉四册，藉塵清誨。四卷以後，大抵爲曩時所未見，自足下觀之，其爲賜也日損乎？抑爲商也日益乎？文集八卷、詩集六卷，見擬次第登木，《詅癡符》遍處呼賣，殊不值識者一噱耳。蒙生平用力所在，爲《春秋左氏傳集釋》六十卷、《皇清經解校勘記》二十四卷，以卷帙繁重，尚待集貲。至《春秋朔閏考》、《春秋日食説》、《火器説略》三書，明歲當俱可蔵事。其講述四部、人之雜家者，則有《老饕贅語》。其述泰西輿圖掌故者，則有《西事凡》、《四溟補乘》，而《乘桴漫記》則西行紀游之作也，雖已屬藁，尚未成書。蒙之著述，盡於此矣。旅粵十有五年，雖陸賈之裝未貯千金，而鉛槧之富頗有可觀。天之所以厄之者，殆將有以成之歟？嗟乎！此豈始料所及哉！憂患餘生，百不足遣，惟縱情緗素、寄意楮豪，與爲性命，陶寫牢愁。

甦補足下，人之相知，貴相知心。往俱茂齒，今並衰年，疇昔懽悰，邈若墜雨。日月馳逝，山川悠遠，所思不見，我勞如何。鶯飛草長，境易腸迴，又曷禁掩卷而欷歔、臨觴而太息也！粵中十月，天氣始寒，早晚可御薄棉，想江南此時當披裘而圍爐也。伏冀珍重，不盡欲言。

與王耕伯鹺尹

香海相逢，雲萍團聚，六年契闊，一旦笑言，其快如何，殊足樂已！此間近爲孔道，冠蓋往來，日不暇給；歌舞樓臺，連甍接棟；燈火管絃，徹夜不絕。弟乃得與閣下掉臂而游，鬥酒藏彄，殊不寂寞。判襼以來，瞬經七日，相思之苦，味同茗荈。

昨得穉麟來書，回環雒誦，情見乎詞。文旆西江之行，未知何日？弟作穗石游，約在嶺梅開後，此時恐未能爲平原十日飲矣。伯勞飛燕，暫爾東西；聚首譚心，期諸明歲。當春光之淡沱，正良會之流連，定當擘脯爲肴，傾江作釀，一豁此襟抱也。天氣新寒，伏冀珍重。

與許穉麟鹺尹

六年闊别，一旦相逢，其快何如！臨水登山，追陪游覽，銜盃翦燭，暢聆笑言，其樂何如！結異地之雲萍，話故鄉之桑柘，其爲歡喜又何如！況復蠻花逞媚，燈影雙摇，海月流輝，珠光四照，雖在殊方，亦足以消憂釋悶矣。分襟五日，忽奉瑶華，雒誦臨風，彌覺神遠。阿堵一流，如數登收，雖曰無宿諾，抑何遽也！畫扇得令弟聽香大筆，不禁狂喜，入握珍持，奚啻拱璧。

擬於十月中作穗石之游，倘耕伯未放西江之櫂，猶可開北海之尊，俾吴下老饕逢麯車而流涎，過屠門而大嚼也。一笑。

天氣漸寒，伏冀爲道自重，不宣。

答許穉麟鹺尹

前月之杪，辱枉手翰，發函伸紙，歡悦萬狀。西樵之游，僅宿山中一日，勝境都未領略，而足下探幽攬秀，於七十二峰閱歷殆遍，此不獨恃有濟勝之具，蓋遥情逸興，迥異於尋常也。獲聆緬述之詞，頓發重游之想，當待足下來作導師耳。

邇來俯首槧鉛，役心緗素，東塗西抹，匪我思存。清致既鮮，生趣益寡。争食腐鴟之餘，逐隊濫竽之末，於其乃心，翩然翻矣。會當杜門述撰，屏絶世緣，縱目雲蘿，置身泉石，逍遥一室之中，游戲六合之内，庶足以娱老耳。

與劉子良鹺尹

屢奉教言，良深欣悦。衰態日見，百憂紛來，驚心時序，凉燠潛换。回憶買花佛寺，載酒珠江，頃刻間事耳。而美人一别，消息茫昧；良友不逢，山川寂寥。舊雨既停，墜歡莫拾；景物所陳，肺肝爲惻。

承招僦屋穗垣，卜居别墅，顧北周南，時得捧手；左圖右史，聊可愜心。成杞菊之比鄰，爲雲萍而作合。追陪笑語，披豁襟懷，不亦快哉！惜韜此時病未能也，全家生計，尚懸於寸管，終歲經營，不出乎方隅。必也陸賈之囊，所蓄足支十年，然後天隨之宅，所擴非止三版。由衷之言，想邀亮察。力疾作答，申寫所懷。

擬與倪雲癯少尉

傾耳隆名，瞬逾十稔。久欲摛裳執㦸，趨謁崇堦，修士相見禮，而每至會垣，輒以事阻。蓋不佞下榻西關，距執事寓齋五六里而遥，非盡竟日之閒，不能從容揮麈縱譚，傾吐平生衷曲也。

猶憶日者與二三同志蠟屐游山，道經一家門外，見所懸一聯云："騏驥千里，鷦鷯一枝。"悚然異之，因指謂偕游者曰："此中有人。"時有相識者，謂此臨桂倪君雲癯所居也。亟欲回登臨之步，以伸叩訪之忱，而閽者以外出告。望衡徒懽，回車靡樂。逮乎登峰造極，下眺城市，見夫水石清幽，竹木葱蒨，則尊廬也，未嘗不羡小築之宜人、閒居之適志也。執事著述隆富，遐邇流傳；鉛槧清娱，杖履暇豫。癸辛志事，點筆花南；甲乙編年，攤書研北。自具千秋之絶業，不卑九品之小官。身淪而道顯，境困而神怡，寧不足以見執事之志趣哉！

時届孟冬，海嶠始寒，不佞將擬作穗石之游，重命筍輿，一訪山靈。爾時逕當望門拜塵，連墻投刺，追陪裙屐，跌宕壺觴，執事幸勿訝其貿貿來前也。聊修尺一之書，用寫欽遲之意。此外惟冀爲道自重，不宣。

與許穉麟鹺尹

别來四閲月矣！彈指春光，倏已逾半。雖在炎方，而花木争榮，皆有欣欣自私意。一雨之後，新緑怒生，柔紅欲滴，静中領略，殊自悲耳。二月初吉曾作西樵之游，住山中一日。虚壑泉聲，喧訇枕上，雜以樹杪風鳴，恍疑夜雨，此亦静境也。惜讀書有志，買山無貲，日膠膠擾擾於名利場中，齷齪可耻。與君别後，益復無聊，惟日共麴秀才爲消遣。計昔之人及時行樂、排日爲歡，夫豈自放於禮法外哉！蓋有甚不得已者也。

曩讀令弟聽香畫本，穆然神遠，蕭然致逸，幾於愛玩不忍釋手。今者遠離穗石，寂處荒江，想衙齋定有餘閒，可供染翰。鄙意擬求絹本十二幅，裝潢成册，研北花南，明窗净几，甌茗甫啜，罏香乍消，時一展閲，别有佳趣。倘肯許我，圖報之私，惟力是視。不佞著述數種，盡覆醬瓿，今年又欲刻《四溟補乘》，《詩癡符》遍街呼賣，老友聞之，應爲齒冷。相隔匪遥，相見未知何日。如遇便鴻，乞賜良訊，不宣。

與蔣秋卿少尹

穗垣返櫂，快讀瑶華，裁答稍稽，想勿爲罪。閣下以安仁抱戚，平子工愁，即景傷情，觸物生感。所居前山公廨，碧水環門，青巒入户，夏雨乍過，變態萬狀。是亦旅居之勝趣，宦游之清福已。惟是百年苦短，來日大難。既珠沈玉碎之難回，亦月老天荒而猶憾。伏冀自珍玉體，喜遣哀衷。莊生齊物，以達忘情；奉倩神傷，唯憂損壽。是在乎節之以禮，抑之以分而已。伏誦來書，看書排悶，酌酒消愁，此固達士之襟期，亦雅人之深致，惜乎弟未能及此也。滬上新書如數檢呈，想閣下於閒中閲之，或可如一丸消塊、《七發》起憂也。

嗟乎！僕本恨人，怕談往事。半生羈旅，已逾重耳在外之年；垂老頽唐，更抱伯道無兒之痛。廿九載之逋臣，此懷彌苦；七千里之孤客，何日能歸。相提並論，奚啻天淵。等重泉於康莊，甘秋荼之如薺，冥心寡欲，息慮絶營，所安如是而已，此固足下之所知也。

炎熇如蒸，小年正永，伏維順時珍攝，爲道自重，不宣。

與許聽香茂才

判襼珠江，月七度圓矣。迎秋徂夏，已四序之將周；遠樹暮雲，悵間關之迴隔。念我良友，遠在一方，愛而不見，我勞如何！前月下旬，瑶華遠逮，雒誦迴環，歡喜無量。顧開紙數行，即覺有離索之感。於時風雨滿山，波濤沸海，一燈摇窗，萬籟盈耳，孤懷棖觸，歎息彌襟。始知羈客之難爲，煩憂之易入也。足下依伯氏而賦南游，别閨人而馳遠道。俯流濯足，觀海盪胸。蠻烟蜑雨，徒感牢愁；近水遥山，盡歸陶寫。思入於神，發之以畫；情役於境，遣之以詩。斯亦宦况之足娱，閒居之一勝也。

若鄙人者，留滯一隅，飄零卅載，頭顱如許，學業未成。居無負郭之田，家少應門之僕。年逼商瞿而尚虚嗣續，情同叔夜而長抱幽憂。世上浮榮，一切灰冷。足下其以不佞尚思銘勳竹帛、奮跡雲霄者哉！自違鄉縣，十有八年矣。歸心阻於江湖，離思縈乎夢寐。妄擬於莫釐、鄧尉之間，誅茅翦茨，聊營數椽。門臨魚陂，植以菱芡，環溪繞屋，則梅千株、竹萬竿足矣。中闢草堂，庋書五楹，時復種秫釀酒、劚筍供餐。田足稻粱，園收芋栗，布衣蔬食，以畢我生。此則日夕以望之者也，外此匪我思存矣。

足下夙擅捷才，早馳俊譽。灉脅之鐘，知音競賞；璠璵之品，望氣可知。騰吹詞章，蜚聲翰藻。方當備顧問，造承明，回翔天衢，雍容臺省。幸勗光采，毋忘德音。作答稽遲，良深悚悳。聊乘便羽，藉布夙心。

答余謙之大令

前月適有穗石之游，返櫂歸來，得奉手畢，循環雒誦，敬聆壹是。書中崇論閎議，於泰西機務，洞若觀火，抑何見之精、識之卓也！十餘年前，未嘗不思崇尚西法爲富强之本，今沿海各直省皆設有專局，製鎗礟、置機器、造火艦，遴選幼童出洋肄業，自其外觀之，非不彪然其著、龐然其大，惜乎徒襲皮毛，有其名而無其實。夫鎗礮則在施放之巧，舟艦則在駕駛之能。器固不可不利，而所以用利器者，則在人也。故今日我國之急務，其先在治民，其次在治兵，有形之儆傚，固不如無形之鼓舞也。來書所云今公使簡矣，領事立矣，保無有儀、秦其人逞遊説以慫簧鼓者。旨哉言乎，誠握其要。

鄙意朝廷設官西土，宜鄭重其始，一切當以正途人員，苟流品太雜，恐褻國體。至若通商口岸，所有中外交涉案牘、往來文移，宜彙輯成書，頒示遐爾。一旦有事，當局者可援别案，以爲辨折之地，而此中亦有所主持。此亦講求洋務之一道也。總之，凡事必當實事求是，從未有尚虚文而收實效者。翻然一變，宜在今日。夫治民必由牧令始，治兵必由團練始，力求整頓，勿作具文。民心既固，兵力既强，而所有西法可以次第舉行。今日之簡公使、設領事，歲縻朝廷數十萬金，議者或論其太驟，或惜其徒費，不知中外隔閡非此不能通消息，未始於大局無裨也。聊貢狂談，以資撫掌。

天氣煦暖，冬令失司，伏祈爲國自重。

上陳荔秋星使

揖别江干，瞬經兩載，粵雲燕樹，馳企徒殷。邇維福履綏和，起居康豫，定多勝也。孟冬之月，郭侍郎星軺自北來南，道經香海，襜帷暫駐，三日勾留，或有勸韜往見者，韜以無位下士，弗敢輕於趨謁。今歲西儒理雅各招韜重作泰西之遊，續譯《羲經曲臺記》，俾成全書。韜思是役也，能使聖教遠被歐洲，或亦可不虚此行。顧念與其爲西人供鉛槧，不如爲君國備馳驅。竊見近日皇華之使絡繹於道，雖其間折衝樽俎、焜耀敦槃，自有人在，以韜之不才，奚能及奉盂之毛遂、買骨之郭隗。特以彼絜此，孰得孰失，孰後孰先，故毅然辭之而弗往也。淪落遐裔，静言自悼，聊耽著述，藉解牢愁。敬以《弢園尺牘》一分，奉呈鈞誨。

析津天氣，想已嚴寒，伏冀順時攝衛，爲國自重。

與羅介卿守戎

穗垣判袂，倏逾浹旬。曾肅手書，奉訊動止起居何如。伏計曼福返櫂以來，塵俗倥傯，竟無須臾之閒。而尤可笑者，孔方有絶交書，阿堵物無招致術也。送窮文就，避債臺成，亦可聊自解嘲，藉作消遣。深鄙王戎之障簏，但作賈島之祭詩。優哉游哉，卒歲之樂，如是而已。

前日寄上西書洋畫，藉供清玩，亮登記室，寄書郵不致作殷洪喬故事也。近日或有招不佞作海外之行者，弟以年老無子，晚境頹唐，憚於遠涉，不作重遊之想矣。聞粤中各處盜風甚熾，殊抱杞憂。足下宏才碩畫，保障西城，爲民望所歸、輿情所洽，從容坐鎮，自可無虞。特不知募勇經費，有可設法籌辦否也？諺云："巧媳婦難爲無米之炊。"即願毁家以報國，正恐其難乎爲繼耳。

天寒，伏冀珍重。

代上丁大中丞

曩在都門，獲挹芳徽，得聆緒論，指陳形勢，洞燭機宜，於中外之情，瞭如指掌，恭聞默識，欽佩弗遑。中間曾拜寵嘉之貺，辭受均難，感愧交并，祇承孔厚，銘鏤奚言。

某自承簡命，衡文遠方，于役稍閒，追維疇昔。魏绛和戎，覊縻於前；江統著論，憤激於後。近拓旁規，陶士行之所經畫；高瞻遠矚，劉越石之所低徊。不禁慨然，别有所會。用是不揣冒昧，聊貢所知於閣下，藉爲前箸之陳，敢作運籌之助。明知挾裸壤以炫龍章，過雷門而持布鼓，不免爲旁觀所竊哂，特以謬與閣下有一日之知，弗敢終嘿。

竊謂中外之情，今與昔異。昔者惟在崇尚西法，立富强之本，以爲收效即在目前。今沿海各直省皆設有專局，製鎗礮、造舟艦，遴選出洋幼童肄業，自其外觀之，非不龐洪彪炳，然惜其尚襲皮毛，有其名而鮮其實也。夫鎗礮則在施放之巧，舟艦則在駕駛之能。行陣之器，固不可不利，而所以用利器者，則在人也。今公使簡矣，領事立矣，皇華之選，絡繹於道，或恐有儀、秦其人，逞遊説以慫簧鼓者。故今日我國之急務，其先在治民，其次在治兵，而總其綱領，則在儲材。誠以有形之儆傚，固不如無形之鼓舞也；廠局之鑪錘，固不如人心之機器也。鄙意朝廷設官西土，鄭重其始，一切當以正途人員，苟流品太雜，恐褻國體。其有掣肘之處，則先以西人副之，爲之披榛闢莽。至若通商口岸，所有中外交涉案牘、往來文移，宜彙輯成書，頒示遐邇。一旦有事，當局者可援别案以爲折辯之地，而此中亦有所主持，此亦講求洋務之一道也。總之，凡事必當實事求是，從未有尚虚文而收實效者，翻然一變，宜在今日。夫治民必由牧令始，治兵必由團練始。牧令之賢否，則先在慎簡督撫，甄别才能，考察勤惰，才者不次遷擢，不才者立予罷黜，此固督撫之事也。若夫治兵，則難言之矣。宜先改營規，易軍制，汰兵額，異器械，必如李光弼之臨陣，壁壘一新而後可。然論者必議其更張，愚則謂練兵若不以西法從事，則火艦、火器亦徒虚設耳。不獨水師當變，即陸軍亦當變也；不獨緑營當變，即旗丁滿兵亦無不當變也。儲材之道，宜於制科之外别設專科，以通達政治者爲先。即以制科言之，二場之經題宜以實學，三場之策題宜以時務，與首場並重，庶幾明體達用、本末兼賅。此寓變通於轉移之中，實以漸挽其風氣，而裁成鼓勵之。肄習水師、武備國家，宜另設學校，如司礮、駕舟、布障、製器，俾其各有專長，習之於平日，用之於臨時。其遣發至泰西者，尤當不專在一國，以示兼收而並效。以上皆宜力求整頓，勿作具文。民心既固，兵力既强，而後所有西法乃可次第舉行。今日簡公使、設領事，歲糜朝廷數十萬金，議者或論其太驟，或惜其徒費。不知中外隔閡非此不能消息相通，未始無裨於大局，特不在其事，而在其人也。焜耀敦槃，折衝樽俎，必有郭隗、毛遂其人，敬傾耳以聆之。聊貢狂談，藉資撫掌。

聞閣下近日移旌臺郡，大有設施，訓民察吏，丕布嘉猷，行政理財，首資碩畫。而闢地開礦兩大端，尤關至要。一以西法行之，定可事半而功倍。土番生聚數百年，兹雖蠢動，如觸網之兕、決藩之羝，環攻采入，烈山澤而焚之，聚族殲旃，或亦易易。某知閣下以仁愛爲心，體上蒼之好生，爲黔黎而立命，斷不忍出此也。是亦惟有剿撫兼施、恩威並濟而已。逖聽風聲，距踊三百。

某不日束裝入都，敬奉蕪函，瀆呈台座。伏維起居曼福，不罄欲言。

與田理荃大令

竄伏荒陬，名流絶跡，飢驅之外，閉户日多。乃蒙大君子謬采虚聲，輕苔魚網，爛然相賁，推獎逾分，益覺汗顔。不佞三吴之鄙人耳，讀書有志，學劍未成。少亦嘗願投筆從戎，請纓繫虜，躍馬塞上，荷戈行間，徒以有老母在，未敢以身許國也。不意庚辛之間，戎馬倂張，風塵澒洞，江、浙盡陷於賊，幾無一片乾浄土，跳身海上，志圖殺賊以自效。奇計未就，謗書已來，不得已避地粵中，於今十有八年矣。俛仰世途，土苴仕路，視一切皆死灰槁木耳。旅居無俚，著述自娱。近者晚境頹唐，精神疲薾，并此而亦廢之矣。羈旅之期，逾重耳之在外；踽凉之況，悼伯道之無兒。年迫商瞿，而行慚衛瑗。頭顱如許，歲月若馳，真不禁把酒問天，拔劍斫地，而欲一吐胸中抑塞也。伏讀執事來書，鬱勃之懷，良不可任。夫士得一知己，可以無憾。此數鉅公者，皆於足下平日有相知之雅，而始遇而終不遇者，則限於天也。人生墮地以來，功名之遲速、境遇之通塞、聲譽之顯晦，皆天爲之主，而人不預焉；獨至學問文章，則可自爲政。蒙願執事於不可必者聽之天，於有可操者盡之人，如是而已。

昔者邴原躡屐而覓孫崧，東海榜道而求孫惠，足下於僕，庶幾似之，獨惜僕之才，遠不逮古人萬一耳。山中荅石，自有因緣；海上雲萍，非無遇合。僕或不至，足下可來。此間樓閣參差，半在雲外，宵闌燈火，遠近上下，遥望之有若繁星，蠻花妖卉，逞媚弄姿，是亦娱情之地、銷金之窟也。

大暑如蒸，小年正永，伏冀順時珍攝，爲道自重。

答伍觀宸郎中

藉甚清徽，常懷虚眷，瞻韓徒切，御李無從。日前承惠然先施，輕苔魚網，爛焉下逮。展誦再三，感慚交并。不佞三吴之鄙人也，性好閒散，不樂仕進，戚友以麋鹿相畜。自幼年入邑庠，即棄帖括而弗事，寄跡瀛壖，逍遥物外，暇則講求西學而已。庚辛之間，赭寇雲擾，蒼生鼎沸，切同仇之志，深故國之悲。竊不自揣，以一二策獻之當道，不謂忌者中以蜚語，僅而獲免，南游嶺嶠，十有八年矣。讀書學道，聊以自娱，閉户日多，罕與人通。曾以指陳洋務爲湘鄉曾文正公、合肥相國、豐順丁中丞所賞識，皆欲招致幕下，以禮爲羅。然譬諸一鶴，翔於寥天，而猶俯受羈靮，竊弗願也。迄今所陳，半見施行，或有以用其言而棄其人爲鄙人惜者，亦付之一吷而已。

生平著述，都未繕寫真本，付之欹劂。今年擬刊行《四溟補乘》一書，述海國之見聞，備職方之紀載，亦外史氏所不廢也。滬上新書，近以數種謹附郵筒，藉塵清覽。小地球一架，製極精巧，亦可供案頭雅玩也。

與余謙之大令

前日台旌道經香海，獲挹芳徽，暢聆塵論，翦燈話舊，把酒聯吟，致足樂也。别後静俟玉音，瞬經三月，驚駒隙之頻催，瞻蟾輝之屢滿，未嘗不臨風而憶遠，觸景以懷人也。逮至瑶華下賁，正抱微疴，霖雨浹旬，杜門兀坐。藥爐經卷，聊遣朝昏；正襟莊誦，歡悦逾恒。擬之陳琳一檄、枚乘《七發》，無以過焉。惟是賜稱微誤，初非張禄姓名。未知臣瓚爲何人，敢謂孟堅之非固。韜位未躋朱紫之末班，才已漏珊瑚之宏網，長爲山澤之臞，永與麋鹿爲伍。入秋匝月，病骨始甦，裁答稽遲，幸勿爲罪。當此金飈扇候，玉露泫秋，衣袂間拂拂有凉意，足下自公退食之餘，衙齋中作何消遣？近世士大夫多以地瘠事繁爲慮，昔東坡之守膠西也，齋厨索然，日食杞菊，而處之期年，貌加豐、髮反黑。何則？游於物之外者也。足下遠識超然，性命之微，獨契真旨，故以爲言。

伏冀强飯加餐，爲道自愛。

再與余謙之大令

自去秋至今，一病幾殆，日在藥爐茗碗中作生活；或徘徊斗室，伏枕覽書，聊以排遣牢愁、消磨歲月。臣之壯也，猶不如人，今老境頹唐，百念皆灰。此身能逸而不能勞，能閒而不能忙，鼠鬚側理，視作畏途，箋繒之曠，職此之由。忽奉瑶華，如親謦欬。一昨文旌道出香海，怱怱竟去，未及握手言歡，開樽話舊，悵悵之懷，良不可任。伏誦來書，心長語重。念良朋之契闊，感薄宦之羈遲。重以骨肉遠離，家庭多故，作卜西河之痛哭，爲顧横山之哀吟，此人生境遇之最無聊賴者也。然惟太上可以忘情，何必莊周始能作達？足下要當静觀證道，惟日消憂。不爲庾信之言愁，而聊作劉伶之轟飲。不厄於物，自適於天，是亦一法也。孟冬既届，海嶠始寒，朝夕可御木棉，天高氣肅，日朗風清，知足下兹時將税駕此間，藉作盤桓，聊抒抑鬱，雪泥鴻爪，小有勾留，韜敬當掃逕先俟，擁帚前迎。偕遊薜荔之名園，而同傾葡萄之佳釀。披襟翦燭，重拾墜歡，正未知其樂何如也！

韜近刻《海陬冶遊録》、《花國劇談》二種，皆一時游戲之作。少時綺語，久已懺除，而猶留此零縑賸墨，以招法秀之訶，甚無謂也。麻姑狡獪，聊效前顰；宫女凄凉，輒談往事。寄託所在，感慨生焉，不能終嘿，蓋以此爾。相見不遠，我懷如何？惟冀隨時排遣，萬萬爲道自重。

與余雲眉中翰

正月元日，台旌自都門回，道經香海，獲挹芳徽。爾時把杯話舊，翦燭論文，其樂何如也！逮至清華别墅，韜已入醉鄉，刺刺者不自知其作何語。頹然一枕，夜半始醒，乘輿歸來，觸冒風露，頓成寒疾。杜門三日，而文旆已返穗垣矣。及高軒重蒞，韜適作西樵之遊，又復相左，悵仄之懷，良不可任。二月中曾肅手畢，遠寄滬濱，而騶從已行，投書者竟作殷洪喬故事。荷花生日，疊奉瑶華，歡喜無量。

張君芝軒才調翩翩，學優而行美，且於泰西時務，能見其大。星軺東邁，俾佐幕中譯事，當必勝任愉快，固隨員中不可少之人也。足下汲引爲懷，登諸薦牘，舉賢愛才，具見一斑。

日本名流道經此間者，必修士相見禮，贈紵投縞，筆談往復，然如名倉松窗、八户順叔，今皆不通聞問矣。近得一人，曰寺田宏，亦當今豪傑之士也。少曾讀書普國，於歐洲情形，瞭如指掌。其人見居東京，有事可備諮訪。日人近思復古，仍尚中國文字，蓋先入爲主，積重難返也。東京爲文人所薈萃，儒者類皆能文章、講道學，經術詞翰，戛然有深造，非越南、高麗、琉球之可比。韜嘗得其近人著述，觀之多慷慨激昂、感時憂國之言，患泰西諸邦之逼處而亟思爲自强計，其國固不乏有心人，誠未可輕量也。據其國史所言，高麗、琉球，皆曾入貢，琉球則隸於薩峒馬島，以奉共球，歷世毋改。明時平秀吉因高麗不修職貢，興師往伐，遂入其都，此固已事可徵也。至於泰西近事，芝軒洞若觀火，猶之虞世南之行秘書，又何俟韜再爲贅陳哉。皇華之行，未知何日，燕雲粤樹，不盡依依。

與楊醒逋明經

前泐尺一，知邀清鑒；獲奉還雲，歡悦萬狀。老病侵尋，凡百疏懶，故鄉之思，夢寐難忘。每讀古人詩“路長難算日，書遠每題年，無復生還想，終思未别前”，未嘗不泫然出涕。閭閈諸故人，生存死没，均不可知，每於足下來書，略知梗概。疇昔老成，俱已凋謝；即與鄙人年齒相若者，亦大半修文於地下。人生歲月，其不足把玩也如此。淪落遐裔，静言自悼，數年來境頗回甘，而心則彌苦，不獨文字之間無可商榷，即登臨游覽之地，亦復了不可得，聊自周旋於一室中而已。每思與足下尊酒論文、燈窗話雨，未知何時。少時極慕東、西洞庭之勝，莫釐、縹緲，攀涉不勞，而林屋巖洞幽深，峰巒奇詭，意欲卜一廛於此，藉以娱老。避患南行，忽忽十有六年矣，所以未即歸者，粤中欹劂殊賤，擬以生平著述，災諸梨棗，顧依人作計，卒卒鮮閒。何時擺脱世緣，畢心鉛槧，了此夙願，早著歸鞭，爾時結三間之茅屋，泛一葉之扁舟，足下其尋我於烟波浩淼之鄉，共醉濁醪，絮談往事，不亦樂歟！而韜竊恐其未能也。聊作此言，以爲息壤，於邑之懷，其何能已。

粤垣近患水災，當夏而寒，江南風景，當不同也。

與潘惺如明經

别後倏忽，十有六年，真覺一刹那間耳。粤樹滬雲，雖相隔在五千里外，然無一日不縈於夢寐中。曩客泰西，曾寄憶於詩章；自後歸來，未通一字，非竟恝然忘之也，以足下愛子嬌女相繼夭亡，方寸之中莫名哀痛，欲强爲慰藉，則又不能。嗟乎！人生如傳舍，豈能百年相保哉！足下悼亡哭母、埋玉沉珠，亦極生人至艱之境，正復不知足下於此中日月如何過去，當不至如昔人所云以淚洗面耳。

年來著述，略刊數種，公卿間稍稍有知微名者，或勗以出山。嗚呼！精神耗於憂患，意氣消於羈旅，迄今冉冉老矣。五十之年，忽焉已至，豈尚能趨時媚世，作三五少年態哉！聞足下近日鬚髮皓白，居然老翁，惟酷嗜杯杓，尚不減昔。韜於看花飲酒、徵逐冶游，尚有狂奴故態，何日歸來，作連夕之清談，傾頻年之積愫，一吐胸中鬱勃而後快哉！思念良殷，率作此紙。

天氣漸熱，黄蕉丹荔，時得飽啖；異鄉風味，轉增悲耳。

與顧桐君上舍

作十六年之久别，爲七千里之遠行。故人無恙，尚爾偷生；思子爲勞，未能忘弭。八載以前，曾作泰西汗漫之遊，風雨破其奇懷，波濤消其壯志。所聞所見，雖足以豪，而行路之難，不啻歎李青蓮之蜀道也。擊楫言旋，仍寄性命於三寸之管，東塗西抹，時出以詫粤中三五少年。嗜痂逐臭，頗有好之者；薄有微名，掛人齒頰，斯已可笑已。乃漸以覆瓿餬窗之物，災及棗梨，《詩癡符》沿街唤賣，不值一錢，緘璞享帚，聊自貴耳。

嗟乎！五十之年忽焉已至，雖非鬚髯如戟，尚未留鬚。亦已兩鬢漸斑。回憶酸齋花媚、精舍薝香，昔時我師輒婆娑於此，每於春秋佳日，必招及門諸子觴詠一堂，洵足樂也。迄今思之，渺如隔世。足下近況，醒逋書來，略悉一二，青囊之術，盛行於時，足繼家聲，極爲欣慰。如有南鴻，乞賜良訊。率作此紙，聊以代面。吴雲粤樹，不盡依回。

與黄春甫比部

别一十有六年矣！日月逝於上，體貌衰於下，居恒寂寞，事業蹉跎，一任鄧禹之笑人，孰爲惠施之知我。泰西歸來，仍事譯經，彈指三年，役遂中止。時同人方設印局，繆相推許，以韜承乏，蓋又五年於兹矣。年齒日增，精神日疲，酬應紛如，視作畏塗。無奈此一席地，屢辭不獲。同人勸韜即占粵籍，長住天南。然狐死正邱首，仁也，北望興嗟，常增於邑。擬於吴下莫釐、鄧尉之間，闢五畝之園，築三椽之室，爲終老計，足下以爲何如？生平著述，刻者五種，此外尚擬梓以問世，然覆醬瓿物耳，恐不足重。日月若馳，頭顱如許，悲修名之未立，痛夙憾之難平。故鄉風景，時縈夢寐，曰歸曰歸，未卜何時？此所以對酒而悲歌，望天而欲哭者也。滬上友朋時時入夢，生存死没均不可知。顧我則念彼，彼或未必念我也。方以爲長作嶺南人，客死海外耳。喟炎慨凉，世情大都如此。韜雖厄於生前，而冀傳於死後，其許之與否，雖在彼蒼，而亦可操之自我。蓋豐於彼、嗇於此，理之一定者也。

足下邇來境況愈佳，聲名隆隆日上，積儲之富，儘可逍遥農圃、偃息田園。惟蘭徵未兆、熊夢猶虚，韜以在遠，未悉其詳。入幕依人，何如買山退步？足下當思之爛熟矣。聊貢鄙臆，想無河漢。

弢園尺牘卷十一

遯窟廢民王韜仲弢著

與黄春甫比部

初秋獲奉還雲，歡悦萬狀，垂愛之誠，溢於楮墨，反復雒誦，不覺涕零。自别以來，於今十有六年，夢寐中未嘗不思念及之，恍若夙昔同堂晤對時。蓋精誠所結，不以久暫殊，不以遠近隔，古之人情浹苔岑、誼深金石者，類皆如斯，況於患難中相倚賴者哉！入秋久嗽，近且陡患咯血，以五十始衰之年而有此病，詎爲壽徵。日惟杜門習静，息慮寡營，以藥爐經卷消遣而已。此間非但無名醫，併無良藥，擬往穗垣小住，藉養身心。若不獲瘳，則修文地下，亦平生意中事也。晝夜之故，上士所不疑；淹速之度，哲人所罔戀。東坡云："葱韭大蒜，逢著便喫，生老病死，符到便行。"真達者之言哉！韜亦惟順受其正而已。

足下搆小築於五茸，甚爲欣羡，郡城雖乏名勝，而風猶樸儉，俗鮮澆漓，雞豚易謀，米薪尚賤，固居然一樂土也；郭外九峯、三泖足供游屐，優哉游哉，亦可聊以卒歲矣。他日歸來，當作杞菊比鄰，足下想無不許也。生平所愛，尤在莫釐、鄧尉間，聞西洞庭林壑尤美，昔時惜未一游，今日徒勞夢想而已。是處尚無東道主人，卜居之願，猶有待耳。海上諸故人近況若何？酒闌茗罷，尚有齒及鄙人者否？一别不見，相隔云遥，言念吾生，忽已垂暮，人生歲月，其不足把玩也如此，可不及時行樂也哉！秋氣已深，北風多厲，伏冀珍重，不既。

與唐景星觀察

昨奉瑶華，歡喜無量。西人辦事雖未必盡秉乎公，而其所争者必據乎理，則我亦惟持理以折之而已；若欲感之以情，則斷不能。泰西各國與我朝通商立約以來，其所執持者，約中條款而已。苟其有悖乎約，立斥之，彼亦無詞。然其中亦有樞紐，亦有機緘，蓋視乎辦理之人能否而已。

近數十年，西人挾勢以相凌，幾於無請之不從，有言之必踐，厥後動至酬款爲了事，誠爲深可太息者也！烟臺所議條款，當時首以爲不然者，日耳曼公使也，移文其國，謂當酌改，蓋視此尚以爲未沾利益，必使税則再爲輕減。後與總理衙門議，屢有齟齬，幾致決裂，而公使遽有下旗出都之説。按下旗即示彼此失和，不以玉帛而以兵戎，其意專在以勢挾制耳。於是遂有上諭，著總理衙門與歐洲各國駐京公使妥爲籌商之命。夫取之於民，征之於商，我朝自有定則，所謂一國之制度，不可紊也，權自我操，責無旁貸。泰西各邦之前來通商者，皆當視我之準的，而就我之範圍，烏有强人以從己，專欲利己，而不知弗便於人也。試觀英、法各國，其於洋酒、吕宋烟二款，税之嚴而榷之苛，亦復孰爲之議其後者？美國邇來征賦之重，爲向時所未有，亦復孰爲之指其非者？何則？各君其國，各子其民，土地我所自有，法制我所自立，豈有通商遠人，强預我家國事者！如必事事以勢凌之，則國不可爲國矣。鴉片税餉再當加重，所抽洋藥釐金，亦必由漸而增。蓋鴉片爲我國漏巵之至巨者，况以毒痡我民，不容不設法以嚴爲限制。即如新金山一隅，熟膏一磅，榷税五十金，未聞華商以此爲病也。洋酒、吕宋烟向來携帶至華者，不過以供己用，故在食物之中，概不征税；今此二物販運遍於各處，華人之消流者甚多，不得以食物爲例，重加税餉，誰曰不宜？要之，税之重輕、釐之有無，其無關於通商利害者，非西國之人所能預聞，如事事欲代我設想，不幾太阿倒持、利柄授人乎！即以此而至於戰，亦萬不得已之舉也，而况乎其未必然也。昔日之飛揚跋扈者，惟英而已，無何而又繼之以法，今則西班牙、普魯士，動以下旗出京爲恫喝。西使出京，則普使爲之從中周旋，仍出於酬款而後已。其數雖微，而其爲國體所關則大。設使後來各國駐京公使互相效尤，則總理衙門必至疲於奔命，是直玩我於股掌之上耳。我朝兵力雖未足，而理則甚長；理正氣壯，又何足懼。諺云：畏首畏尾，身其餘幾。我在今日，亦惟可者許之，不可者拒之而已。設或不然，天地祖宗之靈實式憑之，普天率土之憤實相共之，我知西人必且息喙卷舌而不敢復争也。

文旆之臨，未知何日？伏乞先期示知，以便迎迓江干，早瞻丰采，不勝快甚。天氣炎熇，諸維自重。

與唐景星觀察

開平煤礦之旺，講西學者争相傳説，惟自北運南，必藉輪船，竊以爲宜先販之天津、牛莊、煙臺三處，則費省而價廉。至山路崎嶇，尤須一律砥平，或築鐵道，庶幾轉輪可速。近礦之處，河道可通，必當浚深，使輪船得以直達。凡此皆礦外之要務也。

邇來泰西通商之局日開，輪船日多，其所往來者，不過通商各口岸而已，競減價值，與我争先角勝。而吾國輪船亦惟在沿海，不能直入内地，此輪船貿易所以不能日見其擴充也。竊以爲宜許中土之船得入内地，載客運貨，各處可至。況長江亦爲内地，而其利已與我共，惜當日立約之初不能計及，至今遂不能裁撤耳。夫中土所以勝於西國者，以值廉而力勤。今局中百事周備，惟少學習駕駛一門，如能於浙、閩、粤三口專設學塾，令年力壯健、材質明敏者，入而肄業，苟有能充舵師、舟長之任者，試之船事，以盡其能，至歲給俸薪亦宜有定則；凡明於西國之語言文字者，似亦毋庸過予以重貲，惟在獎進頭銜以激勵之而已。如是則一切度支必少於西人，出寡而入多，行之十年，定有成效可觀。此外則内地之利亦惟我中土所獨擅而已，西國不得以此爲藉口，而齗齗然與我争也。試觀泰西之例，别國進口之船，惟得至通商口岸而已，而己國之船則無處不可到也。此例何以能行於泰西，而不能行於中土耶？亦惟在中國自行其權而已。

上鄭玉軒觀察

近者威公使星軺在道，將旋中土。聞擬先蒞印度，與英商籌酌洋藥釐金一事，蓋以煙臺之議未臻妥協也。竊以爲洋藥既許販售入中國，則釐税之輕重增減，亦惟自我操之耳；矧乎此乃酖毒，更當示之以限制。今英京中齗齗然争禁洋藥者，夫獨非英人也哉！我國家在此時雖不能禁，亦當以正理責之。以管見所及，不過一轉移間而可歲增餉需數百萬金，正當乘威公使議定釐金之時而言之，此不可失之機也。羊城近設煮膏公司，抽收烟膏經費，歲輸二十萬於官，仿照港例行之，已數月矣。而被抽各家嘖有煩言，謂其滋擾，雖經當事者三令五申，其謗卒不可弭也。愚以爲煮膏公司非不可行，特在善立章程、不事瑣屑耳。香港爲洋藥總滙之區，凡由印度裝載以來而入中土沿海各口岸消售者，一年之中例有定額，分售各省，亦復有數可稽。今統到埠全數以觀，一年之中走私漏稅不知凡幾。鄙意不如在香港設立洋藥總行，其名曰中國粵省洋藥公司，即以廣東一省先行試辦，既有成效，然後遍行之於各省。其法凡洋藥載入粵省銷售者，則由洋藥公司購買，成箱交易，不得零數私售於别人。有洋行犯此例者，嚴行議罰。凡洋藥由印度載至，船一到埠，即在英國船政廳報明洋藥總數，此單交洋藥公司以備存查。如有印度至港中途私售者，查出，船貨充公。如是，印度既有清單在港，又有總數歸入洋藥公司，購買者按日按月具有報章，即有走漏，何從施其伎倆？每日計數，裝入省垣，到關循例輸納釐稅，涓滴歸公，風清弊絶。現在近港所設各廠可以盡撤，一年中所省委員薪水、巡船經費約數十萬金。

且此舉不獨於時局有裨，而於中外亦兩有所益。蓋英商於中國所設六廠時有怨咨，屢禀其國駐京公使及倫敦通商大臣，輒謂阻其貿易。今與之約，裁廠購土，務秉至公，彼必喜而從命。英國販運洋藥各商，總來總售，既少攪問之煩，又無拖欠之慮，隨到隨銷，悉以現銀，一歲中獲息無算，英商又何樂而不爲，而中國每年釐稅增益，必難以悉計。其近今所設煮膏公司，亦可並行而無害。蓋載土至省之後，或照前代榷酤之例，悉歸公司煮膏發售，或無論遠近，一律領土抽費。以廣東全省計之，當歲可得數十萬圓。此無病於民而有益於官，且絶無騷擾，與近今煮膏公司章程大相懸絶，一舉而數善備焉。廣東既屬可行，各省均可循例以起，皆於香港總購洋藥，而載至别處，招商局輪船又可獨擅利藪。竊見近今理財之大且易者，未有若是也。事若可行，當由總理衙門與威公使籌商，照會印度、香港兩處總督，經粤省海關簡派股商承充，到港開辦。所設六廠，計以辦有成效之後，乃行撤銷。此固裕餉之一端，而韜特爲借箸之籌者也。

與日本增田岳陽①

昨荷寵招，得飫盛饌，至今齒頰猶香，感謝靡既。足下抱非常之才，而不以供非常之用，文人失職、烈士暮年，其爲抑塞，初何可言，不佞於此未嘗不歎造物者不能彌此缺憾也。然而足下安居泉石，頤養性天，野史亭開，身操筆削，書城坐擁，酒國稱豪，此樂雖南面王不易也。況復梁氏孟光，惟耽道德；鄭家小婢，亦解詩書。一家嫺令，其喜可知。此則又令不佞深羡之而不能自已。足下與弟滄波相隔而心契潛通，臨風竦企，未面已親，殆江郎之所謂神交者非耶？文章有神交有道，弟與足下斯近之矣。

有暇幸過我，偕作清游，何如？

與余元眉中翰②

自别以後，片帆東泝，舟至神山，爲風引回，遂作十日之留，樞仙、瀚濤兩君皆有贈詩。三宿横濱，即至江户，與何、張兩星使相見。日本文士來訪者户外屨滿，樽罍之開、敦槃之會，

---

① 《扶桑遊記》中卷四月初七日載："與增田貢書云云"即此函也。撰於光緒五年即日本明治十二年（1879）。又，此函亦見録劉雨珍編校《清代首屆駐日公使館員筆談資料彙編》第667頁，較此爲詳，且後附增田貢復函，故亦附録於《弢園尺牘補遺》中，可以參閲。

② 此函亦見國家圖書館藏稿本《東游縞紵録》光緒五年四月二十二日（1879年6月11日）。

無日無之。或有時追陪兩星使後，賦詩言志，東游之作，頗有豪氣。日本諸文士皆乞留兩閱月，願作東道主，行李或匱，供其困乏，日在花天酒地中作活，幾不知有人世事。日本諸文士亦解鄙意，只談風月，吾黨中倘有行者，則我亦欲西耳。東京爲烟花藪澤，如芳原柳橋，皆驅車過之，游覽一周。有小紫者，誠所謂第一樓中第一人也，亦經飽看，但覺尋常。此來深入花叢中，而反如見慣司空，味同嚼蠟，釋迦牟尼大徹大悟，當作如是觀。吾宗也鏡、鶴笙均無恙否？重來之約，正未知何時。神户逆旅中有衛鑄生者，賣字一月，而獲千金，然則彼自謂掉首東游者，正覺此間樂矣。乃天壤王郎欲以十萬黄金買盡東國名花，至今徒成虚語，豈不令人齒冷哉。崎陽山水甲他處，正是蓬萊勝境，想其中綽約多仙子，必有深於情者。劉、阮緣深，天台重至，定當求導師偕往問津也。謂予不信，有如墨川！

此間黄公度參贊撰有《日本雜事詩》，不日付諸手民，此亦游宦中一段佳話。崎陽如有志書，乞爲代購，擬作游記，資考訂也。忽率作此，勿笑。

上丁大中丞

日昨幸得見天下偉人，雖黄河泰岱猶未足方喻，生平之願，於兹大慰。絜園花木，時時入於夢寐，今留宿其中者六七日，鄴架所儲，得窺底藴，奇編秘籍，海内所罕。天下談藏書者，精華所萃，悉在於斯。娜嬛福地，歎爲觀止。園中花木紛綺，泉水瀠洄，臨流對山，殊有遠致，一切布置，非胸具丘壑者不能。連日下榻園中者凡三八座，可稱一時盛事，而韜以一山人厠其間，每食必居首位，愛才下士，往古所無。臨行賜以異書，饋以兼金，厚惠隆恩，雖糜身百體，未足云酬。從方軍門至潮郡，小作勾留，泛韓江，登金山，閱歷名勝，藉豁襟懷。渡海而歸，風濤頗惡，兼以困於酒食，陡發宿疴，今猶日在藥爐茗碗中作生活。君子羹多，小人福薄，區區口腹之微，猶不得消受，况乎銘功勳於金石、著事業於旂常哉！而體衰多病，不能宣力於四方，亦可知矣。

閣下不以韜爲不才，以其略明洋務，或可收一得之效，既函呈總理衙門，而又貽書沈、何兩制軍。説士若甘，求賢如渴，古大臣風度，不意於身親見之，感激涕零，無可言説。日本狡焉思逞，爲患日深，設使今日者我於琉球一事仍以豁達大度置之，則其跋扈飛揚之狀不必俟諸將來，必又借别端以挑釁。蓋封豕長蛇，初何所饜，不以我爲厚彼，而反以我爲畏彼。故整頓海防、製造軍艦、訓練水師，決不可緩。如此，然後和戰之機，可自我操。特此三者需費甚鉅，一時經費無從出，籌辦者輒爲掣肘。設使爲之而仍苟且草率，因陋就簡，則辦與不辦同。夫今日之弊，不獨在因循退諉、審顧遲回，尤在臨事而倉卒，不能先事而綢繆，一旦事過，則盡舉而廢之。曩者日本駐兵臺灣，屯駐之卒不過四千，而沿海數千里騷然震動，不遑寧處，備海防、購軍械，絡繹於道；逮乎事平，則又置之。所購大砲，棄置風雨中，剥蝕鏽壞，絶無過而問焉者；所建砲臺，猶如築室道旁，迄無成事，徒以調劑屬員，任其中飽。一省如此，他省可知。此韜所以蒿目時艱，睠懷大局，痛哭流涕而長太息者也。

論者謂日本今日與昔時駐兵臺灣情形迥異，蓋和戰之權在我而不在彼也。不知我若不早自振興，力圖奮勉，則日人之患必至無有已時。備海練兵，爲將來，亦正爲今日。朝廷環顧天下，深知公能任大事，能肩巨艱，不避嫌怨，不憚勞瘁，能爲人之所不能爲，特起公經略七省。苟沿海水師得公爲之整頓，必能使壁壘一新，旌旗變色，敵人聞之，自當膽落。天下無遠近之人，無不想望丰采，羣冀公之一出，奮謨畫、布經猷，以一振中原積弱之勢。故爲朝廷計、蒼生計，則公斷不可不出；若爲公一身計，則似可不出也。何則？韜在絜園中，日侍左右，親見凌晨而興，深夜不睡，書牘往來，賓客謁見，無有暇晷。每食不過一盂，每遇事故，則裂眦扼腕，歎息累日。公之辦事，雷霆無此精鋭；公之慮事，毫髮無此精詳。殫心瘁力，罔自愛惜。每遇一事，不獨以精神注之，直欲以性命赴之，此古今所未有也。韜氣逆喘急，一病幾殆，頻夕不眠，强起搦管，頃刻之間，忽盈八紙，語複詞重，幸恕狂悖。伏祈爲國爲身萬萬自愛。

上鄭玉軒觀察

事至今日，整頓海防，製造軍艦，演練水師，豈可一刻緩哉！特此三端，每苦於經費無從出，如徒因陋就簡，則辦與不辦同。蓋水師之制，非大爲更張，則殊不可用。沿海所有水師，約三十萬，併三爲一，厚其餉糈，可得精兵十萬人。以守則固，以戰則克，何向而不濟？所慮者，砲船、拖船窳脆損敗，斷難涉大洋風浪中而爲禦敵之用，况乎或有侵蝕於提鎮之手，供其中飽，有名而無實也。今必盡除舊法而悉改新章，水師則必諳練風濤、精習鎗砲；軍艦則必取堅於鐵甲、取捷於火輪，如李光弼之入營，壁壘一新。蓋非此則不能縱擊於洪波巨浸之中而操勝券。中國之兵非不可用，特欲以此日之鎗礮舟艦而戰於大洋，吾立見其蹶也，此無異驅之入於死地也。以是議者不言戰而先言守，不言戰大洋而但言守内河，以爲自古以來，但有海防，而無海戰。不知能守必自能戰始，未有人懷懼心，軍鮮利器，而能堅壁以守者也。夫防海、練兵、製艦，爲將來，亦爲今日。我於琉球一事，置之度外而不問，而因循苟且、玩愒怠嬉，不復奮勵振興爲自强計，則彼狡焉思逞者，恐又借別端以乘我之後也。近有西人自津門來，言中日兵釁將成，總理衙門移文日本政府，限以三閱月去冲繩之名而還琉球國土，否則兩國相見，不以玉帛而以兵戎。竊謂此言亦屬訛傳，不然何以寂無所聞也。

夫此役也，以勢言之，尚可從緩；以理言之，在所必争。特諺云："知己知彼，百戰百勝。"今日本於我之情形無不深悉，恐我於日本之虚實反未周知。故今日要務，自防守攻戰之外，要當密偵探、明斥堠、絶奸宄、招賢才，懸不次之賞，嚴非非之誅。其守之之法，水雷、木樁，則取法於泰西，或師俞大猷、戚繼光之成法而變通之。至於訓練水師，購造艨艟，恐非三月之外所能集事。夫天下之能任大事、能肩鉅艱者，貴有堅忍不拔之志，不在臨事倉卒，而在先事綢繆。我苟能一旦振作，命將簡師，布告天下，雷厲風行，雲集電合，不惜數千萬鉅貲以儲軍實、固邊防、備戰械，獎率三軍，恢張薄伐，東向以討其罪，名正言順，何憂不勝！若積日曠時，徒託空言，適足以長其驕矜而已。狂妄之談，不值一噱。

與方銘山方伯

郵舶抵粤，得奉瑶華，雒誦回環，如親懿範。別紙繕呈，雖據日東史籍，然逞臆率對，何當於大雅萬一。猥蒙褒異，無任主臣。

東瀛之游，小住江户者十旬，所交多名人勝流。此邦主持清議者，羣以滅琉改縣爲非，而尤以失和中朝爲非，計特以國多忌諱，未敢顯言。政府大小臣工相見，絶口不及琉事，掩耳盜鈴，良可怪笑。彼自矜崇效西法，然亦徒襲皮毛，所有兵艦二十二艘，良窳不一，惟去年購自英國者尚稱鞏固。陸營水師，皆有西人爲之教授，日夕演練，急不待時。兵艦中指揮駕駛者，半屬西人，若一旦有事，盡行謝遣，必不能獨操勝券也。彼指琉球爲内屬，亦係飾詞，蓋心知其非而口不能言，騎虎之勢難以復下，然其鴟張狼顧之形、跋扈飛揚之性，非有以小挫之，必不肯俯首帖耳，以至馴伏耳。英、俄相伺已久，今果啓釁，不出曩時所料中。俄人不復用兵於歐洲，而獨注意於亞洲，舍土耳機而助阿富汗，此正秦之不攻韓、魏而西取巴蜀也。蓋以天下大勢觀之，圖亞易而圖歐難，俄人已漸悟向者用計之左。顧俄人此謀一萌，而亞洲之局正復可虞。若俄人不得志於印度，轉而他圖，勤而無所，必有悖心，亞洲恐自此多事矣。我國家勵精圖治，曷可緩哉！今者東虞莽日之興，北慮强俄之患，時事孔艱，正在斯日。稽古在昔，國以無難弱，亦以多難强，惟願在廷諸公振作有爲，一洗頹靡之習，内以治民，外以治兵，以中國之大，横行於天下且不難，而何有乎俄、日哉！聊發狂談，藉資撫掌。

與盛杏蓀方伯

薄遊東瀛，路出金閶，與諸故人重拾墜歡。往涉留園，泉石清幽，花木静遠，側聞園主人爲天下風雅士，華族蟬嫣，家門鼎盛，文章節行，照耀宇内，即心誌之弗敢忘。旋在雨之方伯座中獲挹芳徽，恨相見晚。辱承繆加推奬，譽不容口，盛德虚衷，世所罕覯，自慚譾陋，無任主臣。

韜於日本之行，得友五人焉，何星使子峨侍講、黄參贊公度太守、廖樞仙教授、吴瀚濤少尉、沈梅史别駕，皆當世才也。文字性情，並相沆瀣。旅居江户，昕夕聚首，往往擊鉢哦詩，看花覓句，東遊之作，頗有豪氣。臨行，日本諸文士設祖帳於中村樓，自星使以下，至者百有餘人，歌舞迭陳，管絃並奏，新柳二橋之粲者，一時畢集，異方之樂，亦可云盛矣。

放櫂歸來，得與閣下重晤於徐園，於時小讌初開，名花列侍，絮談別況，重入歡場。既看東國繁華，復聽南吴絲竹，移情悦耳，夫豈有殊。閣下于役金陵，正當多士雲集之時，金風扇候，玉尺量才。大江南北，爲人才所薈萃，惜一爲帖括所困，雖有殊材異能，不得不俯就有司繩尺耳，此豪傑之士所以痛心扼腕也。秦淮畫舫，可似往時？莫愁、桃葉間，尚有流風餘韻否耶？一追憶之，忽忽有今昔盛衰之感，況乎閣下身歷其境者哉！

韜香海回帆，已鄰秋杪，重陽節近，又往揭陽。潮郡數邑，緑水環城，青山繞郭，殊有江南風景。日人封豕長蛇，方思薦食，滅琉改縣，乃其肇端。曩者日人駐兵臺灣之役，韜曾致書召民觀察，指陳形勢，先事防維。使如韜言，早爲整頓，日本決不敢覬覦琉球，取之如寄矣。追維前事，曷禁三嘆。嗚呼！是役也，我國家酬款五十萬金，乃始罷兵歸國，然較之烽燧照於疆圉、肝腦塗乎郊野，則所費省矣。當軸者方慶無事，而邊防一切置不復講，故不數年間，復有琉球之役。是蓋窺朝廷務以寬大爲懷，遂敢出此也。竊聞當軸者於此若以前事爲鑒，反復詰責，幾於操之太蹙，特未知我之所以備日本者，仍未有也。其情亦與前日同，此草野小民一思及此，所以痛哭流涕長太息者也。夫臺灣切於琉球，生番重於屬土，前事之失，後事之師，及今而圖之，猶未晚也。聊貢所懷，以博一粲。樹雲在望，慨想而已。

與陳茇南觀察

三月中作東瀛之游，中間道經滬瀆，路出金閶，凡浹四旬，與景星、雨之兩觀察晨夕聚首，徵歌侑酒，勸飲巡環。席間獲識盛觀察杏蓀，修士相見禮，辱投縞紵，深結苔岑，酒酣耳熱，縱談時事，輒欲爲之泣下。三君子者，皆世之有心人也。既至日本，居神户者九日，旅東京者十旬。猥蒙何星使子峨侍講、黄參贊公度太守不棄譾陋，折節下交，時時過從。忍岡花媚、墨川荷香，皆日東山水勝絶處也，聯鑣並往，觴詠間作，往往擊鉢聯吟、擘箋題字，三爵之後，墨瀋淋漓，日東文士在席環觀者，輒爲歎羨。此亦風流之逸致，羈旅之豪情也。小住日東，無日不看花醉酒。新柳二橋，彼姝所萃，其間層樓櫛比、傑閣雲連；異饌佳肴，咄嗟立具；名花既至，小讌即開，箏琶並奏，歌舞迭陳。特其聲嗚咽抑塞，殊不可聽，異方之樂，祇令人悲耳。臨行，日東文士設祖帳於中村酒樓，一時不期而集者，百有餘人，冠履濟蹌，獻酬交錯，明季復社有此勝概，遠方之人躬逢其盛，亦足以豪已。

香海回帆，已近秋仲。月圓之夕，西風無恙，東顧堪虞。當路大僚以日事垂詢者，時有函至，削牘命毫，率以臆對。重陽節近，又作潮郡之行，先詣揭邑，後涉韓江，勾留半月，可謂暢游。言旋絶嶠，息影蓬廬，馳企正殷，朵雲忽逮，兼以匪恒寵貺，白氎遥頒，潔白柔嘉，足稱珍異。從此一室胥温，畢生受用，銜戢靡極，銘佩勿諼。閣下立功於萬里之外，奮碩畫，宏遠謨，俾聖朝聲威所訖，遐頌邇安，以媲美乎傅介子、班定遠，遜聽之餘，預有榮施。雲山迢遞，波路阻長，相見尚遥，伏冀珍重。

上鄭玉軒觀察

日者在英購辦兵艦四艘，聞已抵津。惟西人論此，謂是守船，而非戰船。蓋以之防禦内河則有餘，以之縱擊大洋則不足也。是船之制，凡有四弊：

船身甚小，而船首之礮重三十五頓、彈重七百磅，其砲尚是舊制，從口進納，藥彈彈出，其遠僅十二里；施放之時，船小砲重，船身必至摇簸，設使敵船之礮從而乘之，再一著彈，恐至沈溺於洪濤巨浸中，此一弊也。

船首之礮雖以機器轉旋，而但能進退高下，不能左右咸宜；設遇風濤洶湧，船身欹側，測量施放，必至難有定準，此二弊也。

船身四周，所包鐵皮僅厚數分，不能當敵人之巨砲，且無事之時，船身必日事刮磨，華人每多憚於操作，日久鏽生，損壞必速，反不如木質之可久，此三弊也。

是船名爲蚊子，謂我往攻人，而不能受人之攻，故其行貴速，一點鐘必行四十五里，庶幾易避敵船之轟擊；今是船於一點鐘許僅行三十里，過於遲鈍，易爲敵船所追襲，此四弊也。

是船制度雖皆仿鐵甲戰船之式，烟筩並可倒放，首尾具有機器，進退可行，惟直行一點鐘僅三十里，却行一點鐘僅二十四里；而遇戰之時，船身不能入水，避彈無從，是雖有摧敵之利，而已少禦敵之長。是船曾在英京施放五礮，頗覺船身震撼異常，當時經曾星使觀閱，見其行駛重滯，已不慊意；惟兩旁四礮，皆係新式，從後納彈，左右進退，無不如志，雖砲輕彈小，而其遠亦可十二里許，差爲可取。論者謂如此材質，苟在廠中自製，一切經費只需七八萬圓，已爲至昂。嗣後當軸者若再購置兵艦，當取乎船大、砲輕，而行迅速。必若此，始可操勝券。謹獻一得之愚，惟少加采納焉。

上何筱宋制軍

今年三月中，以養痾遠遊，遂有日本之行。道經滬瀆，謁見郭侍郎，告以日本狡焉思逞，夷滅琉球，降爲郡縣，我朝廷仗義執言，移文日本政府，令其改冲繩之名，而還琉球國土。夫琉球爲我中朝藩屬，已二百餘年，普天率土，罔不聞知。今一旦舉而翦滅之，日人之心，殊爲叵測，情同藐玩，志挾侮凌，薄海臣民，無不痛憤。我朝廷移文相詰，名正言順。况乎琉球爲千餘年自立之國，載在職方，登於王會，用以備我屏藩，保障我東海，今日翦焉傾覆，我中朝即欲置之不問，亦所不能。夫存小邦、保弱國、興滅繼絶，此天下之公義也。故今日所争者爲大義，非爲虚名；爲將來，非爲見在，我中朝豈貪此彈丸之片土哉！

韜至日本後，居神户者九日，旅東京者十旬，與何星使子峨侍講、黄參贊公度太守偶及此事，未嘗不躊躇太息。屢與政府折辨，開誠布公，而益增其横，知此事非可徒以口舌争。惟汶陽之歸，東人爲之氣索，蓋彼方幸俄人與我有事，而彼得以乘間而起也。日本自步武西法以來，無事不加倣傚，自以爲能盡西人所長，急欲輕於一試，兹於船艦鎗砲，日事製造；陸兵水師，日事演練。然核其實，則火輪戰艦僅二十四艘，而良窳參半；陸兵止三萬，水師止數千，而尚須募人以足額。長門險要之所，守兵單薄，則行三丁抽一之法。各處炮臺半多損壞，惟東京者尚屬鞏固可恃。東京爲其畿疆重地，兹特新製砲艇五十艘，以資防禦。自與泰西諸國通商，每歲輸出之銀凡七八百萬，國中見銀日絀，民間惟行紙幣，而實不足取信於西人。地小而物寡，民窮而財盡，幾於國不可以爲國，而尚欲用兵域外，啓釁鄰邦，多見其不自量也，正恐兵動於外，民變於中，亂生肘腋，禍起蕭墻，深爲日人危也。

顧日人之情形雖如此，而我之自備者，要不可不亟。整頓沿海水師，非一時所能集事，要必盡除舊法，悉改新章而後可。軍艦既成，水師既精，然後可以言戰、可以言守。誠以日人豕突狼奔，逞其無前之鋭厲，先發作難，沿海之地，在在堪虞。是在我貴有堅忍不拔之志以待之，勿以小勝喜，勿以小挫驚，必先破其恫喝之陰謀、奪其驕凌之僞氣，我怒彼怠，彼驕我奮，然後能一戰以制其死命。

雖然，東顧之虞，其小焉者也；西事之圖，其亟焉者也。近日歐洲情形又將一變。普澳既聯，法俄又合，英居其中，勢成孤立。土耳機又以德爲怨，糾不逞之國，與英爲難。英前既用兵於阿富汗，近又將進討緬甸，波斯向爲印度之屏蔽，今復貳英而助俄。是英於歐、亞兩洲皆將有戰事。設使藩屬諸小國環起而叛英，則俄人必將乘間以圖印度。蓋俄知歐洲之不易圖、亞洲之尚可爲，與其争空名，不如争實利，故舍西北而事東南，舍土耳機而謀印度。設又知印度之難謀，舍之而他顧，則將惟弱是兼、擇肥而噬，亞洲大局，正爲可危。英自失法之援，持盈保泰，不敢輕啓釁端，即曩者出全力以助土，亦僅虚聲而已。歐洲諸國慴於英之素强，故莫敢先發以與之抗，其實兵力之强弱、兵額之多寡，今昔相判，早已攸殊。彼普、澳、俄、法，帶甲或數十萬，或百數十萬，而英傾國之師，不過十五六萬，雖用兵貴精不貴多，然相懸太甚，勝負之數，究未能必之操券也。英、俄將來必出於戰，兩雄之中，當有一蹶，然後歐洲之局可定。

要之，我國家在此時要當奮發有爲、亟圖振作，爲自强計。我中國雖不以歐洲之治亂爲禍福、歐洲之盛衰爲憂喜，而當其多事之秋，正我勵精圖治之日。憂盛危明，古聖王之所不廢，況乎叩關互市，越境通商，虎視鷹瞵，環而俟我者之不一其國哉！無如步武西法，僅得皮毛，講論治功，但在眉睫，而其患尤在因循苟且、玩愒廢弛、怠惰偷安、拘泥不變。淺近者甘於自域，遠大者務爲自滿。虚憍之氣中於人心，而其害遂至於國是。又復各執一見，互相詆諆，不知至於今而猶不知變通，是卻行而求及前人也。夫中國，天下莫强焉，在乎能自奮興耳。今日要務，先在取士儲材，簡官選吏，以治我之民；次在練兵教衆，製艦厲器，以治我之兵。至於改易營制，講求海防，演習鎗砲，蒐輯軍實，一切須以西法從事，後然内可以睦鄰、外可以禦侮，而天下事自無不舉矣，而何患乎日？又何患乎俄？

再上何制軍

還自東瀛，瞬將三月。道經滬瀆，路出金閶，自違鄉里，十有八年矣，故園花木，尚待歸人，異國山川，空留別恨。

伏念韜少聞西學，長好壯游，曾旅於英國蘇格蘭北境者兩載有奇，地近北極，少燠多寒；既旋中土，伏處遐陬，又已十年。自愧蠢愚，於一切所學僅得糟粕，未咀菁華，不足爲當世名公鉅卿所知。乃蒙丁大中丞説士若甘，愛才如渴，過加拂拭，以鄙名達之閣下，獎許逾分，無任悚惶。韜遠方下士，無位小民，又何敢輕趨幕府，長揖戟門，聞命自天，馳惶無地。然念平日讀書何事？原欲上以爲國，下以爲民，苟有用我者，未嘗不願竭材力，效馳驅，冀用湔除積憤，恢廓遠圖。惟是利非干、鏌，自羞爲躍冶之金；質類駑駘，敢詡爲識途之馬？以此躊躇，恒勞審顧。特以閣下爲當代偉人，千秋名世，近踰韓、范，遠繼皐、夔，黄河、泰山，未足方喻，亟欲乘風登舶，擊楫渡江，以快遂生平願見之私。旋聞中丞傳語，謂有後命，令韜仍居香海，如有見聞，據事直書，參以所知，少加斷制。

夫自開辦洋務以來，三十餘年矣，駕馭失宜，羈縻寡效，飛揚跋扈，以至於今，有心人良深浩歎。其實扼要不過片言，忠信篤敬，行乎蠻貊，此宣尼萬世不易之常經也。誠能開誠布公，引繩批根，一循條款，專主約章，可者許之，不可者拒之，不卑不亢，必果必速。苟有非分之干、不情之請，勢力相凌，詐諼相尚，亦惟據理折之而已。南方洋務，以香港爲樞紐，在所首重。

其附近之緝私抽釐，斟酌損益，其中自有主者，未遑越俎。至於中外交涉之件，必有一人維持其間，則方不至於掣肘。蓋彼此齟齬，多由於律例之不明、章程之未稔。今以一人代肩其任，敷陳一切，自爾情鮮隔閡，誼敦輯和，而凡事無不易辦矣。若夫窮情僞、燭機緘，以見在而驗將來，由既發而推未著，温犀禹鼎，鬼蜮顯呈，載筆呈詞，竊未多讓。馬市骨而駿來，久已耻郭隗之自舉；錐處囊而穎脱，何敢作毛遂之笑人。非閣下降貴紆尊，推誠下問，又何敢褰簾炫耀也。銘鏤奚言，悚惶曷既。

朔風始厲，寒氣已深，伏冀萬萬爲國自重。

上鄭玉軒觀察

今月十三日，崇宫保自法旋軺，郵舶抵港，以體中小有不慊，並未登岸。韜晤其文案陳君養源，杯酒巡環，劇談竟夕，知伊犁之事已臻妥協，朝廷可紓西顧之憂，東人雖跋扈飛揚、崛强恣肆，而一聞汶陽之歸，要亦爲之氣索。《西字日報》每論日本兼併琉球一事，輒多偏袒。蓋日本自步武西法以來，自以爲漸著富强之效，而騴騴然馳域外之觀，西人每重視日本而輕視中朝，遇事輒任意抑揚，隨聲附和。琉球向時入貢於薩峒摩，不過與新羅、百濟、高麗、渤海同爲藩屬焉耳，載之日本國史，班班可考。而近時遽欲視之内諸侯一例，此一人之私言也。西國不察其實，信以爲然，羣謂日本之於琉球，土壤相接、支派相同，性情風俗無殊，文字語言無異，其地應爲日人之所有；或又謂琉球介於日、俄兩大之間，而弱小不能自立，設使日人不取，則他日必爲俄人所取，今既歸日人之版圖，則日人可以施其保護，俄人得以絶其覬覦。然此究未免一偏之論，其登諸西報者不一而足，或出自日人所指授，未可知也。

顧西人之左袒日人，特非無故。我朝所有藩服，自琉球、高麗外，越南則據於法矣，暹羅、緬甸則據於英矣。蠶食鯨吞，方且日事侵削，安知其後不爲琉球故轍乎！故以琉事，折衷於西人，計之左也。至日人之與我中朝齟齬者，要亦有因。彼且謂法之於越南，英之於暹羅、緬甸，中朝何不一問之？而獨於日本之併琉球移書詰難，是畏歐洲而欺日本也。特彼不自知日於琉球，入其國、擒其王，據其土地，而英、法則何嘗若是之甚也！日本必以琉球爲内屬，是尚思據理而言，爲掩耳盜鈴計，然明者轉笑日人之徒勞妄作矣。何則？天下之公 論不可掩，政府之事實不能假也。西報所辨琉球向歸日本有三事足證，韜曾大加駁斥，著之日報，然實無濟於事也。大聲而呼，彼置罔聞，鄭昭宋聾，付之一噱。夫琉球之滅，日人恃强肆暴，非理横干，既不能以口舌争，又豈能以筆墨戰。示之以文告而彼不畏，不如懾之以武功，而彼自服也。軍艦之製，水師之練，海防之整頓，又曷可緩哉！

上鄭玉軒觀察

近日時局維艱，洋務孔棘，倭狙伺於東南，俄虎視於西北，齟齬之形，早已見端，若不善爲處置，則兵釁之開，要必不遠。今以日俄之形勢視之，日小而俄大，日弱而俄强，其與我勝負之數，宜乎毋待蓍龜。不知兵端初見，日可以倖勝，而俄必以驕敗；及其究竟，我必勝日而無疑，而俄則未敢必也。日事今且置之勿論，而俄人當思所以善處之方。日事則和戰之權操之在我，俄人則從違之幾決之自彼。

聞我朝再遣曾襲侯自英往俄論辨是事，以萬國公法揆之，俄欲不行接納，亦無不可，此時則又將如何？一言以蔽之，曰：自强之術，不可不亟講也。將來俄人啓釁，進兵必在水而不在陸。

北方土壤雖與我毗連，而沙漠廣斥，氣候嚴寒，途路遼遠，調遣殊難；鐵道未建，轉輸非易。俄之水師，戰艦雖不如英、法之精，而近日講求，惟恐或後，綜其全數，艨艟鐵甲，雨集雲屯，縱橫馳擊於大洋之中，固其常事也。彼如出此，正我之深憂耳。設使俄果欲戰，我惟有委之於列國公使，俾其互相籌議、秉公裁斷而已，排難解紛，固泰西之例所應爾也。若不忍一時之忿，而遽以一矢相加遺，竊以爲非萬全之策也。持重老成，瞻言千里，當不以斯言爲河漢。

與越南官范總督

震鑠隆名，良深欽挹；迢遥雲樹，清覿莫申。日昨伻來，道達盛恉，猥蒙虚衷下詢，安敢不竭所知，用獻野人一得之愚，以冀采擇。

竊以十餘年前，韜曾作通商禦侮説，使即在此時行之，或可挽回於萬一，而今則已晚矣。夫法，虎狼之國也，蠶食鯨吞，志在叵測。通商中土，以西貢一隅爲東道之逆旅，顧其心猶以爲未足，將來之事，難以逆睹。貴國如欲絶其覬覦，莫如亟圖自强，内則治民，外則治兵，振刷精神，以期得當。然此亦老生常談，或知之而不言，或言之而不行。蓋能坐而言、起而行者，在乎得人而已。而有時事至於無可如何，國雖有人，終莫能救。子輿氏素以王佐才自負，其平日之言曰“湯以七十里而興，文王以百里而王”，及其策五十里之滕，不過曰避地圖存，效死勿去已耳，究無計以免强齊之逼。

夫東南洋諸島國，歐洲諸邦實盡之，今所存者，貴國與暹羅、緬甸鼎足而爲三，皆我中朝之藩服也。貴國之締好於法，猶暹羅、緬甸之受制於英，雖由其外觀之，法嚴而英寬，法暴而英仁，而其處心積慮，則一也。法以貴國爲己私，猶英以暹羅、緬甸可獨據也。然則雖使歐洲列邦盡與貴國通商立約，其不能以賓奪主、約束法之所爲，可知已。暹羅、緬甸境中豈無法人，英與二國有事，一舉一動，法不能問也。易地以處，亦皆然矣。事至今日，萬不獲已，惟有盡人以聽天。港中素有貴國商人船舶往來，爲貴國計，先遣重臣抵港，謁見港督，請在港設立領事，以理貿易事宜。港督喜廣招徠，必無不許。領事既設，然後情意可以漸浹，而商務或有起色。英人通商貴國，由此可行，若一旦有事，即可乞之居間排解，此一道也。惟事關創始，一切規模必當擴大，所以尊國體而樹國威。試觀日本，通商港中，貿易甚微，物産亦寡，而猶特設領事，與諸國交相往來，不憚遥遠，不惜經費，居然列於諸國中，揖讓周旋，初無少遜。貴國土物，何遽不如？况桂楠沉檀，尤爲珍異，他日商務之興，可卜之操券，所爲借箸之籌者，如此而已。

與日本寺田望南

向旅江都，所購貴國書籍不下百數種，一時名流碩彦之著述，搜羅殆遍。惟聞秘帙尚多，古本不少。足下平日富於鑒藏，精於訪求，定當彙有目録，便中伏乞垂示。昨託黄參贊公度購得經義數種，此書坊中甚罕，皆覓自向時藏書家。聞貴國昔年曾下燔書之令，所有異書，俱付祖龍一炬。我國書賈自滬捆載來南者，盈箱累笥，指謂予曰：此從虐餤中幸脱者也。然檢之，半多散佚不完，此亦藝林之一劫也。今者神田聖廟中設有經籍館，購藏中、日、泰西三國之書，所蓄中土書籍已至九萬三百四十五册，亦云盛矣。十餘年間，前後頓成兩轍，感昔撫今，良可慨歎。足下何時重游此間，當敬埽逕以待。

弢園尺牘卷十二

遯窟廢民王韜仲弢著

上鄭玉軒觀察

俄人之欲開邊釁久矣。近知歐洲之不能逞，而思注力於亞疆；知印度之未可圖，而欲耀威於中土。以爲制勝之法，在舍堅而攻瑕；用兵之道，在避實而擊虛。與其争空名，不如收實效。伊犁一隅，俄人久已垂涎，設使中朝大度包容，置之不問，則彼即據爲己有。逮乎特簡重臣親往索取，彼欲不與，則於理弗順；逕以畀我，又於心有所不欲。故特設數難端，名還而實否，冀相牽制。今崇宫保因使獲譴，俄人豈無耳目，恐責言之至，朝不逮夕。俄人處心積慮，殆非一日，一旦有所藉口，其發必速。况整頓水師、調集戰艦，在我則難，而在彼則易，在我則遲，而在彼則捷，彼之啓釁，必若迅霆之不及掩耳。何則？彼知我兵備久弛，邊防未固，戰具未齊，兵卒未練，而後彼乃得惟所欲爲也。

論者謂俄主好大喜功，嚴刑峻法，國人久所弗喜；俄后專制攬權，寵任大臣瑪理輔，瑪理輔喜開邊釁以邀功，日事兵戎，求逞其志，必斥退之，而俄國之亂始可弭也。國中之爲叛黨者，皆希利尼人，以教事不同而起，各立門户，互相水火，而俄主未免偏袒虐待，此禍變之所由始也。西報譏俄主宫闈濁亂，穢德彰聞，其是否雖不可知，而父子不和，上下交怨，窮兵黷武，財匱餉絀，小國憾之，大國忌之，强鄰悍敵環而伺之，俄幾勢成孤立，故即使用兵於中國，亦無所患。美邦前任總統赫蘭之言曰：中、日之患在英、普而不在俄。土耳機之戰，俄已財殫力痡，目前必不能爲患。今兹英、普、澳三大國相聯，大有虎視萬邦之勢。英人已據有阿富汗而滅之矣，阿之疆宇隸入版圖，而英又修好於波斯，以勢揆之，暹羅、緬甸將來皆可虞也。法於越南，志在必取，恐不三四年，阮宗不祀忽諸，深可悲也。亞洲大局岌乎殆哉！普自勝法之後，飛揚跋扈，航海東來，尚無一片土爲其逆旅，藉以停戰舶、駐兵旅、設官守，以衛商賈，以壯聲勢，此固普人日夕圖維者也，特此時未有可乘之機耳，要不可不慮也。雖然，俄爲歐洲之巨擘，諸國皆視如無道之虎狼秦。今一旦與我爲難，實我國之殷憂，況乎我又先與之以間也。

崇宫保因使得罪，傳聞鄰國莫不竦然動色，臺官論列至連上四十七疏。竊謂此役也，當鄭重於未行之先，不當彈劾於既還之後。崇宫保之能勝重任與否，舉朝之人豈無一知之，而無一言之者。此所未解者一也。既未廷受密旨，豈樞府大臣亦絶不潛授機宜，預示方略乎？如俄人自恃强大，索而不還，則將如何？或僅還其半，將如何？或還而索重酬，此外更有所要約，將如何？廷議所及，於未行之先，要當胸有成竹。豈如是重大之事，絶不先爲籌畫，而聽宫保之一行即爲了事？此所未解者二也。左侯帥之駐師新疆，與崇宫保之出使俄國，互爲樞紐。當宫保之行，何不取道於新疆，面見左帥，商酌事機，不獨伊犁之情形洞悉於胸中，即俄人之情僞亦如掌上螺紋。乃彼此絶不相通，各自爲事，判若秦越。此所未解者三也。至於今日，事後所論，人人能言之，殊不足以折服崇宫保之心也。

然則崇宫保宜若無咎乎？是又不然。我國雖不若泰西諸大邦，所論一有不合，一遞電音，水師戰艦可以朝發而夕至，使臣於舌戰之外，繼之以兵戰，所謂不能折之以詞而可惕之以勢也。泰西使臣奉命人國，往往二者互相爲用，故論者謂爲西國使臣易，爲我國使臣難。然崇宫保以特簡之重臣，宣朝廷之威命，所恃者有萬國公法在，全權使臣職居一等，别國待之有加禮，其可否是非之間，不妨面折廷争，彼必不敢稍形侮慢也。試觀南北宋時，其孱弱爲何如？遼、金二國，其鴟張狼戾爲何如？猶且争歲幣、争名分、争一字，以持國體，爲使臣者，雖受幽囚凌辱而不顧。今我朝幅�之廣，人民之衆，財力之富，何遽不如俄？雖積弱之勢爲其所窺，而持理以折之，彼亦未敢倔强也，惜乎崇宫保之自餒也。

顧一誤豈容再誤，崇宫保之還，要當不動聲色，其和約之可從者從之，不可從者從容與之辨論，俄未必遽爾發難也。今則反予俄人以有辭耳。朝廷治崇宫保之罪，雷厲風行，四鄰聞之，相顧色駭，以後徒增輕視使臣之心，而以使臣之言爲不足憑。一也。所舉未必有裨時局，斷不能使俄人聞之因此而不復追問前約，且恐益以增俄人堅持踐約之心。二也。此與日本争論琉球一事不同。日本之事，其直在我；今日之事，其直在彼。蓋俄得以立約，所言與我相周旋也。特此二事，愚皆惜其操之太蹙，使人得以因此而窺我。子貢曰：有伐人之心，而使人先知之，此危道也。故我於此，竊惜樞府計之左也。

日本之事且置勿論，而俄則勁敵也。境壤毗連，於北方爲尤近。俄人若因此啓釁，近必不進攻新疆，遠必不直搗天津，當由欒州、灤河繞道而進。前日英、法之船聚泊登州海面，其明驗也。故山東登州一帶，當設重防；盛京三省之地，亦宜實之以兵力。特以大局計，要當以不戰爲上。

上鄭玉軒觀察①

今日之患孰有急於俄事者哉？我即不與俄戰，而俄則必欲挑釁以出於一戰，將奈何？不戰而和，此爲上策。兵端既開，有難言者矣，杞憂正未知何時已也。近見諸言官奏疏，皆欲與俄爲難，而朝廷業已密諭各直省整飭戎行，謂即無俄釁，亦在必行。夫邊防本不可不固，兵備本不可不嚴，原非待敵國外患爲然。蓋備於不虞，古之善教也；有備無患，武之善經也。當此時局維艱，洋務孔亟，演練水師，添設戰艦，廣招工匠，製造槍礮，籌備餉糈，整頓營壘，誠不可一日暫緩。當道諸公鋭志壹心於此，可謂知所急務矣。特慮進鋭者退速，始勤者終怠，行之一二年旋復廢撤，或僅奉行故事爲可虞耳。

抑又聞之：自强之道，自治爲先。今日之弊，在上下之交不通，官民之分不親，外内之權不專，中外之情不審，於是乎一切之事，昏然如隔十重簾幕。今當一反其道而行之，然後可選舉人才，簡擇牧令，搜羅遺逸，廣儲材藝，而與民開誠布公，相見以天，恤災蠲賑不至於具文，撫字噢咻不至於隔膜。國有大政，宣示中外，布告遐邇，使民間咸得預聞，以伸率土普天之憤，而壯同仇敵愾之風。蓋爲國者首在得民心，民心既固，士氣自奮。今日之民心涣散極矣，國家之安危無預草野之休戚，朝廷之榮辱無關氓庶之憂喜。一有事故，流言傳説，盡人人殊，而其心亦復人人不同。此民之不足恃也。今日之士氣，惰玩極矣！無事則嬉，

---

① 此函全文亦見於王韜與盛宣懷書信中，見本書《弢園尺牘補遺》之《王韜與盛宣懷書信》(一)，與盛函末署庚辰（1880）三月七日，則此函亦當撰於此際。

有事則驕；入市一空，過村一鬨；遇有調遣，惟事逍遥，遇有大敵，志在一逃。此兵之不可用也。今日之宦途敝壞極矣，幾於末流，不可復挽。其外固壞於捐納，而其實尤壞於科第。今之所謂士者，皆率民而出於無用者也。誠能廢科第而爲薦舉，采之鄉評，參之里選，而後上之州邑，孝弟力田，廉節方正，以端風俗，以厚人心，而别以實事、實功、實學、實行設科取士，則人才自生，士流自清，宦途不患其不肅。目前所宜備者，固在東三省，然長江雖曰天塹，俄人豈不能飛渡哉！今俄人戰艦停泊我沿海境上者，已有十六七艘，前日闖入東粤省河，探測水道之淺深，窺伺防禦之疎密，面對城闉，口講手畫，其意實叵測，一旦變作，必且猝起爲患。招商局輪船可盡爲彼虜，以供其用，各處所設船礮局廠亦在可慮，彼必將阻截南北、遏絶郵傳，遍地驛騷，各省震駭，我且疲於奔命之弗遑矣。

竊以爲朝廷用人，宜當其材而用之，尤必專於其任。西報有調升曾爵撫總督兩江之説，雖不足憑，要非無因。九帥長於用兵，曩者克復江南，聲威素著，今總制巖疆，扼守長江，敵人必聞而生畏。愚以爲東三省亦重鎮也，宜以爵撫獨當一面，爲全遼之屏蔽。往者朝廷曾命丁中丞經略七省，督辦沿海水師，遇事則與兩江總督會商。竊以爲經略七省，任重而事鉅，而經費無從出，則亦徒擁虚名耳；會商則必至多所掣肘，不能獨斷獨行，即使倉猝從事，於大局亦復何補。徒受虚名，必鮮實效。中丞於此，亦惟有鞠躬盡瘁，以孤忠上報國家而已。誠不如實授以兩江總督之任，一以事權，俾得有所展布。長江水師、沿海戰艦，均歸其節制，而由南六省爲之籌費，由洋關爲之佽助，務使悉易章程，俾壁壘一新，旌旗變色，一切皆歸諸實用。中丞遺愛在吴，愛民下士，民到於今稱之。今者節鉞重臨，三吴之民必樂爲用。至長江水師，既有彭雪琴侍郎爲之總統，其提督一缺，似可以方照軒軍門爲之，許其便宜行事，廣募潮勇，藉以衝堅折鋭，先挫敵人之鋒。沿海各直省多設水師館、藝術院，演放槍礮，練習駕駛，上下同心，將士戮力，十數年後，或有成效可觀，然後始可以言一戰也，而今則猶未也。夫天下非常之人乃能建非常之事，然必畀以非常之任，而後始克成非常之功。事權既一，智慮乃出。今外無專任之將，内無仔肩之相，聚訟盈廷，莫執其咎，言官徒知逢迎意旨，據理以争。不知事至今日，要當度勢審時，行權達變，苟拘墟成例、執持舊章，則必至於僨事。試問泰西列國通商以來，其所請何一在乎理之中者？而卒至於許之，則事可知矣。急則奮，緩則怠，苟且因循，夸張粉飾，其弊沿爲積習，而其禍遂中於國。是前事之不忘，後事之師也；前車之既覆，後車之鑒也。我國家誠能勵精圖治、奮發有爲，三十餘年中，亦復何事之不可爲，而奚至於今日！此賈生所以痛哭流涕而長太息者也。雖然，來軫方遒，補牢未晚，其亟圖之，以冀萬一。

與日本寺田望南

橫濱判襼，倏忽十旬，歲月之不足恃也如此。韜於七月十四舟抵春申浦上，即見相良長裕，訝其何以至此，握手歡然。欣逢舊雨，看花小苑，煮酒當壚，頗得同敘款曲。八月朔日，彼往津門，韜還香海，帆影參差，天涯人遠。返卧故廬，小病纏綿，茗碗藥鐺，不離左右。重陽時節，又有潮郡之行，上謁丁大中丞，得見天下偉人，極生平黄河泰岱之觀。放櫂韓江，拄笏金山，覽湘子之遺蹤，尋昌黎之往跡，閲歷名勝，亦足以豪。正深憶念，忽惠朵雲。楊柳津頭、桃花潭口，故人情重，無限感懷。承示《柳橋》、《若吉酒樓》云云，讀罷輒爲黯然。此固韜舊游地也，歡場已遠，綺夢難尋。小鐵寄聲問訊，尚有餘情，小勝、小玉亦韜意中人耳，惜以未問漁父之津而遽返支磯之筏，他年劉、阮重來，正未知何時耳。

韜在足下處頗得異書，良友誠不我欺也。撫卷長謡，輒拜嘉惠。惟《一切經音義》闕三十一、三十二兩卷，尚俟補齊，以成完璧。書賈夫己氏繆託風雅，直市儈耳，瞯韜於是日啓行，乃送書至，所寫書單價目雜以日東草書，使韜不能猝認。今將書細校，半非韜當日所遴選者，價亦昂貴逾恒，此蓋乘倉卒之際得以售其奸也。人情狡詐，世途險巇，爲可歎哉！貴國鈔胥小史價廉而字工，韜所購《白孔六帖》、《朱舜水集》中有闕帙，擬借別本補鈔，想可即託成齋先生覓人繕寫。邇來如有秘籍奇編爲近時所罕覯者，乞示書目，尚擬廣購。滄波瀰渺，雲樹蒼茫，相念之懷，曷其有極。

與日本重野成齋編修

春申江上小住行蹤，日則問舍求田，夜則徵歌侑酒。每至耀靈匿影，蟾魄初升，銀燭高燒，名花環侍，無奈脆竹么絃，别增愁緒，猶幸吴歈越謳，頗解鄉音。香海回帆，已當秋仲，三五月圓，舉家歡樂。瞻清輝於海上，望芳訊於天涯。别思孤懷，一時坌湧。重陽將近，忽接惠書，正如一朵絳雲從九天飛下，回環雒誦，彌念良朋。長卿病多，嵇生性嬾，尺一久疏，幸勿爲怪。諸友詩文稿一俟塵務稍閒，心緒略定，即當速命鉛槧，爲之校削。日光之游，爲生平快事，雖感受山中寒氣，偶發宿痾，而名勝之處，無不遍歷。大抵是山尤以瀑布擅名，濺雪噴珠，震蕩心目，或謂萬壑争流、千巖競秀足以盡之，殆不然也。所惜者，韜無奇搆傑作以副之耳。

與日本西尾叔謀教授

別六閲月矣。忽届嚴冬，寒濤沸海，枯木號風，耳目所寄，徒增凄惻。一自香海回帆，無片刻閒，非于役道途，即偃息牀第。企予天末，殊切懸懷；西京雅調，久未耳聆。回憶小讌尊齋，猶如昨日事，銀燭光摇，銅琶韻促，歌聲抑塞，如有餘思，迄今軒内鼎彝、庭前花木，尚縈繞於夢寐間也。足下行純而品端，年壯而才美。勤劬學問，砥礪文章，矯矯於同儕中，有如天半朱霞、雲中白鶴。足下又恬於榮利，少無宦情，視奔競成風者心竊耻之，而又不願趨時媚世，以自奮於功名。此其風節，豈出古人下哉!

韜留滯江都，僅浹十旬，又相睽之日多，相見之時少。忽忽駒隙，遽唱驪歌；無恙秋風，天涯人遠。横濱判襼，滬瀆停帆，看花黄歇浦邊，鬥酒袁崧壘畔。雪泥鴻爪，小作勾留，亦足豪矣。吾鄉所謳吴歈，音調和婉，一字數轉，雅近東京，惜不得與足下把杯共聽之也。

與日本源桂閣侯

曩客江都，猥蒙高軒枉過，一見如舊相識。投殊方之縞紵，結異地之苔岑，意氣之間，殊沆瀣也。閣下豪氣霞軒，逸情雲上，求之曠代，實罕其儔。其跅弛不羈、疎狂自負之態頗似鄙人，而才則鄙人遠弗逮矣。墨川之上，疎林罨靄，流水瀠洄，卜居其間，自饒風景。別墅一區，頗擅樓臺亭榭、泉石花木之勝。人事既閒，與二三良友開壇坫、娱壺觴，以從容於文字之間，不亦樂哉！家世華膴，有位於朝，可出可處，可仕可隱，所謂儒林清福者，足下可當之矣。令友名倉松窗，與之别一十七年矣，前日見之於席上，幾不相識。精悍之色既減於眉間，頹唐之狀復露於酒後，人生歲月，其不足把玩也如此。韜臨行，閣下兩折簡相招，韜兩以事未赴，既感且慚，銘諸心版。然較之領略於齒頰間者，其惠尤深，其情尤厚，至今猶憶念之而弗忘。送行之序，遠遞郵筒，拜誦之餘，不禁擊節者再。贈人以物，固不如贈人以言也。懸之蓬壁，頓生輝光。

韜遯跡天南，亦已十有九年矣。幾同蘇武之飄零，有類晉文之羈旅。日月荏苒，自壯而老，每一回思，輒增忉怛。局促一隅，言無與聽，倡無與和。鴉雀之聲常轟於耳，獶雜之形時接於目。心脾凄惻，意緒蒼凉，殊不欲久淹於此矣。搔首東望，徒厪躊躇，慨念故人，長謠而已。側聞貴國邇來崇尚漢學，魁儒碩彦，争結詩文社，提倡風雅。鄙人聆之，輒爲喜而不寐，此固將來重游之機也。比叡兵艦昨來香海，如吉田、伊東數君皆荷枉訪，詩酒徵逐，倍極流連。東瀛絲竹與南部烟花本是不同，古人云：異方之樂衹令人悲，殊不然也。我家漆園、琴仙昆季當俱無恙，梅史奪情，不許遂歸故山，詩社中又弱一個。公度時有書牘往還，尚不寂寞。子綸於四月間當返旆東指，所惜者吴少尉瀚濤以憂去官，不能久駐神山耳。風流雲散，天各一方，殊足喟已。拉雜書此，已盈四紙，聊以代面。詞不宣心，韶華將盡，氣候猶寒，伏冀爲道自重。

與日本佐田白茅

握别横濱，芳徽遂遠，樹雲在望，繒素鮮通，繫念情殷，常縈寤寐。《明治詩文》，月蒙馳寄，披覽之餘，如親晤對。拙作《粤逆崖略》亦預其間，良深愧恧。惟訛字頗多，尚疏讐校。長酡之飲、墨川之游，猶如昨日，而欲作劉、阮重來，不可復得。豈蓬山之緣尚淺耶?《明治詩文》所選，外人之作尚嫌未廣，中如齊玉溪詩，直率寡味，非其至者。嗣後文字稍閒，當彙集近時名家，録呈清覽。韜雖僻旅香海，而海内名流，不加擯棄，時惠尺一，斐然投贈之篇，常盈篋笥。人文淵藪，莫如江浙，今之所謂雄踞詞壇、高執牛耳者，韜亦嘗略識之矣。竊謂經藝、學術，自俞蔭甫太史外，未敢多讓也。

比聞長岡護美、渡邊洪基創設興亞會，亞洲之積弱甚矣，不有以振興之，其能國乎！誠得貴國諸君子内興其文教、外振其武衛，講求有用之學，著書立説，以啓後人，則韜重游之機或可卜也。入春以來，羌無好懷，懷人憶遠，意緒悲凉。欲再於閒放樓中按拍聽歌、舉杯屬酒，使味奇侍側，以侑一觴，此景此情，不能再得，曷勝嘅喟。芳序將闌，春寒猶厲，慎護眠餐，萬萬自愛。

與日本佐川樫所

横濱判襼，遂爾分馳，遥隔樹雲，徒深嘅望。自別以來，道經滬瀆，看花曲里，載酒旗亭，題九迷之詩，賦十索之詠，亦足以豪矣。香海回帆，秋風無恙。然而勞薪未息，病骨暫甦，非于役道途，即偃卧牀笫。曾爲揭陽之行，潮郡之游，泛韓江，登金山，渡海而歸，歲聿云暮。入春以來，羌無好懷，藥爐茗碗，長夜無聊，即欲排悶消愁，亦惟有與二三良友跌宕風月、流連詩酒耳。日前遠惠瑶華，歡喜無量，臨風雒誦，如挹芳徽。

韜自東歸後，對月懷人，銜杯憶遠，每托篇章，藉以抒寫，稍暇當命小胥繕寫清本，遞之郵筒，以代萱蘇。比叡兵艦自東抵港，作兩日勾留，兵舶長官伊東祐亨、海軍中秘書福島行治皆蒙枉訪。其至波斯問俗采風、察政治之得失者，則有吉田正春、横山孫一郎；其在興亞會執牛耳者，則有曾根俊虎、伊東蒙吉。並惠然肯來，辱投縞紵，共結苔岑，意氣之間，無殊沆瀣。貴國多慷慨激昂之士，國未有艾也。此數君者，皆與足下相識，因得縷詢近况，而如與足下一堂晤對矣。回憶韜在東京，友朋之樂、山水之趣，時時入於夢寐中，特未識重游何日耳，思之悵惘。

與黄公度太守

鴻儀久隔，鯉訊遥通，伏讀瑶華，心長語重。古之人初無一面之雅，而未見則相思，既見則相契，苔岑不能閟其性，金石無以渝其誠，如閣下者，斯近之矣。何意暮年得此至友，東瀛之游，爲不虚矣。閣下品質醇粹，學問宏深，矯然如天半朱霞、雲中白鶴，令人可望而不可即。及久與之交，親與之接，乃覺温乎其容，藹乎其言，而其情固一往而深也。

范季韓自游夏島歸，槃桓此間，殆將匝月。聆其緬述島中土風俗尚，不禁神往。此真世外桃源，想不數十年趨者如騖，厚者澆，醇者漓矣。聞西印度羣島棋布星羅，類多未屬於歐洲諸國，其民人既無君長，亦無酋目，不識不知，自樂其天，捕魚弋鳥，自食其力。雖近赤道，而亦有山水清嘉、氣候温淑者。苟徙中國貧民於此，教之開墾，教之樹藝，更教以中國之文字語言，設塾教其子弟，訓之以孝悌，示之以禮義，加意爲之經營，不十年，其效有可覩已。是雖黑子彈丸，亦海外之扶餘也，特惜中國無好事者耳。俄事尚無確音，但聞沿海各省紛紛備兵耳。

竊謂平時宜先之以淬厲，臨事宜應之以從容，否則草率苟且，不獨無補於戰務，反恐貽誤夫大局。俄人近日調兵選將，遣舶備師，艨艟繹絡乎海上，旌旆飛揚乎境中，幾於如火如荼，不可逼視，此兵志所云先聲以奪人也，要亦恫喝之故智耳，戰未必成也。即出於戰，亦未能若是之速也。蓋朝廷已重簡使臣前往議約，俄雖崛强，要必静俟其至，以所議之從違，決此時之和戰；安有使未出境，而敵已稱兵，揆之萬國公法，有是理乎？此歐洲列邦之所不許也。即使兵戎相見，當在明春，杞人之憂，正無已時。

與日本岡鹿門[1]

横濱揖别，已八閲月矣，日月荏苒，殊不可恃。兩奉瑶華，歡喜無量，臨風雒誦，如挹芳徽。入春以來，羌無好懷。曩者小住江都，頗得友朋之樂、山水之歡，追隨諸君子後，開樽轟飲，擊鉢聯吟，畫壁旗亭，徵歌曲里，振衣上野之阜，泛櫂墨川之濱，買醉忍岡，追凉柳島，曾幾何時，而已不可復得矣。每一回思，輒爲悵惘。蒿目時艱，無可下手，强鄰日迫，又有責言。既西顧之堪虞，益東瞻而興喟。今日亞洲中，惟中與日可爲輔車之相依、脣齒之相庇耳。試展輿圖而觀之，東南洋諸島國，今其存者無一也。五印度幅幀袤廣，悉併於英，其存者亦僅守故府、擁虚名而已；阿富汗已爲英所翦覆；波斯介於兩大之間，將來非蠶食於英，即鯨吞於俄耳；異日越南必滅於法，暹羅、緬甸必滅於英；其餘大小諸邦，盡爲歐洲諸國東道之逆旅，建埔通商，設官置戍，視作外府。此不過三百餘年間，而亞洲諸國已殘食至是，寧不大可危乎！

聞貴國有志之士近日創設興亞會，此誠當務之急，而其深識

① 此札亦見録於鄭海麟輯《王韜遺墨》（見《近代中國》第九輯，1999年6月1日版），函末署庚辰三月二十一日，即光緒六年（1880），文字較此爲詳，且另有函末附語，故一並附於《弢園尺牘補遺》中，可以參閲。

遠慮、所見之大，殊不可及。長岡護美、渡邊洪基，皆與韜相識，而爲是會長。昨比叡兵艦自東抵港，駕舶長官伊東祐亨、海軍中秘書福島行治皆來就見。其奉使波斯者，爲吉田正春、横山孫一郎；其執興亞會中牛耳者，爲曾根俊虎、伊東蒙吉。咸納交於韜，通縞紵而結苔岑焉。要之，貴國多慷慨激昂之士，國未有艾焉。嗚呼！當今積弱之弊，莫甚於夸張粉飾，苟且因循，文武恬嬉，上下蒙蔽，拘墟成例，罔知變通，倣傚西法，徒襲皮毛，而即自以爲足，此猶却行而求及前人也。叔向懷宗國之憂，張趯居君子之後，每一念及，未嘗不輟箸而興嗟、停觴而弗御也。世事日非，時局孔亟，韜惟有讀書遣日，慨慕黄虞而已。芳序已闌，春寒猶厲，伏冀萬萬爲道自重。

與許菊坡茂才

藉甚清徽，常懷虚眷，山川間阻，良覿莫申。日者韜有揭陽之行，方以爲可作平原十日飲，不謂秋雨傷懷，藥鑪遣夕，回車靡樂，望衡徒歎，悵仄之懷，良不可任。

香海帆歸，宿痾陡發，鼠纇側理，視作畏塗。局中洪幹甫茂才以父病旋省，至今未來，筆墨之役，皆韜摒擋，以是迄無暇晷。箋繒久曠，彌切懷思。忽奉瑶華，歡喜無量。十讀三復，且感且慚。韜羊公不舞之鶴耳。少居淞北，壯遯天南，值世之窮，無所表見，巖棲谷飲，十有八年。今且垂垂老矣，死之將至，老而無聞，撫念古人，方且自愧，乃蒙獎譽，溢分逾情，噤不能辭，主臣而已。

中丞藴不世出之奇才，負天下之重望，方當宏濟艱難，捄此時局。久居不出，其如蒼生。韜竊以爲，戡天下之大難者，恒蹈天下之至危。古人舉非常之事，必當内審諸己、外審諸時，事權我屬，財用我操，而又必同時人材盡堪艱鉅，國家武備沛乎有餘。否則偏師驛騷，各省震驚，小挫甫聞，掣肘時至，又安能從容鎮静，以收全效也哉！聊發狂談，藉資撫掌。《同治中興名臣奏議》四册，伏乞轉呈中丞，留備披覽。韜前日伏讀中丞奏牘數十萬言，上下千古、縱横百家，慮遠思深，一一皆驗。太傅憂時之議，宣公敷奏之篇，猶未足語此。一辭莫贊，畢生服膺。天氣深寒，諸維珍重。

擬上黎召民廉訪

不佞三吴之逋客，而百粤之賓萌也。獲識清徽，非一日矣。夙叨知遇之宏恩，曾託文章之末契。過蒙獎譽，彌切悚惶。執事自析津言旋，僅得一見，塵論初聆，德輝遂遠。恭聞執事之爲政也，除姦詰暴，别具經權，布惠行仁，聿流歌頌，治績所垂，遠至而邇安。是以未去而民感，既去而民思。逖聽之餘，距踊三百。頃閲邸報，知執事恭承簡命，特授福州船政局大臣，敬爲朝廷慶得人矣。

今者東顧堪虞，倭方工其狙伺；北瞻多故，俄正肆其鷹瞵。而朝廷因此專畀重任於執事，可知賢勞素著，簡在帝心者久矣。竊維船政一局，實海防大局所關，國家安邊禦侮、保商衛民，悉由乎此。今泰西新法迭出，日更月異，而歲不同。揣摩秘術，探索真詮，闢機緘於將來，棄糟粕於既往，精益求精，駕乎其上，以執事爲之，當不難耳。此局之設，創自左帥，近日繼之者，如豐順丁公、合肥吴公，悉皆殫精擘畫、竭力經營，端緒所及，焕然一新。今又得執事爲之整頓，其規模之宏遠，措置之精詳，豈有不高出尋常萬萬哉！蓋以執事具陶侃之微密，運劉晏之精能，槖鑰從心，鑪錘在手。泰西工匠雖智巧具備，規矩周詳，而不能越模範以見長，違指承以呈技者，以執事研討鈎稽，無乎不貫，神明乎法之中，而變化乎法之外也。是以大小一切，悉禀焉而後行，西匠惟拱手以受裁成而已。

特是韜更有所進者，首在裕經費，次在重防務。經費既裕，則凡事可以擴充，廣購材料，儲以備用，不至事起倉卒，輒形掣肘。地雷水雷，防務要件，守禦海口，在所必需，鄙意可在局中自行製造，則事變之來，取之裕如。前年丁中丞下車之始，韜曾陳管見二事，至今似亦可行，繕呈别紙，仰希裁鑒。江天在望，馳矚維殷，伏冀萬萬爲國自愛。

與楊醒逋明經

頃奉手書，知以明經赴選，得別駕之任，從此得展驥足，敬賀敬賀。韜秀才早刷，布衣獨尊，雖相暱者争勸出山，然老病頽唐，百事疏嬾，即蘇、張其舌，不敢出雷池一步也。《弢園詩文録》今歲擬付手民，特恐《詅癡符》一錢不值，反爲通人所齒冷耳。

入春以來，羌無好懷，非藥鑪茗碗、長夜無聊，即載酒看花，跌宕風月耳。信陵醇酒婦人，藉以消愁排悶，豈真溺而不返哉，其心獨苦也！目擊時事，無可下手。今日之患，孰有急於俄者哉！俄泰西虎狼之國也，其眈眈注視我者非一日。遠而備之，尚慮其他，况乎挑之釁而激其怒哉！崇使之罪，固無可辭。然聞立約署名之際，屢發電音，請命朝廷；而廷寄大旨，但云毋隕國體，毋失鄰歡而已。泰西之例，公使署名之後，尚須國王蓋璽，始爲定約，乃可頒行。烟臺之約，李傅相、威公使均已署名，而猶酌改於上下議院，至再至三，迄今未定。故崇使回軺，正毋庸稍動聲色，但將約中可從不可從諸款從容籌議，一秉至公而已。

苟如是復於俄，未必崛强自逞，遽以戎兵相見也。今則事已決裂，俄人反得有所藉口矣。一子之誤，全盤皆失，何在廷諸臣見未及此歟！要之，不戰而和，乃爲上策；兵端既開，有難言者矣，杞憂正未知何時已也。

近見諸言官奏疏，忠憤激發，咸主於戰，不知處今日之勢，和戰皆難。彼言戰者，亦嘗爲朝廷統籌大局乎！和之所失，不過需索銀幣而已，一出於戰，事難逆睹。聞朝廷密諭各直省整飭戎行，即無俄釁，亦在必行。夫備海防、練水師、製戰艦、厲軍械，固今日之要務也。特慮始奮而終怠，有名而鮮實，俄事一平，盡委而棄之耳。積習相沿，良可浩歎。嗚呼！三十餘年來，我國家所值者，孰非創鉅痛深之事，孰非卧薪嘗膽之秋！無奈悠忽自甘，委靡自域，因循苟且，以至於今。此草茅之士所爲痛哭流涕長太息者也。

遯跡天南，十有九年矣！晉文羈旅之年，蘇武飄零之歲，由壯而老，彌增忉怛。曰歸故里，未卜何時，不知能於莫釐、鄧尉間結廬三椽，占田五畝，以息此勞薪也歟。先姊窀穸之事，今春如能措辦，甚善。但得歸骨丘隴，妥魄幽壤，雖在九京，必感盛德。

里中諸故人，見時祈爲一一問訊，俾知天末羈人，尚無恙在。

春寒，伏冀自重。

與方銘山觀察

日波未平，俄事又起。蒿目時艱，無可下手。當此積弱之勢、可危之秋，而欲與歐洲强國出於一戰，雖非識者，亦知其必不可矣。而在廷諸言官不能度勢審時，徒好爲大言，據理以争，其果爲國家耶？抑以逢迎意旨耶！居今日而仍欲拘墟成例，執持舊章，鮮不至於僨事。且俄，歐洲虎狼之國也。即使我不欲與俄戰，而俄猶必多方挑釁以出於一戰，而奈之何重其怒也！俄事無論，洪纖均登日報，窺其意向，必戰無疑。恃其火瑄颷輪，各處可至，長江一帶，沿海各埠，必爲其所衝突。將見一處失，一省震；一省擾，各省震。阻截南北，遏絶郵傳，我必且疲於奔命矣。俄人兵舶見停泊我沿海近境者，已十六七艘，曾闖入粤東省河，窺伺海防，測量水道，面對城垣，口講手畫，未知其意何居。一旦變作，招商輪船往來海面者，殊復可虞，正無難虜之以供其所用耳。我國家今時之水師戰艦，無論不能縱擊於大洋之中，即守内河，亦虞不敵。且疆域甚遼，兵力有限，勢難處處設備。故萬全之策，不戰爲上。兵端一開，有難言者矣。當崇宫保之銜命出使，向索伊犁，已在俄人勝土，議和之後，我已惜其太晚矣。及其旋也，雖明知其決裂，亦不必遽加譴責，蓋無益於大局，而祇足以激忿於鄰邦，俄人得以有所藉口耳。

所訂條約十有八款，其節目章程，外間均無從悉。愚以爲不如宣示中外，布告遐邇，俾泰西列國公使居間籌議，秉公酌奪，可從者從，不可從者亦可徐以圖之。烟臺和約均已署名，而内有數則至今尚未頒行，猶有所待，此可援以爲例也。告之於舉國人民，所以伸率土普天之憤，而壯同仇敵愾之風；告之於列國公使，可以持萬國公法相周旋，而互爲箝制。不此之出。而徒雷厲風行、盈廷聚訟，聖怒不測於上，言官交劾於中，聚六州之鐵而鑄成一錯，此賈生之所以痛哭流涕而長太息者也。雖然，今日之事尚可挽回，是在當軸者有以緩之而已。

與黄公度太守

前奉瑶華，知文旆有湘根之游，兩旬始返，當時即有復緘，計此際騶從當已言旋矣，未知山水之樂何如？途中不寂寞否？香海一至夏令，烈日當空，若張火繖。炎雲出岫，多作奇峰，居者殊不可耐，必逮九月始得凉飈。韜體肥憚暑，每思得清流萬頃，濃蔭四圍，支枕高卧，惜徒神往於墨川、忍岡間耳。俄事近無實耗，惟遣師調船，絡繹不絶於道，其意在水陸並發。然以韜所聞，俄人海面用兵之權，英可聯通商諸國爲止遏，蓋沿海各直省皆泰西通商埠頭所在，兵端一開，貿易情形必至大有窒礙。通商諸國以英爲巨擘，而美與普次之。若縱横海面，則以英、美執牛耳焉。英誠能聯美以止俄，俄人當不敢逞。沿海各口俄人兵舶既不能騷擾，然後我得專力於西北而禦俄於陸。俄雖强，勝負之數未可知也。戈登已來此間，意將爲排難解紛地。其言曰：此來特爲保歐亞兩洲昇平之局。然則將説俄歟？抑説我歟？前日威公使亦曾居間相勸，然但欲我之俯從，而未及俄之改約，則亦僅得其一偏。戈登今日其將助中以説俄，則恐人微言輕，俄儘可拒之不理，徒足取辱耳。若助中國而親統戎行，則俄亦勁敵，非前時髮逆比况。以倉卒之師與俄決一戰，我恐未必能操勝券也。

韜謂戈登之來，莫如説泰西通商諸國，互相聯絡，以拒俄人用兵於海面，藉保各國貿易，此最爲上策。俄人在西北懸軍深入，調兵轉饟，事事非易。俄既不能戰於海，而但戰於陸，自當知難而退。戈登若能出此，是真能保昇平之局矣。俄人跋扈飛揚，在歐洲中如無道之虎狼秦，諸國莫不畏忌，勢同孤立。若俄得志於中國，固非諸國之福也。戈登之説，當易進也。此亦執萬國公法以相周旋也。俄人今日之舉固有所藉口，諸國亦不能止之也。惟止之於海而聽之於陸，則以不止爲止，殊勳之建，時哉勿失。

或謂英人近日徒恃虚聲，殊無實際。試觀俄人昔日伐土，英輒言相助，今日選兵，明日簡將，幾於艨艟絡繹、旌旆飛揚，卒至俱成畫餅。逮土兵敗地蹙，成城下之盟，英與墺反裂其土地而有之，因以爲利。彼於同洲之土有關於利害者，尚行詭道如此，復何愛乎我中國而必欲與俄爲難？設使英人止俄用兵於海上，俄能從之，固中國之幸；若俄不從，與英齟齬，則將以中國爲戰場，中國之禍不更烈哉！不知止俄之役，非英一國所能爲，當聯絡通商諸國，以請於俄耳。且亦非徒以空言也，必先以水師戰艦調集來華，以自保衛，然後進説耳。左侯帥鎮撫新疆，折衝禦侮，自當綽有餘裕。惟是幅員初定，元氣未復，内地轉輸，途遼勢阻。一旦加以大敵當前，似形掣肘。前者軍中乏食，賴俄人爲之供給。若使俄人畫疆閉糴，不給之虞，可以立見，此又不可不先爲之備也。奮筆狂談，無當萬一，閣下付之一笑可也。

上鄭玉軒觀察

韜患咯血疾，久而不愈，感時憤事，抑鬱無聊，耿耿長宵，徹夜不寐，時於藥爐火邊作生活。復念北方被水災黎，於今七年，則又慘焉弗樂，舉箸興嗟，食爲鋭減。中俄大局，其勢可不至於戰而出於和，草莽羈臣，不禁以手加額。惟是生殺予奪之權，賞罰黜陟之柄，朝廷不得而操，而外人反得以持之，此孤憤之士聞之，又將滋其太息也。然揆之泰西之例，事所或有，原不得謂之屈己以從人。而朝廷寬大之懷，輯和之誼，布之天下而共聞，告之列國而咸服，設使俄再崛强，苛索過情，泰西諸邦出而排難解紛者，亦得有所藉辭。故崇公赦罪一端，乃和戰之局一大轉機也。

獨是我之所以爲自强計者，要不可不亟講。沿海各省今日舉辦海防，似宜從容，不宜倉卒，一切宜以西法爲歸。此外相輔而行者，如整練水師，製造戰艦，宜悉改舊章而從新法。如是，方能有恃而無恐。曾襲侯聞已自英抵俄，所議雖未知如何，總不出於多索經費而已。居今日而論新疆近事，有甚難者。即使果歸於我，而俄人究未忘情，將來仍必以此藉端生釁，終致啓戎；若欲捐棄伊犁，等諸漢廷之議珠崖，則適以成俄人得寸得尺之心。況新疆沃土全在伊犁，如欲經營新疆，則伊犁在所必争。今日左侯帥名震寰中，威行徼外，從容坐鎮，固自有餘。而後日之繼左侯帥者，恐難其人也。宜仿蒙古四十八旗之制，錫命剖符，分疆裂土，以封宗子；屯田養兵，以樹屏藩。行之於前後藏，亦如是。狂謬之談，聊資撫掌。拙著《蘅華館詩録》，欹劂蕆事，敬以二册奉塵鈞覽，倘蒙加以訓正，曷勝榮幸。時當盛夏，此間凉颸飒然，有似深秋，未識津門如何？戈登聞已蒞至，定當上謁傅相，獻策戟門，談兵戎幕，自有機宜，用紓急難，别紙繕呈，仰希裁鑒。

與方銘山觀察

屢奉環雲，歡喜無量。猥蒙過加奬譽，初何敢當！主臣，主臣。中俄之事，當静俟曾襲侯往議信音，始有的耗。所幸者，崇公雖未出獄，已邀赦罪，議約之説，似易進言。英法、兩國駐京公使意在居間調停，使歸輯睦，然其權仍在於俄耳。苟我難俯從，俄必苛索，兩不相入，初何能和，排解者亦殊難進詞耳。要之，俄人志在通商，以爲時不可失，事不可緩，故迫而出此。其所議立條約十八款，立言未善，致啓人疑。其實泰西各國通商中土，設官置兵，駐戰艦，屯水師，隱然若敵國，兵士登岸游行，亦並懸刀持械，長揚道上。夫固孰得而禁之！前赭寇劉麗川之據上海也，我國屯營城外，毋許我兵士持械過洋涇浜一步，而彼在租界中鎗刃森列，諉曰自行保護，聞之不禁髮指。其在當日立約，固無一語及是也。而兵舶之往來，軍士之多寡，又孰得而詰之？俄人今日特不幸先書之於約耳，乃使言者得以有所藉口。

要之，俄人通商之念志在必行，即使絶之於今時，仍必請之於異日。我國家在今日惟有姑許俄之通商，於其條約中可從者從之，不可從者删之，則俄人必不敢肆。若將其所請通商而併絶之，則俄必有詞，諸國勸和之説亦不得進。夫俄之所患不在通商，我國家苟能力爲整頓，壹志自强，於邊防、海防加意講求，實事求是，俄人豈無見聞？又何敢逞？然此言也，今日欲陳之於當軸之前，必不從也，甚且斥以爲大謬不然。盈庭聚訟，築室道謀，議戰議和，猶若舉棋之不定。此草莽孤臣遯聽之餘，不勝憤懣者也。聞俄人又調遣兵舶十有三艘來華，意殊叵測。事尚可虞，輒爲憂而不寐，俟有所聞，敬當奉告。

上鄭玉軒觀察

日昨戈登軍門自津抵港，韜往見之於督署，緬述北方情事，聆其所論，有殊駭聽聞者，宜乎總理衙門諸大臣深不謂然也。其所陳行軍用器，了無足奇，乃遼東白豕耳。至言專設學塾，肄習西學，以備駕馭，此事韜已屢言之矣。惟馳驅遠道，不憚勤勞，愛我中國亦云厚矣。

俄事若平，請談日事。竊以爲此事處置，亦似不宜過激。前者俄人欲與日國聯絡，日廷拒之不許，願居局外，兩不偏助。此其不願獲罪於中朝，一也。近時日國士大夫創設興亞會，專欲與中國輯和。雖其名如是，其實未知，然其心實不欲開釁於中朝，二也。滅琉而縣之，彼已勢成騎虎，我一旦而欲令歸其君臣，還其疆土，豈空言之所能？勢必臨之以兵，示之以威，艨艟電邁，礮火雷轟，東向而討其罪，三戰三捷，爲城下之盟，則彼始肯俯首帖耳，以從我命，我國家其能之乎？正未易以藐爾日本而輕之也。

竊謂琉球向日，原止中山一隅。合山前後凡七國，今冲繩、新縣毋改厥名，中山舊封仍還其故，日廷既收拓地之功而不受滅國之咎，宜所樂爲。可先遣遊説之士往説以利害動之，若肯畀以中山一府，不絶其祀，則我亦可兩釋猜嫌，置之不問。否則，乘俄事餘波，整頓海防，製造戰艦，演練水師，教習鎗礮，以隱爲之備，從我則已，不從則奮雷霆之鋭，而縱其一擊。傳有之曰："牛雖瘠，僨於豚上，其畏不死？"我國家今日雖當積弱之勢，而以之制日本，則尚有餘。雖然，兵凶戰危，脣亡齒寒，日人在今日我國正宜開誠布公，推心置腹，藉以收指臂之助。蓋環顧亞洲中，正無多國矣。設或不然，從而征之未晚，是在我有以自强耳。若俄事已過，而仍因循苟且，粉飾夸張，蒙蔽玩愒，晏然自以爲無事，則日人之飛揚跋扈且隨其後矣。况乎俄患正未已也，將來西北一隅必啓通商之局，我國先事綢繆，曷其可緩！縱筆狂談，不值一噱。

補上鄭玉軒觀察

春夏以來，恒抱采薪之憂，時於藥鑪火邊作生活。長夜無聊，感喟時事，每至徹宵不寐。俄人因事挑釁，我國家以理言之，似不能不戰；以勢言之，則以不戰爲上策。而自韜言之，萬不得已，我與俄可戰於陸而不可戰於海。今俄人徵師調舶，絡繹於道，其意在水陸並進，以蹈瑕而攻隙，避實而擊虚。故沿海各直省無不慎密邊防，固嚴守備。或有惜其倉卒從事，未必足恃者，蓋邊防不參以西法、兵旅非加以練習，則制勝之道猶未全也。惟是沿海各處悉爲西人通商埠頭，兵端一起，商務必因之窒礙。在中國之商務，英爲巨擘，普、美次之。苟兩大交兵，曠日積時，列國必不能久待，當必從而圖之。然與其事後而彌縫，何如事前而止遏。俄人海面用兵之權，英、美兩國可據萬國公法以與之争，俄人當不敢輕舉而妄動也。此事似可先與英、美兩國公使商之，在彼則藉以保護貿易，在我則可專力以禦俄於陸，惟其中少一人居間作説客耳。今聞戈登軍門抵港之後不日赴北，此事彼可優爲之。若得英、美兩國允許，則北方一隅殊不足憂，俄雖驕，未必能操勝券也。新疆既有左侯帥從容坐鎮，以主應客，以逸待勞，控制邊圉，據守險要，俄人雖來，恐未必遽能得志耳。沿海精鋭可悉聚於東三省，以曾爵撫獨當一面，爲全遼之屏蔽。若戈登肯效命馳驅，亦可畀以統領之任，可戰可守，又復何慮！是則戈登之來，機不可失，時不可緩也。若欲説中俄兩國之和，則戈登非其人也，徒見辱於俄人而已。何則？戈登來華，實爲俄人之所忌，謂其必訓練士卒、整頓營伍，以助中出於一戰耳。故戈登居間，和局必不能成也。

要之，俄爲歐洲莫大之國，久爲列國之所猜畏，使其得志，夫豈列國之福哉！故有可以藉口者，彼必助中而抑俄。夫貿易之地毋得逞兵戎，此固公法之所有。或以英國近日持盈保泰，又新立相臣，憚於選事，當不敢與俄爲難，則恐非也。保守貿易，原以爲己，並非助中；無礙於貿易之所，原許其進攻，並非止其用兵。英聯絡數國以與之言，執公法以相周旋，俄雖崛强，恐不得不從耳。如出於戰而圖萬全，輾轉思維，惟有此策，用敢爲前箸之陳，惟希亮察。

與方銘山觀察

前論中俄之事可出於和，而近日消息又復一變，俄廷特簡駐京公使畢疏輔與我籌議，而定欲執持前約，概請依從，此外則又徵償兵費。苛索如此，我朝廷豈能俯允哉！是則勢必出於一戰矣！顧俄之所言，無非虛聲恫喝，實深窺我朝廷委曲遷就，必以和局終也。西報謂如不從俄廷前約，則索賠銀錢至二百五十兆，斯即竭傾國之力，亦有所弗足。西報所述固不足信，而盟以賄成，其敗必速。且今日可幸無事，異日仍必爲患。一國如是，將來諸國亦必起而效尤，將何以爲國哉！然事至今日，即欲購鐵甲、製戰艦、練水師、鑄巨礮、改營制，皆已弗及。

竊以爲我國家所恃者，民氣之静也，民志之固也。惟是尊卑隔絶，草野末由自達。二百年來，深仁厚澤，浹於民心。今日之事，爲薄海普天所共憤，同仇敵愾，赴義急公，千萬人如一心。苟我朝廷頒詔天下，明言俄人無厭之求，凌侮我中國，痛切敷詞，布告勿隱，天下有志之士，莫不奮起，衆志成城，安見不足以禦外侮哉！沿海各省悉練民團，一切皆官爲之翼助，如誠雷厲風行，與我民共行攘剔，將見通商諸國莫不震動，俄人豈無耳目，方且求和之弗暇，何敢再肆其誅求哉！此則治俄之一法也。夫歐洲諸邦，土地不如中國，人民不如中國，然而能横於天下者，在乎上下一心，君民共治。我中國民人爲四大洲最，乃獨欺藐於强鄰悍敵，則由上下之交不通，君民之分不親，一人秉權於上，而百姓不得參議於下也。誠如西國之法行之於天下，天下之民其孰不起而環衛我中國！今聞寧波海防類多紳士出貲，毁家紓難，若能於沿海各省，由郡邑以至村鎮，無不如是，則人自爲戰，人自爲守，無民非兵，亦無處非兵，俄人雖强，豈敢輕視也哉！是在爲上者有以激發其忠義之心，而鼓其勇敢之氣焉耳。無奈以中國如是之衆而不善用，斯歐人所以肆然無忌也。試觀中外交涉之事，西人每不畏官而畏民，而無一不藉官勢以挾制我民，此民情所以多憤也。西國則事事順民，而獨欲我中國事事逆民，恃上以凌下，習以爲常。今我朝廷誠能與衆民共政事、同憂樂，並治天下，開誠布公，相見以天，責躬罪己，與之更始，撤堂廉之高遠，忘殿陛之尊嚴，除無謂之忌諱，行非常之拔擢，將見衆民激勵一生，其氣磅礴乎罔外，復何有乎俄人。要之，措置俄人一事，或和或戰，俱爲棘手。萬不得已，獨有出此一著耳。《書》有之曰："民爲邦本，本固邦寧。"誠使中國千萬人之心合爲一心，可使制梃以撻俄人矣。而我中國自强之道，亦不外乎是耳。如其苟暫安於目前，冀收效於異日，則屈己即以安民，睦鄰即以保境，未始非老成人瞻言百里之所爲也。蓋既和之後，勵精圖治，其權固在我耳。

倉卒敷陳，語多戇直，伏維垂察，不勝幸甚。

上鄭玉軒觀察

中俄之事近日見於西報者，多不足憑。倏而飈起瀾翻，倏而烟消燄滅，變幻無端，不可捉摸。即俄廷之命，亦幾於朝令而暮更，一月之間，特遣三欽使，而於議約一事，頃刻萬變。以意度之，俄主殆有心疾歟！不然，則務在使我眩惑迷亂而無從得其端倪。近聞白兆孚不至，而理疏輔來華矣，然又令其俟於鄰境，以聽後命，不轉瞬間，則又召之回都。萬乘舉動，抑何若弈者之舉棋不定也！即其議約也，忽在俄都，忽又在我國京師；其遣師也，忽進忽退，漫無成見。凡此，皆不足據爲實音，而測其和戰之意所在。或謂俄事有三難：盡從前約，一也；索償兵費，二也；既已調旅東來，易動難静，即使議和，將來必蹈瑕抵隙，仍生釁端，三也。顧聞俄主有内禪之舉，此和戰大局之一轉機也。況乎亂黨盤踞於内，頑民覬覦於外，皆思伺釁而動，俄國中亦正復多故矣，未必真欲出於一戰也。其所以調師遣舶者，蓋爲恫喝計耳。

即我中朝，主戰者雖多，皆出於忠義所憤激。然昔文帝屈體以事匈奴，仁宗增幣以事契丹，載之前史，稱爲令主。今謀國者皆老成持重，必思出以萬全，當不至輕於用兵。惟修兵制、固海防，有備無患，以爲議和之地。則合二者以觀之，終必言歸於好矣。

泰西人士逆料此事將來必以和局終，此多爲我國計，而非爲俄人計。彼以爲如出於戰，斷非中國之利也。

俄國師船近多雲集於琿春，其駐泊於日本長崎者，僅一艘耳。俄軍門亦已移節琿春，意在經畫東方，編立營制，慎嚴守備，爲常行駐兵計，其志固不在小也。俄水師久調於外，未得一戰，勤而無所，必有悖心，故又有索高麗通商之舉。示以不許，則當臨之以兵。高麗蕞爾彈丸，詎敢逆命？俄若以高麗爲北道之逆旅，一旦有事，即可鼓輪飛渡，夫豈我國之福哉！

故以鄙見料之，俄事至後日爲愈難也。至各直省辦理團練，誠爲當務之急。第首在固結民心，奮揚士氣，其間翼助者官，而主政者民，自總理其事者以至團長練目，必皆由民間公舉，程以實功實事，而勿作具文。若由官派，則徒飽劣紳貪吏之囊橐，適足歛怨於民而已。外寇未來，内情先涣，積弊相沿，良可浩歎。若團練著有成效，民志自相聯絡，忠勇激於性生，千萬人之心合爲一心，則西人之畏之且百倍於鐵甲巨礮，是在爲上者善用之耳。

嗚呼！時局多艱，人才無幾，爲國家者所以首貴儲材於平日也。日本近有遣使入都之説，大抵爲琉球一事耳。此事兩國皆宜降心以相從，無不可臻於允洽，永釋猜嫌。聞之道路，日人近有内憂，故急欲結中朝爲唇齒也。或傳日人助俄，似未可信。俄爲日患，日人豈不知之歟！吾料日國固未嘗無人也。

擬上合肥相國

韜吳國男子，甫里布衣也。少好讀書，長無宦志。命不偶時，飢來驅人。爲風波之民，覓升斗之粟。授書西人館舍，荏苒十有三年，雖未能明其語言文字，而於輿圖格致之學，略有所知矣。泰西百餘年來盛衰强弱之故、沿革戰争之事，情僞紛乘，支離迭變，瞭然如掌上螺紋。時事日非，世亂益亟，江浙淪陷，盡爲盜藪。妄不自量，以二三策獻當事，指陳所及，動觸忌諱，横被口語，中以奇禍，天南遯跡，局促一隅。中間作泰西汗漫之遊，三載始歸。歲月不居，在外已一十有九年，而韜亦自此永作廢民矣。

韜雖才識庸下，智慮淺薄，學問譾陋，而未嘗一日無用世之志。淪廢遐裔，罔所舒展，抑鬱之懷，一發之於文字間。即至降而爲日報，亦務在尊中而抑外。伏念累世以茂才教授鄉里，棲貧食澹，代有清德。束髮受書，即承庭訓。十八歲入邑庠，遂棄帖括，乃得肆力於詩文。二十二歲，學將有成，嚴親見背，由是奔走四方，長爲東西南北之人矣。蠖屈海濱，未得一見天下偉人，徒讀其書、聞其事，而深景慕之思焉。竊以爲於水不得見黄河之大，於山不得見泰岱之高，於天不得見景星慶雲之奇，於人不得見皋夔稷契之尊，終未能暢天下之鉅觀而極生平之至願也。

惟是韜自二十年來，潛形匿跡，永爲待罪之人，負屈含冤，未蒙湔雪，又何敢輕叩戟門，妄塵清聽，雖一字亦不敢以上陳，懼瀆也。今者韜垂垂老矣，但得頭白還山，復上先人邱壟，即時殞没，亦罔所憾。伏維閣下河海之量，天地之恩，哀其窮，悲其遇，而早爲之所，俾得養真衡泌，息影蓬茅，涸跡漁樵，潛心緗素，則以後有生之年，皆出閣下所賜。感且不朽。曷禁屏營待命之至，謹奉箋以聞。

跋

立德、立功、立言，古稱三不朽。然德藉倫常而著，功以時位而成，惟言則出諸己、聞於人，其稱道弗衰者，即流傳彌永也。儒者束髮受書，聿修厥德。不幸時與願違，未獲見用於世，則言之文者行之遠，其藉以名稱著於當時，行誼留於後世者，惟此焉耳。

先生有志於古之立言者也。博於學，贍於才，留心於當世之務，而不屑爲章句之末與斯人競科第之榮。中間迭際危疑，潛光匿耀，在他人幾不可終日者，獨以淡定處之。稍有餘閒，即著書立説。故生平作述隆侈，要皆自抒所見，成一家言。愚久耳先生名，洎薄遊香海，始獲訂交。適先生有《遯窟讕言》之刻，蒙命以數言弁諸簡端。自時厥後，日相親於筆硯之旁，得以備聞緒論，親炙芳徽，竊嘆天之生才，何以竟使之不爲世用也。然先生嘗曰："吾儒出處何常，達則以經濟匡時，窮則以文章傳世，各隨所遇而已。"今以其《弢園尺牘》付諸手民，是亦文章之緒餘者乎！受而讀之，覺身世所遭，識見所及，素志所蓄，至性所流，要非迂疏詭僻者之可同日語也，而惜乎有其時而無其遇也。雖然，言有足傳，則名可不朽矣。故仍不辭檮昧，爲贅數語焉。後學番禺洪士偉拜。

重刻書後

光緒丙子，余以活字版排印《弢園尺牘》於天南遯窟，既卒業，共得八卷。不逮三年，求者日多，幾以無應，乃謀重付手民。檢諸篋中，復得數年來往來簡札，釐爲四卷；合之，都十有二卷。

近日國家多故，時事孔艱。日以滅琉球而未協，俄以索伊犁而失歡，屢致齟齬，時形兀鯢。日雖近在東瀛，與我尤爲密邇，而其事尚可緩，姑置勿論。俄人跋扈飛揚，幾難饜其欲壑，借箸者求所以善處之方而不得。夫今時之所急，亦惟輯强鄰、禦外侮而已。二者要惟先盡其在我耳。整頓武備，慎固邊防，儲材任能，簡師擇將，此皆在我者也。在我者既無間可乘，而此外始可徐議矣。末一二卷，間言日俄近事，而意皆主於不用兵。夫我中朝在今日固非用兵之時，即日、俄兩國亦豈可窮兵於境外、黷武於域中哉！知乎此，則修好釋嫌，要以和爲貴也。然我不敢必之於人事，而但卜之於天心而已。排印既竟，輒書其後。嗚呼！憂世之心，何時已哉！庚辰仲冬中澣，天南遯叟識。

弢園尺牘續鈔

弢園尺牘續鈔自序

余少即好拈弄筆墨，十二歲學作詩，十三歲學作箋札，十四歲學作文，有得即書，不解屬藁。人或有索觀者，立出示之，無所秘。或有加以毁譽者，亦漠然無所動於心。顧性不喜帖括，十九歲應秋試不售，歸即焚棄筆研。竊視同里閈諸友於帖括外無所長，亦無所好，未嘗不隱笑之。然余有所作即示人，人亦不欲觀，咸輕視余，若以余不知文章爲何物者。嘗作一書，託人轉達所知，久不見答，及詢其人，乃知以書中無要言，未之達也。嗚呼！彼之所謂文章者，時文耳；所謂要言者，俗事耳，宜其與余初不相入也。余生平於詩文詞翰既不留藁，存者蓋寡，兹不過得之字簏中，捐棄所餘耳，其散佚者不知凡幾矣。昔王子安作文，先具腹藁，余竊似之，而文弗逮也。陳遵與人尺牘，人皆藏弆以爲榮，余恐不爲人投諸溷厠已幸矣，覆瓿餬窓，所弗計也。四十年來，所存都十有八卷，前十二卷已授手民，此則始辛巳迄戊子，歷年八，爲卷六。謂之少固不可，謂之多則亦未也。然於後存者又如束笥，如得喜事，小胥隨録隨編，豈特兩牛腰所不能載哉。昔嵇生性嬾，以簡札酬應在七不堪之列，余性疏惰類叔夜，乃贈答往來至如是之多，豈有所不得已哉！則以胸中所有悲憤鬱積，必吐之而始快，故其氣磅礴勃發，横决溢出，如急流迅湍，一洩而無餘。夫今世之所謂能文者，余知之矣，有家法、有師承、有門户、有蹊徑，其措詞命意具有所專注，藴蓄以爲高，檃括以爲貴，紆徐以爲妍，短簡寂寥以爲潔，宜又與余格格而不相入也。既不悦於俗目，又不賞於名流，宜余之所往而輒窮也夫！光緒己丑古重陽日，天南遯叟王韜自識於淞隱廬。

弢園尺牘續鈔卷一

長洲王韜仲弢甫

與朱省三茂才

遯跡天南，二十年於茲矣。負累忍辱，不敢自溷於名流，日惟閉户讀書，聊自消遣而已。顧雖處絶域，而睠懷大局，蒿目時艱，一寄之於詩文。有時所見所聞，殊令人作三日惡，每每歌哭無端，悲愉易狀，以此猶叢忌者之口，噫，亦冤矣！乃執事不以爲詬病，尺一之書，惠然先施，藻采繽紛，鯨鏗日麗，至於獎譽逾分，非所敢當，主臣，主臣。執事以三吴雅士而作百粤賓萌，久處幕府，尊爲上客，以視弟之蠖屈一隅，沈污堀穴，迥不侔矣。何意遠辱存問，慰藉再三，若悼若惜，如聞謦欬，此亦文字間一知己也。承風遥企，未面已親。來書云將來游此間，作平原十日之飲，固人生一大快事。以桑梓之睽違，爲雲萍之聚合，自有因緣，要非浮寄。

邇來天氣涼燠不時，頗有秋意，伏冀旅中慎護眠餐，爲道自愛。

與楊醒逋明經

二月初旬奉到手翰，歡喜無量。弟年老頹唐，孱軀多疾，一月幾於二十九日病，藥爐經卷，聊自消遣。自去歲冬杪忽患目疾，從此束書不觀，研塵厚寸許，赫蹏鼠鬚，視爲畏途，以視世間無一樂事可以消憂起疾，以是知去死境不遠矣，將來異域孤魂，言之可涕。山荊目疾半載，至今未痊，氣虚體弱，百病叢生，懨然一息待盡而已。七月初旬，天氣稍涼，擬還滬瀆，作三月之勾留，卜一椽而小住爾。時或泛舟吴會，與閣下相見，偕游鄧尉、莫釐，一豁懷抱，未可知也。嗚呼！狐死正邱首，仁也。弟雖殞身絶島，亦必歸骨故鄉。惟是老妻久病，嗣息尚穉，北還之期，可能如願？身後之託，未知何人。言念吾宗，傷心欲絶，悠悠蒼天，曷此其極！王氏一支，自明崇禎至此，七葉單傳，今殆絶矣。豈刑官之後，遂至不祀，而若敖之鬼，長此終餒矣。寧不痛哉！寧不哀哉！

弟客粵二十餘年，陸賈囊中可得五千金，書籍可十萬卷，苟學魯望之築室吴淞，效東坡之買田陽羡，儘可優游泉石，嘯傲山林，以終此餘生。無如天特厄之以疾病，促之以壽年，魂魄一去，草木同腐，尚奚言哉！生平著述多以活字版排印，數年之後，化作烟雲，至欲傳世久遠，自命千秋，則斷不敢生此妄想，覆瓿餬窓，一任之世人而已。此間荔子已丹，流漿嚥液，異鄉風味，惜不與閣下共之耳。

天暑，伏冀慎護起居，爲道自重。

與許菊坡茂才

弟自去冬陡患目疾，至今甫愈。箋繒久曠，雲樹興思，絜園花木，時時入於夢寐中。顧爲人事所羈，不得重至揭陽，與閣下翦燈話雨、擊鉢吟詩耳。聞中丞師近日起居漸適，步履已健，不必杖而後行，頤養山林，優游泉石，雖不出而治世，而赤緊恩深，蒼生念切遠施謨畫，默運經綸，天下蓋有隱受其惠而不知者。弟前旅東瀛，槃桓四閱月，雪泥鴻爪，小作勾留，曾著《扶桑游記》三卷，然半皆酒後狂談，花邊囈語，不值雅人一噱。奉塵清覽，伏乞是正。弟自去歲仲春而後幾於一月二十九日病，入秋即患肺疾，夜不成寐，藥鑪經卷，獨遣良宵；旋又病目，兩眸不明，百事皆廢，以是中丞師處久未修箋稟候。近有友人撰《楹聯述録》以繼梁茝林中丞《楹聯叢話》之後，内述中丞師絜園之勝，然所采僅宋華廷司馬一聯。曩朱君穎伯爲弟詳述亭榭軒閣諸楹聯，類皆雅雋可傳，況乎緑野、平泉，地以人重，不可不廣爲搜輯，爲述録光。伏乞即令小胥寫示，不勝欣慰。時方四月，天氣驟熱，炎陬風物，百不足遣，丹荔黄蕉，奈非鄉味，蠻烟蜑雨，衹攪愁心，正未知何日旋歸，得正丘首也，言之悵怏而已。

與許壬瓠主政

老病頹唐，百無可遣。異鄉遯跡二十餘年，心彌悽惻。自淞濱老圃外，通書問者無幾人。一昨猥蒙遠賁手翰，雒誦回環，歡喜無量。年來境況，大抵於《弢園老民自傳》中約略見之矣。生平著述，已付手民者約計八九種，南北流傳，頗有許可者。然弟殊不以此自足也。朝夕慨想者，思還故土耳。擬於莫釐、鄧尉之間結茅四五椽，杜門習静，以終餘年。荏苒至今，願卒未遂。承示大著，有詩數百首，以活字版排印，弟以爲粵中剞劂殊賤，不如代謀之手民，何如？雜著一編，定有可觀，乞令小胥繕寫副本，郵筒寄示，俾弟得以消憂起疾，亦客邸中一樂也。

足下里居多勝，桑梓優游，以泉石之閒情，耽詩書之逸趣。內有令子，外有良朋，雞黍相邀，歲時共樂，斯亦人生至愉之境矣！況乎手著堪傳，頭銜有耀，出見縉紳增其氣勢，入親緗素遣此時光，以視弟罪垢污辱，重爲人所鄙賤者，相去霄壤矣！

聊因鴻便，率作此紙。西風漸厲，天氣初寒，諸維珍重。

與馬眉叔觀察

江干執别，倏又浹旬。日月其邁，我心孔思。輪舶啓行之日，飛廉逞虐，馮夷怒號，其勢可駭。在閣下乘長風、破巨浪，益足以豪，而瀚濤則方在病中，經此顛簸，或不能堪，爲可念耳。行抵滬瀆，北風其涼，加餐裝綿，伏祈珍重。想當暫駐幨帷，徘徊景物，雪泥鴻爪，小作勾留，酒綠燈紅，定多繾綣，以無雙之國士，偶第一之詞客，誠一時之豔談，千秋之佳話也。芋仙、昕伯並見之否？挾霧裏看花之逸客，偕水中捉月之詩人，跌宕綺筵，纏綿鞠部，其樂何如也！

析津之歸，當在月初。候門者趨前，迎閤者擁後，登堂揖拜，入室笑言，其爲樂又何如也！一鈎新月還照眉痕，幾日重陽看□菊蕊，海外之壯游，何如閨中之樂事，閣下於此有不兒女情長風雲氣減乎！弟栖遲香海二十餘年，齒垂垂老矣！狐死正丘首，仁也，終思得歸故鄉，長爲農圃以没世。能償斯志，未知何時。每一念及，腹痛而已。

南北遠隔，箋繒可通，相見云遥，余懷如海。秋氣已深，新寒漸勁。伏冀慎護起居，爲道自愛。

與包子莊茂才

作十一年之遠别，越五千里而重來。咫尺天涯，竟未一面，其爲悵悒何如！回憶曩者，論交在羣紀之間，講學預機雲之列。盡室南行，僑居絶嶠，一門羣從，並擅清才，試習陶朱之術，期增陸賈之裝。何意雲散風流，歸航邃遠。苕霅烟波，不忘枌梓；吴興山水，已閲滄桑。其有杜少陵之欷歔，丁令威之感慨乎！所幸得清娱之捧硯，學張敞之畫眉。深閨燕婉，解詠柳花；北苑胭脂，慣描粉本。艷趙松雪之夫妻俱工潑墨，笑李易安之伉儷但識抽書。清修艷福，斯兼之矣！妬甚，羡甚！承惠畫箑，遠寄璇閨，兼賜隃麋，實逾古製。小坐晴窗，焚香展閲，聊磨枯研，滴露濡豪，殊覺神情穆穆然，頗得領略此中妙趣也。拜嘉寵貺，愧無以報。

弟本擬作滬瀆之行，兹已不果。蓋布帆無恙，怕掛西風；錦瑟已亡，誰爲東道。□□某詞史已□□去尚待明春再作歸計也。十月中或至穗垣小住，雪泥鴻爪，略作勾留，問柳探花，别饒放浪。爾時當與閣下尋芳穀埠，泛月珠江，縱客邸之歡而奏異方之樂也！

秋氣已深，寒威漸厲，旅中眠食，諸維自重。

呈鄭玉軒觀察

邇來泰西近事無足述者。英未能安珂蘭之反側，法未能戢端尼之梗頑，俄尚思逞其雄圖，日時欲施其狡計。俄不免於貪，而日則有類於狂矣。貪者衆怨之所聚，狂亦衆嗤之所叢。俄已有成約，不四五年，弗能渝也。

日滅琉球，目中先已無我，蓋其原由於侵臺灣、攻蕃族，我國家豁達大度，過示之以寬宏，且委曲酬之以五十萬金，於是彼遂得以窺我之微矣！其實日本國小，而民貧，外强而中槁。自改封建爲郡縣之後，法令日新，變更太亟，悍族强宗多有未服者。設使外釁一開，内變必作。觀其前時官民自相戰攻，有可知已。琉球一事，我國前日已有詰問，日人粉飾夸張，益增其横。彼已勢成騎虎，我亦事類遺蛇。浸假我國於此仍以度外置之，彼固不敢先行作難，然其如四方之觀聽何！小邦之仰望何！平時納共球，受貢獻，一旦竟任其不祀，忽諸充耳秦廷之哭，絶懷曹社之墟，揆之於心，實有所未安。且恐數載之後，日之狡焉思啓者又將有事於我中朝也。

今日者，自强之術固不可不講，何如以防俄之備轉而防日。器械必銛利也，船艦必堅捷也，士卒必精練也。既有物力，又有人材，内以治民，外以禦侮，日人雖狡，其尚敢肆哉！特恐俄事既平，日事亦置之不問，因循玩愒，蒙蔽苟且，一切狃於故習，則我不知之矣。

泰西諸國入貫中土，其於我之作爲舉動，瞭然若洞垣一方，而我於彼事如隔十重簾幕，此數十年來張弛舉措所以未能一當也。須知稔悉洋務者，未必皆通西國語言文字之人，是在能逆探其情耳。邇來之知西學者類多驕矜自負，其料事粗而疎，其觀事輕而易，未得西國之所長，而偏陷溺於西國之所短，一旦任之以事，未有不僨事也。平日專對，亦未識立言大體。國家之任用之者在乎善駕馭之，裁抑之耳。聊作放言，以供撫掌。

天氣將寒，西風多厲，伏維萬萬爲國爲民自重。不宣。

與黄公度參贊

久不通問訊矣，憶念之懷，時縈夢寐。祇以雲山間阻，波路迢遥，良覿莫申，衷情紆軫。

弟自去歲冬杪陡患目疾，幾於束書不觀，研塵厚寸許，不加拂拭，赫蹏鼠鬚，視爲畏塗，入夜輒不能寐，鬢髮盡白，已成老翁，無復向時意興矣。生平著述已付手民者約七八種，未災梨棗者尚十餘種，身後誰復相知定我文者！況俱以活字板排印，不待數十年，拉雜摧燒之矣。自念遯跡天南，倏逾廿載，首丘之思，靡日或忘。值此晚境頹唐，孱軀多病，一旦先犬馬填溝壑，異域孤魂，言之可涕。

新使黎蒓齋先生聞曾於同治初元上書總署，有所建白，甚爲郭筠仙侍郎所器重。時奉使歐洲，遂令其參贊幕府，此固諸生中之矯然傑出者。黔中山川靈秀之氣挺生異材，非偶然也。如七八月間道經此間，當往見之。弟前後諸書計當俱達典籤，懸企回翰，晨夕引領。前日駐港領事安藤嘯雲旋國，曾託其致書東瀛諸故人，乃成齋仍無一字及我。嗚呼！縞紵之投，苔岑之契，初不以異國他邦而限，顧千里而神交，覿面而情隔者，何哉！交友至此，爲之氣索。

近日星象變於上，人事變於下。美君遇刺客，法、土、意三國未靖，或將有兵事，泰西昇平之局未見其可保也。時局孔艱，杞憂方大，弟惟有閉門息交，讀書遣日而已。

天暑，伏冀慎護眠餐，爲道自重。

上豐順丁中丞師

屢承鈞諭，賜以奇書，鄴架之儲，頓爲宏富。循吏經綸、名山事業，兩者兼而有之，均得以先覩爲快。誦讀之下，無限欽遲。伏念中丞師爲一代偉人，中興名佐。笑賈、隨之非武，耻絳、灌之不文。於前代則媲馬、富、范、韓，於今時則匹曾、李、左、沈。洞機在先，而更持之以決斷；料事必中，而又出之以深沉。此則邁千古而罕儔，實隻一世而無對者也。

側聞旌節有出山之想，此固爲之喜而不寐。方今國家富庶，海寓宴安，莠民斬馘乎域中，强鄰帖服於境上。方擬安内以攘外，富國而强兵，以黼黻昇平，詠歌郅治。不知時局壞於執球，殷憂伏於無形。中俄和約已定，似可無虞；然伊犂割歸之地經俄申畫郊圻，慎固防守，築砲臺，設戎兵，其志叵測。此雖暫息於一時，必致貽憂於後日。日本地瘠民貧，外强中槁，必不敢無端妄動。如欲其去冲繩之名，而仍琉球之號，則非閉關絶使、停止貿易，必不能也。我朝苟能自强，嚴武備，密海防，治陸兵，練水師，鐵甲火輪，俱能駕駛，悉求實效，毋尚虛文，貲糧糗糒足支十年，然後遣一介之使，告以琉球之事必不中止，爾當還其土地，返其君臣，復其千餘年自立之國，而毋殄厥祀。名正言順，彼又曷敢不從！不然赫然整旅，東向以討其罪，彼其能禦我耶！若使我朝專以寬大爲懷，則彼必益肆其憑淩，竊恐跋扈飛揚，不可復制，其事有難言者矣。臺灣防堵最關緊要，潛窺隱伺以覬覦其間者，非一國矣。誠得長才雄略者以鎮守之，而又必久於其任，乃克有所展施耳。歐洲近日無事可述，我國在德都船廠製造水雷砲船業已竣工，下水試行，不日駛回聽用矣。土耳機已與法國復和，不虞致啓兵戎。惟法、英屢有齟齬，旁觀者或慮其將來恐致決裂。其實法、英在今日内則聯脣齒，外則同指臂，必不因細事而失和也明矣。英廷所議埃爾蘭田税條款未臻妥協，而民間蠢動者如故，此固英人心腹之患也。俄之亂黨日横，幾於莫敢攖其鋒。滋蔓難圖，良可深慮。俄一時不遽馳域外之觀者，以内未靖也。苟西顧之無憂，必勤其東略矣。

大小鉛字陸續上呈，近已蕆事。從此萬卷奇書，遍傳宇内，千年秘籍，復出人間，豈非藝苑之雅談、儒林之幸事哉！韜體衰多病，百事俱灰，惟思得還故鄉，以正丘首而已。

入秋已深，天氣尚熱，伏冀萬萬爲國爲民自重。不備。

與方銘山觀察

自違文旆，倏浹四旬。正月下澣有友從福州返櫂，亟詢起居，知騶從已於上燈時節安抵閩中，良深欣慰。俄事已了，惟聞酬餉一節尚須籌商，然止阿堵一物，亦易事耳。

日人食言敗盟，仍復飛揚跋扈，兵釁之啓，大有可虞。顧以鄙見揆之，日人虚聲恫喝是其故態，將來仍煩列國之調停，終必出於和局也。惟是日人好大喜功，專尚夸詐，其實外假仁義既不如英，而於信之一字又復遠不逮西國。邇來崇尚西學，倣傚西法，沾沾以此自足，屢欲窺伺我中朝，急於一試，非有以懲創之，終不能息其奢念也。今乘俄人有事之時，練我軍旅，厲我器械，製我船艦，以修飭我邊備，整頓我海防，俾得有恃以無恐。倘一旦日人變作，先絶其通商之路，閉關截海，則日人將不戰而自屈，又何敢箕踞西向也哉！先之以文告，示之以武功，存亡國、保小邦，名正言順，日人雖狡，其何能出我算中。當此外强中槁、民窮財盡，日人將自保之不暇，而乃意存挑釁，多見其不知量也。俄近日有事於德谷蠻，知其志未嘗忘乎印度也。英久以印度爲雄藩，審度經營，不遺餘力。卧榻之側，豈容他人鼾睡！故英俄將來恐不免有戰事。果爾，我中朝於此庶少息肩。然則自强之術，可不亟講哉！

弟目疾未痊，搦管爲難，口授諸人，又復不能盡悉，書問疏闊，幸勿爲罪。近刻《火器略説》，固二十年前舊作也。營員得此一編，熟讀而精審之，於施放鎗礮之法，思過半矣。今先以十册寄呈清覽，如欲覓購者，當即付之郵筒。閣下鮑叔交深，太丘道廣，想能代爲介紹，然毋庸一毫勉强於其間。蓋弟處身以廉讓，立操以清介，鬻書以佐刻書，亦儒者分内事，原非蘇玉局换羊書、顔平原乞米帖也。故一有竿牘，便覺一錢不值矣。生平所自信者，想閣下亦以爲然也。

春寒猶殢，花事稍遲，伏冀加意珍攝。不宣。

與陳茇南觀察

郵舶屢開，詩筩久滯。翹瞻雲樹，念我良朋。閣下銜寵命、持節麾，遠使數萬里外，出其謨猷，入參擘畫，俾荒陬遠徼之民咸知聖天子威德所暨，而日在乎帡幪覆幬之中，豈不盛哉！

夫閣下涖治嘉邦兩載有餘，以静馭動，以專制煩，毋紛擾，毋更張，民無不共服於不言之表，於以知班定遠、傅介子非異人任也。夫嘉邦非可卧治者也，外人既多，把持土著，又多忌嫉華民，旅處其間，勢同孤立。而來者類皆赤貧無業，多頑莠而少馴良，豈易爲治歟！惟閣下處之以雍容鎮静，撫綏不濫於恩，駕馭不失其權，有事則爲之扶持而保衛之，旅人隱受其惠而不知。即如延請律師，代質訟庭，伸枉理滯，昭雪孔多。自此而旅人無銜冤負屈、横被梏桎者矣。美國之人自嘉邦來者無不稱頌盛德，睦隣和衆，蓋兩者兼之矣。逖聽之餘，曷勝忭舞。

惟是邇年以來，我國家亦正多故矣！日滅琉球，俄據伊犁，責言疊至，信使交馳，幾於玉帛干戈，待於兩境。中俄之事前日幾至於决裂，近時始有轉機，大抵和局將成，可倖無事。所躊躇者，索賠兵餉一節耳，然無不可以曲從也。自泰西通商至今，每遇齟齬，結盟立約，輒以賄成，孔方兄竟有旋乾轉坤手段，言之可爲長太息。顧前事之不忘，後事之師。既和之後，勵精圖治，發奮自强，又曷可緩哉！東三省尤不可一日撤防，以後俄人將駐重兵於琿春，而求通商於高麗，以逞其鷹瞵虎視之雄，而遂其蠶食鯨吞之計，通盤籌算，可爲寒心。以後正我國家卧薪嘗膽之秋，而未可一日高枕而安也。邇又傳聞日事已了，東顧無虞，北防是亟，正可徐爲整頓耳。所惜者，我中朝非不知自强之術，無奈徒託空談，從無實效。始則悻心中之，繼則怠心乘之，終則事過即忘，因循苟且，粉飾夸張，仍如故轍。以中土幅員之廣，民人之衆，物産之饒，苟誠發奮爲雄，横於天下且不難，何論乎歐洲！

山川迴隔，相見尚遥，聊寫我心，藉以代面。旅中伏冀珍護眠餐，萬萬自愛。

致越南黎和軒總督

判襼以來，涼暄屢易。江天在望，靡日不思。伏維閣下勳業崇隆，起居康豫，政聲卓著，治譜宏開，遡聽之餘，曷禁忭舞。

弟邇來氣體益衰，精神日頹，意興迥非昔時，一月幾於二十九日病，縑素鮮通，率以此故。迴思昔日香海聚首之時，銜杯話雨，翦燭聯詩，此境此情，如在目前，無日不縈於夢寐間。正深馳企，忽惠瑶華，語重情長，欣感靡極。承賜肉桂一方，芬芳遠徹，入手已知爲珍品，沁齒甘香，百病皆愈。屢膺寵貺，何以爲酬？

弟生平著述，付之手民者約八九種，亦不過覆瓿餬窓物耳，享帚自珍，殊復可笑。兹將新刻三種由石少尉寄呈，想此郵筒不至阻滯。詩録附登大作，奬譽溢分，實不敢當，然此固藉以通縞紵之交情，而託金石之末契者也，録示遐邇，深以爲榮。

唐君應星觀察今來貴國籌商公事，知弟與閣下爲文字交，特以一言作介。唐君總理招商局中南洋各務，凡東南洋各島國輪舶往來均歸節制，今擬令局中船艦常駐貴國運載米石入都，其於貴國餉課轉輸，實爲利便。唐君渾厚外著，精明内涵，信實樸誠，素爲上游所器重，固當今未易才也。去年歷游東南洋，各島國俗尚民情、土風物産，無不瞭然於胸中，洞矚利弊，如指諸掌。既自美洲渡海至英，復經法、瑞、意、西諸國，環地球一周而歸，此行亦足以豪矣。弟觀唐君此舉，實大有造於貴國。何則？貴國土沃穀饒，歲稱三熟，賴此積儲，富民足用，敝國招商一局實萃衆力以共舉者也。名雖曰商，實出自官。官商合力，略仿泰西。將來往返既稔，凡事易辦。或有可爲借箸之籌者，不妨代下一子，是豈於大局無裨者哉！

弟老病頹唐，自甘廢棄，不獲偕唐君同來重挹丰儀，細抒悃愫，爲悵悵爾。山川迴隔，延佇爲勞，未識何時復開竹裏之行厨，再把花間之酒盞也乎！

入春逾半，天氣尚寒，伏祈萬萬爲國自重。

與伍子升郎中

前月作穗石之游，十一日始行返櫂。於時洪茂才以謁墓旋省，筆墨之役，又復麕集，秉性疏懶，頗以爲苦，箋繒之曠，職此之由。昨石清泉少尉來，言將爲越南之行，在城曾見足下揮麈清談，竟晷忘倦，杯酒流連，墜歡再拾，惜弟此行匆匆，僅三面而已。荷蒙寵召，飽飫郇厨，至今齒頰猶香，伍園花木時時入於夢寐中。重游之期，未知何日！

弟一月幾二十九日病，入秋即患肺喘，夜不成寐，經案繩床，隱几達旦。咳病甫痊，目疾劇發，日則杜門習静，夜則調息養神，複幕重簾，畏見光耀。三月春深，病骨始甦。足下謂我樂也否耶？珠江小住，重入歡場，飛鴻印雪，小作勾留。載酒尋花，別深懷抱，是有因緣，等諸夢幻。弟廿載羈棲，一生飄泊。漫詡風流於白社，任傳薄倖於青樓。况復五十之年，猶虚嗣續，尚奚言哉！他日楹書萬卷，儘飽蠹魚，即有著述，亦不過供人間覆瓿餬窓而已，未識足下何以教我也？

時當首夏，天氣驟熱，炎荒景物，入目傷懷。對此丹荔黄蕉，徒彈鄉淚耳！削牘扃函，悵然而已。

與方照軒軍門

月之四日，接奉手翰，并惠珍品，以資頤養。匪恒寵貺，拜領爲慚，謹三肅而後敢受。

韜穗石之游，小住浹旬。雪泥鴻爪，漫詡留痕；問柳尋花，初無當意。韜今年五十有三，垂垂老矣！頭顱如許，怕入歡場，覺緑酒紅燈、哀絲脆竹中別有憂時痛淚三十萬斛，此豈三五少年所知哉！

韜近刻《火器説略》，乃二十年舊作也，似於營務不無所裨。此書説簡而明，法詳而備，苟營員手置一編，習之於平日，自能用之於臨時。行陳之間，奉爲準則，何患不能制勝也哉！今先以十册奉塵清覽。

中俄之事，前日幾至於決裂，此時似有轉機，明春或可成和局也。俄人此時意不在戰，蓋在通商酬餉而已。將來東三省及新疆一帶，俄人必漸肆其蠶食，我國家殷憂正未有艾也。自泰西通商以來，西國凡有所誅求，輒肆恫喝，而我朝惟含忍雍容，以與之委蛇周旋而已。近今十餘年間，當軸者似乎略識西情，亟圖自强。無如遲之又久，而仍如故也。崇尚西學，倣傚西法，雖非治國之本；而簡賢任能，儲材選吏，練兵擇將，訓士重農，通商惠工，睦鄰柔遠，古法之可循者，亦置不復講。宦海中人才寥寥無幾，横覽四海，喟焉生慨，聊發狂言，藉供一噱。

西風多厲，水國先寒，伏維爲道自重。

呈鄭玉軒觀察

中、俄之事，或戰或和，未有定局。俄人遲之又久者，其殆老我師耳，欲乘我之懈而擊我也。夫俄國家近亦多故矣，内則亂黨隱伺乎蕭墻，外則頑民潛興乎肘腋，俄主春秋已高，恒患疾病，且復舉動多謬，日形猜忌，父子骨肉之間，仍復失和，年歲凶荒，民人饑饉，財餉不充，度支日絀，理財之官時形竭蹶，所遣總統水陸諸軍大臣偶行於途，忽折其足，是其兆已可知已。輿尸覆餗，幾已先見。

顧此皆可不必計也，惟先盡其在我者而已。日虞鄰國之難以爲冀倖，則其氣先已自餒，何能奮發有爲哉！竊以爲我國家而與俄果出於戰，雖非中國之利，而安知後日不爲中國之福？今者議戰，則事難逆睹，莫敢仔肩；議和，則因循委靡，益不自振。天下事恒有迫而應之而人材生，唐宗西幸而有李、郭，宋室南渡而有岳、韓，今時粤逆之亂而有曾、李、左、沈，其人既出，足爲天下支持大局。此日之事，何莫不然！而又何畏乎俄？當知不以兵戰，而以民戰；不以一國戰，而以天下戰。

夫西禍之烈，其始莫甚於道光中葉。爾時議勦議款，聚訟盈廷，莫可適從，卒至士有懈心，軍無鬥志，遇即交綏，從未一戰。析津之變，覆軫相承，殆同一轍。然則中外兵力之强弱、兵勢之盛衰，何嘗一見之於疆埸間哉！此草澤狂夫，每一念及，未嘗不痛哭流涕而長太息者也！今者泰西列邦，通商中土，其環而伺我者，固非一國。然其間外和内忌，彼厚此薄，隱懷妒嫉者，豈少也哉！如使中、俄誠出於干戈，則英、法、普、美必議其後，是俄之用兵，要非俄國之福。俄若一旦得志於中國，豈泰西諸邦所樂聞哉！其爲衆矢叢射之鵠也必矣。故我國而必出於戰，而俄國則必出於和。

日、琉之事，聞臻妥協，修好釋嫌，將來無至於中變也乎？西報謂日以臺灣旁一島割畀中朝，竊以爲我中朝斷不可受，以有貪其土地之名，宜以賜之琉球國王，俾奉烝嘗，毋殄厥祀，興滅繼絶，盛德事也。豈中朝以俄人啓釁，有所未遑歟？抑出自傳聞，徒有此語也？

與梁少亭主政

久不通書問矣。老病頹唐，百凡疏懶，杜門養痾，日在藥鑪火邊作生活。入秋至今，咳疾時發。當此西風漸厲，天氣初寒，長夜無聊，輾轉不寐。中、俄之事，莫能料其究竟，然以意度之，俄人不過爲恫喝計，其遲之又久者，不過欲老我師，以懈我士氣、惰我軍心耳。我國家苟能整頓兵制，修飭戎行，衆志成城，三軍用命，中外同仇，上下一心，併力合勢，專以禦俄，俄人亦何敢遽逞哉！蓋惟能戰然後能和，能戰然後能守。和之於壇坫，不如和之於疆埸也；守之於大海，不如守之於内河也。苟以有備爲議和之地，用兵爲講好之基，則和局乃可成耳。不然者，適墮俄之術中矣。

夫天下之大患，莫患乎主和、主戰之不定。如欲和，則盡從前約，莫贊一詞；如以爲十八條款萬不可從，則惟有出於一戰耳。總之，此事之誤，誤於其始，重罪使臣，輕議戰爭，俾俄人得以有所藉口，此聚六州之鐵而不能鑄此一錯也。卒之忽而議辟，忽而議赦矣；忽而出獄，忽而辦事矣。朝廷刑賞之權，外人得而干之，是先已示之以弱矣。曾襲侯虚作此行，徒以生俄廷輕我使臣之心，言之實堪憤激。要之，俄人所議條款非不可減，宜先使在廷諸臣從容商榷耳。昔聞廷臣主戰者多，今聞廷臣主和者衆。同是一事，豈相距數月，便有不同耶？豈搢紳先生以干戈爲兒戲耶？

嗚呼！時事至此，足下謂我病其瘳耶？曩者英、法之役，和議已成，頒示天下，及英酋入京踐約，則覆而敗之於析津，逮明歲尋仇之舉，則又莫敢以一矢相加遺。議和議戰，猶如築室道謀，卒至於誤國僨事，此草莽孤臣所以撫膺搥心，痛哭流涕而長太息者也。足下今之有心人也，故敢略陳之。聊作狂談，藉抒積懣。

外呈《蘅華館詩録》二册，藉塵清覽。持布鼓以過雷門，鳴瓦釜以諧韶濩，輒不自量，見笑通人。樹雲在望，鴻雁凌風，伏乞時惠好音，以慰引領。朔飈告至，海國驚寒，伏冀餐衛適時，萬萬爲道自愛。

呈鄭玉軒觀察

月中三肅手書，亮登記室，已達典籤。日月荏苒，倏將卒歲。當樹雲之在望，瞻鴻雁之未翔，引領江天，益深懸遲。

韜分惠沾恩，於今三載，自慚衰邁，圖報無從，入秋以來，咳疾屢作，至今未痊。因是杜門養疴，遣愁習静，日在藥爐火邊作生活。長夜無聊，輾轉不寐，感時憤事，益愴於懷。聞俄廷特簡理疏輔爲使臣，籌議前約。今俄使先至日本東京，然後來華，日廷已預以優禮相延接。或疑俄、日之交，必以此合，殆將協以謀我，亦所堪懼也，要不可不防也。以管見決之，俄虎狼也，日狐兔也。俄今者特以中朝之故與日親睦，藉以結日之心。俄人若無事於中朝，日殆將爲續矣；北島之易，深可寒心。夫日境近俄而國小，俄人尤所眈視，日人豈不知之歟？兹之與俄周旋者，特不欲失好於俄耳，無他意也。設使中、俄果爾用兵，日人當不敢爲左袒。

風聞近日日廷將遣使詣京師，俾琉球一事各釋猜嫌，永敦輯睦；特其如何措詞，則未悉其詳。以意度之，彼或將如舊説，割一島以畀我。若以蕞爾琉球，兩國不妨剖而有之也，此直以土地爲餌，而以貪之一字臆測我中朝也。抑知中朝所争者在大義，所持者在正名。竊以爲我中朝於此固不能受，亦不必辭，可與之商，即以處琉球之君臣，俾其世奉烝嘗，不絶厥祀。春秋時邢遷於夷儀，杞遷於緣陵，衛遷於楚邱，紀侯大去，虞叔别封，自古存亡國、繼絶緒，往往有之。至日廷歲給琉球以禄俸，亦當如常賜予，如此，庶爲一舉兩得。蓋此事非兩國推讓雍容，各相遷就，必不能成也。聊塵聰聽，藉貢一得之愚。特未識在廷諸臣，至時將若何處置耳。

聞俄廷既遣理疏輔爲使臣，若欲用兵，則擬命王子總統軍務，此亦虚聲恫喝之故智也。俄之師船羣聚於琿春，而間泊於長崎，其意在肆擾我東三省，而專力以圖我北方，有可知也。今者中、俄之事，傳者紛然，終莫測其究竟。必俟俄使籌議於京師，然後或戰或和之局始可定也。要之，俄人之意必不欲戰，其調兵遣舶者，僞也。即使一旦决裂，泰西列國必從中爲之排解耳。

外呈亞洲輿圖，乃高要梁柱臣所刊，於辨析中、俄交界所在最爲詳核，留心時務者不可不置一幅於几案間，以供披覽。北方天氣嚴寒，伏冀爲國自重。

再呈鄭玉軒觀察

韜自去冬目疾，至今甫愈。箋繒久曠，雲樹興思，北望長懷，益增依戀。伏念閣下膺國家鉅任，筦南北轉輸，每有謨猷，入參擘畫，當軸爲之側席，九重因而動容。持重老成，瞻言千里，雍容坐鎮，相與宏濟於艱難。蓋惟知公者，始知公之身繫蒼生，而功在赤緊也。

俄事已了，殊深慶幸。京師内外，無不知曾侯此行，轉圜其間，瘁幾許心力矣。化玉帛爲干戈，誠足以造兩國無窮之福。惟是俄，泰西之雄國也，時人比之無道之虎狼秦，封豕長蛇，恣其薦食，故恐暫安者不過目前而已；六七年之外，其事要難逆料。俄之新君，亦雄才大略之主也，好大喜功，不亞於其父，鯨吞蠶食，方且世濟其凶；亞洲一隅，經營伊始，其肯舍之而他圖哉？

日本自翦併琉球以後，時有齟齬，曾願割島畀我，求寢其事。近又食言背盟，志存啓釁，駐京公使倉卒出都，更駭觀聽。日本自步武西法以來，跋扈飛揚，已非一日，其心輕視我中朝也甚矣。其實日本在亞洲，不過以形勢自雄，按其幅員，不足當中國二三省，彼宜與我中朝互爲聯絡，如輔車之相依、脣齒之相毗，然後可以自立。不然，徒恃其强，輕舉妄動，吾恐俄人之竊伺其後也。奈之何日人之弗悟也！夫中、日通商，日獲其利，交易許用紙幣，一也；海物非歐洲諸邦所尚，而獨消流於中國，二也；路途密邇，轉輸利便，三也。是則我中國之大有造於日本也，而日人反思求逞於中國，不亦謬哉！

竊以爲日人崛强如此，非可以情理諭，非可以口舌争，必先之以文告，而後示之以武功。不如以防俄之師轉而爲備日之用，不動聲色，嚴爲布置，俟日人一旦變作，立即閉關絶使、停止通商；彼或以偏師闖入，則覆而敗之，所謂以静制動、以逸待勞也。亟肄無功，彼必疲矣。以日之夜郎自大，非有以挫之，其肯就我之範圍也哉！日人外强中槁，民窮財盡，而復不知自量，亦殊傎矣。聊發狂言，藉資撫掌。

時甫四月，天氣驟熱，炎陬景物，百不足遣。未稔析津風土如何？伏冀珍護眠餐，爲道自重。

與楊薪圃明經

迴帆香海，倚櫂金閶，作三宿之勾留，吐廿年之鬱積。自兹一别，又隔天涯。誰寫我心，曠難復面，思念之懷，徒寄之雲樹蒼茫、烟波浩淼。

吴門遄返，即作東瀛之游。旅居日本江户者十旬，頗有友朋之樂、山水之歡。旋歸未幾，又復航海至潮郡。曾往謁丁大中丞於揭陽，下榻絜園，一住十日。中丞揮塵縱談，極論時事，口講指畫，朝夕罔倦。竊以爲中丞固近今一代偉人，雖黄河泰山，猶未足方喻也。繼隨方照軒軍門回潮郡，小住衙齋，又復浹旬。泛舟韓江，攬轡金嶺，古人之遺跡尚有存者。自是歸來，即患咳疾。朔風起後，幾於一月二十九病，藥爐茗碗、經案繩床，聊自消遣而已。當此重陽節届，故園黄花須插滿頭，不知於登高縱飲時尚念及荒陬窮谷中一病叟也。

弟在外十九年矣，重耳羈旅之年，蘇武飄零之歲，由壯而老，徒增忉怛。曰歸鄉里，未知何時，不識能於莫釐、鄧尉間結廬三椽，占田五畝，以息此勞薪也歟！先姊窀穸之事，今春可能措辦否？但得歸骨丘壠，妥魄幽壤，雖在九原，必感盛德。里中諸故人見時乞一一問訊，俾知天末羈人猶無恙在。

春寒，伏冀爲道自重。

與日本栗本匏菴

别來九月，思念之懷，時縈夢寐。企予天末，渺焉寡歡。承刊《扶桑游記》，知已竣事，伏乞速付郵筒，藉快披覽。

側聞貴國近日崇尚漢學，名流碩士争結詩文社，提唱風雅，鄙人聆之，輒爲喜而不寐。誠如所云，弟或尚有重游之機乎？弟遯跡天南一十九年矣，蘇武飄零之歲，晉文羈旅之年，日月荏苒，自壯而老，每一迴思，輒增忉怛。局促一隅，言無與聽，倡無與和。鴉雀之聲，常轟於耳；玃雜之形，時接於目。心脾悽惻，意緒蒼凉，殊不欲久淹於此矣。搔首東望，徒切躊躇。慨念故人，長謠而已。

鹿門思來此間，弟當爲之開蘿徑、支竹牀，招二三知己與之飛觴鬥酒，擊鉢聯詩，泛月秋江，看花小院，當不寂寞也。俟久不來，徒深引領而已。

輒陳手翰，聊寫心期。春寒尚峭，伏冀珍重。

與日本重野成齋編修

别來三年，僅通一字。思念之懷，良不可任。弟與執事未相見而相慕，既相見而相欽，三年之中，有如一日。自己卯仲冬以來，時奉尺書，不下臣朔二十萬餘言，而執事竟無一字及我，其忘我耶？抑棄我耶？真令人索解而不得矣。前後擬作序文十餘篇，寄呈清覽，亮入典籤，何無一言耶？

豐城所選八大家文，曾付手民耶？諸故人自栗本匏菴以下俱皆無恙耶？均不得而知。數千里外，難以臆測，惟有爲喚奈何而已。弟去歲幾於一月二十九日病，咳嗽甫痊，目患又作。入秋以來，肺疾劇發，夜不成寐。藥爐經卷，獨遣良宵，幾不知有生人之樂。至春病骨漸甦，然年齒日增，血氣益衰，精神意興，迥非昔時。設使執事竟無信音，弟一旦溘然，則長逝者魂魄銜恨，豈有終窮？

近聞駐西參贊黎君蒓齋已拜東瀛使臣之命，不日旋華，弟與新任星使初無半面之雅，幕府諸員又不知來者爲何人，東國之游自兹絶想矣。

言盡於斯，泫然擲筆。夏首春餘，千萬珍重。

與梁少亭主政

穗垣小住，得聚雲萍，杯酒巡環，墜歡再拾。鴻爪雪泥，聊留陳迹；尋花問柳，具有前緣。旬日槃桓，亦足云樂已。惟是白璧罕逢，休嫌情少；黄金易盡，買得愁來，當爲足下所一笑也。拙著《火器略説》一書頗投時好，説簡而明，法詳而備，營中員弁苟手持一編，奉爲準則，既習之於平日，自能用之於臨時。此於行陳之間，似非無所裨也。

弟避跡香海二十餘年於兹，齒亦垂垂老矣，功名之心，久如死灰槁木。人或勸以出山者，一笑應之，放廢餘生，得全首領足矣，尚欲侈口以辦天下事哉！即使文如賈、董，才若隨何，亦復誰能用我者！苟得二頃之田，十椽之屋，竹木交其前，泉石繞其後，杜門讀書，以遣暮年，雖有蘇、張其舌，亦不敢出雷池一步也。

惟是睠懷大局，蒿目時艱。憤異族之相凌，嗟自强之乏術。諏訪既未周乎耳目，做傚又徒襲夫皮毛。振興僅託之空談，圖治惟尚乎粉飾。當路者於一切外情昏然如隔十重簾幙，而泰西諸國則皆有以窺我之微矣。致治之要，首在人材。横覽四海，歎才難矣。今之以帖括進身者，泥古而昧今，氣矜而志滿，此徒足以壞天下事者也。

近聞豐順丁中丞意欲出山，海内人士屬望久矣！此固近今救時之良藥也。邇來内外諸大臣辦事多緩，而公獨承之以速；待人多寬，而公獨馭之以嚴；於接納外情、整頓庶務，類皆習於疲懦畏葸、從容暇豫，而公則犀燃燭照，雷厲風行，決是非於片言，定變亂於俄頃，此其才豈異人任哉！且其爲人也，愛才而下士，任賢而擇能，汪汪有相臣之度，撫吴治閩，德澤具在人心。無奈喜之者半，忌之者亦半；譽之者半，毁之者亦半。斯則即使出山，亦惟有鞠躬盡瘁而已。

春餘景麗，夏首風和，飽飯加餐，諸維自重。

與方銘山觀察

昨自穗垣返櫂，得奉瑶章，雒誦迴環，歡喜無量。辱承盛惠，賜以《正誼堂全書》一種，印石十方，匪恒寵貺，拜領爲慚，厚誼隆情，有加無已，正不知將何以圖報也。

東瀛之事，以弟揣之，亦不過以虚聲恫喝而已。苟我國家先文告以示之信，後甲兵以示之威，閉關絶使，禁止貿易，則彼始肯俯首下心，不敢箕踞西向耳。日人近來益覺民窮財盡，紙幣日賤，必至一百八十圓始可换見銀百圓。泰西諸邦，通商其國，貨物交易，率以見銀，我國商人所得則皆通行紙幣也，一出其境，即不可用，勢不得不仍購貨物。彼與我通商，如藥料、海參、鮑魚，不過消流於中國，泰西諸邦勿尚也。是則中日兩國通商，彼之所益者大，我實大有造於日本也。

滅琉之舉，其曲在彼，彼擬割島以畀我，於琉事初何相涉？而又食言背盟，毅然下旗旋國，跋扈飛揚，始終自大，我於此而再行隱忍，則彼益將肆其無厭之求。我朝當即簡派星使，折之以正理，如彼能從，固兩國並受其福；不然，釁由彼啓，我不得辭，當即召回駐日公使，而停止通商，明告之曰：“邇維亞洲之大局，中、日兩國固有如輔車之相依、脣齒之相毗者也。乃貴國不念夙好，自墮囊盟，既憑凌我邊境，復翦覆我屏藩。屢次籌商，竟置罔聞，是咎由貴國。我朝即欲講信修睦，而無從也。爲今計者，欲永敦輯和，毋致乖張，莫如彼此停止貿易，各守疆土，自保封域，毋相侵犯，毋啓戎兵。爾毋我詐，我毋爾虞，永絶往來，仍如疇昔，如是乃可克完始終耳。”

於是我既與日絶，固我海防，修我戎政，勵我軍旅，整我兵艦，來則與之決一戰耳。我料日人必不犯我，而必自悔厥禍之延，將與我修好之不遑。日人自以能效西法，急欲一試，非有以小挫之，其肯俯頸帖耳以就我範圍哉！日人水師不過七八千，陸兵不過三萬，火輪戰艦不過二十三艘，其地不足當中國二三省。“牛雖瘠，僨於豚上，其畏不死”，正日人之謂也。顧絶日之後，當簡立七省經略，獨當一面，以一事權，小勝勿喜，小挫勿驚，重畀專任，不摇於羣説，不惑於衆讒，而後日人乃可制也。狂妄之談，恐不足供一噱。弟目疾已痊，以後當時時作札奉聞，以副盛意。天氣尚寒，陰雨浹旬，伏冀慎護起居，萬萬爲國自重。

與馬眉叔觀察[①]

韜年來孱軀多疾，精神困憊，迥非昔時，長夜無聊，輒不能寐，藥鑪茗碗，獨遣良宵，幾於一月二十九日病。書牘時疏，職

① 此函有影印稿見收於《篤齋藏清代百家書札》（國家圖書館出版社 2019 年版），抬頭題“沐恩門生王韜謹頓首百拜上書大公祖制軍師大人閣下”，末署“六月六日”。首尾略有異文，原稿首尾如下：“前肅寸稟，亮邀鈞鑒。韜年來孱軀多疾，精神困憊，……韜久病思歸，以正丘首，時欲於莫釐、鄧尉之間，築室三椽，擁書萬卷，聊以畢此餘生足矣。能成斯志，惟在制軍師大人而已。可否於修書致傅相之時，能爲韜從容委曲以言之，俾一爲韜地乎？苟得姓名一見於奏牘，即可歸而高枕林泉、安卧丘壑矣。再造之恩，實所禱企。此間天氣炎蒸，殊不可耐，讀《雲漢》之詩，真覺無陰以憩。伏冀珍衛眠餐，萬萬爲國爲民爲斯文自重不備。韜百拜上。”《篤齋藏清代百家書札》對此函標目爲“王韜致大公祖”，對“大公祖”失考，當爲馬眉叔建忠。

是之故。

日本之事，恐致决裂。彼自崇效西法以來，每思急於一試，其志在凌侮我中朝久矣。特自量其力，猶未敢逞；兼以中朝大度優涵，時雍容乎揖讓文告之間，彼爲禮意所羈縻，未敢爲一著之先耳。設我中朝申之以文告，示之以武功，明告之以必復琉球乃可相安於無事，不然閉關絶使，停止通商，問罪之師必至於境上，吾知日本必如豕突狼奔，先發難端，以與我從事矣。日人近日講求海防，申嚴守禦，備極周密。神户、横濱兩處，尤稱雄固。日治軍艦、練水師，以期必勝。前聞我國將移防俄之師轉而備日，上下互相戒懼，至遣兵舶來滬相探，繼知中國並無是意，乃始釋然。是則彼雖狡，未嘗不慮我之躡其後也。特我因循遲緩，彼遂益形驕肆，且得多爲之備，而虚聲恫喝之故智愈張。然則日之飛揚跋扈，亦在我有以啓之耳。

日人翦滅琉球，于今三年[①]，築室道謀，迄無成説。昔有明當閹寺擅權之日，而平秀吉入高麗之役，猶且興師救援，至兵燹將蹶而罔悔；赫赫聖清，威德正隆，藐兹日本，其敢侮予！况乎琉球屬我，恭順夙聞，爲千餘載自立之國，三百年貢獻之邦，平日受其共球，至今日忍視其不祀，忽諸不加撫恤，返之寸衷，固所未安，布之四海，亦未免懷慚。故此一役也，有戰而無和，有進而無退。問曲直而不問勝敗，問是非而不問强弱。天地祖宗之靈，實式憑之。

夫日本在東瀛，地勢如長蛇，不過以形勢自雄，核其幅員，不足當中國二三省，倣傚西法，亦徒襲皮毛而已。邇來紙幣日賤，帑項日絀，外强中槁，民窮財盡，國不可以爲國，况我以十倍之地、百倍之衆臨之哉！

---

① 1879年4月4日，日本政府宣布改“琉球藩”爲“冲繩縣”；5月27日，琉球尚泰王被日本削封爲侯爵，琉球國滅亡。則此函撰於1881年農曆六月六日。

日本既已兼併琉球，又思侵削高麗，由漸圖謀，業已形見。駐日參贊黄君公度有慨乎此，曾代爲高麗策畫，作書上之韓王，洋洋數千餘言，其大旨有三：曰親中國，結日本，聯美邦。其國儒臣李萬孫特疏糾之，痛斥嫚詆，不遺餘力。公度之書，萬孫之疏，皆爲日人所得，刊諸東京日報，是可爲公度滋其歎息者也。鄰翁夜雨談牆築，新婦初婚議竈炊，千古抱冤，同此一轍。夫高麗他日之禍患在東而不在西，固夫人而知之者也。萬孫雖號儒臣，拘墟而不達於事理，坐僨國事，率由此輩，爲可慨也。

韜久病思歸，以正丘首，時欲於莫釐、鄧尉之間築室三椽，擁書萬卷，聊以畢此餘生足矣。能成斯志，惟在閣下。乞於修書上傅相之時，爲韜從容委曲以言之，不必登姓名於薦牘，惟求安游釣於故鄉。從此高枕林泉，長卧丘壑，優游著述，歌詠詩書，皆出自君之所賜也。

天氣炎熇，伏冀爲國自重。不宣。

答日本某士人

昨承高軒枉過，痛論時事，揮麈縱談，竟晷罔倦。足下自云生於貴國之大坂，不就仕宦，徬徨乎草野之間，以我國法事孔亟，不禁慷慨忿激，來遊此間，思欲伺間以狙擊法人。法人之横，不獨中國之殷憂，亦日本所深慮也。請弟言之於政府，願爲中國助。

今法人攻馬江、擊基隆，無禮已甚。顧此時猶徘徊海上，若有所待者，以援師未集，不能大舉以決戰也。足下欲乘此機，結死黨勇敢之士，往奪法艦，誠屬敵愾同仇，義形於色。雖然，此事談何容易。足下謂吴淞現泊法船二艘，苟中國兵艦雲集，以十攻一，即奪法船亦何難，何中國尚躊躇而審顧也？不知我中朝政府不願先開釁於法人，馬江之役、基隆之侵，皆由法人首發難端。然近日法人猶自諉爲借煤不與之故，特招劉省三爵帥往議，此間巴公使亦願將諒山一役咎不在中朝，婉轉以達之法廷，外人見此，似有和之機矣。抑或法人爲緩兵之計，亦未可知也。苟法人誠欲以全力與中朝相持，即使曠日積時，中朝亦非所懼，必當以静制動，以逸待勞，持之以堅忍不拔，藉以收夫勝券。

夫法國之事，非可以口舌爭，當以兵威挫之，彼始肯俯而受命。足下與貴友既有大志，曷不糾集萬人，暗襲在臺之法兵，出不意，覆而殲之，然後往告中朝，願爲效命。既立此功，朝廷自能深信不疑，以後請餉請獎，無所不可；徒託空言，無益也。蓋自貴國攻臺灣、取琉球，中朝在位者疑貴國之心甚矣，非先以攻擊法人示之，彼不信也。中朝大官，即欲用貴國有志之士，亦不敢居間也，足下當必明此意也。足下謂貴國中所有死黨不下萬數千人，苟至中國，縱横海上，奮擊法兵，事無不可行。以我策之，難矣。法國船堅砲利，砲之所擊，無乎不摧，有志之士雖勇，安能徒手搏之乎！無船無砲，無餉無貲，徒有此心，是謂空言。苟真有經濟膽略，集此萬人，佯投法營爲援，而陰約官軍，同時夾擊，或從中猝起爲變，亦可得志。徒在滬濱一隅探緝見聞，逍遥局外，無益也。

無益之事，弟不爲；空言無補，弟不言。不如與足下登酒樓痛飲，浮一大白，澆此塊壘也。弟無位小民，不與政府相通，即使言之，亦不聽從，且轉益其疑。然無怪其疑也，宣尼所云“恕”字，千古不易。近日貴國所施諸中朝者何如？而欲使我中朝不疑，其能之乎？使彼此易地以觀，貴國其能決然信之乎？邇來道路傳言，謂臺灣入犯，有貴國之人明助法兵，中朝在位者多信之，惟弟獨決其不然，以法人未必遽爾借援於貴國也。然弟一人之言不足杜衆人之口。素聞貴國多慷慨悲歌之士，維新以前有爲尊王攘夷之説者，一倡百和，必欲成其志，至於絶脰捐軀而不顧。讀《興風集》諸人詩，激昂哀楚，乃心國家，不可謂非忠，身雖陷獄，而志猶戀君，彼其人雖輕性命於鴻毛，而不謂之豪俠之士不可也。足下以我中國有事，而懷殷憂，至欲出死力以奮一擊，事雖未行，而意可感矣。

岡鹿門，貴國之詩人也，新自京師北還，尚客此間。其人知與足下異趣，足下以腐儒目之，似稍過矣。鹿門詩文，可與龜谷省軒並駕齊驅，頗負大志，意欲追踪於古時奇節畸行之士，交際友朋，重然諾，尚意氣，無機巧變詐心，猶不失爲古之人也。

弟夾袋中人物俱收並蓄，無所不有，如曾根、安藤、品川三人者，皆不同道，而弟皆與之友善，周旋晉接，各如其意之所欲出。惟安藤漸染西習太深，非孔孟之書所能藥也。曾根之英鋭、品川之渾厚，各有所長，各有可取，自足下言之，又有所偏好。知人難，觀人亦不易。擇人固非易，論人爲尤難。弟秉性滀愚，於足下前直言罔所忌諱，惟冀恕其狂戇，幸甚，幸甚。

弢園尺牘續鈔卷二

長洲王韜仲弢甫

與日本重野成齋編修

久不通書問矣！落月停雲，輒深遐想。相良健菴回，曾奉尺一，以瀆清聽，遥企回翰，雁杳魚沈，竟不可得，思之淒絶。足下縱横詞苑，領袖騷壇，久爲物望所歸，弟得追陪几席，接奉笑言，游覽名山，涉歷勝境，無日不與足下偕，而不意亦忽忽過之也。迄今庭中花木，案上圖書，凝神合眼，宛在目前。擬作重游，人事罕暇，徒於數千里外寄此相思，但不知足下於數千里外亦念及鄙人否也。

豐城所選《八大家文》共十巨册，已爲評閲，中有訛字，亦悉校正。所撰序文如以爲可，則冠之簡端，否則拉雜摧燒之耳。

弟東瀛之游雖僅百日，而登山臨水，足暢旅悰，懷古傷今，尚留詩句，洵乎無負斯行矣。况乎友朋之樂，翰墨之緣，數十年來，爲生平所獨絶，宜弟之拳拳於夢寐中久不能忘也。寺田望南久無書至，鹿門約來而未果，殊令人思之不置，見時乞達鄙意。

飛鴻東來，游鯉西躍，如不參差，幸賜良訊。

與鄭陶齋觀察

承示大著，經濟宏深，識高見卓，洞垣一方。陳同甫無此精詳，賈長沙遜茲剴切。設使措而施之於日用，均可坐言起行。十讀三復，佩服無量。夫著書在通時適用而已，文詞其末也。晚近文人，動矜奥博，而宣尼辭達之旨亡，著書之本意亦晦。《易言》一書，遣詞命句，純祖陸宣公奏議；歐、宋修《唐書》，不尚駢儷，而獨收宣公所作，則亦未足爲病也。

拙撰《火器略説》近以活字版印行，乃二十年前舊作也。邇來日、俄有事，購置火器，絡繹於道，竊以爲行陣之間，非徒恃器，而專在乎用器之人，施放之秘、測量之要、彈丸火藥輕重之數不可不講，否則差以毫釐，謬以千里，故出此書以問世，藉投時好。是書説簡而明，法詳而備，營中員弁誠能手持一編，奉爲圭臬，庶幾有準有則，無所偏倚。習之於平日，自能用之於臨時，安見不能出奇制勝，以收效於疆埸也哉！

滬上風景近日如何？當益增熱鬧，惜弟不能假翼凌風、揮鞭縮地，與君一醉於紅蕤小閣中也。拈毫一笑，聊寄相思。

與日本重野成齋編修

平子工愁，相如善病，春夏咯血，秋冬咳嗽，一歲中幾無日不在藥爐火邊作生活。每當宿痾劇發，伏枕呻吟，殊乏生人之趣。向猶開卷足以排悶，今則併此不能。精神日衰，概可知已。入春以來，孱軀似有生意，幸此身爲野鶴閒雲，了無一事，看花載酒之外，讀書作字之餘，絕不足以攖我慮者。惟是言念故人，邈焉天末，愛而不見，我勞如何！重游之約，未知何時。子峩侍講既已南歸，公度太守又復西邁，風流雲散，天各一方，即使再來，徒增感喟。

黎蒓齋星使久耳其名，同治初元曾以諸生上萬言書得官，當軸者擊節歎賞，稱爲經濟奇才，久於江南，稔知民事。前年曾隨郭筠仙侍郎持節出洋，侍郎尤爲器重，旋聞奏調爲西班牙參贊。一昨星軺遄返，道經香海，曾往見之，揮麈縱譚，絶不一言及時事，鋒芒意氣，消磨殆盡矣。所謂磨礲圭角、振刷精神者，庶幾近之。幕府中如郭子静太守工於書，陳養源司馬工於文，弟向曾相識，足下曾與之道殷勤、通款曲否？弟舊友之留駐貴國者，惟余元眉中翰、梁縉堂少尉而已，皆在崎陽，其地山水幽靚，風俗醇厚；其民習與華人游，且多勝國遺黎，寄居於此者，足以話前朝之軼事、訪往代之異聞，殊快意也。

今年二月之杪，擬旋滬北，泛扁舟於江湖間，尋烟問水，遍歷江、浙諸名勝，藉抒抑鬱。苟游貲尚富，重至海外三神山，亦未可知。鹿門向有成約，意欲南窮嶺嶠，北極燕臺，覽神州之壯麗，瞻天府之崇侈，以快生平之大觀，何以久而未果歟？鹿門近著，曾刻數種，郵筒寄示，足見一斑。大著詩文已付手民否？我輩文字，生前當自删定。丁敬禮云："後世誰復相知定我文者！"此言最爲沈痛。

足下雄踞詞壇者三十餘年矣，所交如湖山海南、鷲津春濤、甕江巖谷此數君子者，皆當時物望所歸，學問文章，雁行相抗。貴國文士，今日皆薈萃於東京，雖其間亦有自立門户、互分朋甲，然言及足下，必推爲巨擘。每見足下點定人作，執筆未下，輒躊躇滿志，而其間節删數語，或竄改數字，皆有精神脈絡注貫乎中。庖丁游刃，目無全牛；齊己吟詩，師稱一字。鎔金鐵於洪爐，汰泥沙於大海，可謂盡鑒别之能事矣。哲嗣一郎，讀書如何？定多聰慧，他日東國文名當又在君家矣。

墨水堤邊、忍岡山畔，酒壚猶昨，花木依然，惜弟不能追陪裙屐，一豁此襟抱也。東望於邑，擲筆惘然。

與蘊玉仲司馬

前月作穗石之游，小住珠江，忽浹旬日，得與耕伯諸君揮麈縱譚，上下千古，翦燭論文，開樽話舊，倍極流連之樂。座中惜無執事，酒酣耳熱，拔劍斫地，得見王郎跋扈飛揚態也。放櫂歸來，匆匆又已春餘夏首矣。此間天氣驟熱，静坐齋中，尚覺揮汗如雨。炎方景物百不足遣，丹荔黄蕉，祇是異鄉風味耳。正深思念，忽惠朵雲，擘牋雒誦，乃知文旆道經香海，竟爾失之交臂，爲悵惘者久之。意者足下爲天半朱霞、雲中白鶴，故可望而不可即歟。

尚記去年蒲草已緑，榴花正紅，小飲閣中，特呼勝姬侑觴，滿浮大白，自此一别，相見時少矣。勝姬屢託弟致聲問訊，私罵王郎爲薄倖人，揚州杜牧應是前身，台嶽阮生尚乖後約。弟之所招，以麗娥爲巨擘，瀛洲仙客最所心賞，以爲可魁花榜，阿蘇校書亦箇中翹楚，惜今皆爲有力者篡去。楊柳樓臺，重來非舊，桃花潭水，前度空懷，此亦平生恨事也。屢訪章臺，迄無佳者，徵逐之游，自此絶跡矣。

外附書價一紙，亦蘇子瞻换羊書、顔平原乞米帖也。海外初旋，伏冀慎護眠餐，爲道自重。

與梁少亭主政

波路匪遥，音書久曠。昨奉瑶華，良深慰藉。心長語重，感激涕零。足下抑何愛我之摯也！弟前月下旬一病幾殆，自分必死，不意一昨稍稍起立，豈玉樓未成，抑天上才多耶？一笑。老疾頹唐，應填溝壑，而猶復偷息塵世，忍耻苟活，亦自不可解耳。

仲冬二十三日，炎伯下臨，赤熛暴怒，雖幸藏書無恙，而弟之著述新經排印者半爲六丁六甲所攝去，豈謨觴館中將以此供乙夜之覽耶？抑語犯造物所忌，不使其流傳於人間耶？

蔡和甫司馬爲海外之行，殊足以豪，十月朔日抵横濱，二十一日抵嘉鼇符尼亞，二十六日隨星軺往美都華盛頓。此行也，已三萬餘里矣。和甫見廛市之殷闐，宫室之富麗，嘖嘖歎美，足下聞之，不將怦然心動哉！方今皇華之選，需才孔亟，横覽天下，要無幾人。乃足下高卧東山，臯比坐擁，不一出而問世，不然子峩侍講而後，非足下其誰屬哉！他日鯫生重游江户，得東道賢主人，不亦樂歟！

神仙可以學得，不死可以力致，足下良以爲然，蠲煩滌慮，却疾和神，已有功效。然側聞足下帷房之内，窈窕娱心，游讌所臨，便娟侍側，尚未能忘情於一切也。是或容成之内視，而非老聃之元牝歟！曩時我友秦次游孝廉晨起必誦經一卷，飯後必摩腹百遍，一日不如是則病。近如某鄉宦習静功，喜趺坐，耽玩《參同契》《悟真篇》，謂有心得，裒集衆注，刊以問世；而頗溺聲色，多内寵，豈吐納采補之術，亦在長生久視之列歟？殊不可解。道念深者世慮淺，古之神仙，必先遺世而後能得道也。足下方高談元妙，而弟輒漫作詼諧，知不免於詆訶也。

天寒，伏冀珍重。

致陳寶渠太守

頃奉環雲，歡喜無量。臨風展誦，如聆教言。惟是藻飾宏加，溢情逾分，非所敢當，主臣，主臣。承示《法宫記》，謂采自拙著，親爲繕寫，書法秀整渾厚，具有師承，直逼名家，每一覽觀，欽遲靡暨。所惜記中詞語蕪衍，不足以副之耳。囑蓋印章，無處可以位置，敬列觀款於旁，聊誌數語，用紀顛末，想大君子或不呵其妄也。

韜近與英官麥君華陀談海内人材，以爲當今之深明洋務者，莫閣下若矣！乃位不足以盡其才，任不足以幹厥事，一官十年，未展驥足；若使一旦小試其利器，處之以繡衣之列，當必勝任而愉快。此知與不知所同爲仰望者也。閣下曩者揚舲日東，策馬滇南，馳驅王事，不憚勤勞，此蓋遺大投艱，而特畀之以盤根錯節也。乃閣下以退而爲進，轉難而爲易，鄰封稱其信，邊臣知其能，古之所美，如班定遠、傅介子其人者，以閣下較之，豈多讓哉！

韜遯跡天南二十有一年，明歲擬歸吴中，息影蘧廬，杜門卻埽，枕葄經史，嘯傲烟霞，藉以送此餘年。惟是生平著述俱未付梓，粤東欹劂殊賤，擬裒集數十種，稍加删薙，悉畀手民，因是忍忍以待歲月。《詅癡符》而求售，享敝帚以自珍，應不值閣下一噱也。

朝鮮之事，辦理頗速，而法人之圖取越南，事尚未了，亦吾中朝之殷憂也。法人既踞河内，又窺唐外，其志蓋在割地以索賄、闢路以通商，而由緬甸達滇南也。此於中朝所關甚鉅，寧能度外置之哉！法人煽惑越民，使從其教，今駸駸乎遍於境中矣。越又虐待其民，横征暴斂，苛刻萬狀，是爲淵驅魚、爲叢驅雀也，良可嘆也。

此間天氣宜寒而反燠，未稔滬上物候如何？伏冀萬萬爲道自重。不宣。

致馬眉叔觀察

前日西報中忽傳有閣下出使法國之命，以代曾侯久駐巴黎，弟聞之不禁狂喜，頓有乘風破浪想。乃久之而寂然，始知西報爲擬議傳聞之説，非實有是事也。竊以爲閣下曾在法京讀書，考授律師，精於法之語言文字，兼以才大而心細，思深而慮遠，誠使出駐法國，吾知爲朝廷慶得人矣。閣下鳳起龍驤，高瞻遠矚，以辦理朝鮮之能事，轉而辦理越南，與法廷從容商酌，并籌之於上下議院，折之以正理，證之以公法，法人未嘗不惕於公論而少緩須臾也，又何必勞師涉遠，動致齟齬也哉！

今者粤東西并滇南，皆鞠旅陳師，往駐越境，跋涉長途，已爲非策；其中兵士或有不遵約束者，既足以重困越民，且貽法人以口實。果爾以檄文數法人，謂爲有意侵地，滋其不悦。兹者我兵雖已撤回，而胸懷芥蒂尚未消也。法國公使因此事悻然已出都門，暫居滬上，蓋恐或有事端，則冰河之時，勢難即行，其心實爲叵測。

前時法人與越南重訂和約，越南國王以帝制自娱，大書特書，曰大南國大皇帝，用嗣德年號，明爲自主之國，國中以後一切軍國大計、政令制度，以至興利除弊，須先與法國酌議而後行。是則明與法國締交結好，而非爲中朝之藩屬也審矣。法人之狡獪固不必言，而越之愚昧庸妄至此，亦可悲矣。惜乎立約之時，我中朝絶不一問，即向者法人駐師東京之日，我中朝亦宜遣一介之使往詢，乃竟度外置之，退諉因循，坐觀成敗，至今日而言之晚矣！兹若欲斡旋其間，當必别簡使臣，於無事之際，執持辯論，此非深明洋務者不能，舍閣下其誰與歸？宜韜思閣下而弗置也。

韜意今日法人之進取越南，或出西貢，法酋之意，未可知也。彼方以增埠益地爲己功，先以巧言聳惑法廷駐帥越境，益張其燄，此當與法廷言之，正所以探本而窮原也。觀法人所欲驅除者，爲黄黑旗黨羽，因越南倚之，以藉張聲勢也。黄旗頭目爲葉成林，黑旗頭目爲劉永福，其下多嘉惠州人，越南久已招撫，授以職官，今爲越南出死力以禦法人，特恐其終不能支持耳。所幸者，越南天險可恃，水行則膠於泥沙，陸行則迷於林箐，驕陽炎瘴，毒虺飛蟲，皆能爲害，苟天意猶未欲亡越，法人正未能驟得志也。惟越南國政殊不可問，官貪而民惰，横征暴斂，民人幾不聊生，此誠不可以終日者也。此間恒有南官往還，每與接談，輒恨其奄奄無生氣，識闇慮淺，而好掉文袋，喜作詩詞，偶讀一過，未嘗不爲之噴飰也。

泰西之談近事者，皆言德、俄將有戰務。德、俄既已開釁，則法必乘間而起，以助俄而攻德，冀修舊怨而報夙仇。如是，墺必從而助德。德、俄、法、墺兵勢一交，歐洲將成大戰場，比諸昔年普法之戰，猶且過之。英其與歐、亞兩洲諸國從壁上觀歟？然以韜决之，戰事必不能成。西國之紛紛備邊防、蒐軍實者，皆虚聲恫喝之故智耳。江天在望，延跂爲勞，如有便鴻，乞賜良訊。秋氣已深，未審析津風景如何？惟希萬萬爲道自重。不宣。

與李小池太守

久不作書奉訊動止，歉仄之懷，良不可任。日月逾邁，山川悠遠，引領北望，彌厪遐思。弟仲宣體弱，長卿病多，藥鼎茶鐺，奉爲性命，鼠鬚側理，視作畏途。前月一病幾殆，自分必死，不意邇來稍稍起立，豈天上才多，懵懂如弟，爲所擯棄耶？抑或玉樓猶未造成也？嘉平二十三日，炎伯下臨，赤熛暴怒，雖幸藏書無恙，而生平著述新經排印者，半爲六丁六甲所攝去。豈謨觴館中，將以此備乙夜之覽耶？抑語犯造物所忌，不使其流傳人間耶？嗟乎！老病頹唐，應填溝壑，而猶復偷息塵世，忍耻苟活，以覆瓿餬窓之物，《詅癡符》而求售，宜其不厄於鬼而厄於火也。

弟近所關心者，日、俄兩國之事耳。俄人雖與中朝訂結盟約，眉睫之間，似可相安無事，然其狡焉啓疆闢土之思，固未嘗忘也。伊犂已久爲彼之所據，今一旦而拱手讓人，夫豈其心之所甘？顧彼意以爲我能與之，必能取之，猶運之掌也。觀其近日之所經營，大略可知已。鄙意以爲朝廷必當早簡星使，往駐俄京，以通彼此之情，以固中西之好。故敦輯睦，守盟言，在此行也，固不可緩也。新疆亦宜鎮以重臣，屯兵練卒，奮武衛，整邊防，未雨綢繆；事至而後備之，晚矣。中、日齟齬，其勢殆不可終日。前既兼併琉球，今又覬覦朝鮮，其意若專與中朝爲難。日人好勇而狂，狡而多詐，輕諾而寡信，驕矜自大，無所不至，專媚西人而輕中國。雖與中國立有要約，亦復朝定而夕更，殊不足恃，若非有以懲創之，終不能永鄰好、結近交，聯唇齒之誼，收指臂之助也。我中朝一惟以大度包容之，適長其跋扈飛揚之志耳。形中國之弱，滋日人之横，豈亞洲之福哉！夫日人在今日，外彊中槁，民窮財盡，外憂一起，内變將作，惜乎日人之不悟也！

歲事將闌，百端交集，弟雖野鶴閒雲，然祀竈祭詩，不無摒擋。足下遠道書來，索文債於五千里外，徵諸責於四五年前，每一展讀，毛髮灑然。弟欲焚棄筆研久矣，乃不意閣下有嗜痂之癖，如是豈可久負盛悃，一俟脱藁後，即當飛遞郵筒也。臘盡春回，天氣漸暖，伏冀順時珍攝，善護眠餐，萬萬爲道自愛。不宣。

與彭筱皐觀察

韜遯跡天南二十有二年矣，鷦栖蠖屈，局促一隅，匿跡銷聲，不求聞達，日惟杜門讀書，不問户外事。中間曾游歐洲，至英至法，爲七萬里之行。倦游歸來，仍專一壑，鴻冥蟬蜕，物外天全，蓋麋鹿野性，本志在長林而思豐草也。生平所好在書籍，所至購求，卅年已來，聚書數萬卷，優游此中，雖南面王不我易也。略有著述，不堪問世，已付手民者，約六七種，餬窗覆瓿，一任諸世人而已。交游頗及寰宇，日東、越南，悉有投縞紵、訂金石者，或詩文書札逞來，作神交而已。少無宦志，壯賦閒居，今老矣，晚境頹唐，孱軀多病。今歲以養疴北歸，小住春申浦上者七閱月。玆者返棹粤東，甫浹三旬也。韜亟思歸臥故鄉，瘞骨先壟，狐死正丘首，仁也。

法、越之争，未知其竟，中朝以唇齒屏藩之誼，不容不救。然法此時力猶未足以舉越，不過求闢路滇南，通商全境而已。歐洲諸邦，謀深慮遠，大抵取人之國遲之以漸、受之以需，以陰行其蠶食，二十年之外，越其沼乎，今則猶未也。今日者法人勢同騎虎，觸類藩羊，其思遷怒於中朝者，所謂勤而無所，必有悖心也，將來仍必歸於和議而已。英、德、美三國，於中土貿易大局所關，未容恝視，將必出而居間，排難解紛。越其將爲兩屬之國，有事爲中、法所保護，中、越交界之地，由中朝爲之設兵駐守，此上策也。即或不然，泰西諸邦通商口岸，法兵毋得至焉，此亦可制法人之用兵，而使之廢然思返也。

要之，法人之患，其暫焉者也。中朝之整頓武備，籌辦邊防，訓練海軍，當在無事之日，而不當在有事之秋。法患一紓，則數者皆置之不講，此真可爲痛哭流涕長太息者也。國家之所以能富强者，首在收羅人才，重幣以求之，破格以用之，而後真才出矣。得人既盛，治中以馭外，亦何難之有哉！足下世之有心人也，故以爲言，毋譏其越俎焉可也。

與吴瀚濤大令

邇來久不得手翰，豈嵇生性嬾耶？抑幕府筆墨之役紛如蝟集，故未遑耶？韜自入春以來，陡患風痺，溼熱注於四肢，動履維艱，深恐手足拘攣，將成廢人，登山臨水，無望於此生矣。瞬經兩月，纏綿未痊。初時醫家進以瀉劑，欲求速效，不意元氣大傷，胃陽將絶，每對雞鴨魚肉，輒作腥羶氣，聞之欲嘔，幾將效留侯之辟穀。以是枯瘠異常，幾成老僧，豈前身果峩眉山上頭陀歟？天南遯窟，局促一隅，已廿有二年矣。每思息影凇廬，歸骨先隴，今以孱軀，恐難遠涉，遥望故鄉，輒增於邑。

越南之事，尚無就緒。外間傳言，當軸者已委馬眉叔觀察專辦是事，究無確耗。眉叔有兄之喪，去冬偕吕君秋樵在滬度歲，冰泮時即已北上矣。唐君應星已偕越南使臣阮述述字荷亭，見任禮部參知，辛巳年曾充貢使入都。北泝析津，上謁爵相，徑詣京師，與總理衙門酌商。韜以爲此實無可商也，法人立志必取越南爲外府。越南官貪民弱，愚闇疲薾，不自振頓，直如夏蟲之不可語冰，兼以横征暴斂，民不聊生，離德離心，已非一日；又其國中邊備不修，武功不振，斷不能與法一戰，我朝即欲助之，亦殊費經營。舊立和約，以越南爲自主之國，不服他國管轄，法人雖藉以爲口實，而亦心知其謬，所謂公論自在人心也。法人之意，將與我朝申畫越南疆域，區别内外，或歸法人，或歸我朝，裂疆分土，剖而有之，此猶釣者以香餌餌我也。越南爲我藩屬，待庇於我，二百年來最號恭順，貢獻之使，不絶於道，一旦從而翦滅之，割據之，傾覆之，俾殄厥祀，因以爲利，將所云字小之謂何？傳之泰西諸國，必以我爲不義，此固斷不可許者也。然我朝不取，則法必獨取之。法取越南，我朝雖力不能禁，然亦可據理以争也。是可布告泰西諸邦，執萬國公法以與之周旋。以鄙見度之，越南二十年中尚可無恙，後日不過夷爲守府之主，僅擁虚名而已。

近有朝鮮貴官道經此間，閔君藕堂、名應植，文科狀元，奎章閣承旨學士，三品卿銜。徐君春谷皆來修士相見禮，緬述大院君攬權誤國、黷貨殃民，謂如釋之歸國，必爲大害。而朝王則又屢爲之請，本朝於此，勢成騎虎矣。

德國在歐洲素以禮義自持，近日通商中土，漸形跋扈。於厦門則直入關廠，攫取鐵斤，因漏税扣留者。是不遵税約也；於汕頭則争購地，用兵舶以肆恫喝；於粤垣則以觸撞砲船，屢致齟齬，索賠十萬，言大而夸。凡所誅求，皆出和約之外，幾欲非理相干。以情揆之，彼必意有所在，或將乘間抵隙，乞地屯兵，爲東道之逆旅。事雖未言，形雖未顯，要不可不慮也。

此間愁霖積月，春寒逼人，未稔美京物候如何？伏冀爲道自重。

答管秋初少尉

兩奉手畢，歡喜無量。藉抒葵悰，如挹芝輝。邇維足下福隆崇如山，才汪洋若海，聲譽鵲起，詞章龍雕，是藝苑之能人，爲文壇之飛將，弟在下風，欽遲奚似！弟自中元節前回帆香海，筆墨之役，紛如蝟集，塵容俗狀，殊可笑人。秋冬之交，舊疾劇發，氣促且逆，夜不能寐，往往危坐達旦，藥爐經卷，獨遣良宵，甚以爲苦。十月之朔，以覓醫赴穗垣，解裝小住，殆浹三旬。中間放櫂禪山，勾留信宿，名醫良劑，百不見效，徒喚奈何而已。昨始言旋，忽忽已冬半矣。駒光易邁，鯉信未回，足下應望眼欲穿也。委作尊閫潘宜人傳誄尚未捉筆，其實不過倩管城子灑墨數行耳，有何難事！而不肯即爲者，正坐嵇生性懶耳。足下其將怒予耶？抑笑予耶？

承示江報之説，徒有其言，並無其事。弟明年旋鄉之約，尚在游移，未能遽定。一則俗事摒擋，尚未能了；一則生平著述，都未付梓，粵中欹劂殊賤，擬裒集數十種舊稿，削繁甄要，悉畀手民，因是忍忍以待歲月。周人懷璞而求售，宋客刻楮以自珍，應爲足下所齒冷也。硯田一事，時刻在心，惟遠則有違侍奉，近則無可位置，且俟弟回滬上再爲别圖。

此間天氣宜寒而燠，久晴不雨，旱象已成，未識歇浦物候如何？伏冀萬萬爲道自重。

與伍秩庸觀察

兩奉環雲，歡喜無量，十讀三復，如挹清徽。韜還滬上，杜門養疴，習静寡歡，日惟讀畫觀書，焚香瀹茗，聊以自娱，消遣歲月，待至秋凉，然後返粵。

傅相駐節此間，將浹四旬，法、越之事，尚無成説。以韜思之，亦殊難下手。法人舉動越乎萬國公法之外，歐洲諸國亦比之無道之虎狼秦，今其意在越南，誠難與争鋒。然中朝苟志在必戰，但計理義之所在，而不問勝敗，知有進而不知有退，一戰不已則再戰，再戰不已則三戰，志鋭氣壯，雷厲風行，則法人要亦爲之索然以沮也。惟能發必計其能收，想當軸諸公持重老成，瞻言千里，此中自有權衡也。

顧越南則危如累卵，而琉球之事反有轉機。此間有日官曾根俊虎者，職任海軍大尉，而爲興亞會中盟長，旅居春申浦上，與韜時相過從。彼與東京政府相稔，固副島種臣之高足弟子，而川村大臣之最所信任者也。川村今在日廷實執海軍全權，曩者日人征番之役，川村大以爲不然，因之辭職閒居，久之執國柄者亦旋悔之，川村以是復起。日之政府時懼中朝詰問琉球一事，窓户曾許割島以畀我，後以俄人之釁中止。中朝亦以其請各地通商，欲援西例求免釐金，與日約未符，事不果行。今聞夏侍郎在京師，與日之榎本公使復申前説，而榎本置之未畣。曾根俊虎聞之，遂慨然願任此舉，期以必成，謂興亞之局必自此始，自此中、日兩國可以釋嫌講好，永絕猜疑，特托韜爲先路之導，與當軸者言之。惟是韜年已老矣，野鶴閒雲，超然物外，决不敢再攖世網，於此事成亦不任受功，不成亦不任受咎。

或以爲方今越事孔亟，此舉殊屬可緩；不知正與越事關鍵相生。琉球、越南，在我朝等爲藩封耳。琉球爲日所翦滅，法人正欲以此藉口。今日人自請割還二島以處琉王，仍昭世守，不殄厥祀，可知凡事當循乎理而不可徒恃乎力也。雖倖免於當時，而終必責償於後日也。清議具在，豈能稍逭。法人聞之，當爲奪氣，而我之與法辯折，亦得以有辭矣。事有側擊旁攻，借端窮委，援此以紓彼者，此類是也。

天氣炎熇，無地可以逭暑，伏冀萬萬爲國自重。

與楊醒補明經

正深思念，忽奉朶雲，讀之如面晤，快慰無量。弟養疴歸來，倏已三月，日惟早睡晚起，焚香瀹茗，讀畫看書，聊自娱悦，藉供消遣，以此頗得閒散趣，蓋三十年來無此樂矣。

劍人詞已覓得鈔本，然祇《緑簫》《碧田》兩集，已令鈔胥者另寫副本。劍人詩集八卷，弟處藏有刻本，顧自癸丑年以後所作尚未編輯，會當問諸其後人，代付手民，以傳不朽。大著《被難記》《野烟録》，鈔出後請即寄來。朱淑貞詩，弟處未有，乞鈔作鄴架之儲，用備采擇。弟存於粤東書籍約數萬卷，兹捆載而來者，僅十之一。滬上屋價甚昂，見居環馬塲邊最熱鬧之地，樓房三椽，月需十八金，而儲書已苦無隙地。故亟思鄉居，或冀略有亭臺池館之勝、泉石花木之娱，安頓圖書、庋置筆研，優游此中，儘可杜門不出矣。金閶近亦可居，聞談者述其近况，殊有蕭寂幽閒之致，幾於城市而有山林之樂，如有屋廬約值七八百金者，請爲留意。自滬來游，當在中秋月圓之候，鎦伶之飲一石，平原之留浹旬，定當一豁此襟抱也。有暇亦當再至甫里，壬瓠招余下榻其室，竟往檠桓，想無不可。

吴中邇來殊鮮人物，吴下阿蒙，略有一知半解，便好作大言以欺人，又喜妄肆詆諆若鎦季緒一流。同治建元戡亂致治，各省人材波臻雲湧，蔚然以佐中興之盛烈，而吾吴獨無，此所以令人望古而遥集也。弟遯跡天南二十有二年矣，彼都人士相識者亦復不少，俱謬以文章經濟相推許，弟亦幾視粤東作故鄉，惟思野狐之智猶死枕首丘，而况於人乎？以是亟欲息影里閭，歸骨丘壟，以與先人相近。犬馬之齒五十有六，去日苦多，來日漸少，功名富貴尚復何求！陸賈囊中已得數千金，歲權子母差足自給，豈尚有心求田問舍哉！苟得與吾老友時相過從，雞黍爲歡，詩酒留連，此詶彼倡，亦足以畢吾生矣。息壤之盟，敬自此始。

時未入秋，西風已起，怒號徹夜，殊觸牢愁。今晨臨窓小坐，涼襲襟裾，北方水灾，黎民其病；南鄉米貴，早稻未登，凡此皆足以廑我思慮者也。拉雜書此，聊以代面。此外伏冀萬萬爲道自重。

與盛杏蓀觀察

養疴歸來，又浹兩月，杜門却埽，習静寡歡，日惟早睡晏起，焚香辟穢，散髮乘凉，讀畫臨池，聊自娱悦，置世間理亂於不問。法、越之争，作蠻觸觀可也。傅相聞已奪情視事，雖固讓再三，而廷議未許。此專爲門户起見，任亦綦重，古大臣蓋有行之者矣，况值今時事勢杌隉，而方期宏濟於艱難耶。聞三省經略尚未有人，政府或屬意於曾爵帥，來京陛見，面授方略，未可知也。或傳京師諸公意皆主戰，獨恭邸、傅相主和。夫以中原大局言之，隱忍苟安，則日益委靡不振，而人才愈以不出；以朝廷言之，則以和爲貴，苟可捧盤盂以從事，何必執鞭弭以周旋，兵鋒一交，勝負之數豈能逆料。况法之於越南，猶日之於琉球，今既不能救琉球於前，而欲早助越南以與法競，恐法人於此有辭也。

顧以韜揣之，京師諸公亦徒有其説耳，豈真能出於一戰哉！最上一著，莫如示之以文告之辭，與之揆情據理，援例執法，開誠布公，熟思審處，謂越南爲中朝之藩屬，伊古迄今，並無異説，泰西諸邦，公論具在。兹者聞貴國欲翦滅而傾覆之，按之泰西之例，在所必争。然中原戎事之興，十有餘年，雖髮、捻、回、苗次第殲除，而元氣未復，兵力未固，域外之馳，尚有未遑。苟貴國與中朝講信修睦，永矢輯和，不墮曩盟，力守前約，舍之而他圖，則固中朝之所甚望者也。如或不然，滅國之咎，貴國是任。在貴國既無字小懷遠之恩，在中朝亦失保弱扶傾之義。在今日雖不能與貴國争，而將來事機之乘，要未可知。乖義失歡，實爲貴國所不取，惟貴國其重圖之。此不動聲色，而自足以折法人跋扈飛揚之態，雄猜悍鷙之心，所謂一紙書賢於十萬甲兵也。其次莫如置之勿問。最下則徒有空言而無實用，及至於無可如何，則仍出於和，將來割地酬餉、通商闢路，所以爲和之約章者，如是而已，此賈生之所以痛哭流涕而長太息者也。夫以目前言之，法亦未必遽欲滅越南也。取之以漸，斯能守之以恒。陰謀詭計，蠶食鯨吞，此歷來歐洲諸雄邦併取人國之故智也，三十年之外，越其沼乎！

顧越南則危如累卵，而琉球則反有轉機。此間有興亞會盟長曾根俊虎者，固日之貴官也，見任海軍大尉，同客滬瀆，時相過從。彼鋭然以興亞爲己任，而欲中、日兩國實締和好，願説日之政府，使割琉南二島以畀中朝，一任中朝賜於琉王，仍俾世守，不殄厥祀，而兩國自此可以釋嫌解憾，託韜轉言之於傅相。韜思此事若成，書生可不出山而建莫大之勳，著一時赫赫功；設使言同畫餅，咎將誰屬？并聞此説也，曩時日之宍户公使曾商之於總理衙門，旋以俄人之釁，説遂中止，總署亦以其並請内地通商，求免子口釐金，與日之和約未符，事不果行，蓋日欲與泰西諸國一例觀也。以韜揆之，所請亦未爲過奢也。又聞總署諸公以徒割琉南二島有名而無實，必爲清議所不許，必欲割畀中島，乃可從命。夫日人經營中島已十餘年，設官屯兵，畫疆置備，其費不貲。此固琉王故都，爲一國菁華所萃，如割中島，則不如不取琉球也，斯固强日人以所難也。許割島，許通商，其事雖微，而繫於兩國之交歡者，則固甚重。且自此可收日人爲指臂腹心、輔車脣齒之用。如或弗許，則猜嫌尚在，情誼永乖，中朝既不能威之以兵力，又不能結之以信心，徒爾觀望徘徊，因循畏葸，矜誇虛憍之氣中於國是，此草莽小臣所未解也。今苟曾根之説可行，而傅相肯力肩此重任，則韜固可親往東瀛，説其政府，以期事之必成。然而吾知其難矣。夙夜憂憤，肝疾劇發。

當此炎熇如蒸，避暑無地，伏冀萬萬爲國自重。

與方照軒軍門

韜久病不痊，仍作萬里北歸之客，四月中從香海言旋，寄居滬瀆。人事簡寂，倦於酬應，杜門却埽，習静養痾，每日晚睡早起，置理亂於不問。法越之争，作蠻觸觀可也。

李傅相駐節此間，已浹兩旬，越事尚無成説，想非口舌所能爲功。幕府中相識如馬眉叔、伍秩庸兩觀察，均隨傅相來此，即欲據律以争，亦豈驟能折服也哉！韜雖與兩君素稔，而疏嬾性成，不能昕夕往來，未敢縱談時局，上獻芻言，借留侯之箸，贈繞朝之策，而自矜其一得也。或有勸韜上謁傅相者，已力辭之。誠以野鶴閒雲，久居世外，豈欲再爲羅網所攖也耶！拙著《弢園文録外編》本十有二卷，兹以病廢，僅排印至半，敬呈二册，藉塵澄鑒。其中多言時務，越南之事，韜若逆料其有今日者。

今朝廷特召李傅相出，經略三省，其爲畫疆自守，藉固邊防與？抑將高掌遠蹠，保弱扶傾，撫字小邦，而出於一戰也？夫日之滅琉球，與法之攻越南，何以異？是日則入其都，俘其王，併縣其地；法則猶未至於是也，何我中朝寬於日，而獨嚴於法也？薄於琉球，而獨厚於越南也？此殆不足以服法人之心而杜其口。設琉球使臣再作秦廷之哭，其將何辭以對？

越南久爲我朝藩屬，法人豈不知之？而必執和約以爲言者，蓋將據越南而有之也。法此時猶未遽欲滅越南，苟越南遣一介行人爲祈請使，則和議必可成。將來割地酬餉、通商闢路，當必一唯法人之命是聽。其易約之時，當必以越南爲受庇於法國，我中朝自此再不能與之争矣。

論者以爲法在今日，國有内亂，不遑他及，不知彼將外示以用兵，而内變其國制。前與普戰則改爲民主，今又以民主爲非，或欲有事於越南，以逞其志，未可知也。若我此時與法争越南，恐法人之私憤積憾無所發洩，勢必轉而噬我。中國沿海袤延數千里，防不勝防，非精練雄師二十萬不足以制强敵，况内地齋匪蠢動，在在堪虞。且法爲歐洲之雄國，所以禦之者非等尋常，凡所有礟臺營壘器械及一切防堵之法，舊制必不可恃。一言西法，需費尤鉅，矧又不備之於平日，而徒爲之於臨時，倉卒購置，匆遽建築，必難臻乎盡善，而克收厥效。然則中國不將自此多事乎哉！既無戰之具，又非戰之時，似乎主戰一説，非籌邊之上策也。

爲今日計者，多駐重兵，嚴守邊境，先立於不敗之地，而務爲自强，以待機會之來。若出於戰，則勝敗皆不可恃。法既與中國失和，勤而無所，必有悖心。蓋黑旗劉義所踞之地，水土惡劣，山路崎嶇，叢林密箐，中多産毒蟲，入人耳立死，非得鄉導不能深入，法人若以攻越南之難，從而擾我沿海，一省警，各省震，閩之臺灣、廣之瓊州、浙之定海，皆彼之所欲窺伺者也。將見艨艟絡繹，旌旆飛揚，我將奔走捍禦之不暇，而疆事益不可問。

故以韜料之，其事終必出於和也，特此時尚未可耳。倘法人因傅相一出，畏威懷德，踐守盟言，越南固得以自存。即或不然，彼有攻戰之師，我亦有守禦之備，法人狡甚，斷不敢輕於一試，當惟有虚聲恫喝，仍行其故智耳。將見火烈者冰消，虎頭者蛇尾，議和之局，當在斯時。

要之，越南即徼天幸，此時不遽併兼於法，而六七年之後，仍必有事。地屢割則日蹙，餉屢償則日貧。通商所至，兵亦至焉，險要之區，盡爲彼據。滇路既闢，蜀道亦通，往來自如，益無所阻。越南此時亦惟爲守府之主，僅擁虚名而已。二十年之外，越其沼乎！我苟不能自强，亦何救於越亡也哉！

縱筆狂談，不值一噱。此間仲夏多寒，早晚可著木綿，蠶麥歉收，荒象已見，杞憂正不知何時已也。伏冀慎護眠餐，萬萬爲國自重。

復盛杏蓀觀察

日者恭逢文旆道出粵江，獲挹丰儀，歡喜無量。席間銜盃情話，揮麈縱談，得聆緒論，彌復傾心。判襼以來，駒隙易馳，蟾輝又度，望雲對月，引領爲勞。正切馳思，忽奉手畢，發函伸紙，光怪陸離，是何文采之鉅麗，而情意之纏綿也。

鄙人以南吴之下士，作東粵之賓萌，久已無志功名，自甘淪廢，素不慣酬應，書札之來，堆案盈几，率不作答，惟以一嬾字了之。計自瑶函下頒，以至今日，已浹三旬，尚無一字，主臣，主臣。

法、越交兵，未知其竟。近聞劉義退駐寶安，志在固守，誠以羈臣之義，與地存亡，地苟有失，身即無歸，舍命不渝，捐軀同殉，此志士仁人之所爲聞風而向慕者也。法軍已抵北寧，志在必戰，中、法兵釁之開，當自此始。法人狡譎萬端，其待中朝，純以虚聲恫喝。揆其國中情形，調兵遠，籌餉艱，民間亦殊不欲戰以開釁於中朝。其鄰如英、德、美數大國，皆以貿易大局所關，必不願以沿海口岸爲戰埸。粵垣亦爲通商重地，彼必不至，惟瓊、廉各處，距越密邇，則或可虞，且彼之眈眈虎視也久矣，必欲得一地爲東道之逆旅，雖然，談何容易。惟兵釁既啓，如滬之製造局、閩之船政廳，皆近在海口，爲輪舶所易至，此則不可不慮也。

中、法既戰於北寧之後，英、德、美三國必出而排難解紛，居間主議，越其將爲兩屬之國，有事則爲中、法所保護；中、越交界之地，由中朝爲之設兵駐守；越雖有君，將來僅爲守府之主，未可知也。弟之逆料如此，後日和議若成，當不出此範圍。

弟自讀書飲酒之外，了無所好。明春決作歸計，行將於吴山越水間卜築三椽，爲菟裘以終老。從此杜門卻埽，息慮寡營，藉以自全其天，雖有蘇、張其舌，不復出雷池一步矣。潘偉如中丞之聘，弟已力却，誠以生平所挾持者淺，不足以獻當道也。歸來之後，蔬食菜羹，儘可優游以卒歲。惟看花北里、買醉黄壚，杖頭之貲，未能多裕，須閣下代爲之謀有一席地，以位置之也。相見不遠，致思尤殷。

此間天氣暄暖，有若三春，聞滬上亦甚和煦。冬令失司，更宜頤養，伏冀慎護眠餐，萬萬爲道自愛。

上潘偉如中丞

去秋令弟鏡如觀察書來，轉述盛指，徵佐幕府，聞命駭越，馳惶無地。伏念韜南武之鄙人也，學術未成，行能無算，名不騰於里巷，材不逮乎凡庸。年甫及壯，遘罹奇禍，隱遯遐裔，邇來二十有三年矣。中間曾西游歐域，東泛扶桑，攬其山川風物，交其賢豪長者，輯有成書，未經問世。韜雖身在南天，而心乎北闕，每思熟剌外事，宣揚國威。日報立言，義切尊王，紀事載筆，情殷敵愾，强中以攘外，諏遠以師長，區區素志，如是而已。

生平略有著述，要不足供世覆瓿、糊窗之用，流傳南北，多有見者，輒漫稱之曰好而已。獨至閣下，識拔出於獨鑑，采訪斷自寸心，非有左右之先容，非有同官之請託，招延甫至，書幣已來，昔所謂説士若甘、求賢如渴，古大臣休休有容之度，洵爲近今所罕覯已。韜何人斯，得以躬逢此盛，感恩知己，兼而有之，將何以爲圖報地哉！

惟念韜老矣，孱軀多病，日在藥爐火邊作生活，二豎在門，四序非我，每一搆思，輒致暈眩，文字因緣，近亦屏棄。設不自量，貿然來前，尸位素餐，倍形慚悚。韜時適在滬上，曾作一緘達諸令弟，誠以無位小民，勢分懸絶，不敢妄塵尺一，上瀆清聽。

韜於十一月中遂返粵東，仍居香海，西風既厲，病骨未甦，終日杜門養疴，息慮寡營，絶不問户外事。法、越交兵，未知其竟。粵西鎦義，是曰人豪，屢戰輒捷，法爲奪氣。此由人謀之既臧，亦係地利之足恃。今聞大兵已行出關，岑宫保、唐中丞，各統雄師，駐於北寧，一以固我邊圉，一以衛我藩屬。然北寧一隅，法人勢在必争，則兩國戰事，恐未能免也。法人勝則驕，敗則憤，將必騷擾我北海，窺伺我巖疆，聲東擊西，避實擊虚，藉以牽制我軍。珠崖、瓊島，密邇越南，尤爲可虞。若他處，則各國通商口岸，貿易所關，似未敢遽逞。顧我中朝，備多力分，餉必支絀。兹者戰事僅有端倪，調師遣舶，絡繹於道，即如穗垣聚數萬之衆，日事嬉游，寇未臨而師已老、餉已糜矣，又何能支持久遠也哉！識者深慮其事之難繼也。

韜竊法人之心，未必真出於戰。一則路隔重洋，徵兵轉饟爲難；一則强鄰悍敵，虎視其側，防守未可暫弛。况乎輿情不一，衆議未同。英、德、美在中土，以事關商務，苟誠決裂，必起而居間進説，排難解紛。大抵北寧交兵之後，然後中、法和戰情形乃可決也。越南將來必爲兩屬之國，割地酬餉、闢路通商，必不能免。天禍越國，屢喪其君，苛政弗除，民心罕附，奸臣煽結於中，教匪盤踞於外，天心人事，已可知矣。雖有善者，無如之何已。我朝欲勞師遠援，懸兵深入，能暫而不能常也。故今日之争越南，要非謀出乎萬全，而計收乎一得也。

韜於三月初擬仍返滬上，思於吴淞之濱，卜室三椽，藏書萬卷，爲菟裘以終老。從此歸卧敝廬，與故山猿鶴爲侣，與世永隔。蓋韜在此時惟恐其入山不深、入林不密，麋鹿野性，固志在長林而思豐草也。惟受德彌深，酬知無具，耿耿於中者，此爾。他日閣下功高百辟，心在一丘，得賦遂初，遠辭榮禄。韜得於莫釐、鄧尉之間，追隨杖履，陪侍樽罍，時進一篇，摹肖景物，倘亦閣下所心許也。

祁太守翰蓀與韜爲同研友，其爲人也，熟諳洋務，洞垣一方。曾遠航瀛海，游歷美洲，采異方之情俗，識泰西之方言，前則創設北海税關，今則開辦香港電局，皆預有勞，蓋非遺大投艱，試之以盤根錯節，不足以别利器也。九江爲通商大埠，洋務亦需幹員，閣下夾袋中或自有人，倘欲選材儲用，則祁君或可供驅策，願爲曹邱生獻諸左右，非敢漫作豐干饒舌也。

春寒尚殢，伏冀餐衛適時，爲國自愛。